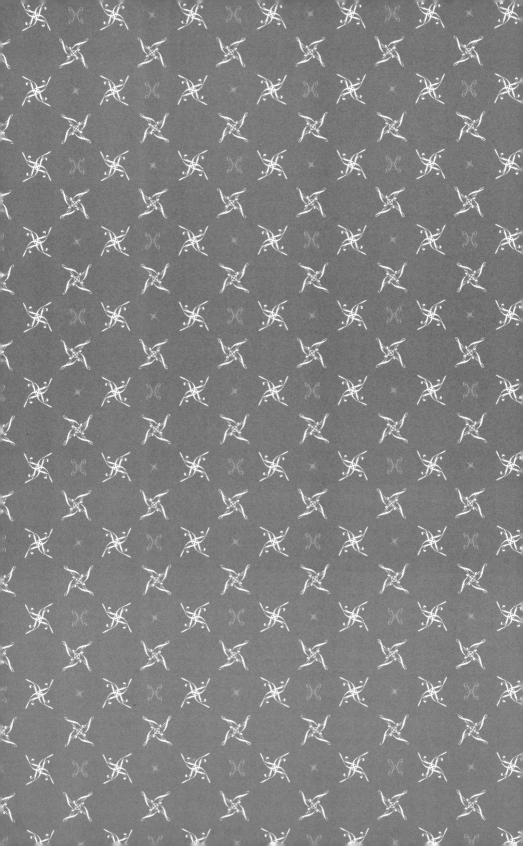

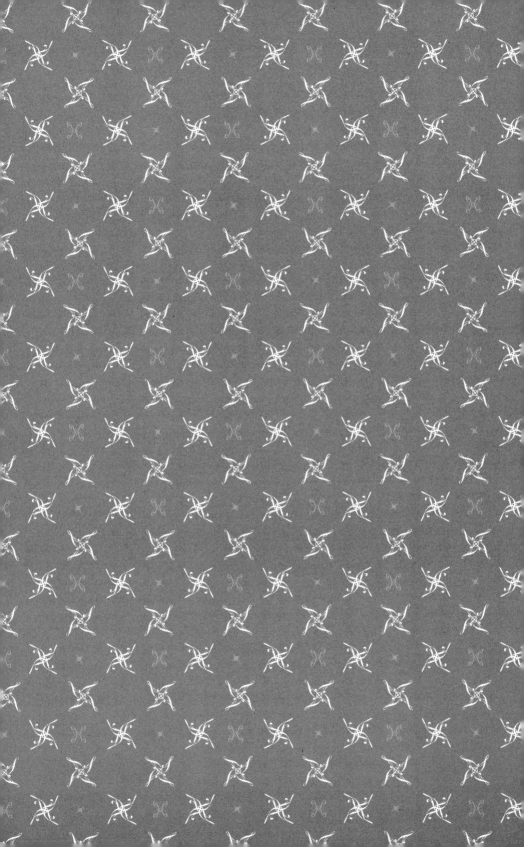

제3의
사나이

2

제3의 사나이 2

김성종

장편추리소설

도서출판 남도

제3의 사나이 2

김성종

장편추리소설

차례

아파트의 벨소리

전화벨이 울리는 소리가 수화기를 통해 부드럽게 들려왔다. 이윽고 신호가 떨어지면서 남자의 목소리가 들려왔다.

"제주도입니까?"

"네, 그런데요."

"한 회장님 계십니까?"

"회장님께서는 오늘 아침 상경하셨습니다. 어디십니까?"

병호는 거기에는 대답하지 않고 다시 물었다.

"내일 오후에 상경하도록 되어 있지 않았나요?"

"네, 예정은 그렇게 되어 있었습니다만 갑자기 일이 생겨서 상경하셨습니다. 어디십니까?"

"잘 알겠습니다."

병호는 수화기를 내려놓고 나서 잠시 생각에 잠겼다가 혼자서 밖으로 나왔다.

날은 이미 어두워져 있었다. 추위는 한 치의 빈틈도 허용하지 않고 스며들고 있었다. 한참을 걸어가자 빈 공중전화 부스가 보였다. 그는 그 안으로 들어가 한일성 회장의 집으로 전화를 걸었다. 먼저 전화를 받은 사람은 그 집 가정부쯤 되는 여자였다. 그녀는 전화를 다른 사람한테 넘겼다.

"황비서입니다. 회장님을 찾으십니까?"

"네, 그렇습니다. 좀 바꿔주십시오."

"회장님 지금 몸이 편치 않으셔서 누워 계십니다. 실례지만 어디십니까? 용건을 말씀해 주시면 전해 드리겠습니다."

"회장님과 직접 통화를 좀 하고 싶습니다. 아주 중요한 일입니다."

"전화를 받으실 수 없습니다. 용건을 말씀해 주시면 전해 드리겠습니다. 실례지만 어디십니까?"

상대방은 똑같은 말을 반복하고 있었다.

"이쪽을 밝힐 수는 없습니다. 그럼 전화를 끊겠습니다. 그대신 회장님과 직접 통화하지 못함으로써 발생하는 문제는 당신이 책임지셔야 합니다."

병호가 금방이라도 전화를 끊을 듯이 말하자 상대방은 당황하는 것 같았다.

"잠깐! 그렇다면 여쭤보겠습니다. 끊지 말고 기다리십시오."

병호는 전화기 안에다 동전을 몇 개 더 집어넣었다.

"전화 바꾸었습니다."

한 회장의 목소리는 아픈 사람 같지 않게 건강하게 들렸다.

"실례합니다. 혹시 이 전화 말고 다른 전화로 받으실 수 없겠습니까?"

잠시 침묵이 흘렀다. 한 회장은 상대방이 누구냐고 묻지도 않왔다. 그는 사려 깊은 사람이었다. 이윽고 그는 전화번호 하나를 일러주었다.

"5분 후에 이 번호로 걸어주시오."

"네, 알겠습니다."

병호는 5분 후에 한 회장이 일러준 새로운 전화번호에다 신호를 보냈다.

기다리고 있던 한 회장이 즉시 전화를 받았다.

"오 경감이지요?"

"네, 그렇습니다. 기억해 주셔서 감사합니다."

병호는 상대방이 자기 목소리를 기억하고 있는 것이 기뻤다.

"경감 목소리는 독특하니까요."

전화에는 잡음이 많이 섞여 있었다.

"잡음이 많이 들릴 겁니다. 하지만 이 전화는 차 안에 설치되어 있는 카폰이기 때문에 도청당할 염려가 없어요. 마음 놓고 이야기해도 되지요."

"그럼 지금 차 안에서 전화를 받으시는 겁니까?"

"중요한 전화라는데 안 받을 수가 있어야지요."

"미안합니다. 사실은 저…… 손명기 씨가 죽지 않은 것 같습니다."

"뭐, 라구요?"

"그 피살체는 다른 사람의 것이었습니다. 서기태라는 사람의 것이었습니다. 그 부인되는 여자가 확인했습니다."

"잠깐! 방금 누구라고 했습니까?"

"서기태라는 사람입니다. 3년 전에 M그룹 계열회사에 근무

했던 사람입니다."

"맞아, 바로 그 녀석이오!"

이번에는 병호가 놀랐다.

"아시는 사람입니까?"

"그놈은 본래 한성에서 일했어요. 한성에서 기밀정보를 빼내 M에다 넘겨주곤 했는데 나중에 그게 발각되어 형사처벌을 받았어요. 내가 알기로는 2년인가 3년 감옥살이를 했어요. 그 후에 M에 들어갔다고 들었어요."

"놀라운 일이군요. 우리가 수사한 바로는 서기태는 지난 12월 26일 새벽 자기 집 부근에서 괴한들에게 납치되어 살해당한 것 같습니다. 그때 그가 떨어뜨린 봉투 속에 회장님에 관한 자료가 들어 있었습니다. 그것이 괴한들의 손에 들어가지 않고 다른 사람 손에 들어갔다가 결국 우리 경찰 손에 들어왔다는 게 정말 천만다행입니다."

"그렇다면 그놈이 나를 노렸다는 건가요?"

"현재로서는 그런 쪽으로 추측이 갑니다만…… 아직 확실한 것은 알 수가 없습니다."

"그놈이 나를 노렸다면 충분히 이해가 가요. 우리 한성 측에서 그놈을 고발했기 때문에 형사처벌을 받았으니까요. 자기가 잘못한 것은 생각하지 않고 복수할 것만 생각했겠지요. 나쁜 놈 같으니……"

한 회장답지 않게 흥분하고 있다고 병호는 생각했다. 하긴 그의 말이 사실이라면 흥분하는 것도 무리는 아닌 것 같았다.

"문제는 생각하시는 것처럼 그렇게 단순하지 않습니다. 누가 서기태와 하길라를 죽였으며 손명기는 지금 어디서 무슨 일을 하고 있는 가를 밝혀내지 않으면 안 됩니다."

"난 그런 것은 관심 없습니다. 생각하고 싶지 않습니다."

병호는 구멍 속에다 동전을 더 집어넣었다.

"그러시리라 생각합니다. 하지만 무관심하셔서는 안 됩니다. 회장님의 안전과도 관계가 있으니까요."

"난 예정도 취소하고 올라왔습니다. 오 경감의 말에 따르자니 모든 게 뒤죽박죽이고 긴장이 되어 아무 것도 할 수 없습니다. 이러다간 병이 날 것 같아요."

"침착하셔야 합니다. 그리고 냉정하게 대처하셔야 합니다. 경호는 강화하셨습니까?"

"인원을 배로 늘렸습니다."

"그 정도 가지고는 안 됩니다."

"더 이상 인원을 늘리면 사람들의 조소거리가 될 겁니다."

"그런 것에는 신경을 쓰지 마십시오. 그렇다고 해서 그들이 회장님의 안전을 지켜주지는 않으니까요. 일상적인 스케줄도 모두 바꾸도록 하십시오. 5시에 기상하여 개를 데리고 약수터에 다녀오시는 것도 당장 중지하십시오. 일정하게 움직이지 말고 수시로 시간과 내용을 바꾸십시오. 절대 규칙적으로 움직이지 마십시오."

"당신 말대로라면 내 생활은 엉망진창이 되는 거요."

"그래도 할 수 없습니다. 제3의 사나이가 회장님을 노리고 있다는 것을 잊지 마십시오. 그자를 체포할 때까지는 저의 말에 따라주십시오."

"아무튼 고맙소."

"제 암호를 하나 알려드리겠습니다. 회장님한테 전화를 걸 때는 항상 양 교수라고 하겠습니다. 전 대학교수가 되고 싶었으니까요."

"양 교수…… 알겠소."

"서기태에 관한 자료가 필요합니다."

"준비해 보겠소."

"회장님의 암호도 필요하실 것 같습니다. 제가 지어도 되겠습니까?"

"아, 좋아요."

"닥터 박이라고 하면 어떻겠습니까?"

"괜찮군. 나도 닥터가 되고 싶었으니까요."

그들은 잠시 작은 소리로 웃었다.

"회사 집무실에 따로 비밀전화를 하나 설치하실 수 있겠습니까? 아무도 모르는 전화 말입니다. 아무도 도청할 수 없는 전화 말입니다."

손명기는 죽지 않았다. 그는 어디에 숨어 있을까? 이상한 놈이다. 왜 서기태의 시체에 그의 옷이 입혀져 있었을까? 왜 서기태의 시체를 손명기로 위장시켰을까? 도대체 무슨 꿍꿍이 속일까? 그것은 손명기 자신의 짓일까, 아니면 다른 자들의 짓일까? 병호는 밤늦게까지 수사본부의 책상 앞에 앉아 있었다.

밤이 깊어지면서 다시 눈이 내리고 있었다. 유화시는 밖으로 나가더니 눈을 흠뻑 맞고 들어왔다. 손명기의 집에서는 전화를 받지 않았다. 그 집은 비어 있는 게 틀림없었다.

　다음날 아침 수사팀은 손명기의 집으로 향했다. 수색영장을 발부받았으므로 주인 없는 집에 들어가 뒤진다 해도 문제될 것은 없었다.

　손명기가 살고 있는 것으로 되어 있는 S아파트는 마포구 M 동에 자리 잡고 있었다. 단지는 크지 않았지만 고급 아파트단지라는 것을 첫눈에 알아볼 수 있었다. 손명기의 집은 10동 905호였다. 초인종을 눌러보았지만 대답이 없기는 마찬가지였다.

　경비원은 언제부터 그 집이 비었는지 그 시점을 정확히 모르고 있었다. 비번인 다른 경비원도 모르고 있기는 마찬가지라고 그는 말했다. 경비원의 말대로라면 손명기를 비롯한 네 식구는 어느날 온다간다 말도 없이 바람처럼 사라져버린 것이라고 할 수 있었다.

　"그들을 마지막으로 본 게 언제였습니까?"

　"그러니까……"

　나이 든 경비원은 두 눈을 껌벅거리며 한참 생각해보다가 말했다.

　"열흘 전쯤 된 것 같습니다."

　"열흘 전이라면 지난 크리스마스께 란 말입니까?"

　"네, 그쯤 될 겁니다."

　손명기의 부인 이길자는 두 자식과 함께 살고 있었다. 큰 아들은 중학교 3학년에 다니고 있었고, 그 아래 딸은 초등학교 6학년생이었다.

　"손명기 씨는 집에 잘 들어왔습니까?"

"거의 보지 못했습니다."

가뭄에 콩 나듯 어쩌다가 한번 씩 본 적이 있을 뿐 거의 집에 들어오지 않은 것 같았다고 경비원은 말했다.

그들이 그곳에 살기 시작한 것은 2년 전쯤부터라고 했다. 경찰이 동사무소에 알아본 결과 그곳으로 주민등록 이전이 된 것은 80년 2월이었다.

경찰이 함께 데리고 온 열쇠 전문가는 손명기의 아파트 출입문을 열지 못했다. 특수 외제자물쇠이기 때문에 열 수가 없다고 그는 고개를 흔들면서 뒤로 물러났다.

"할 수 없어. 베란다 쪽 창문을 깨고 들어갈 수밖에 없어."

병호의 말에 왕 형사가 나섰다. 험한 일에는 언제나 그가 앞장서도록 되어 있었다. 그렇게 결정되어 있는 것은 아니었지만 모두가 그렇게 알고 있었고 그 역시 그것을 당연한 것으로 알고 있었다.

9층에 자리 잡고 있는 아파트의 베란다에 침투한다는 것은 쉬운 일이 아니었다. 더구나 눈까지 내리고 있어서 자칫 잘못하다가는 미끄러져 추락할 위험이 있었다.

하는 수 없이 이삿짐 옮길 때 사용하는 곤돌라를 이용하기로 하고 형사들은 관리실 직원과 함께 옥상으로 올라갔다. 그 아파트는 15층 높이의 건물이었다.

왕 형사가 곤돌라 위에 올라가자 그것이 한쪽으로 기우뚱거렸다. 그것을 보고 병호는 문 형사의 등을 떠다밀었다.

"문 형사도 타야겠어. 균형을 잡아 주라구."

"아이 구, 저는……"

문 형사는 잔뜩 겁에 질린 모습을 보이면서도 곤돌라 위에 올라갔다. 그가 쇠줄을 잡고 쭈그리고 앉는 것을 보고 모두가 웃었다. 왕 형사는 줄을 잡은 채 서 있었다.

이윽고 곤돌라가 난간 쪽으로 이동하고 줄을 내리기 시작했다. 두 사람의 몸뚱이가 공중에 떠오르자 눈보라가 그들을 후려쳤다. 그들의 몸뚱이가 금방이라도 떨어질듯 심하게 흔들렸다.

"아, 안 돼. 멈춰요!"

문 형사가 놀라서 소리치자 왕 형사가 더 큰 소리로 그를 깔아뭉갰다.

"멈추지 말고 그대로 내려요! 천천히!"

나머지 수사관들은 곤돌라가 내려가는 것을 지켜보고 있다가 계단을 타고 9층으로 내려갔다.

9층 베란다에는 알루미늄새시 문이 설치되어 있었고, 그 문들은 모두 잠겨 있었다. 왕 형사는 들고 온 몽둥이로 창문 하나를 후려쳤다. 창문이 요란스러운 소리를 내면서 밑으로 쏟아져 내렸다. 그는 안으로 손을 집어넣어 창문 고리를 벗긴 다음 문을 열어젖혔다.

"자, 내려오라구."

그가 돌아서서 손짓을 했지만 문 형사는 여전히 그대로 쭈그리고 앉아 울상을 짓고 있었다.

"다리가 굳어서 펴지지가 않아."

왕 형사는 혀를 끌끌 차면서 몸을 돌려 그에게 등을 내밀었다. 문 형사는 왕 형사의 나무 밑동 같은 굵은 목을 와락 끌어안으면서 그의 등에 찰싹 달라붙었다.

"어휴, 꼭 죽는 줄 알았어요."

왕 형사는 그를 내려놓으면서 혀를 끌끌 찼다.

"그래가지고 어떻게 형사 질을 한다는 거야."

"범인하고 싸우는 건 자신 있는데 높은 데서 저런 거 타고 내려오는 데는 정말 자신 없습니다. 고소 공포증이 있거든요."

"웃기지 마. 오줌은 싸지 않았나?"

문 형사는 바지 아랫부분을 내려다보고 나서 멋쩍은 듯 씨익 웃었다.

"이상 없는데요."

베란다 쪽의 창문은 대형이었기 때문에 차마 그것을 두드려 깰 수는 없었다. 안쪽에는 밖에서 들여다볼 수 없게 커튼이 쳐져 있었다. 그들은 베란다 한쪽 끝으로 이동했다. 거기에는 방으로 통하는 조그만 창문이 하나 있었다. 왕 형사가 몽둥이로 창문을 깨려고 하자 문 형사가 재빨리 주먹으로 창문을 후려쳤다. 왕 형사가 놀란 눈으로 그 주먹을 바라보았다. 그의 손에는 어느새 가죽장갑이 끼어 있었다.

"용감하군."

왕 형사가 빈정거리자 문 형사는 멋 쩍에 웃으며

"이런 거야 뭐 식은 죽 먹기죠."

하고 말했다. 그는 안으로 손을 집어넣고 문고리를 빼낸 다음 창문을 열어젖혔다.

그들은 허리 높이의 창틀을 넘어 방안으로 들어갔다. 그 방은 아이들의 방인 듯 오밀조밀하고 예쁘게 꾸며져 있었다. 문을 열자 바로 현관이 보였다. 문 형사가 현관문을 열려고 출입문 쪽으

16

로 가는 것을 보고 왕 형사는 거실 쪽으로 접근했다.

집안은 괴괴한 적막감에 잠겨 있었다. 그 적막감에 두꺼비는 이상하게도 소름이 끼치는 것을 느꼈다. 거실 안에 있는 것들은 어느 것 하나 제대로 놓여 있는 것이 없었다. 탁자는 쓰러져 있었고, 전화통과 수화기는 바닥에 따로 나뒹굴어 있었다. 전기스탠드도 박살이 나 있었고 장식장의 유리도 깨져 있었다. 말라붙은 핏자국으로 보이는 것이 안방 쪽으로 이어져 있었다.

왕 형사는 뒤를 한번 돌아보았다. 출입구로 오 경감이 다른 형사들과 함께 들어서는 것이 보였다. 그는 숨을 한번 깊이 들이쉰 다음 방문 손잡이를 잡아 비트는 것과 동시에 문을 발로 힘껏 찼다. 문이 활짝 열리면서 그것이 벽에 가서 부딪치는 소리가 요란스럽게 집안을 울렸다.

왕 형사의 눈에 먼저 들어와 잡힌 것은 세 사람의 누워 있는 모습들이었다.

한 사람은 중년 부인이었고, 다른 두 명은 아이들이었다. 아이들 가운데 남자아이는 중학생쯤 되어 보였고 계집아이는 초등학생 같았다.

방안은 심한 악취로 가득 차 있었다. 세 구의 시체는 심하게 부패되어 있었다. 바깥 날씨는 춥지만 아파트 안에는 난방이 잘 되어 있어서 그렇게 빨리 부패한 것 같았다.

왕 형사는 시체들을 힐끗 쳐다보고 나서 창문부터 열어젖혔다. 방안으로 몰려들어온 형사들은 처참한 광경에 한동안 말을 잊은 채 얼어붙은 모습으로 서 있었다. 뒤따라 들어온 경비원이 시체들을 들여다보더니 집 주인 여자와 그 자식들이 틀림없다고 증언했다. 그 제서야 형사들은 움직이기 시작했다.

방바닥은 말라붙은 핏자국으로 지저분하게 도배가 된 것처럼 보였다. 세 사람 모두 죽으면서 많은 피를 흘린 것 같았다.

"그자의 짓이군요."

부인의 목에 나 있는 자상을 자세히 들여다보면서 왕 형사가 병호한테 말했다. 병호는 미동도 하지 않은 채 시신을 내려다보고 있었다.

왕 형사가 말한 그자란 서기태와 하길라를 살해한 범인을 말하는 것이었다. 그가 그렇게 말한 것은 칼을 사용해서 부인을 죽인 솜씨가 그 전의 것들과 비슷해 보였기 때문이었다.

손명기의 부인 이길자의 목은 거의 반 이상이나 잘려나가 있었다. 그것은 하길라의 경우와 거의 비슷해 보였다. 그것은 수사관들이 볼 때 같은 솜씨를 가진 자의 소행임이 분명했다. 그러나 아이들의 경우는 자상의 위치가 모두 달랐다. 남자아이는 심장 쪽에 깊은 상처가 나 있었고, 여자아이는 등 쪽에 칼자국이 나 있었다. 세 사람 모두 잠옷차림인 것으로 보아 밤중에 살해당한 것 같았다.

"아이들까지 죽이다니……"

그때까지 미동도 하지 않고 서 있던 병호가 중얼거렸다. 그의 목소리는 낮고 조용했지만 거기에는 분노가 서려 있었다.

"잔인무도한 놈입니다!"

문 형사가 흥분해서 외치듯 말했다. 그는 열심히 껌을 씹어대고 있었다.

"샅샅이 조사해! 뭐가 있을 거야."

병호는 낮게 소리치고 나서 견딜 수 없다는 듯 머리를 좌우로 흔들었다.

이제 다섯 명이 죽은 셈이었다. 왜 그들은 그렇게 처참하게 죽어야 했을까? 범인은 누구일까? 손명기는 어디 있을까? 그는 이 사실을 알고 있을까? 그가 가족들을 죽였을까?

가장이란 사람이 가족들을 이처럼 처참하게 죽일 수가 있을까? 병호는 도저히 믿을 수 없다는 듯 머리를 흔들었다.

무엇보다도 아이들의 죽은 모습이 그를 못 견디게 만들었다. 아이들을 이처럼 죽일 수 있는 자라면 어떤 잔인한 짓이라도 할 수 있을 것이라는 생각이 들었다.

그는 관할서에 연락을 취하는 것을 뒤로 미루었다. 관할서의 수사관들이 몰려와 현장을 어지럽히기 전에 먼저 그곳을 샅샅이 점검하고 싶었기 때문이었다.

"법석 떨지 말고 충분한 시간을 두고 조용히 살펴보라구. 조용히 말이야."

그의 한마디에 소란스럽던 집안이 갑자기 조용해졌다. 그의 부하들은 조용히 움직이기 시작했다.

밖에 내리고 있는 눈은 함박눈으로 변해서 숫제 내리퍼붓고 있는 것 같았다. 밖에서는 평화롭게 함박눈이 내리고 있는데 집 안에는 처참하게 살해된 시체들이 누워 있었고, 형사들은 눈에 불을 켜고 구석구석을 뒤지고 있었다. 안과 밖이 달라도 이렇게 다를 수가 있을까 하고 그는 생각했다.

그 집에는 방이 세 개 있었다. 안방을 제외한 두 개의 작은 방들은 아이들이 하나씩 사용하고 있었던 것 같았다. 처음 형사들이 창문을 깨고 들어왔던 방은 그 집 아들이 사용하던 방 같았다. 또 하나의 방은 첫눈에도 소녀의 방이었음을 알 수 있을 정도로 아주 예쁘게 꾸며져 있었다. 아이들의 방에는 조그만 침대가 하나씩 놓여 있었고, 그 침대 위에는 얇은 이불이 흐트러진 채 그대로 펴져 있었다. 그것으로 보아 아이들은 잠자다가 끌려나가 살해된 것 같았다.

안방에는 침대가 없었다. 방바닥에는 요가 펴져 있었다. 그것은 검붉은 피로 얼룩이 져 있었다. 부인의 시체는 이불 위에 뉘어져 있지 않고 방바닥에 누워 있었다. 이불 위를 살피던 문 형사가 무엇인가를 집어 들고 유심히 들여다본다.

"이거 보십시오."

그는 몇 개의 털을 손바닥 위에 올려놓고 있었다. 모두가 그것을 들여다보았다.

"이것들이 서로 다르지 않습니까? 두 가지로 뚜렷이 분류되지 않습니까?"

"하길라의 집에서도 그런 것만 찾아내더니 여기서도 그런 것만 눈에 띄는 모양이군."

왕 형사가 빈정거리자 모여 있던 다른 형사들이 소리 없이 미소를 지었다.

"개 눈에는 똥만 보인다더니……"

키가 멀대 같이 큰 조 형사가 다시 한마디 하자 문 형사는 발끈했다.

"이건 아주 중요한 거라구!"

그는 죽은 여자의 음부에서 몇 개의 음모를 뽑아낸 다음 손바

닥 위에 있는 것들과 비교해 보았다. 그러고 나서 자신만만한 어
조로 말했다.

"하나는 피살자 것이 분명합니다. 그리고 이 뻣뻣하고 거친
건 남자 것이 틀림없습니다. 지난번 하길라의 침대에서 채취한
것하고 비교해 보면 동일한 것인지, 아닌지 알 수 있습니다. 동
일한 것이라면 동일범의 소행이 분명해지는 겁니다. 과학 수사
연구소에 보내야겠습니다."

"좋은 생각이야. 즉시 맡기라구."

하고 병호가 말했다.

더 이상 방안에 있다가는 토할 것만 같아 그는 거실로 나왔
다. 거실 벽에는 가족사진이 하나 걸려 있었다. 일부러 사진관
에 가서 찍은 것인 듯 크고 선명한 가족사진이었다. 손명기와 이
길자는 의자에 나란히 앉아 있었고 아이들은 뒤쪽에 서 있었다.
손명기는 양복 차림이었는데 그의 모습은 이미 사진을 통해 눈
이 아프도록 보아왔기 때문에 조금도 새로운 느낌 같은 것은 일
지 않았다.

그러나 이길자의 경우는 달랐다. 살아 있는 모습을 찍은 사진
을 보기는 처음이었고, 그래서인지는 몰라도 얼굴이 둥글둥글
하게 생긴 흡족한 모습의 손명기와는 달리 메마른 그녀의 얼굴
은 왠지 쓸쓸하고 피곤해 보였다. 가족이 함께 사진 찍는 것 자
체가 달갑지 않다는 그런 표정도 엿보이는 것 같았다. 아이들
은 굳은 표정으로 서 있었다. 미소를 짓고 있는 사람은 손명기
한 사람뿐이었다.

사진에는 그것은 찍은 날자가 나와 있었다. 1981년 9월 25

일. 이길자는 누르스름한 저고리에 초록빛을 띤 치마를 입고 있었다.

모든 것들이 어지럽게 뒤엉킨 거실을 가로질러 그는 창문을 열고 베란다로 나가보았다.

탐스럽게 내리고 있는 눈 속에서 아이들이 기뻐 어쩔 줄을 모르며 이리 뛰고 저리 뛰고 있는 모습이 보였다. 아이들의 떠드는 소리가 유난히도 맑게 들려오고 있었다. 눈뭉치를 얼굴에 맞고 울고 있는 아이의 모습도 아주 신선하고 건강해 보였다. 밖에서는 전혀 새로운 세상이 전개되고 있었다. 눈을 뒤집어쓰고 있는 차들은 모두가 똑같아 보였다. 눈을 뒤집어쓰고 있는 사람들도 모두가 다 비슷해 보였다. 그들은 모두가 행복해 보였고, 이상만을 꿈꾸는 사람들 같았다.

바람이 불자 눈송이들이 공중에서 춤을 추기 시작했다. 그것들은 맴을 돌다가 한쪽으로 휩쓸리기도 했고 돌연 공중으로 치솟다가 땅으로 곤두박질하기도 했다.

병호는 아파트 밖으로 나가 눈을 맞으며 아이들과 함께 놀고 싶었다. 아이들을 위해 큼직한 눈사람을 만들어 주고 싶었다. 그의 기억에 그 자신이 성장해서 눈사람을 만들어 본 적은 지금까지 한 번도 없었다. 그는 가슴 한쪽이 텅 비는 것과 함께 손발이 얼어붙는 것 같은 추위를 느꼈다.

전화벨소리가 들려왔다. 아주 멀리서 들려오는 소리 같았다. 벨소리는 계속되고 있었다. 아무도 그것을 받으려고 하지를 않고 있었다.

"전화가 걸려 왔습니다. 어떡하죠?"

뒤에서 왕 형사가 다급한 목소리로 그에게 물었다. 병호는 몸을 돌렸다.

그는 난처한 듯 왕 형사를 쳐다보았다. 살인사건 현장으로 걸려온 전화를 받아야 할지 말아야 할지 얼른 판단이 서지 않는다. 받지 않으면 궁금증만 더할 뿐이다. 그는 받기로 하고 거실로 들어섰다. 전화기는 탁자 위에 놓여 있었다. 그가 손을 뻗어 수화기를 집어 들려고 했을 때 벨소리가 딱 멎었다.

"이 전화…… 누가 여기다 올려놓았지?"

그들이 그곳에 들어왔을 때 전화통과 수화기는 바닥에 따로 나뒹굴어 있었다.

"제가 올려놨습니다."

키가 멀대 같이 큰 조 형사가 말했다.

"그대로 둘 걸 잘못했어."

병호는 중얼거리다가 손을 흔들었다.

"아니야. 괜찮아."

그때 다시 전화벨이 울리기 시작했다. 그는 전화통을 쏘아보다가 가만히 수화기를 집어 들었다.

이럴 때는 먼저 말하는 쪽이 손해라는 것을 그는 알고 있었다. 그래서 상대방이 먼저 말을 꺼내기를 기다렸다. 그런데 상대방도 그와 같은 생각인지 얼른 입을 열지 않았다. 기대 밖으로 오랜 침묵이 흐르고 있었다. 병호는 입이 간질간질해서 견딜 수가 없었다. 금방이라도 "여보세요" 하고 상대방을 부르고 싶은 것을 꾹 참고 있으려니 숨이 막히는 것만 같았다. 상대방도 꽤나 끈질기게 기다리고 있었다. 끈질긴 놈이구나 하고 생각하면서 병호는 갑자기 수화기를 놓아버렸다.

"무슨 전화입니까?"

왕 형사가 잔뜩 호기심어린 목소리로 물었다. 병호는 꿀 먹은 벙어리처럼 전화통만을 내려다보고 있었다.

"왜 아무 말씀 안하시고 전화를 끊었습니까?"

"또 걸려올 거야."

그의 말이 끝나기가 무섭게 다시 전화벨이 요란스럽게 울려 대기 시작했다.

병호는 바로 전화를 받지 않았다. 벨이 여러 번 울린 뒤에야 수화기를 집어 들었다. 그리고 아까처럼 먼저 말하지 않고 상대 방이 말을 걸어오기를 기다렸다. 상대방 역시 처음처럼 침묵을 지키고 있었다. 그러나 그것은 오래가지 않았다. 가느다란 웃음 소리가 들려오기 시작했던 것이다. 그것은 아주 조심스럽게 흘 리는 남자의 웃음소리였다.

"호호호…… 뭘 기다리는 거야? ……호호호…… 당신 누구 지? ……호호호……"

병호는 상대방이 지껄이게 내버려두었다.

"형사 나리인가? 거기서 뭘 하고 있는 거지? ……호호호 ……감상이 어때? 벙어리 형사인가? ……호호 …… 왜 말을 안 하는 거지? ……나한테 계속 말을 시키겠다는 건가? 그래서 내 가 누구인지 알아내겠다는 건가? ……호호호 …… 어리석은 수 작하지 마……"

상대방은 낮게 속삭이는 소리로 말하고 있었다. 매끄러우면 서도 부드러운 소리였다.

"누구십니까? 어디다 전화를 걸었습니까?"

병호는 하는 수 없이 정중하게 물었다.

"살인사건 현장에다 전화 걸었어. 아닌가? 아니면 전화를 끊겠어."

"맞아요."

"당신 수사관 맞지?"

"그렇소. 당신은 누구지? 무슨 일로 전화를 걸었지?"

"흐흐흐…… 궁금해서 전화를 걸었수다. 제대로 돌아가나 보려구 말이야. 제대로 돌아가서 다행이야. 감상이 어때?"

"썩 좋지 않아."

"그럴테지. 특히 냄새가 지독할 거야. 너무 썩어서 말이야. 거기 책임자를 바꿔봐."

"내가 책임자야."

"이름이 뭐지?"

"오병호……"

"오병호? 음, 그 이름 신문에서 본 기억이 나. 제법 평판이 나 있는 형사로군. 잘 만났어."

"뭐가 잘 만났다는 거지? 당신이 이 집 사람들을 이렇게 잔인하게 죽였나?"

"그래. 내 솜씨야. 내 솜씨 어때?"

"대단한 솜씨야."

"알아줘서 고맙군."

"미친놈! 어린애들까지 이렇게 죽일 수가 있어?"

병호는 끝내 참지 못하고 분노를 터뜨렸다.

"호호호호호…… 당신답지 않게 화를 다 내시는군. 난 미치지 않았어."

"넌 미친놈이야! 네놈을 반드시 체포하고 말겠어!"

"호호…… 나를 체포하겠다고? 그거야 당신 자유지. 그거야 당신이 알아서 할 일이지. 하지만 나를 체포하는 건 불가능해. 불가능에 도전하는 건 어리석은 짓이야. 난 당신이 그렇게 어리석지는 않다고 보는데 그렇지 않은가?"

"천만에 난 어리석지 않아. 난 네놈을 틀림없이 체포하고 말 거야! 틀림없이!"

병호는 어금니를 깨물었다.

"호호…… 듣던 중 아주 반가운 말이군. 끝까지 도전해 보겠다 이 말씀이군? 좋아. 좋았어. 그 용기 한번 가상해. 진짜 용기가 있는지 두고 봐야 알겠지만 말이야."

"네놈은 오래가지 않아 체포되고 말거야. 왜 그런지 알아? 네놈은 미쳤기 때문이야. 미쳤기 때문에 네놈은 반드시 실수하고 말 거야."

"난 미치지 않았어! 난 지극히 정상이야! 미친 건 네놈이야! 너야말로 미친 형사야!"

상대방은 갑자기 언성을 높이고 있었다. 미쳤다는 말에 과민할 정도의 반응을 보이고 있었다. 병호는 그 점을 주목했다. 그는 계속 상대방의 민감한 부분을 건드려보았다.

"미친놈이 아니고서야 어떻게 그렇게 사람을 죽인단 말이냐! 넌 미쳐도 단단히 미친놈이야! 피에 굶주린 미치광이야! 너 같은 놈은 아예 박멸하는 수밖에 없어!"

"오병호, 잘 들어둬. 네놈은 나를 모욕했어. 나는 나를 모욕한 놈은 그냥 둘 수 없어. 도저히 참을 수 없단 말이야! 기억해 뒀다가 언젠가는 네놈도 없애 버릴 거야! 나를 모욕하는 놈은 그대로 둘 수 없어!"

"미친놈! 왜 어린애들까지 죽였지? 어린애들이 네놈을 모욕했나?"

"나를 모욕한 놈들은 살려둘 수 없어! 모두 죽여 버릴 거야! 하나하나 찾아서 죽여 버릴 거야!"

"네놈은 제명대로 살지 못해! 미쳤으니까!"

"난 미치지 않았어! 아주 정상적인 서울 시민이야!"

상대방은 악을 쓰다가 갑자기 전화를 끊어버렸다.

병호도 수화기를 내려놓았지만 상대방의 마지막 외침이 귓가에 쟁쟁히 남아 있었다.

"뭐라고 그럽니까?"

왕 형사가 물었다.

"미친놈이야!"

병호는 혼자서 아파트를 빠져나왔다.

아파트 건물 입구에는 주민들이 잔뜩 몰려 서 있었다. 집단 살인사건 소문이 벌써 퍼진 모양이었다. 누군가가 어떻게 된 일이냐고 물었지만 병호는 아무 대꾸도 하지 않고 천천히 걸음을 옮겼다.

아파트 단지 사이에 나 있는 길을 터벅터벅 걸어가면서 그는 한동안 생각에 잠겼다.

솜뭉치 같은 눈송이가 마치 뚝뚝 소리를 내면서 떨어지고 있는 것 같았다. 그의 머리는 금방 허옇게 변해 그는 마치 노인처럼 보였다. 약간 꾸부정한 어깨 위에도 금방 눈이 쌓였다. 구두 밑에 밟히는 눈의 감촉이 부드러운 느낌을 주고 있었다. 어린 가로수 가지에도 눈은 쌓여 있었다.

부드러우면서도 매끄러운 목소리?그것이 자칭 범인의 목소리였다. 그는 정말 범인일까? 범인이 사건현장으로 그와 같은 전화를 걸어올 수도 있을까? 미친놈이라면 그럴 수도 있을 것이다. 겉으로 보기에는 지극히 정상적인 인물이지만 속은 완전히 미쳐있는 인간?그런 사람은 얼마든지 있을 수 있다. 놈은 자기 도취에 빠져 있는 것 같다. 그러니까 그런 전화를 걸어온 것이겠지. 범인이 아니면 누구인지를 알고 있는 자가 전화를 걸어온 것이 틀림없다고 그는 생각했다. 그는 범인 쪽으로 생각을 굳히고 싶었다. 놈은 살인에 미쳐 있는데 자신은 극히 정상이라고 생각하고 있다. 그러니까 미쳤다는 말에 아주 과민한 반응을 보이고 있는 것이다. 미친 사람이 제일 듣기 싫어하는 말이 바로 그 미쳤다는 말이다. 그는 자기가 미쳤다는 것을 결코 믿지 않으려하고 그런 말을 들으면 심한 모욕감을 느낀다.

그런데 놈은 어떻게 살인현장에 경찰이 와 있다는 것을 알았을까? 어떻게 알고 그 현장으로 정확히 전화를 걸어왔을까? 놈한테 정보가 흘러들어 갔을까? 그렇다면 수사본부 안에 스파이가 있다는 말인가? 그럴 리가 없다. 그게 아니라면…….

그는 걸음을 멈추고 서서 주위를 휘둘러보았다. 사건현장인 10동 건물은 단지의 중간쯤에 자리 잡고 있었다. 그 주위를 다른 동 건물들이 포위하고 있었다.

"계장님!"

다급하게 부르는 소리에 병호는 고개를 돌렸다. 왕 형사가 급한 걸음으로 다가오고 있었다.

"또 전화가 걸려왔습니다. 계장님을 찾더니 안 계신다고 하니까 자기 이름을 말하고 나서 전화를 끊었습니다. 자기 이름은 제3의 사나이라고 했습니다. 범인이 틀림없는 것 같습니다. 뭘 노리고 전화를 걸어왔을까요."

"미친놈이라니까!"

병호는 신경질적으로 쏘아붙였다. 제3의 사나이라고? 그는 현기증을 느낄 정도로 머리 속이 혼란스러웠다.

"아무래도 이해가 되지 않습니다."

왕은 자못 흥분해 있었다.

"범인이 살인현장으로 그런 전화를 걸어왔다는 것이 아무래도 이해가 되지 않습니다. 왜 군이 그런 전화를 걸어왔는지 그 이유를 알 수가 없습니다."

"놈은 정신이상자 같아. 정신이상자니까 자신을 과시하고 싶겠지. 미친놈이라고 하니까 아주 과민한 반응을 보이더라구. 자기를 모욕했기 때문에 나를 죽이겠다고 했어."

"조심해야겠군요."

"물론 조심하는 게 좋겠지. 미친놈이 복수하겠다고 마음먹으면 빈말은 아니니까. 놈이 자기를 제3의 사나이라고 말했단 말이지?"

"네, 그렇습니다."

"살아 있는 사람의 입에서 자기가 제3의 사나이라고 말하는 것을 듣기는 처음이야. 나는 그것이 실재하지 않는 가공인물 같은 생각이 들었었는데……"

"그 괴 편지대로라면 제3의 사나이는 한 회장을 해쳐야 할 텐데 왜 엉뚱한 사람들을 죽였을까요?"

"그걸 내가 어떻게 알아."

병호는 퉁명스럽게 대꾸하고 나서 몇 걸음 떼어놓았다.

"한 회장한테는 아무 일도 일어나지 않고…… 그 대신 엉뚱한 사람들만 죽어가고 있지 않습니까."

왕 형사가 따라오면서 말했다.

"엉뚱한 사람들이 아니겠지. 죽일 만한 이유가 있으니까 죽였겠지."

"지금까지 모두 다섯 명이 죽었습니다."

왕 형사가 오 형사의 어깨에 쌓인 눈을 털어주면서 말했다.

병호는 둘러서 있는 아파트 건물들을 올려다보았다.

"난 누군가가 우리를 보고 있는 것 같은 느낌이 들어. 저 아파트 창문을 통해 어디선가 말이야."

왕 형사도 아파트 건물들을 올려다보았다.

"전화를 걸어온 자 말이야. 그자 말대로 제3의 사나이라고 부르지. 우리가 현장을 덮친 것을 어떻게 알았을까? 어떻게 알고 제 때에 현장으로 전화를 걸어왔을까?"

"네, 저도 그 점이 좀 이상했습니다. 하지만 별로 대수롭지 않게 생각했는데……"

"난 그 점을 중시하고 싶어. 우리가 현장을 덮친다는 정보가 놈의 귀에 들어갔든가 아니면 놈이 어디선가 우리들의 움직임을 지켜보고 있었기 때문에 제 때에 그런 전화를 걸어올 수 있었다고 생각해."

"그러고 보니까 그렇군요."

왕 형사가 긴장하는 표정으로 말했다. 병호가 다시 말했다.

"나는 그자한테 정보가 새나갔다고는 생각하고 싶지 않아."

"네, 저도 그렇게 생각합니다. 정보가 새나갔을 리는 없죠."

"따라서 나는 놈이 우리가 현장을 덮치는 것을 목격했다고 생각하고 싶어. 아니면 우연히 전화를 걸어보았던가. 하지만 난 우연이란 것을 믿고 싶지 않아. 우리는 우연이란 것에 기대를 걸어서는 안 돼. 필연적인 것이라고 믿고 추적해야 해."

병호가 천천히 걸음을 옮기자 왕 형사도 따라 움직였다.

"손명기의 아파트는 다른 건물들에 둘러싸여 있기 때문에 감시하기가 쉽겠군."

왕 형사는 10동 905호를 올려다보았다. 그가 몽둥이로 후려쳐서 깨뜨린 새시문이 뻥하니 뚫린 채 입을 벌리고 있는 것이 보였다.

"그래. 바로 그 점 때문에 수사에 어려움이 있을 것 같아. 어디서 보더라도 손명기의 아파트는 잘 보이는 위치에 있단 말이야. 제3의 사나이는 주위 어디에선가 망원경으로 손의 아파트를 감시하면서 우리에게 전화를 걸었을 거야. 지금도 망원경으로 관찰하고 있을 거야. 아마 아래층은 아닐 거야. 아래층에서는 잘 보이지 않을 거란 말이야."

"그렇죠. 손의 아파트는 9층이니까 너무 아래쪽에 있는 아파트에서는 잘 안 보이겠죠."

"여기 아파트는 15층까지 있어. 내부를 감시하려면 9층 이상의 아파트라야겠지."

그들은 약속이나 한 듯 입을 다물고 고층 아파트 군을 올려다보았다.

마치 어딘가에 숨어서 밖을 내다보고 있을 범인을 찾기라도 하는 듯.

그러나 그런 멍청한 범인이 있을 턱이 없었다. 범인은 몹시 자기도취에 빠져 있는 듯했고, 자기는 결코 실수하지 않기 때문에 절대 잡히는 일이 없을 것이라고 말했다. 병호는 그 점을 왕 형사에게 주지시키면서 이렇게 말했다.

"놈이 전화를 걸었다는 것 자체가 큰 실수였어. 놈은 아주 큰 실수를 저지른 거야."

"희망을 가져야겠군요."

왕 형사는 허리를 굽혀 눈을 한주먹 뭉쳐 쥐었다.

"우선 9층 이상의 집들을 하나하나 점검해 봐야겠어. 손명기의 집이 보이지 않는 집은 점검할 필요가 없겠지. 각 세대에 살고 있는 사람들의 인적사항을 빠짐없이 체크해서 그놈을 찾아내봐. 놈이 눈치 채지 못하게 조용하고 신속하게 처리하라구."

작전개요

한 회장은 마치 울안에 갇혀 있는 기분이었다.

오병호라고 하는 수사 경찰관은 어느새 인상적인 인물로 그의 가슴 한쪽에 자리 잡고 있었다. 오 경감은 그가 최근에 만난 사람들 가운데서 가장 인상적인 인물이었던 것이다. 그한테서는 단순한 수사관 이상의 그 무언가가 풍기고 있었다. 그는 보다 인간적이었고, 그의 조용한 눈길 속에서는 진한 신뢰감이 느껴지고 있었다. 그는 정의롭지 않은 일에는 결코 가담할 것 같지가 않았다. 다시 말해서 그는 배반할 인물은 아닐 것 같았다. 배반을 많이 겪은 그는 그것을 제일 혐오하고 있었다.

오 형사가 조용한 눈길로 이쪽을 바라보면서 하는 조용한 말투 속에는 거절할 수 없는 강한 힘이 깃들어 있었다. 그래서 한 회장은 마치 자석에 이끌리듯 그의 지시대로 움직이고 있었던 것이다.

오병호는 그에게 가능한 한 외출을 삼가 할 것, 예정된 스케줄 가운데 많은 사람들 앞에 나서야 하는 스케줄은 취소할 것,

불규칙적으로 움직일 것 등을 요구했었고 한 회장은 그 요구에 어느새 따르고 있었던 것이다.

그러나 거기에 따르자니 마치 울안에 갇혀 있는 것처럼 답답하기 짝이 없었다. 겨우 하루정도 그의 요구에 따르고 있을 뿐인데도.

전화벨이 울렸다. 그것은 서랍 속에서 아주 가느다랗게 울리고 있었다. 그는 열쇠로 서랍을 열었다. 거기에는 급하게 설치한 비밀 직통전화가 설치되어 있었다. 그 전화는 오병호의 부탁을 받고 그와의 통화를 위해서 은밀히 설치된 전화였다. 한 회장은 가만히 수화기를 집어 들었다. 그것은 도청당할 염려가 없기 때문에 안심하고 이야기할 수 있는 전화였다.

"닥터 박 계십니까?"

"네, 닥터 박입니다."

한 회장은 자신의 암호를 말했다.

"양 교수입니다."

오 형사가 자신의 암호를 말했다. 그의 목소리는 우울하게 들렸다.

"아, 양 교수, 무슨 일이 있나요?"

"손명기의 가족들이 모두 살해됐습니다."

한 회장은 침묵으로 자신이 받은 충격을 대신했다.

"잔인하게 살해됐습니다."

"가족들이 모두 몇이지요?"

"부인과 아이들 둘입니다. 아들하고 딸입니다. 범인은 칼을 사용했습니다. 살해된 지는 한 달쯤 된 것 같습니다. 지금 현장

가까운 곳에서 전화를 걸고 있습니다."

한 회장은 처음으로 죽음의 공포를 느꼈다.

"안됐군요."

"네, 정말 안됐습니다."

"범인은 밝혀졌습니까?"

"밝혀지지 않았습니다. 동일범의 소행으로 생각됩니다. 얼마 전에 범인으로 생각되는 자의 전화가 사건현장으로 걸려왔었습니다. 그자는 제3의 사나이로 자처했습니다. 정신이상자가 아닌가 생각됩니다. 정신이상자는 보통사람들은 상상도 할 수 없는 짓을 밥 먹듯이 저지를 수가 있습니다. 그러니까 닥터 박께서도 조심하셔야 될 것 같습니다. 위험이 박두한 것 같이 생각됩니다. 놈이 닥터 박을 노리고 있다면 이제 기회가 얼마 남지 않았다는 것을 자기 자신도 알고 있을 겁니다."

"난 답답해서 죽을 지경이오."

한 회장은 주먹을 쥐고 흔들었다.

"그게 문제가 아닙니다. 미친놈은 겉으로 볼 때에는 아주 정상적으로 보입니다. 그러나 마지막 순간에 가서 탈을 벗고 야수로 돌변합니다."

"아무튼 빨리 해결해 줬으면 좋겠소. 너무 오래 끌면 난 양 교수의 지시를 따를 수가 없어요."

"알겠습니다. 그리고 부탁이 있습니다."

한 회장은 미간을 찌푸렸다.

"뭡니까?"

"닥터 박께서 가까이 접근하고 있는 인물들을 일단 물리치십시오. 가까이 접근하게 하지 마십시오. 필요한 것은 전화나 인터폰으로 지시하십시오."

"구체적으로 어떤 인물들을 말하는 건가요?"

"황비서를 비롯해서 주위에서 손발이 되어 움직이는 사람들 말입니다."

한 회장은 어리둥절했다.

"그들한테 문제가 있나요?"

"문제가 있는지는 알 수가 없습니다. 빠를수록 좋습니다."

"그렇다면 경호원들도 없애라는 말인가요?"

"네, 그렇습니다. 다른 사람들로 교체해 주십시오."

한 회장은 머리를 설레설레 흔들었다. 그는 오 형사의 요구를 이해할 수 없었다.

"그건 너무 무리한 요구인데요. 그들을 믿지 못한다면 나는 한 발짝도 움직일 수가 없어요. 그들이 의심스럽다면 나는 벌써 죽었을 거 아니오."

"현실적으로 어려움이 있다는 건 알고 있습니다. 하지만 그럴 필요가 있기 때문에 그럽니다."

"새로 교체하는 사람들이 반드시 안전하다고 어떻게 믿을 수가 있나요?"

"그러니까 믿을 만한 사람들로 교체하셔야죠."

"나는 그럴 만한 안목이 없어요."

"제가 도와드리겠습니다. 은밀히 뵙고 말씀드리겠습니다."

한 회장은 침묵했다. 그가 얼른 판단을 못 내리고 머뭇거리고 있는데 오 형사의 목소리가 다시 들려왔다.

"만나 뵐 수 있게 시간을 좀 주시면 고맙겠습니다."

"시간은 낼 수가 있어요. 언제가 좋겠습니까?"

"빠를수록 좋습니다. 오늘 저녁에 어떻습니까? 7시경 에……"

한 회장은 저녁식사 약속이 있었다. 미국 관리와의 중요한 약속이었다. 그는 그것을 취소해야겠다고 생각했다.

"좋아요. 어디서 만날까요?"

"아무도 모르게 만나야 합니다."

한 회장은 오 형사가 말해주는 내용을 귀담아들었다. 만나는 방법을 말하고 난 뒤 그는 끝으로

"혼자 오셔야 합니다. 비서한테도 알리지 말고 혼자 오셔야 합니다."

라고 말했다.

"알겠소. 혼자 가겠소."

통화를 끝낸 그는 미국 관리에게 전화를 걸었다. 그 미국 관리는 정보계통에 종사하는 한국 주재 책임자였다. 그는 보통 녹스로 불리고 있었다. 그와의 통화는 비밀을 요하는 것이었기 때문에 그는 비서를 통하지 않고 직접 전화를 걸었던 것이다.

"녹스 씨 계십니까?"

그는 유창한 영어로 물었다.

"누구십니까?"

세련된 목소리의 외국 여자가 전화를 받았다.

"홍이라고 전해 주십시오. 주말에 골프 건으로 이야기하고 싶다고 전해 주십시오."

"잠깐 기다려 주십시오."

잠시 후 녹스의 목소리가 들려왔다. 그의 목소리는 분명하지가 않고 흐리멍덩한 것이 특징이라면 특징이었다.

"오, 미스터 홍, 웬일입니까?"

미스터 홍은 녹스와 통화할 때 한 회장이 사용하는 암호명이었다.

"다름이 아니고 오늘 저녁 약속을 취소해야겠습니다. 중요한 일이 있어서 그럽니다. 미안합니다."

"할 수 없죠 뭐. 유감이군요."

"내일 저녁에 어떨까요?"

미국인은 잠시 생각해 보고 나서 대답했다.

"다른 약속이 있긴 하지만 취소시키죠. 우리가 만나는 게 더 중요하니까요."

"감사합니다. 같은 장소에서 같은 시간에 만날까요?"

"좋습니다."

"그럼 실례합니다."

"미스터 홍, 아무튼 몸조심하십시오."

"감사합니다."

"우리 정보에 의하면…… 자, 그럼 내일 만납시다. 굿바이!"

녹스가 서둘러 전화를 끊은 뒤에도 한 회장은 멍하니 수화기를 들고 있었다.

저녁 6시.

한 회장은 평소에는 잘 입지 않는 진한 감색 코트를 걸치고 중절모를 머리 위에 눌러썼다. 거울 앞에서 자신의 모습을 잠시 비춰 본 다음 그는 책상 위에 있는 버튼을 눌렀다.

"황비서 들어오라고 해요."

그의 말이 떨어지기 무섭게 황비서가 안으로 들어왔다. 황비서는 그의 차림을 보고 조금 놀라는 표정을 지었다.

"나 지금 일이 좀 있어서 나가볼 테니까 그렇게 알아요."

"어, 어디에 가시는 겁니까?"

"나 혼자 갈 거니까 황비서는 연락 있을 때까지 여기에 그냥 있어요."

황비서는 당황하는 표정이 되었다.

"아니, 어디 가시는데…… 제가 모시고 가겠습니다."

"그럴 필요 없어. 차를 대기시켜요."

"혼자 가시면 안 됩니다. 경호차를 대기시키겠습니다."

한 회장은 잠깐 생각해 보고 나서 고개를 끄덕였다. 그것을 보고 황비서는 급히 밖으로 뛰어나갔다. 잠시 후 그가 다시 들어왔다.

"준비됐습니다."

한 회장은 밖으로 나가 그의 전용 엘리베이터 안으로 들어갔다. 황비서와 두 명의 경호원이 함께 탑승했다. 그들은 한 회장과 시선이 마주치는 것을 피하고 있었다.

엘리베이터가 1층 로비에 도착했을 때 그 앞에도 경호원들이 지키고 있었다. 한 회장에 대한 경호는 눈에 띄게 강화되어 있었다. 그는 앞문으로 가지 않고 뒷문으로 향했다. 황비서는 당황했다. 위험경고가 있는 뒤로 한 회장은 예측할 수 없는 행동을 취하곤 했다. 그 바람에 진땀을 빼는 사람은 황비서였다.

"빨리!"

그는 경호 책임자에게 작은 소리로 외쳤다. 경호 책임자는 부리나케 정문 쪽으로 달려 나가 대기하고 있는 벤츠 운전사에게 소리쳤다.

"뒤로 빨리 돌려!"

중년의 운전사는 재빨리 차 속으로 들어가 빌딩 뒤쪽으로 급히 차를 몰았다.

"회장님, 저도 함께 가겠습니다."

차가 와서 멈추자 황비서가 한 회장에게 다시 한번 간청했다.

"그대로 있어."

한 회장은 벤츠 뒷자리로 들어가 앉았고 옆에 지켜 서 있던 경호원이 문을 조심스럽게 닫았다.

벤츠 500SL은 소리도 없이 굴러갔다. 황비서는 경호 책임자에게 엄하게 말했다.

"한눈팔지 말고 끝까지 경호해!"

한 회장의 벤츠는 두 대의 경호차 사이에 끼어 달려갔다. 경호차들은 벤츠와 그들 사이에 다른 차들이 끼어드는 것을 허락지 않았다. 경호원들은 앞차에 4명 뒤차에 4명이 타고 있었다. 그들은 모두 무술 유단자들이었고 경호 전문가에 의해 강도 높은 훈련을 받은 사람들이었다. 또한 그들은 충분한 보수를 받고 있었기 때문에 회장 경호에 헌신적으로 임하고 있었다.

한 회장은 자신이 그런 경호를 받는 것을 몹시 언짢게 생각하고 있었다. 그것은 그의 취향에 맞지 않는 것이었다. 그것은 귀찮고 불편하고 생활 자체를 피곤하게 만드는 것이었다. 그런 것을 알면서도 그는 어쩔 수 없기 때문에 참아내고 있었다.

미국 측 정보책임자인 녹스 마저 그에게 몸조심하라고 충고하고 있었다.

"우리 정보에 의하면"

하고 서두를 꺼냈다가 그는 얼른 말을 돌려버렸다. 어떤 정보를 입수했기에 그런 말을 비쳤을까? 미국 측 정보라면 그도 믿을 만하다고 생각하고 있었다.

그런 저런 생각에 잠겨 있으려니 그는 마치 산소 결핍상태에 빠져 있는 것처럼 가슴이 몹시 답답해져왔다. 손발이 묶이고 목이 죄어오는 느낌이었다. 창문을 내려 찬 바람이 몰려들어오게 했지만 답답한 느낌과 압박감은 사라지지 않고 있었다.

40분쯤 지나 벤츠는 A극장 앞에 멈춰 섰다. 그가 차에서 내리자 경호원들도 일제히 차에서 내렸다. 그가 움직이자 경호원들이 그를 에워싸듯이 하면서 따라왔다. 그는 달려오는 빈 택시를 향해 손을 흔들어보였다. 그리고 경호 책임자에게 말했다.

"됐어. 여기서부터는 나 혼자 갈 테니까 따라오지 말라구. 이따가 연락할 테니까 회사에 가서 대기하고 있어요."

그는 멈춰선 택시의 뒷문을 열었다.

"아니, 회장님…… 안 됩니다."

경호 책임자가 그를 막아서며 당황해서 말했다.

한 회장은 미간을 찌푸렸다.

"난 괜찮으니까 돌아가요. 빨리!"

그의 표정이 엄해지는 것을 보고 경호 책임자는 한편으로 물러섰다. 한 회장은 택시 안으로 들어가 문을 닫았다.

"갑시다. 남산 도서관으로 갑시다."

5분쯤 지나 그는 뒤를 돌아보았다. 두 대의 경호차가 저만큼 뒤에서 따라오는 것이 보였다. 그 뒤에는 그의 벤츠도 따라오고 있었다.

경호원들로서는 그럴 수밖에 없었다. 그들은 어떠한 경우에도 끝까지 회장을 경호하라는 명령을 받고 있었다. 그런데 회장이 느닷없이 그들을 뿌리치고 낡아빠진 택시를 집어타고 행선지도 알리지 않은 채 어디론가 가고 있으니 그들로서는 무턱대고 따라붙을 수밖에 다른 도리가 없었던 것이다.

"잠깐 세워주시오."

회장은 택시를 세우게 한 다음 문을 열었다. 경호 책임자가 차에서 내려 택시 쪽으로 뛰어왔다.

"이봐, 따라오지 말랬잖아. 돌아가라구."

"회장님, 하지만……"

큰소리로 소리치자 경호 책임자는 멈칫하고 물러섰다. 한 회장은 문을 잡아당겼다.

5분쯤 달렸을 때 운전사가

"이제 마음 놓으셔도 되겠습니다. 안 따라오는데요."

하고 묻지도 않은 말을 했다.

한 회장은 뒤돌아보지 않았다. 중년의 운전기사는 백미러를 통해 그의 얼굴을 자꾸만 쳐다보더니 급기야 참지 못하겠는지 물었다.

"실례지만 어디…… 회장님이십니까?"

"아, 아니에요."

한 회장은 머리를 흔들면서 어두워진 거리를 바라보았다. 눈은 그쳐 있었다.

"아까 회장님이라고 부르는 것 같던데요."

"잘못 들으셨겠지요."

그러나 운전사는 남산 도서관 앞에 도착할 때까지 계속 승객을 관찰했다.

도서관 앞 차도에는 몇 대의 승용차가 세워져 있었다. 택시에서 내린 그는 곧장 도서관 쪽으로 걸어갔다. 도서관에는 불이 환히 켜져 있었다. 도서관 앞에 이른 그는 몸을 돌려 도로 차도 쪽으로 걸어왔다. 그를 태우고 왔던 택시는 사라지고 없었다. 그가 길가에 늘어서 있는 차들의 번호판을 확인하고 있을 때 한 낡은 차 안에서 두 사람이 나오는 것이 보였다. 가로등 불빛에 드러난 그들의 모습을 한 회장은 금방 알아볼 수 있었다. 제주도에서 만났던 형사들이었다.

"오시게 해서 미안합니다."

오 형사가 가까이 다가와 고개를 숙였다. 한 회장은 형사들과 악수를 나누었다.

"오히려 제가 미안합니다."

"자, 제 차에 타시죠."

오 형사가 콜롬보 차를 가리켰다. 한 회장은 어디에 가느냐고 굳이 묻지 않았다. 그는 낡은 승용차의 뒷좌석에 올라탔다.

"이런 차로 모시게 돼서 죄송합니다."

오 형사가 시동을 걸면서 말했다.

"그런 말씀 마십시오."

한 회장은 그 차가 10년은 훨씬 넘었겠다고 생각했다. 그와 함께 그에게 새 차를 한 대 구입해 주고 싶은 마음이 일었다.

앞자리에 형사 두 명이 앉아 있었고 한 회장은 혼자서 뒷좌석에 앉아 있었다. 남산 순환도로 위를 달리던 차는 이윽고 허름한 주택가 골목으로 들어갔다. 그때까지 그들은 입을 다물고 있었다. 골목을 한참 동안 꼬불꼬불 달리자 이윽고 시장과 주점들이 어우러진 곳이 나타났고, 콜롬보 차는 '곱창전골전문'이라고 씌어져 있는 어느 조그만 주점 앞에 멈춰 섰다. 뚱뚱한 중년 여인이 반갑게 맞이하는 것으로 보아 형사들이 단골로 드나드는 집 같았다.

댓 평쯤 되어 보이는 실내에는 드럼통을 잘라 만든 테이블이 몇 개 놓여 있었고, 자리는 거의 손님들로 들어차 있었다. 이미 연락이 되어 있었는지 여인은 2층 다락방으로 올라가라고 말했다. 방은 그곳밖에 없는 것 같았다. 그들은 겨우 한 사람씩밖에 올라갈 수 없는 좁고 가파른 나무계단을 구두를 벗어들고 올라갔다.

다락방은 낮았기 때문에 허리를 굽혀야 움직일 수가 있었다. 좁은 방 한쪽에는 살림살이가 아무렇게나 쌓여 있었고, 천장에는 누렇게 바랜 형광등이 하나 걸려 있었다. 좁고 답답했지만 그들만의 은밀한 공간이었다.

한 회장은 실로 오랜만에 곱창 졸이는 냄새를 실컷 맡을 수가 있었다. 그는 가난하던 옛 시절이 생각났다. 그때 병호가 얼굴을 붉히며 말했다.

"회장님을 좋은 곳으로 모셔야 하는데 이런 곳으로 모셔서 죄송합니다."

"아, 아니에요. 아주 마음에 드는 곳입니다. 비싼 음식점보다는 훨씬 좋습니다. 옛날 젊었을 때에는 이런 데 자주 갔었지요."

"이 집에는 곱창전골밖에 없습니다. 괜찮으실는지요?"

"아, 좋고말고요. 곱창 졸이는 냄새가 아주 좋은데요."

재벌그룹의 회장 같지 않게 그는 아주 소탈한 면을 드러내 보이고 있었다. 사실은 걱정스런 마음으로 한 회장을 그곳으로 데리고 왔던 병호는 회장의 그런 모습을 보자 다소 마음이 놓이는 것을 느꼈다. 그런 곳으로 재벌 회장을 데리고 왔다는 것은 어떻게 생각하면 큰 실례일 수도 있었다. 그러나 그는 한 회장이 파격적인 인물이라고 생각했기 때문에 그곳으로 데리고 와봤던 것이다. 한편으로는 그에게 색다른 세계를 보여주고 싶기도 했던 것이다. 그러나 한 회장은 별로 거부감을 보이지 않고 오히려 소탈하게 적응해 주고 있었다.

왕 형사가 곱창 5인분에다 소주 두 병을 시켰다. 그는 곱창이 몹시 먹고 싶은지 벌써부터 입맛을 다시고 있었다.

심부름하는 소녀가 올라와 가스 불 위에 곱창전골 냄비를 올려놓고 내려갔다. 그들은 저고리를 벗어부치고 식탁 앞으로 다가앉았다.

"이런 데 오실 기회가 거의 없으시죠?"

병호가 한 회장의 잔에다 소주를 따르면서 말했다.

"네, 거의 없습니다. 사실은 이런 데가 술맛이 나는데…… 올 기회가 거의 없습니다. 술자리라는 게 거의 남의 눈치나 살펴야

하는 자리이기 때문에 술맛도 나지 않고 피곤하기만 하지요."

한 회장은 솔직한 심정으로 이야기했다. 사실 그가 참석하는 술자리라는 것은 만찬회나 고급 레스토랑, 또는 요정 같은 곳이 대부분이었다. 그 모든 곳들이 거의 사업을 위한 로비 장소로 이용되고 있었기 때문에 결코 홀가분하고 편안한 술자리가 될 수 없었다.

병호는 한 잔만 마시고 더 이상 마시려고 하지 않았다.

차를 운전해야 하고 또 근무 중이기 때문에 그런다고 하자 한 회장은 어이없다는 표정을 지었다.

"그럼 나 혼자 술을 마시라는 거요? 술자리에 데리고 왔으면 당연히 함께 술을 마셔야지요. 이 경우 술 마시는 것도 근무에 속한다고 생각되는데 어때요? 왕 형사는 어떻게 생각해요?"

"그, 그렇습니다."

왕 형사는 곱창을 집어 먹다 말고 당황해서 말했다.

"운전하기 어려울 정도로 술을 많이 마시면 될 게 아니오. 그때는 택시를 타면 된단 말이오. 아주 간단한 일을 가지고 왜 그렇게 복잡하게 생각하시오? 나 같은 늙은이도 이렇게 술을 마시는데 당신들같이 젊은 사람들이 마시지 않겠다는 것은 말도 안 돼요. 자, 마셔요."

술이 한 잔 들어가자 한 회장의 말투는 거칠고 시원스러워지고 있었다.

병호는 거절할 수 없어 한 회장이 권하는 잔을 받았다. 한 회장은 왕 형사한테도 술을 손수 따라주었다.

"우리 격의 없이 이야기합시다. 그리고 술잔을 돌려요. 자기

잔에다 자기 손으로 술을 따라 마시면 맛이 없단 말이야. 남자들이 집에서 술을 못 마시는 이유가 바로 그거예요. 마누라는 술 못 마시게 하는데 혼자 식탁에 앉아 청승맞게 제 손으로 술 따라 마시면 술맛이 나겠어요? 그래도 옆에서 누가 자꾸만 권하고 재미난 이야기라도 해주어야지 술이 넘어가지, 안 그래요?"

"그, 그렇습니다."

왕 형사는 머리를 숙이면서 두 손으로 잔을 받았다. 그는 너무 황송해서 어쩔 줄을 몰라 했다. 술잔은 재빨리 돌아가기 시작했다. 두 홉들이 소주병이 금방 비워지고 다시 두 병이 식탁 위에 올려졌다.

"참, 손명기의 가족들이 모두 죽었다고 했는데…… 그럼 손명기는 어떻게 됐나요?"

"모르겠습니다. 집안에는 가족의 시체만 있었습니다. 너무 처참해서……"

병호는 말끝을 흐리면서 그 장면을 생각하고 싶지 않다는 듯 술을 입속에 쏟아 부었다.

"도대체 그자는 어디에 갔을까? 자기 가족들 죽음을 알고 있을까요?"

한 회장의 물음에 형사들은 답답할 정도로 침묵을 지켰다. 그것은 그들도 알고 싶은 점이었던 것이다.

"알고 있더라도 그는 집에 접근할 수가 없었을 겁니다.:

병호는 겨우 이렇게 말할 수밖에 없었다.

"지금 도대체 몇 사람이 죽었나요?"

"다섯 명이 죽었습니다."

"범인은 칼을 잘 다루는 것 같습니다."

하고 왕 형사가 말했다.

"서기태에 관한 자료가 필요하다고 했지요?"

"네, 그렇습니다."

한 회장은 벗어놓은 저고리 속에서 누르스름한 편지봉투를 하나 꺼냈다.

"대충 정리해 봤는데 한번 읽어보시오."

병호는 그것을 받아서 안에 들어 있는 것을 얼른 꺼내 보았다. 서기태에 관한 내용이 그의 사진과 함께 일목요연하게 타이핑되어 있었다.

"이건 누가 정리한 겁니까?"

"내가 타이핑한 거요."

"회장님께서 직접 말입니까?"

"그렇소. 난 중요한 건 직접 작성하는 버릇이 있어요."

사진의 얼굴은 앞서 파출소에 철해져 있던 실종신고 접수 철에서 보았던 그 얼굴과 비슷해 보였다. 그래도 확실히 해두기 위해 그는 보관하고 있던 서기태의 사진을 꺼내 두 장을 비교해 보았다. 한 회장이 가져온 것은 명함판으로 조금 젊어 보이는 얼굴이었지만 두 사진에 나타난 얼굴은 동일 인물임에 틀림없었다. 인적사항도 이미 확인했던 것과 일치했다.

"서기태는 우리 한성에서 처음에는 우수하다는 평가를 받은 인물이었어요."

한 회장이 신음처럼 중얼거렸다.

인적사항 가운데는 앞서 확인했던 것 외에 새로운 것도 추가 되어 있었다. 이를테면 그의 학력과 입사 년월일 등이 그것이었다. 그는 1959년 2월 S대학교 전자공학과를 졸업했고, 입사 년월일은 1964년 3월 17일로 되어 있었다.

"서기태와 손명기는 두 사람 모두 회사에 손해를 끼친 사람들인데…… 그들은 서로 잘 아는 사이였나요?"

"글쎄, 그건 잘 모르겠습니다. 서기태는 한성전자에서 일했고 손명기는 한성산업에서 일했기 때문에 서로 모르고 지냈을 수도 있지요. 한성전자는 서울에 있는 것도 아니고 수원 쪽에 있기 때문에 거리상으로도 서로 많이 떨어져 있지요."

"누가 먼저 입사했습니까?"

"글쎄, 그건 확인해 보지 않았는데요."

한 회장은 계속해서 술잔을 돌리고 있었다. 병호는 사양하지 않고 술잔을 받았다.

한 회장이 손수 작성했다는 서기태에 관한 내용은 다음과 같았다.

1964년 3월 공채 4기로 입사. 입사시험 성적은 1백32명 중 5위. 한성전자에 배속. 1974년 부장으로 승진. 76년 이사로 승진. 매우 빠른 속도로 승진함. 가전제품 품질향상에 기여한 바가 큼. 한성전자 제품이 빠른 시간 내에 우수한 제품으로 평가받게 된 데는 그의 공로가 큼. 77년 장기간에 걸쳐 기밀정보를 M전자 측에 빼내 팔아온 것이 적발되어 파면 조치하고 경찰에 고발. 그 후 구속 기소되어 2년 형을 선고받고 복역. 만기 출소 후 M개발에 들어갔으나 얼마 후 그만

둔 것으로 알고 있음.

   M그룹의 M전자는 한성전자보다 5년이나 늦은 후발기업이었으나 서기태가 제공해 준 첨단기술 덕분에 단시일 내에 한성을 추적, 경쟁관계로 부상하게 됨. 서기태는 첨단기술을 계속해서 넘겨주는 대가로 M전자 측으로부터 엄청난 액수의 금품을 정기적으로 제공받았으나 확실한 금액은 밝혀지지 않음.

   1967년 5월 같은 회사의 김수지 양과 결혼했으나 73년 사별. 슬하에 딸 하나를 두었음. 74년 홍미애와 재혼.

   "서기태 때문에 한성전자가 본 피해는 얼마나 됩니까?"

   한 회장은 얼른 대답하지 않고 슬픈 빛이 도는 미소를 가만히 지었다.

   한동안 무거운 침묵이 흐른 후 그가 말했다.

   "그야 계산할 수가 없지요. 결국 M전자 제품 때문에 한성전자는 고전을 면치 못하게 됐으니까요."

   "그렇겠군요. 그런데 어떻게 해서 그것을 적발해 내셨나요?"

   "우리가 새 제품을 시장에 내놓기가 무섭게 저쪽에서도 우리 것과 아주 흡사한 것을 내놓는 거예요. 약간 변형만 시켰을 뿐 근본은 우리 제품과 아주 꼭 닮은 거예요. 우리보다 한발 앞서 내놓는 바람에 우리한테 찬물을 끼얹은 경우가 한두 번이 아니었지요. 그런 것이 계속되다 보니까 결국 기술정보가 그쪽으로 흘러들어가고 있다는 것을 눈치 채게 된 거지요. 하지만 누가 그런 파렴치한 짓을 하고 있는지 알 수가 없었어요. 그런데 어떤 사람한테서 정보가 들어왔어요. 바로 서기태가 그런 짓을 하고 있다는 정보였지요. 그래서 우리는 미행 끝에 정보가 M전자 쪽으로 넘어가는 현장을 붙잡을 수가 있었지요. 그것이 한 건 정도였다면 눈감아 줄 수도 있는 문제였지만 수년간에 걸친 스파이 짓이었기 때문에 그대로 둘 수가 없었어요."

한 회장의 얼굴은 붉게 달아올라 있었다. 그의 표정은 어느새 굳어 있었다.

그 표정에는 고뇌와 분노가 엇갈리고 있는 것 같았다. 소주 두 병이 다시 올라왔다. 왕 형사가 병마개를 땄다.

"서기태가 그런 짓을 하고 있다는 정보를 한성 측에 알려준 사람은 누구였습니까?"

"아직도 그 사람이 누구인지 알 수가 없어요. 젊은 여자란 것만 알고 있지 그밖에는 그 사람에 대해서 아무 것도 알아낼 수가 없었어요."

"그럼 맨 처음 그 여자와 접촉한 사람은 누구였나요?"

"접촉한 게 아니라 전화를 통해서 정보를 받았을 겁니다. 그 관계에 대해서 자세히 알고 싶으시면 황비서한테 물어보시면 될 겁니다. 내가 알기로는 딱 한 번 전화를 걸어오고는 두 번 다시 연락이 없었던 걸로 알고 있습니다. 누구인지 알고 싶은데 알 수가 없었어요."

한 회장은 답답한 듯 머리를 흔들었다.

"이거 보십시오! 이상한 점이 있는데요!"

그때 수첩을 들여다보고 있던 왕 형사가 큰 소리로 말했다.

두 사람은 입을 다물고 그를 쳐다보았다. 왕 형사는 먼저 한 회장이 가져온 서기태에 관한 자료를 들여다보면서 말했다.

"여기에 보면 서기태의 생년월일이 1936년 5월 10일입니다."

"그게 어떻다는 거야?"

오 형사의 물음에 왕은 형사 수첩을 들여다보았다.

"그런데 손명기의 생년월일은 서기태보다 하루 빠른 5월 9일입니다. 태어난 해는 같은 1936년이구요."

"동갑내기군. 그럴 수도 있지 뭐."

병호는 왕 형사가 무슨 큰 발견이라도 한 듯 큰소리로 말하는 것을 대수롭지 않게 받아 넘겼다. 그러나 왕 형사의 다음 말이 그의 신경을 자극했다.

"네, 그럴 수도 있습니다. 하지만 같은 S대 출신이고 졸업년도도 같습니다. 더욱 이상한 것은 같은 해 같은 날짜에 두 사람이 나란히 한성그룹에 입사했다는 사실입니다. 우연의 일치치고는 좀 이상하지 않습니까?"

"그서…… 듣고 보니까 이상하군요."

한 회장이 고개를 끄덕이며 말했다. 오 형사도 고개를 갸우뚱했다. 왕 형사가 다시 말했다.

"그리고 더욱 중요한 사실이 있습니다."

"그게 뭐지?"

"두 사람 다 좋지 않은 일로 한성에서 나갔다는 사실입니다. 그 점이야말로 저는 아주 중요한 공통점이라고 생각합니다."

"그렇군요. 거 이상하군요. 그냥 지나치기 쉬운 점들을 지적해내셨군요."

한 회장이 맞장구를 쳤다.

"본적은 어때?"

오 형사가 심각한 얼굴로 물었다.

"서기태는 강원도 춘천에 본적이 있고…… 손명기 본적은 대구입니다."

두 사람 사이에 모종의 관계가 있었던 것이 아닐까? 그럴 가능성이 크다고 병호는 생각했다.

"이건 아주 중요한 발견이야. 두 사람 관계를 조사해 보는 게 좋겠어. 이번 사건에 얽혀 있는 두 사람 관계는 아주 뿌리 깊은 것인지도 몰라. 아주 오래 전부터 관계가 지속돼 왔는지도 모르지. 과거를 더듬어 보는 게 좋겠지. 학교 동창들을 만나보고 본적지에 가서 사람들을 만나보고…… 그렇게 하면 뭔가 드러날거야."

한 회장은 심각한 표정으로 두 사람이 나누는 이야기를 경청하고 있었다. 그의 눈에 비친 두 사람은 그렇게 성실해 보일 수가 없었다. 그들은 자기들이 맡은 일에 완전히 몰입해 있는 것같았다.

"서기태는 왜 M개발에서 나왔습니까?"

병호가 화제를 돌렸다.

"결국 그들에게 이용을 당한 셈이지요. 그가 출옥하자 M그룹 측은 마지못해 그를 회사에 받아들였지만 그의 전공과는 전혀 관계가 없는 개발부서 쪽으로 발령을 냈어요. 그것은 부동산 관계를 취급하는 부서지요. 그러니 그 사람이 거기서 배겨나겠어요? 결국 쫓겨나다시피 나오고 말았겠지요. 머리가 좋은 사람이었는데…… 그 머리를 잘못 쓰는 바람에 결국 패가망신하고 말았지요."

"한일경제백서는 발표하실 겁니까?"

"발표할 겁니다."

한 회장은 거침없이 말했다. 그의 말에서는 주저한다거나 하는 빛이 조금도 느껴지지 않았다.

"그것 때문에 더욱 생명의 위협을 받으시는데도 발표하실 겁니까? 위험을 자초하는 것 아닐까요?"

"위험을 자초하는 짓이라는 건 알고 있습니다. 하지만 이미 각오한 일이기 때문에 그런 건 상관하지 않습니다. 발표하고야 말겁니다."

"드럼통이 몹시 싫어할 텐데요."

오 형사가 최고 권력자를 그렇게 부른 것을 보고 한 회장은 내심 적잖게 놀랐다.

"그건 각오하고 있습니다."

"그는 자기가 싫어하는 짓을 하는 사람을 가만두지 않는 성미인데요. 성격이 걷잡을 수 없기 때문에 무슨 짓을 할지 알 수 없는 사람 아닙니까?"

"알고 있습니다."

한 회장은 고개를 끄덕였다. 그는 오 형사의 말에다 보태서 말했다.

"드럼통은 자기가 싫어하는 짓을 하는 것을 제일 싫어하지요. 그걸 바로 자신에 대한 도전이라고 생각하고 있기 때문이지요. 그리고 자기에 대한 도전을 곧 국가에 대한 반역으로 생각하지요. 그 때문에 체포된 사람들이 많지 않습니까?"

"그런 걸 아시면서 그에게 도전하시는 겁니까?"

한 회장은 빙그레 웃었다.

"분명히 말하지만 그건 도전이 아닙니다. 백서를 발표하려는 것은 국민들에게 실상을 알리고 우리의 경제정책을 바꾸려는데 목적이 있습니다. 그대로 두어서는 안 됩니다. 그대로 방치하다가는 나라가 망합니다. 알만한 사람들은 알고 있습니다. 하지만 무서워서 입을 못 열고 있을 뿐입니다. 해바라기들은 오히려 지금의 상태를 더 부추기고 있고요. 따라서 누군가가 나서서 희생을 무릅쓰고 말하지 않으면 안 됩니다. 나는 결코 용기가 있어서 그러는 게 아닙니다."

한 회장은 소주를 입속에 부었다.

"사실 나는 겁이 많은 사람이에요. 하지만 경제인으로서 나는 어떤 의무감을 느꼈기 때문에 내가 나서지 않으면 안 된다고 생각한 겁니다. 나는 나이도 나이고 자식들도 모두 키워놨고…… 회사도 키워놨고…… 이제 두려워해야 할 조건이 없습니다. 그런데도 불구하고 무서워서 입을 다물고 있다면 그건 짐승이나 다름없는 삶이지요."

병호는 그를 제지할 수 없다는 것을 느꼈다.

그는 더 이상 한 회장을 말릴 필요가 없다고 생각했다. 그의 주장은 백 번 옳은 것이었고, 그것은 누군가가 해야 할 일임에 틀림없었다. 그 누군가가 희생되지 않는 선에서 말이다. 그러나 그는 그 누군가가 희생되지 않게 할 자신이 서지 않았다. 그것은 너무나 어려운 일일 것 같았다. 하지만 그는 해보는 데까지 해보아야 한다고 생각했다. 비록 그 누군가와 함께 쓰러지는 한이 있더라도 말이다.

"그 백서는 어디 있습니까?"

그는 가장 대답하기 어려운 질문을 던져보았다. 두 사람의 시선이 부딪쳤다. 먼저 시선을 피한 쪽은 한 회장이었다.

"지금 책을 만들고 있는 중이요. 백만 부쯤 만들어 뿌릴 예정입니다."

"제작이 가능하겠습니까? 인쇄소를 모두 뒤질 텐데요."

"거기에 대비해서 준비를 해놓았었지요. 거기까지는 손이 미치지 못할 겁니다."

거기에 대비해서 그는 비밀리에 인쇄소를 하나 차렸다. 물론 허가가 나지 않은 무허가 인쇄소였다. 거기서 일하는 사람들이 입을 다물고 있는 한 발각될 염려는 없었다. 그 일을 위해 그는 인쇄소에서 평생을 바친 고향 친구를 찾아내 그에게 모든 것을 맡겼다. 그 친구는 자기의 심복들을 몇 명 불러들였다. 그들은 전문기술자들로 책 내용 같은 데는 별로 신경을 쓰지 않았다. 책을 품위 있게 잘 만들어내는 데만 관심을 두고 있었다. 보수는 물론 후했다. 일을 끝내면 인쇄시설은 폐쇄되고 그들은 흩어지기로 되어 있었다.

병호는 그 비밀 장소에 한번 가보고 싶은 충동을 느꼈다. 그러나 말을 꺼내지는 않았다.

"비밀유지가 끝까지 성공한다면 백서를 발표하는 것은 문제가 없겠군요?"

"별문제가 없을 겁니다. 배포계획도 세워놨으니까요. 외국에 있는 친구들한테도 귀띔을 해놨습니다."

"문제가 발생하는 것은 결국 배포 후가 되겠군요?"

"그렇지요. 엄청난 파문이 일겁니다. 그 소용돌이를 어떻게 견뎌내느냐 하는 게 문제입니다."

"외국에 나가 계시는 게 어떨까요?"

하고 왕 형사가 조심스럽게 물었다. 한 회장은 미소를 지으며 고개를 흔들었다.

"그렇게 되면 결국 망명이 되는데…… 그렇게 되면 결국 모든 것을 잃게 되지요. 내 회사는 망하게 될 것이고 나는 끊임없이 매도될 것입니다. 나는 변명 하나 할 수 없고 말입니다. 그건 그렇다 치고 내 자존심이 허락지 않아요. 망명할 거라면 아예 처음부터 단념했을 겁니다."

"무섭고 대단한 인물이다."

라고 병호는 생각했다. 이만한 인물을 만나기는 평생에 한 번 있을까말까 하지 않을까. 그는 지금까지 유명하다는 지도급 인사들을 무수히 만나보았었다. 그러나 만나고 난 끝에 느끼는 감정이란 거의가 속았다는 실망감뿐이었다. 그들은 허세와 명성에 포장된 박제동물 같았다.

"아까 전화로 나에게 한 요구는 재고될 수 없나요?"

한 회장이 화제를 돌려 물었다.

"사실은 그 문제를 상의하려고 만나 뵙고자 한 겁니다. 측근을 모두 바꾸자고 한 것은 그 사람들을 믿을 수가 없기 때문에 그런 게 아닙니다. 생각 끝에 그 방법이 제일 낫겠다 싶어 말씀드린 겁니다. 전투로 말하자면 일종의 작전이라고 할 수 있는 그런 거지요."

아래층이 몹시 시끄러워지고 있었다. 낯 뜨거운 욕설과 무엇이 연이어 부서지고 깨지는 소리가 들리는 것으로 보아 대판 싸움이 벌어진 것 같았다. 그들은 대화를 잠시 중단했다가 다시 시작했다.

"그 작전이란 구체적으로 뭡니까?"

병호는 벗어놓은 저고리 속에서 흰 봉투를 하나 꺼냈다.

"여기에 자세한 작전개요가 들어 있습니다. 한번 읽어봐 주십시오."

한 회장은 봉투 속에서 종이를 꺼냈다. 종이는 모두 다섯 장이나 되었다. 볼펜으로 정성들여 쓴 글자들이 다섯 장에 가득 채워져 있었다.

한 회장이 그것을 읽는 동안 형사들은 미동도 하지 않고 그를 바라보고 있었다. 한 회장의 얼굴에는 점점 놀라는 빛이 나타나고 있었다. 이윽고 그것을 모두 읽고 난 그는 형사들을 한번 쳐다보고 나서 한두 군데 더 자세히 읽어보았다. 이윽고 그는 그것을 식탁 위에 올려놓으며 찬탄의 눈으로 오 형사를 쳐다보았다.

"이거 직접 작성한 겁니까?"

"네, 한 부만 작성한 겁니다. 지니고 계시면 안 됩니다. 소각시켜 버리십시오."

한 회장은 믿을 수 없다는 듯 고개를 가로저었다.

"상부의 허가를 받은 사항입니까?"

"아닙니다. 상부에서 알면 안 됩니다. 이건 비밀입니다."

"독자적으로 할 수 있다고 생각하십니까?"

"해보는 데까지 해보겠습니다."

한 회장은 다시 머리를 흔들었다.

"나한테는 지나친 요구이고…… 당신들한테는 너무 위험부담이 커요. 나 때문에 당신들이 희생되는 걸 나는 바라지 않아요. 재고하도록 하시오. 나는 받아들일 수가 없어요."

아래층에서 들려오는 소리는 더욱 시끄러워지고 있었다. 호각소리까지 들려오는 것으로 보아 결국 경찰관까지 출동한 것 같았다.

"그렇게까지 해서 나를 지키고 싶은 마음은 없어요. 현재의 내 경호상태에서도 나를 지킬 수가 없다면 결국 운명으로 받아들일 수밖에 없다고 생각해요. 나에 대해서 걱정을 해주는 것은 고맙지만 더 이상 여러분들한테 수고를 끼치고 싶지가 않아요."

한 회장이 다시 말했다.

병호는 그가 자신의 제안을 쉽게 받아들일 것이라고는 생각지 않았기 때문에 그에게 맞서 자신의 의견을 밀고나갔다.

"저희는 당연히 해야 할 것을 하는 것이기 때문이니 조금도 부담감을 갖지 마십시오. 그렇게 하는 것은 저희들의 의무입니다. 그리고 그럴만한 가치가 있기 때문에 저희는 그렇게 하려고 하는 것입니다. 저희들의 계획이 마음에 안 드시겠지만 그 계획에 그대로 따라주시면 고맙겠습니다."

"위험한 짓이에요. 당신들이 희생당하는 건 정말 싫어요."

한 회장은 완강했다. 그러나 거기에 못지않게 형사들도 끈질기게 밀고나갔다.

"다른 방법이 없습니다. 생각 끝에 그 계획을 세운 겁니다. 위험하긴 하지만 현재로서는 그 방법이 제일 효과적일 것 같아 그런 계획을 세운 겁니다. 저희들은 결코 희생되지 않을 겁니다. 희생되는 것은 바로 범인입니다. 그 점은 안심하셔도 됩니다."

왕 형사가 자신만만하게 말했다. 그는 그 계획을 생각하는 것만으로도 스릴을 느끼고 있었다. 그는 아무리 험한 일을 맡아도 자신이 결코 희생당할 것이라고는 생각해 본 적이 없었다.

"범인이 유인될 것 같습니까?"

한 회장은 반신반의하면서 물었다.

"그건…… 우리가 어떻게 하는가에 달렸습니다. 미끼를 충분히 던지면 놈은 달려들 가능성이 많습니다. 지금까지 다섯 명이나 죽였기 때문에 이제 놈의 입장에서도 빨리 목적을 달성하고 싶을 겁니다. 따라서 기회만 생기면 놈은 달려들 겁니다. 지금까지 우리는 일방적으로 당하기만 했고, 그래서 수세에 몰려왔습니다. 그러나 이제부터는 적극공세를 펼 생각입니다. 그렇게 하지 않고는 놈을 체포할 수 없다는 것이 저희들이 내린 결론입니다. 회장님께서 허락만 하신다면 작전은 별 어려움이 없을 줄 압니다."

한 회장은 가만히 침묵하고 있었다. 아까처럼 완강히 고개를 젓거나 하지 않고 무엇인가 골똘히 생각하는 표정이었다.

유 인

수사본부는 오랜만에 들뜬 분위기에 싸여 있었다. 그도 그럴 것이 몇 사람이 어울려 나이트클럽에 가기로 되어 있었기 때문이었다. 물론 수사상 필요에 의해서 가는 것이었지만 나이트클럽에 간다는 것은 역시 즐거운 일이 아닐 수 없었다. 특히 여자들에게는 더욱 즐거운 일일 수밖에 없었다.

나이트클럽에 가기로 되어 있는 수사관들 가운데서도 제일 즐거워하는 사람은 여형사 유화시였다. 그녀는 초저녁부터 콧노래를 흥얼거리고 있었다. 그것을 보고 왕 형사는 몹시 못마땅해 하고 있었다. 그는 나이트클럽에 갈 수가 없기 때문이었다. 그는 오병호와 함께 다른 곳에 가기로 되어 있었다.

나이트클럽에 보내기 위해 차출된 사람은 모두 해서 여섯 명이었다. 남자 세 명에 여자가 세 명이었다. 여자들은 유화시를 비롯해서 미녀들로만 팀이 구성되어 있었다. 미녀들이 아니면 남자들이 걸려들지 않기 때문에 일부러 얼굴이 예쁘고 몸매가 늘씬한 아가씨들만 가려 뽑은 것이었다.

"거기 가서 멋있는 남자를 하나씩 골라잡아요. 아주 좋은 기회니까. 여기 있는 남자들은 별 볼일 없으니까 신경 쓰지 않아도 돼요."

유화시 형사가 다른 부서에서 지원 차 차출되어 온 두 명의 여자 수사관들을 향해 그렇게 말하자 남자들의 얼굴빛이 흐려졌다.

"아니 뭐라구? 우리가 어째서 그래? 거기 가서 아무리 눈을 뒤집고 봐도 우리만한 남자들은 찾을 수 없을 거야. 정 그렇게 나오면 거들떠보지도 않을 테니까 나중에 후회하지 말아요."

문 형사가 껌을 질겅질겅 씹으며 볼멘소리로 말하자 여자들이 웃었다.

"우리도 거기 가서 멋진 아가씨들을 하나씩 골라잡으면 될 거 아니야. 근사한 아가씨들 많을 텐데 뭘 그래."

"좋아요. 우리들한테는 접근하지 마세요."

남자들과 여자들은 두 팀으로 나뉘어 따로 행동하기로 되어 있었다. 남자들이 먼저 출발한 뒤 10분쯤 지나 여자들은 택시를 타고 A호텔로 향했다. 밤 9시 가까운 시간이었다. 이윽고 A호텔에 도착한 그녀들은 지하로 내려갔다.

지하에 자리 잡고 있는 나이트클럽 '라스베가스'는 장안의 술집들 가운데서도 손꼽히는 클럽이었다.

그녀들이 안으로 들어갔을 때 드넓은 실내에는 탱고가 흐르고 있었다.

"어머, 탱고!"

유화시는 입구에 멈춰서면서 황홀한 표정을 지었다. 그녀는 춤이라면 못 추는 것이 없을 정도로 그 방면의 꾼이라고 할 수 있었다. 그러나 그녀와 호흡을 맞출 수 있는 남자는 그렇게 흔하지가 않았다. 그녀와 짝을 맞출 수 있는 남자가 한 사람 있기는 있었다. 바로 오병호였다. 그러나 그는 나이트클럽에 출입하는 것을 별로 좋아하지 않았기 때문에 그와 함께 춤을 출 수 있는 기회란 거의 없었다. 그녀는 딱 한 번 그와 함께 춤을 춘 적이 있었다. 그때 그녀는 그의 춤 솜씨에 놀랐고, 그의 리드에 완전히 압도되어 그로부터 떨어질 때까지 황홀한 감정 속에 빠져 있었다. 그 한 번의 황홀감을 그녀는 결코 잊을 수가 없었다. 그러나 그 후 오경감은 그녀에게 그런 감정을 맛볼 수 있는 기회를 다시 주지는 않았다.

남자팀 세 명은 구석진 곳에 앉아 있었다. 여자팀은 거기에서 5미터쯤 떨어진 곳에 자리를 잡았다. 그들은 서로 아는 체하지 않았다.

플로어 위에서는 두 쌍이 탱고 곡에 맞춰 돌아가고 있었다. 두 쌍밖에 없다는 것은 탱고를 출 수 있는 사람이 그만큼 적다는 것을 뜻했다. 웨이터가 테이블 하나에 기본으로 배당되는 맥주와 안주를 가져왔다. 큼직한 맥주병 몇 개와 대접에 가득 담겨져 있는 과일 안주를 보자 아가씨들은 눈이 휘둥그레졌다.

"이걸 어떻게 다 먹지?"

얼굴이 길쭉한 아가씨가 걱정스러운 듯이 말하자

"밤새 앉아서 먹는 거야. 걱정할 것 없다구."

하고 유화시가 받아넘겼다. 그녀는 플로어 쪽을 쳐다보면서 나불거렸다.

"저 사람들 완전히 전세 낸 것 같아."

"신나게 추는데, 나도 저렇게 한번 춰봤으면……"

얼굴이 동글납작하게 생긴 아가씨가 말했다. 그녀는 경찰관이 된 지 이제 1년도 못 된, 세 사람 가운데 제일 나이가 어린 후배였다.

"춤 못 춰?"

"저런 건 못 춰요. 디스코밖에 못 춰요."

후배가 수줍어하며 말했다. 그때 탱고곡이 끝나면서 갑자기 요란스러운 음악이 터져 나왔다. 자리에 앉아 있던 손님들이 우르르 일어나 플로어로 몰려나가기 시작했다.

"디스코가 제일 만만해. 사실 저건 춤도 아니야. 아무렇게나 흔들어 대기만하면 되니까. 가만 보고 있으면 지랄발광하고 있는 것 같다구."

화시가 모욕적인 투로 쏘아붙이자 다른 두 아가씨들은 입을 가리면서 킬킬거렸다.

세 명의 남자 형사들은 맥주 한 병씩을 마시고 나서 이미 플로어에 나가 몸을 흔들이대고 있었다. 그들은 여자 수사관들이 쳐다보면서 킬킬거리자 멋쩍은 듯 안쪽으로 들어가 사람들 사이에 숨어버렸다.

"언니, 우리도 나가요."

후배 아가씨인 고 형사가 몸이 근질근질한지 참지 못하고 말했다.

"둘이 나가서 추라구. 난 술 마실 거야."

화시가 관심 없다는 듯 말하자 그녀와 동기생인 길쭉한 얼굴을 가진 정 형사가 눈을 흘겼다.

"같이 나가, 얘."

"아니야. 난 술 좀 마시고 나서 나중에 나갈게. 빨리들 나가서 멋진 남자 구해봐."

"멋진 남자도 없어."

정 형사는 이미 플로어 위에서 흔들고 있는 남자들을 모두 살펴본 모양이었다.

"빨리 나가요."

고 형사는 이미 자리에서 일어나 재촉하고 있었다. 정 형사는 하는 수 없다는 듯 따라 일어서면서 화시에게

"조금 있다 나와야해."

하고 말한 다음 고 형사와 함께 플로어로 나갔다.

그녀들은 춤을 썩 잘 추지는 못했다. 춤추는 솜씨가 여느 여자들과 비슷해 보였기 때문에 별로 눈에 띄지도 않았고, 그래서 금방 시야에서 사라져버렸다. 화시는 그녀들의 춤추는 모습을 지켜보다가 이내 흥미를 잃고 실내 여기저기를 주의 깊게 살펴보기 시작했다.

낯선 남자들의 시선이 그녀를 중심으로 맴돌고 있는 것을 그녀가 느끼기 시작한 것은 얼마 후였다. 그녀가 앉아 있는 테이블 주위에 흩어져 있는 남자들은 하나같이 굶주린 눈들을 하고 있었다. 먹이를 찾아서 나이트클럽에 들어온 그들의 눈에 미모의 아가씨가 혼자 앉아 있는 것이 길가에 뒹굴고 있는 돌멩이처럼 보일 리가 없었다. 무심코 지나치기에는 그녀의 이목구비가 너무 뚜렷해 보였고 매혹적인 분위기를 띠고 있었던 것이다. 눈처

럼 흰 털 셔츠에 하체에 꼭 끼는 타이트스커트 차림인 그녀의 모습은 단연 다른 여자들을 압도할 만큼 돋보였다.

마침내 한 남자가 그녀에게 접근해 왔다. 술에 거나하게 취한 중년 남자였다. 머리까지 벗겨진 그 남자는 뚱뚱했고 저고리도 입지 않은 와이셔츠 바람이었다. 기본적인 예의도 갖추지 않은 채 그는 화시에게 춤을 청했다.

"한번 추실까요?"

그가 혀 꼬부라진 소리로 말하면서 손을 앞으로 내밀었다.

화시는 미소를 지으면서 고개를 살래살래 흔들었다.

"죄송합니다."

"아가씨, 한번 춥시다."

뚱보사내는 물러날 기미를 보이지 않고 여전히 손을 내밀고 있었다.

"전 춤출 줄 몰라요."

화시는 미소를 잃지 않고 말했다.

"내가 가르쳐줄 테니까 갑시다."

사내는 쉽게 물러날 것 같지 않았다.

"사양하겠습니다."

상대방의 기분을 상하게 하지 않으려고 그녀는 부드럽게 말했다.

"되게 재네. 그러지 말고 한번 춥시다."

사내의 표정이 붉으락푸르락해져 있었다. 여러 사람들 앞에서 창피를 당하고 있다고 생각한 것 같았고, 그것을 만회하려고 기를 쓰고 있는 것 같았다. 그러나 화시는 그 중년 사내가 정말 싫었다.

　이런 남자는 서기태의 납치와는 아무런 관계도 없을 것이라고 그녀는 생각했다.

　다시 한번 사내가 그녀에게 춤을 청했다. 이번에는 사뭇 무례하고 위협적이었다. 화시는 그를 묵살한 채 플로어 쪽을 바라보았다.

　사내와 일행인 듯한 남자들이 앉아 있는 테이블 쪽에서 웃음이 터져 나왔다.

　"헛수고하지 말고 돌아오라구!"

　"그만하고 2차로 가자구!"

　"내가 뭐랬어! 밤새 서 있어 보라구. 끄덕이나 하나."

　"술값이나 내!"

　그들이 제각기 한마디씩 빈정대는 소리를 던지는 바람에 사내는 더욱 어쩔 줄을 몰라 했다.

　"아가씨 때문에 내가 술값 뒤집어쓰게 됐다구."

　"미안합니다."

　화시는 고개를 까닥해 보였다.

　"에이, 빌어먹을…… 춤추지 않으려면 뭐 하러 여기에 왔어. 폼 잡으려고 왔나."

　마침내 사내는 투덜거리면서 자기 자리로 돌아갔고, 한동안 그쪽 테이블로부터는 시끄러운 잡음이 들려왔다.

　화시는 사내를 물리친 것이 마음에 걸리면서도 한편으로는 통쾌했다. 모든 사내들이 방금 그 장면을 목격했을 테니까 창피를 당할까봐 함부로 달려들지는 않겠지. 하지만 모든 남자들이 아예 접근하기를 포기한다면 그것도 문제다. 그녀는 이를테면 미끼라고 할 수 있었다. 그러나 그녀는 그 미끼를 물어야 할 사람이 누구인지는 아직 모르고 있었다. 그 사람이 꼭 접근해 올 것이라는 보장도 없었다. 그러고 보면 이번 일은 너무 막연하고 무모한 일 같았다.

연이어 디스코곡이 연주되고 있었기 때문에 실내는 귀를 때리는 소리와 현란한 조명으로 마치 광란의 도가니 같았다. 열기가 고조되자 플로어 양편에 마련되어 있는 높은 단 위에 디스코 걸이 나타나더니 요란스런 몸짓으로 몸을 흔들어대기 시작했다. 팔등신의 육체는 세 부위만 아슬아슬하게 가려져 있을 뿐이어서 거의 벌거벗은 몸이나 다름없어 보였다. 몸의 흔들림이나 꿈틀거림이 디스코 걸답게 단연 뛰어나보였다.

고 형사와 정 형사는 더 이상 힘들어 못 추겠는지 중간에 자리로 돌아와 얼굴에 번진 땀을 닦았다.

"아까 그 남자, 왜 왔었어?"

플로어에서 이쪽을 눈 여겨 보았던지 정 형사가 눈을 반짝이며 물었나.

"춤추자는 거 싫다고 했더니 횡설수설하다가 돌아갔어."

"괜찮게 생겼던데 한번 춰주지 그래."

"돼지 같은 남자야."

"난 그런 남자가 좋더라. 나한테는 안 오나."

그녀들이 쓸데없는 잡담을 늘어놓고 있을 때 음악이 블루스곡으로 바뀌었다.

디스코를 추던 사람들이 거의 자기들 자리로 흩어져가고 플로어에는 몇 쌍만이 남아 천천히 스텝을 밟고 있었다. 무대 위에서는 어느 여가수가 흐느끼는 소리로 노래를 부르고 있었다.

"함께 추실까요?"

어느새 다가왔는지 목이 짧고 어깨가 떡 벌어진 사내가 테이블 앞에 버티고 서 있었다. 첫눈에 힘 꽤나 쓸 것 같은 30대 중반의 남자였다. 버티고 서 있는 모습이 주위의 시선 같은 것에는 전혀 아랑곳하지 않는 것 같았다. 필요하다면 여자를 끌고서라도 플로어로 나갈 것 같은 그런 남자였다. 화시는 휙 고개를 돌려 딴 데를 쳐다보았다.

"아가씨, 춤 한번 춥시다."

강압적인 어조로 사내가 다시 말했다. 화시는 고개를 돌려 그를 올려다보았다.

"저 말인가요?"

사내가 묵직하게 고개를 끄덕였다.

"난 춤 못 추는데요."

화시는 고개를 갸우뚱하다가 사내가 여전히 버티고 있자

"좋아요."

하면서 일어섰다. 사람들의 시선이 일제히 그녀에게 쏠렸다. 일단 플로어로 나가자 그녀는 사내의 팔에 안겨 아주 부드럽게 미끄러져 나갔다. 사람들은 속았다는 표정으로 그녀를 놓치지 않고 바라보았다.

그녀에게 춤을 청했다가 거절당했던 사내는 잔뜩 부어오른 얼굴로 안절부절 못하고 있었다. 그것을 보고 고 형사와 정 형사는 재미있어 죽겠다는 듯 낄낄거렸다.

가슴이 떡 벌어진 사내는 별로 춤을 잘 추지 못했다. 손에 전해져 오는 느낌은 몸 전체가 운동으로 단련된 듯 강인한 느낌이었는데 춤출 때만은 그런 것이 부드럽게 용해되어야 했다. 그러나 사내는 마치 뻣뻣한 통나무처럼 움직이고 있었다. 우스꽝스런 것은 그가 자신의 몸을 자꾸만 그녀에게 밀착시키려고 하는 점이었다. 그때마다 화시는 교묘하게 몸을 빼면서 미소를 짓곤 했다.

"춤을 잘 추면서 못 춘다고 했군요."

조명이 어두워지자 사내가 그녀의 허리를 끌어당기면서 말했다. 화시는 고개를 살살 흔들었다.

"정말 못 춰요. 이 정도 가지고 잘 춘다고 할 수 있나요. 좀 떨어져서 췄으면 좋겠어요."

화시는 사내의 턱 밑에 나 있는 흉터를 힐끗 쳐다보았다. 그것은 섬뜩한 느낌을 주는 흉터였다.

"아가씨는 처음 보는 얼굴인데……"

사내는 이제 노골적으로 그녀를 끌어당기고 있었다. 스텝이 엉망이 되면서 두 사람의 하체가 밀착되었다가 떨어졌다. 화시는 하체의 돌기한 부분이 몸에 와 닿는 것을 분명히 느낄 수가 있었다.

"그럴 수밖에요. 처음 왔으니까요."

"무슨 일하고 있어요?"

"처음부터 그런 거 묻는 법이 어디 있어요?"

"관심이 있으니까."

사내는 완전히 반말로 지껄이고 있었다.

"처음 보는 숙녀한테 그렇게 반말 짓거리를 해도 되는 건가요? 그런 일에 익숙한가보죠?"

"난 누구한테나 그러지. 기분 나빠?"

"네, 불쾌해요."

화시는 사내가 당기는 대로 몸을 내맡기고 있었다. 사내의 얼굴에 자신만만한 빛이 나타나고 있었다. 그는 한숨을 내쉬면서 하체를 비벼댔다.

"저기 봐. 저쪽 기둥 옆에 선글라스 끼고 있는 남자 말이야."

화시는 사내가 가리키는 쪽을 바라보았다. 선글라스를 끼고 있는 남자의 모습은 금방 눈에 띄었다.

"이런 데서 선글라스를 끼고 있는 게 장님인가 보죠?"

사내는 쿡 하고 웃었다.

"저 사람이 아가씨를 만나보고 싶어 해."

"장님이 저를 어떻게 봤죠."

"장님이 아니야."

그가 정색을 하고 말했다.

화시도 정색을 하고 상대방의 어깨를 밀었다.

"정말 반말 짓거리하는 거 듣기 싫어요. 초면에 숙녀한테 무슨 실례예요. 정 그러면 가버릴 거예요."

그녀가 단호하게 말하자 사내는 당황해 하는 표정을 지었다.

"아, 참아요. 반말하지 않을 테니까 참아요. 꽤나 성미가 급한 아가씨군."

"저 사람이 누구예요? 왜 저를 보자는 거예요?"

"대단한 분이지. 저 사람이 만난 여자치고 출세하지 않은 여자가 없어요."

그 말에 그녀는 코웃음 쳤다.

"뭐하는 사람인데 그렇게 대단한가요?"

화시는 다시 한번 선글라스 쪽을 힐끗 쳐다보았다. 그때 그들은 그쪽에 가까운 플로어 위에서 춤을 추고 있었고, 그래서 그녀는 보다 확실히 그 선글라스의 사나이를 볼 수가 있었다. 검은 옷차림과 선글라스 때문인지는 몰라도 얼굴이 유난히 희다는 생각이 들었다. 그가 그녀를 향해 고개를 끄덕해 보이는 것 같았다. 화시는 얼굴을 홱 돌려버렸다. 기름 바른 머리를 중간에서 가르마 타고 빗어 넘긴 것이 좀 특이해 보였다.

"뭐하는 사람인지 그건 만나서 알아봐요. 하여간 대단한 사람이니까."

"아무리 대단해도 대통령보다야 더하겠어요? 난 대단하다는 사람 보면 웃음이 나와요. 벌거벗으면 다 똑같은 인간들인데 잘났다고 폼을 재는 걸 보면 우스꽝스러워요. 사람은 다 똑같지 않아요?"

"그렇지 않아요. 만나보면 알게 될 거요."

"왜 저를 만나자는 거예요?"

"아가씨한테 반한 모양이지. 아가씨는 하룻밤 사이에 운명이 바뀔지도 몰라요."

"흥, 웃기는군요."

그녀는 다시 선글라스를 쳐다보았다. 그쪽도 그녀를 똑바로 바라보고 있었다. 그는 아래위 검정 양복 차림이었다. 목에는 머플러를 걸치고 있었다. 다리를 포갠 자세로 상체를 뒤로 잔뜩 젖히고 앉아 있었다. 그는 테이블에 혼자 앉아 있었다. 그렇게 앉아 있는 모습이 어쩐지 보스 같은 분위기를 풍기고 있었다. 그러나 몸뚱이가 우람하다거나 그렇지는 않았다. 중키에 조금 마른 듯한 그런 모습이었다. 그가 술잔을 입으로 가져가면서 가만히 미소를 짓는 것 같았다. 화시는 다시 고개를 돌려버렸다. 실내에는 두 번째의 블루스곡이 연주되고 있었다.

"한번 만나 봐요."

가슴이 벌어진 사내가 다시 말했다.

"지금 심부름하는 거예요?"

남자가 고개를 끄덕였다. 화시는 고개를 흔들었다.

"싫어요. 선글라스 끼고 있는 것이 기분 나빠요. 제가 아무하고나 춤추는 줄 아세요?"

"아가씨는 복을 차버릴 셈이오? 괜히 그러지 말고 내말 들어요. 좋은 게 좋은 거니까."

"괜히 그러는 게 아니에요. 정말 싫어요."

사내의 표정이 굳어졌다.

"이거 왜 이래? 춤 한번 춰달라는데…… 저분하고 춤추는 걸 영광으로 알라고. 다른 아가씨들은 저분하고 춤을 못 춰서 안달인데 아가씨는 왜 그래. 그러지 말고 나하고 함께 저분 자리로 가요."

"싫다면?"

"거절하면 여기서 나갈 수 없어."

사내는 협박조로 말했다. 화시는 그의 가슴을 밀어버리고 뒤로 빠져나왔다. 자리로 돌아가서 앉자 통나무처럼 생긴 사내가 선글라스에게 다가가 상체를 숙이고 뭔가 말하는 것이 보였다. 조금 후 선글라스가 몸을 일으켰다. 화시는 그와 눈을 마주치지 않으려고 고개를 돌렸다. 그리고 잠시 후 돌아보니 그의 모습이 보이지 않았다. 아마 화장실에 갔겠거니 생각하고 계속 그쪽에 신경을 쓰고 있었지만 선글라스의 모습은 나타나지 않았다.

"아직 확실한 것은 모르겠는데…… 정체를 알 수 없는 사내가 접근해 오고 있어. 나하고 춤춘 남자는 심부름꾼이고 보스는 딴데 있는 것 같아."

화시는 궁금해 하고 있는 여 형사들에게 말해 주고 나서 화장실 쪽으로 걸어갔다.

화장실 쪽으로 나 있는 통로를 걸어가는데 그녀 앞으로 누군가가 급히 끼어들었다.

"뭔가 벌어지고 있는 것 같던데?"

문 형사가 화장실 쪽으로 급히 걸어가면서 물었다.

"네, 아직 확실하지 않지만 누군가가 접근해 오고 있어요."

화시는 속삭이는 소리로 재빨리 대답했다.

"우리가 지켜보고 있으니까 걱정하지 말고 밀고 나가 봐요."

화장실 쪽에서 사람들이 나왔기 때문에 그들의 대화는 중단되었다. 문 형사는 남자화장실로 들어가고 화시는 여자화장실로 들어갔다.

화장실에서는 여자들이 거울 앞에 몰려서서 화장을 고치느라고 법석들을 떨고 있었다. 그 모습들은 아름답기는커녕 오히려 추한 느낌을 주고 있었다. 그녀는 그들 사이에 끼어들어 거울을 들여다본다는 것이 끔찍한 생각이 들어 볼일만 급히 보고 밖으로 나왔다.

좁은 통로에는 두 남자가 서 있었다. 그들 중 한 명은 조금 전에 함께 춤을 추었던 통나무였다. 그들 사이를 뚫고 나갈 수가 없었기 때문에 화시는 그들 앞에서 멈춰 섰다.

"비켜주세요."

그녀는 냉정한 어조로 말했다.

"선생님이 기다리고 계시니까 함께 좀 갑시다."

통나무가 말했다. 또 한 사내는 나무젓가락처럼 말라보였는데 껌을 부지런히 씹어대고 있었다. 그 선글라스의 사내는 선생님이라고 불리고 있는 것 같았다.

"룸에서 기다리고 계시니까 갑시다."

비쩍 마른 사내가 말했다. 화시는 고개를 내저었다.

"싫어요. 비켜주세요."

"비켜줄 수 없어."

그때 음악이 바뀌면서 탱고곡이 흘러나왔다.

"그분한테 가서 탱고를 출 줄 알면 저한테 와서 정식으로 신청하라고 하세요."

그때 문 형사가 다가왔다.

"실례합니다. 비켜주세요."

문 형사가 두 사내 사이를 뚫고 지나갔다. 그 뒤를 따라 화시도 얼른 그들 사이를 뚫고 지나갔다.

"룸으로 나를 데리고 가려고 했어."

자리로 돌아온 그녀가 흥분해서 말하자 여자 형사들은 눈을 휘둥그렇게 떴다.

두 번째 탱고곡이 거의 끝나갈 무렵 선글라스의 사내가 걸어오는 것이 보였다. 그는 곧장 화시 쪽으로 걸어왔다. 화시는 두 다리를 포개고 앉아 딴청을 부렸다.

선글라스의 사내는 중키에 조금 마른 듯한 몸매를 지니고 있었다.

그는 정중하게 그녀에게 목례를 했다.

"탱고 한 곡 추시겠습니까?"

부드럽고 교양 있는 목소리라고 그녀는 생각했다. 그때 탱고곡이 끝나고 다시 디스코곡이 요란스럽게 터져 나왔다. 사람들이 다시 우르르 일어서서 플로어 쪽으로 걸어 나가기 시작했다.

"탱고가 끝났지 않아요?"

화시는 미소를 지으며 사내를 올려다보았다. 왠지 가슴이 두근거리기 시작했다.

선글라스가 신호를 보내자 통나무가 급히 다가왔다. 선글라스는

"음악을 탱고로 바꿔. 내가 그만두라고 할 때까지……"
하고 말했다.

통나무는 절도 있게 머리를 숙여 보인 다음 급히 무대 쪽으로 걸어갔다. 조금 후 디스코곡이 갑자기 멈추더니 탱고로 바뀌었다. 플로어에 있던 사람들은 어리둥절한 표정으로 일제히 밴드가 자리 잡고 있는 무대 쪽을 올려다보았다.

"어떻게 된 거야?"

"음악이 뭐 이래?"

"누굴 놀리는 거야?"

사람들은 플로어에 서서 투덜거렸다. 그러나 밴드가 그들의 불평을 묵살한 채 계속 탱고 곡을 연주하자 탱고 춤을 출 줄 모르는 대부분의 사람들은 멋 쩍인 듯 하나둘씩 플로어에서 빠져나갔다. 조금 후 플로어는 춤추는 사람 하나 없이 텅 비었다. 그제서야 선글라스 사내가 화시에게 손을 내밀었다. 자연스럽고 품위 있는 제스처에 그녀는 끌리듯 일어섰다.

사람들의 시선이 일제히 플로어에 나타난 한 쌍의 남녀에게 집중되었다. 여자 형사들도 남자 형사들도 호기심어린 눈으로 그들을 주시했다. 실내에는 비의 탱고가 연주되고 있었다. 화시는 검은 신사의 오른손이 자신의 허리 위에 가만히 와 닿는 것을 느꼈다. 그의 왼손과 그녀의 오른손이 자연스럽게 포개졌다. 남자의 손은 여자처럼 보드라운 느낌이었다.

통나무 사내한테서 느꼈던 그 딱딱함 같은 것이 조금도 느껴지지 않는 한없이 부드러운 감촉에 그녀는 어느새 흡수된 듯 이끌려들고 있었다. 남자는 그녀의 몸에 살짝 손만 대고 있을 뿐이었는데도 그녀는 자신이 그의 팔 안에 완전히 감겨들어 돌아가고 있는 기분이었다. 금방 그녀는 상대방의 춤 솜씨가 보통이 아님을 깨달았다.

그들은 빙판 위를 미끄러지듯 플로어 위로 미끄러져나갔다. 그들의 세련되고 거침없는 춤 솜씨에 사람들은 숨을 죽이고 있었고 밴드는 신이 난 듯 음악을 연주해대고 있었다. 그들이 워낙 뛰어난 춤 솜씨를 발휘하고 있었기 때문에 탱고 춤을 조금 출 줄 아는 사람들도 감히 그 판에 끼어들 엄두를 못 내고 있는 것 같았다. 그래서 플로어는 완전히 두 사람의 독무대가 되어 있었다. 마치 플로어가 좁아서 제 실력을 발휘하지 못하겠다는 듯 그들은 마음껏 활개 치면서 돌아가고 있었다.

여 형사들은 입을 딱 벌리고 그 두 사람을 바라보고 있었다. 그녀들의 눈에는 그들의 춤이 너무나 멋진 나머지 환상적으로 보였던 것이다.

"언제 저렇게 춤을 배웠지?"

"너무너무 멋져요. 아주 잘 어울리는 한 쌍이에요. 언니가 더 멋져요."

"난 남자가 더 멋있어."

하고 정 형사가 말했다.

화시는 일찍이 이렇게 신나게 춤을 춰본 적이 없었다. 그리고 이처럼 마음에 드는 상대를 만난 적이 없었다. 상대방은 춤에 있어서는 신사였고 최고의 솜씨를 지니고 있었다.

그녀는 자신이 본래의 임무를 잊은 채 완전히 상대방의 춤 솜씨에 빠져들고 있음을 깨달았지만 거기서 헤어나고 싶은 마음은 추호도 없었다. 임무 따위는 즐기고 나서 생각해도 늦지 않다는 것이 그녀의 생각이었다.

그녀는 춤을 추면서 계속 상대방의 얼굴 생김새를 관찰해 보았다. 선글라스에 가려 있어서 눈이 어떻게 생겼는지는 알 수 없었지만 얼굴 전체의 윤곽이 뚜렷하고 귀공자 같아 보였다. 매너도 세련되어 있었고 기품 같은 것이 느껴지고 있었다. 무엇보다도 한없이 부드러운 느낌이 드는 것이 마음에 들었다. 두 곡이 끝날 때까지도 그는 한마디 말이 없었다. 그래서 그녀도 아무 말 하지 않았다. 그의 얼굴에는 표정이 없었다. 도대체 뭐하는 사람일까? 아까 그 통나무 사내의 말에 따르면 대단한 사람이라고 했다. 대단한 사람? 여자의 운명을 하루아침에 바꿔놓을 수도 있는 사람이라고 했다. 라쿰파르시타가 흘러나오기 시작했다. 두 사람의 움직임도 열정적으로 변하기 시작했다. 그들은 둔중하면서도 경쾌하게 플로어를 누비며 돌아갔다. 아무튼 멋진 사람이다 라고 화시는 생각했다. 그의 팔에 감겨 몸을 획 돌리면서 얼핏 보니 사내의 입가에 미소가 감돌고 있었다. 그러나 몸을 바로하고 쳐다보았을 때는 입가에 아무런 표정도 나타나 있지 않았다. 검은 신사의 입가에 뚜렷이 미소가 나타난 것은 음악이 끝났을 때였다. 그는 만족한 듯이 보였다. 그는 밴드마스터만이 알아볼 수 있는 표시를 보냈다. 음악이 블루스로 바뀌었다. 몇 쌍이 플로어 쪽으로 나오는 것이 보였다. 비로소 화시는 상대방과 몸을 가까이 할 수가 있었다. 그는 더욱 부드럽게 그녀를 이끌어나갔다. 화시는 그에게 말을 걸고 싶어서 몸살이 날 지경이었다. 그때 그가 마침내 말을 걸어왔다.

"마음에 드는 상대를 찾는다는 것은 아주 어려운 일이지요."

그의 목소리 역시 부드럽고 나지막했다. 그는 일정한 간격을 유지하고 있었다.

"네, 그래요. 마음에 드셨나요?"

"내가 묻고 싶은 말입니다."

"별로 기대에 어긋나지 않았어요."

그녀는 감정을 드러내지 않으려고 애쓰면서 그 정도로 말해두었다. 사실은

"너무너무 마음에 들었어요."

라고 말하고 싶은 것을 그녀는 그런 식으로 말했던 것이다.

"나는 오랫동안 기억해 두고 싶은 밤입니다. 아가씨의 춤 솜씨는 정말 멋있었어요."

그 말에 화시는 황홀했다.

"아니에요. 그쪽이 더 멋있었어요."

조명이 갑자기 어두워졌다. 허리에 두르고 있던 그의 팔에 약간의 힘이 들어가는 것을 느낄 수 있었다. 화시는 갈증을 느끼면서 그에게 몸을 맡겼다. 그러나 상대방은 더 이상 그녀를 끌어당기지 않았다. 그는 자제된 행동을 보여주고 있었다.

"그런데 왜 그런 선글라스를 끼고 계시죠?"

그녀는 궁금한 것을 물어보았다. 그는 한참동안 말이 없다가 이렇게 말했다.

"어떤 빛도 눈에 좋지 않다고 해서 이걸 끼고 있습니다."

"의사가 그런 말을 했나요?"

"네, 의사가……"

"눈이 안 좋으신가 보죠?"

"네, 잘못하면 실명한다고 해서 조심하고 있습니다."

가엾은 사람이구나 하고 그녀는 생각했다.

한편 남자 형사들은 화시와 검은 신사가 춤추는 모습을 계속 지켜보면서 안절부절 못하고 있었다. 그들 가운데 제일 초조해하는 사람은 문 형사였다.

"저건 너무 진한데. 완전히 남자한테 빠진 것 같아. 탱고 한번 추고 나더니 완전히 빠졌어."

"너무 다정해 보이는데요."

조 형사가 두 눈을 끔벅이며 대꾸했다.

"뭔가 잘못된 것 같아. 잘못돼도 단단히 잘못될 것 같아. 엉뚱한 남자 붙들고 재미만 보고 있어."

"그럴 리가 있겠습니까. 뭔가 짚이는 게 있어서 그러겠지요."

문 형사가 투덜거리는 것을 보고 도 형사가 여유 있는 미소를 흘리면서 말했다. 그는 평범한 인상을 가진 후배 형사였다.

"저 아가씨 참 문제야. 일을 시키면 엉뚱한 짓을 잘한단 말이야. 춤추러 온 거지 저게 어디 일하러 온 여자야. 안 그래?"

문 형사는 질투의 눈길을 보내면서 계속 불만을 토해냈다. 조 형사도 거기에 맞장구를 치면서 고개를 끄덕였다. 노총각인 그가 질투를 느끼는 것은 너무나 당연했다. 그러나 그는 화시 같은 미녀한테는 자신이 너무나 어울리지 않는다는 것을 잘 알고 있었다. 그래서 그는 항상 먼발치서 그녀를 관망하는 자세를 취하는 것으로 자신의 안타까운 마음을 달래고 있었다.

질투를 느끼고 있는 것은 여자 수사관들도 마찬가지였다. 그녀들은 질투와 함께 부러움도 동시에 느끼고 있었다.

"어머, 저거 봐. 진해지기 시작했어."

정 형사가 고 형사의 귀에다 대고 속삭였다.

"어머머. 어떻게 저럴 수가……"

고 형사는 얼굴을 확 붉히며 어쩔 줄을 몰라했다.

그도 그럴 것이 조금 전까지만 해도 일정한 간격을 유지한 채 스텝을 밟고 있던 그들은 어느새 간격 없이 서로 밀착되어 있었던 것이다. 그들은 조명이 제일 어두운 쪽에서 움직이고 있었다. 그러나 그들의 모습은 충분히 시야에 들어오고 있었다. 그들은 이제 움직임을 줄이고 서로 몸을 밀착시킨 채 거의 제자리에 붙어서 있는 것처럼 보였다. 그들은 춤추는 것을 포기한 듯이 보였다. 남자는 두 팔로 그녀의 허리를 안고 있었고 그녀는 남자의 품에 완전히 안겨 있었다.

"저건 춤이 아닌데……"

조 형사가 중얼거리는 것을 보고 문형사가 그의 옆구리를 쿡 찔렀다.

"가만있지 말고 가서 뜯어말리라고. 그대로 두다간 큰일 나겠어."

그러나 조 형사는 그대로 뭉그적거리고 있더니 참을 수 없다는 듯 잔에 들어 있는 맥주를 단숨에 꿀꺽꿀꺽 마셨다.

화시는 뜨거운 눈길로 남자를 올려다보았다. 마흔 안팎으로 보이는 그 사나이도 선글라스 너머로 그녀를 뜨겁게 응시하고 있는 것 같았다.

"뭐라고 부르죠?"

그녀는 뜨거운 입김을 그의 귀에다 쏟았다.

"그냥 블랙이라고 부르면 돼요."

그가 살짝 미소를 지으며 대답했다.

"검정말인가요?"

그는 고개를 끄덕였다.

"검은색을 좋아하시는가 보죠?"

"색 선택에 둔하기 때문에 아예 검은색밖에 모르지."

이번에는 그녀가 미소를 지었다.

"아가씨는 뭐라고 부르지?"

"그쪽이 블랙이라면 전 화이트가 좋겠군요."

그 말에 그가 흰 이를 드러내고 소리 없이 웃었다. 허리에 감긴 두 팔이 더욱 죄어져오고 있었다. 화시는 팔을 올려 남자의 목을 감았다. 그러자 그녀의 풍만한 가슴이 상대방의 가슴에 맞닿았다. 그들은 뺨과 뺨을 맞댔다. 그것은 아주 수초간의 일이었다. 그녀는 도로 팔을 풀고 남자를 밀어냈다.

"블랙, 이제 들어가요."

"자리를 함께 합시다. 내가 술 한 잔 사겠소."

"일행이 있어요."

"기다리겠소. 별실 A에서……"

블랙과 헤어져 자기의 자리로 돌아오는 동안 화시는 사람들의 따가운 눈총을 의식해야 했다. 음악은 다시 디스코로 바뀌어 있었다.

"재미 많이 봤어?"

정 형사가 질투 섞인 목소리로 빈정대자 화시는 손을 흔들며 자리에 앉았다.

"말 마. 나 완전히 혼수상태에 빠졌드랬어."

그녀는 고 형사가 따라주는 맥주를 들이켰다.

"그렇게 멋있을 수가 없었어요. 특히 탱고 출 때는 너무 부러워서 눈물이 다 났어요."

후배인 고 형사가 말했다.

"그 사람…… 끝내주는 사람이었어."

화시는 얼빠진 듯 중얼거렸다.

"혼자서만 그렇게 재미 보는 법이 어딨어.."

정 형사가 투덜거렸다.

"미안해. 기막히게 춤을 잘 추는 사람이었어. 그렇게 춤 잘 추는 사람은 첨 봤어."

"마지막에는 보기 민망했어. 몸을 딱 밀착시키고 그렇게 비벼대는 법이 어딨어. 남자들…… 눈 튀어나왔을 거야."

그 말에 화시와 후배는 입을 가리고 웃었다. 남자팀 쪽을 보니 그들은 일제히 화시 쪽을 노려보고 있었다.

"그래 뭐 좀 알아냈어?"

"아아니, 아무 것도…… 이제부터 시작해야지."

"흥, 재미만 실컷 보고 왔구나."

"그 사람이 나를 초대했어. 룸에서 나를 기다리고 있겠다고 했어. 별실A에서 말이야."

"별실A가 어디야?"

그녀들은 웨이터를 불러 별실A가 어디쯤에 있느냐고 물어보았다.

"지하에 있습니다. 한 층 더 내려가시면 됩니다."

"안 되겠어. 나도 함께 가야겠어."

정 형사의 말이 끝나기가 무섭게 고 형사도 나섰다.

"저도 좀 데려가 주세요."

"그건 안 돼. 나 혼자만 초대했거든."

화시는 딱 부러지게 말한 다음 잠시 망설였다.

"그런데 가도 되는 걸가? 좀 두려운데……"

"그러니까 같이 가보자는 거 아니야."

정 형사가 볼멘소리로 말했다.

"그건 안 돼. 그건 실례야."

"실례 좋아하네."

"호랑이 굴에 들어가야 호랑이를 잡을 수 있잖아요."

고 형사의 말에 화시는 고개를 끄덕였다.

"그래. 그 말이 맞아."

그녀가 발딱 일어서려고 하자 정 형사가 그녀의 팔을 잡았다.

"정말 혼자 가겠다는 거야?"

"물론. 내가 언제 빈말하는 거 봤어."

"그러다가 사고라도 나면 어떡하려고 그래? 지시를 받고 가는 게 낫지 않아?"

정 형사는 불안한 기색으로 말했다. 그녀는 화시가 상당히 엉뚱한 데가 있고 어떤 때에는 남자도 하기 어려운 대담한 행동도 서슴지 않는다는 것을 잘 알고 있었다.

"지시는 무슨 지시. 이따가 기회 봐서 문어한테 말이나 해줘."

문어는 여자들 사이에서 문 형사를 가리키는 말이었다. 그는 오늘밤 라스베가스에 잠입한 형사들을 지휘하고 있었다.

"언니, 조심하세요."

후배 고 형사의 속삭임을 들으면서 화시는 자리에서 몸을 일으켰다. 남자 형사들의 시선이 그녀가 가는 쪽으로 따라 움직이고 있었다.

화시는 먼저 화장실로 들어가 정신없이 춤추느라고 엉망이 된 얼굴의 화장을 고쳤다.

10분쯤 지나 화장실에서 나오는데 출입구에 서 있던 정 형사와 마주쳤다. 그녀는 화시의 귀에다 입을 가까이 대고 재빨리 속삭였다.

"문어가 쓸데없는 짓은 삼가래. 확신이 서면 가보고 그렇지 않으면 가지 말래."

화시는 입을 삐죽 내밀었다.

"걱정하지 말라고 그래."

"공중전화 쪽으로 가봐."

화장실을 나온 화시는 복잡한 홀을 벗어나 좁은 복도로 꺾어져 돌았다.

복도의 끝 쪽에 공중전화가 두 대 설치되어 있었다. 두 대의 전화 앞에서는 두 사람이 전화를 걸고 있었다. 한 사람은 문 형사였고 다른 한 명은 젊은 여자였다. 문 형사는 전화가 안 걸리는지 자꾸만 다이얼만 눌러대고 있었고 젊은 여자는 낄낄대며 뭐라고 지껄여대고 있었다.

문 형사가 뒤를 한번 힐끗 돌아보더니 수화기를 내려놓고 뒤로 물러섰다.

"실례합니다."

화시는 전화기 앞으로 다가서서 집으로 전화를 걸었다. 그녀의 어머니가 전화를 받았다.

"엄마, 몸은 좀 어떠세요? 뭐라구요? 크게 좀 말씀하세요. 잘 안 들려요…… 걱정하지 말고 주무세요…… 약은 꼭 드시고 주무세요.…… 전화가 왔다구요? 어디서 왔어요? 그래요. 잘하셨어요…… 전 오늘 좀 늦을 거예요…… 기다리지 마세요…… 네 네, 알았어요."

옆에서 통화하고 있던 아가씨가 돌아가는 것을 보고 화시는 얼른 문 형사를 돌아보았다.

문 형사는 빈 전화통 앞으로 막 다가서고 있었다. 그는 수화기를 집어 들면서 화시를 곁눈질로 쳐다보았다. 그녀는 어머니와 통화중인 것을 끊었다.

"어떻게 된 거요?"

"그쪽에서 먼저 접근해 왔어요."

화시는 벽을 쳐다보면서 대답했다.

"접근해 왔다고 무조건 응하면 어떻게 되는 거야?"

"무조건 응한 게 아니에요. 제가 콜걸인지 아세요?"

"그런 게 아니고…… 냄새가 났느냐고 묻는 거요."

"그건 아직 모르겠어요. 하지만 거물은 거물인 것 같아요."

"거물에 반했군!"

화시는 입술을 깨물었다.

"네, 반했어요."

그녀가 화가 나서 말했다.

"그 사람 뭐하는 사람이오?"

"아직 아무 것도 몰라요. 남자들은 뭐하고 있는 거예요? 가만히 앉아 있으면 호박이 굴러 떨어지나요?"

"묻는 말에 대답해요. 별실로 내려간다면서요?"

"네, 그럴 생각이에요."

"우리는 시간과 인력을 절약하지 않으면 안 돼요. 사냥감이라는 확신이 서기 전에는 가까이 접근하지 않는 게 좋을 거요. 잘못하다가는 모든 것을 망칠 우려가 있어요. 별실에 가지 말고 더 좀 관망해 본 다음에……"

"제가 알아서 할 테니까 걱정하지 마세요."

전화를 걸기 위해 두 사람이나 다가왔기 때문에 그녀는 얼른 수화기를 내려놓고 돌아섰다. 복도를 돌아 나오면서 돌아보니 문어가 그녀를 노려보면서 따라오고 있었다.

지하로 내려가는 입구에는 건장하게 생긴 남자 두 명이 지키고 서 있었다. 지하 별실에는 특별한 손님 외에는 함부로 내려가는 것이 금지되어 있는 것 같았다. 지하로 통하는 계단에는 고급 카펫이 깔려 있었다.

"어디 가십니까?"

입구를 지키는 험상궂은 사내가 그녀를 제지했다.

"A실에 가요."

"보내드려."

그때 뒤에서 굵은 남자 목소리가 들려왔다. 그녀는 얼른 돌아보았다.

어디서 나타났는지 통나무가 거기에 서 있었다.

"따라오십시오."

험상궂은 사내가 고개를 끄덕하며 앞장서서 내려갔다. 화시는 그를 따라 계단을 내려갔다.

지하 2층에는 미로처럼 복도가 나 있었고, 복도 한쪽으로는 방들이 잇대어 있었다.

복도 바닥에는 역시 카펫이 깔려 있었고, 그 위로는 은은한 조명이 흐르고 있었다.

험상궂은 사내는 그녀를 A라고 표시되어 있는 방 앞으로 데리고 갔다. 그 앞에는 다른 두 명의 사내가 버티고 있었다. 험상궂은 사내는 그녀를 그들에게 인계했다. 그들 중의 한 명이 그녀의 몸을 더듬었다.

"무슨 짓이에요?"

그녀가 항의하자 그녀를 돌려세운 다음 벽에다 밀어 붙여 놓고 엉덩이를 더듬었다.

"무기 같은 거 숨기지 않았어요?"

그녀는 몸을 홱 돌려 사내를 쏘아보았다.

"없어요."

"자, 됐어요. 들어가도 좋아요."

"참, 기가 막혀서……"

"기막힌 몸인데요."

놀려대는 그들을 흘겨보고 나서 그녀는 안으로 들어갔다. 선글라스의 사나이는 호화로운 소파에 앉아 시가를 피우고 있었고, 그의 양옆에는 두 명의 여자들이 바싹 붙어 앉아 있었다. 화시는 못 볼 것을 본 듯 멈칫하면서 뒷걸음질을 쳤다.

"아, 화이트! 가지 말고 그대로 있어요."

선글라스가 말했다.

그는 양팔로 아가씨들을 껴안고 있었는데 그녀들은 놀랍게도 위에 아무 것도 걸치지 않고 있었다. 밑에도 팬티조각으로 그 부분만을 아슬아슬하게 가리고 있을 뿐이었다. 그녀들은 몽롱한 눈으로 화시를 바라보았는데 그 표정에는 부끄러워한다거나 하는 기색이 조금도 보이지 않았다. 선글라스는 와이셔츠 바람으로 앉아 있었다.

"자, 다들 가요. 이젠 됐어. 난 중요한 손님과 할 이야기가 있으니까 다들 나가줘요."

그가 아가씨들의 엉덩이를 두드려주자 그녀들은 풍만한 젖가슴과 살찐 엉덩이를 흔들면서 옆문으로 사라졌다.

둥그런 탁자 위에는 마시다 만 고급 양주병이 안주와 함께 놓여 있었다.

"와줘서 고마워요. 자, 이리 와서 앉아요."

그는 손짓을 해보였다.

"불결해서 앉기가 싫어요, 가겠어요."

그녀는 홱 돌아서서 문을 밀었다. 그러나 그 문은 잠겨 있었다. 그녀는 손잡이를 잡아 비틀면서 문을 두드렸다.

"아무리 그래봐야 소용없어요. 일단 여기에 들어온 이상은 내 허락 없이는 나갈 수가 없어요. 내 대접을 받고 나서 가도록 해요. 대접도 안 받고 간다는 것은 나를 모욕하는 짓이지."

그녀가 문 앞에 서서 노려보자 그는 손을 까닥거려 보였다.

"서 있지 말고 이리 와서 앉아요."

화시는 그쪽으로 다가가 그와 거리를 두고 앉았다.

"좌우에 아가씨들을 거느리고 있으면서 저는 왜 불렀죠?"

"안 오는 줄 알았지요. 그래서……"

"사람들을 만날 때 항상 몸을 수색시키나요? 나 같은 여자까지도 말이에요."

"아, 그 점은 미안해요. 내가 미처 그 생각을 못했군요. 자, 화내지 말고 술이나 한 잔 들어요."

그는 빈 잔을 그녀 앞에 내려놓은 다음 나폴레옹 코냑 병을 집어 들었다.

"술 못 마시나요?"

"아뇨. 상황에 따라서 달라요."

그녀는 잔을 받았다. 그는 잔에다 조금만 술을 따랐다.

"향기가 아주 좋아요. 자, 마셔 봐요."

"믿고 마셔도 되나요?"

검은 신사는 씨익 웃었다.

"글쎄, 그렇게 물으니까 뭐라고 말할 수가 없는데……"

화시는 혀끝에다 술을 갖다 댔다. 코냑 특유의 향기가 입속으로 감겨들어왔다. 그녀는 그것을 조금 마시고 나서 실내를 둘러보았다.

실내는 그야말로 사치스럽게 꾸며져 있었다. 소파는 수백만 원을 호가하는 외제품 같았고, 탁자와 전기스탠드 · 술잔 따위도 최고급 외제품들로 보였다. 벽에는 하나같이 벌거벗은 여자들의 요염한 나체 사진들만 걸려 있었다. 사진의 주인공들은 기막힌 몸매에 갖가지 자극적인 포즈들을 취하고 있었다.

"여기는 그야말로 별천지군요. 서울에 이런 데가 있다니 놀라운데요."

"별난 데야 많지요. 하지만 금방 싫증이 나지요."

"언제나 혼자서 술을 마시나요?"

"그런 편이지요. 여자는 양념이지요."

그는 별로 취해 보이지가 않았다. 주량이 세든가 아니면 술을 조금만 마셨든가 그 둘 중의 하나일 거라고 그녀는 생각했다.

"그럼 나도 양념인가요?"

"아니, 그렇지 않아요. 당신은 그렇지 않아요. 당신은 내 손님이지요."

그는 편안한 모습을 하고 있었지만 그녀가 보기에는 바늘 하나 들어갈 틈이 없을 정도로 빈틈이 없어 보였다. 불빛 아래서 보니 대단한 미남으로 보였다. 비록 선글라스에 가려져 있기는 했지만 얼굴 윤곽만으로도 그가 미남이라는 것을 알아볼 수가 있었다.

"직업이 뭐예요?"

그녀는 불쑥 물었다. 머뭇거리기보다는 그러는 편이 나을 것 같았기 때문이다.

"내 직업 말이오?"

"네, 하시는 일 말이에요. 아까 저한테 보냈던 통나무처럼 생긴 남자 말이 아주 대단한 사람이라고 하던데요. 뭐라고 했더라. 응, 이런 말도 했어요. 블랙과 만난 여자치고 출세하지 않은 여자가 없다고 말이에요. 블랙과 만나면 하룻밤 사이에 운명이 바뀔 수도 있다고 했어요. 그렇게 어마어마한 힘을 지닌 사람이라면 도대체 무슨 직업을 가진 사람일까 하고 생각했지만 알 수가 없었어요. 대통령은 아닐 테고…… 직업이 뭐예요?"

그의 얼굴에는 잔잔한 미소만 나타나 있었다.

"그 사람이 말을 잘못했군. 난 대단한 사람도 아니고…… 아무것도 아니에요."

"중간에 음악을 탱고로 바꾸고 플로어를 독점할 정도라면 대단하긴 대단하지 않나요? 보통 사람이라면 감히 그렇게 할 수 있겠어요?"

사내가 갑자기 코웃음을 쳤다. 마치 자신의 행위를 비웃기나 하듯이.

"그건 대단한 게 아니라 만용이지요."

"그걸 만용인 줄 알면서 그렇게 하셨나요?"

"물론 알고 했지요."

"이상한 분이시군요."

"화이트와 춤을 추고 싶어서 그랬던 거요. 아가씨는 직업이 뭔가요?"

"일정한 직업 없이 떠도는 자예요. 무위도식하는 신세예요."

"나하고 비슷하군."

하고 그가 중얼거렸다.

"그쪽도 그래요?"

"죽기만을 기다리고 있어요."

그의 얼굴에서 미소가 사라져 있었다.

"죽기를 기다리고 있다면서 경호가 그렇게 삼엄한가요? 이해가 안 되는데요?"

"이해가 안 될 겁니다. 하지만 그건 사실이에요."

그가 심각한 어조로 말했다.

"자연적인 죽음이에요, 아니면 인위적인 죽음이에요?"

"자연적인 죽음이라면 경호까지 할 필요는 없겠지."

"이상한 말씀만 하시는군요."

확실히 정체를 알 수 없는 이상한 사람이다. 그에게서는 보통 사람들과는 다른 비정상적인 냄새가 나고 있었다. 가까이 앉아 이야기를 해보니 그런 냄새는 그의 몸에서 짙게 배어나오고 있

었다. 마치 그것은 죽음의 냄새 같은 불유쾌한 것이었다. 경호
원들에 둘러싸여 혼자서 술을 마시며 죽음을 기다리고 있는 남
자를 어떻게 이해해야 할까.

"누군가가 당신을 죽이려고 하나요?"

"그래요. 모든 사람들이……"

그는 무겁게 고개를 끄덕였다.

화시는 상대방 사나이를 심각한 눈으로 쳐다보다가 갑자기
킥하고 웃었다. 그러나 그는 조금도 웃지 않았다.

"블랙, 왜 사람들이 당신을 죽이려고 하는 거죠?"

"나를 증오하고 있으니까요."

그는 술잔을 입으로 가져갔다. 화시도 술잔을 집어 들었다.

"왜 증오하고 있죠?"

"나 같은 인간은 쓸모가 없으니까."

그가 술을 들이켰다. 그녀도 술을 조금 마시고 나서 그의 빈
잔에 코냑을 따라주었다.

"이쪽으로 가까이 앉아요."

하고 그가 말했다.

그것은 그녀에게는 도무지 거스를 수 없는 소리로 다가왔다.
그녀는 흡사 자석에 끌리듯 그쪽으로 다가앉았다. 그가 팔을 벌
려 그녀의 어깨를 가만히 감싸 안았다. 그녀는 그 손을 뿌리치기
보다는 오히려 그의 가슴에 안겨들었다.

"아, 편안해요."

그녀는 고개를 뒤로 젖히면서 스르르 눈을 감았다. 그리고 물
었다.

"왜 자신을 쓸모가 없다고 생각하는 거죠?"

"쓸모가 없는 게 분명하니까."

침묵이 흘렀다. 그녀는 눈을 감은 채 기다렸지만 아무 일도 일어나지 않고 있었다.

"생명은 중요한 것이지 않아요?"

"나한테는 별로 중요하지 않아요."

그가 한숨을 내쉬는 소리가 들려왔다.

"여자를 좋아해요?"

"물론……"

"결혼하셨어요?"

"아니오."

"지금 몇 살인데 아직 결혼하지 않으셨어요?"

"마흔 다섯이오."

"결혼 안하실 건가요?"

"안할 거요."

"여자 외에 또 뭘 좋아하세요?"

"술과 돈……"

"지극히 현실적이시군요."

"좋아하는 만큼 싫어해요."

"이해할 수 없는 분이군요."

"그 세 가지는 나를 마비시키는 마력을 지녔지."

"도피처인가요?"

"그렇다고 볼 수 있지."

그의 손이 그녀의 얼굴 위를 더듬기 시작했다. 마치 이상한 것이 얼굴 위를 기어가는 것 같은 느낌이 들었다. 그것은 아주 섬세하게 그녀의 얼굴을 더듬어 나갔다. 처음에는 소름끼치는 전율 같은 것이 느껴졌지만 시간이 흐름에 따라 그녀는 차츰 몸이 뜨거워지는 것을 느끼고 있었다.

"내 집에 갑시다."

하고 그가 속삭였다.

"어머, 언니 저길 봐."

고 형사가 정 형사의 팔을 잡아 흔들었다. 정 형사는 그녀가 턱으로 가리키는 쪽을 바라보았다. 유화시와 선글라스 남자가 출구 쪽으로 걸어가고 있었다. 정 형사는 놀라서 눈을 크게 뜨고 말했다.

"아니 쟤가……! 어딜 가려고 저러지?"

남자 형사들도 엉거주춤한 모습으로 화시가 나가는 것을 지켜보고 있었다. 그때 갑자기 화시가 돌아서는 것이 보였다. 그녀는 되돌아오더니 화장실 안으로 들어갔다. 기회를 놓치지 않고 정 형사노 자리를 차고 일어나 그쪽으로 다가갔다. 문 형사도 화장실 쪽으로 급히 걸어가고 있었다.

정 형사가 화장실 안으로 들어갔을 때 화시는 세면대 앞에 서서 손을 씻고 있었다. 화장실 안에는 두 명의 다른 여자들도 거울 앞에 서서 얼굴을 매만지고 있었다.

"어디 가는 거야?"

정 형사은 다른 여자들이 들어도 하는 수 없다고 생각하고 화시 곁에 붙어서면서 작은 소리로 물었다.

"그 사람 집에 가는 거야."

"아니, 미쳤어!"

"그럴 만하니까 가는 거야. 그런 줄 알라구."

"큰일 나려구 그래?"

"주사위는 던져졌어."

화시는 손을 씻고 나서 냉큼 밖으로 나가버렸다. 그녀는 통로에서 문 형사를 만났지만 아무 말하지 않고 그대로 지나쳐갔다. 문 형사는 그녀에게 말을 걸려다가 다른 사람들 때문에 입을 다물었다. 뒤이어 정 형사가 몹시 당황한 모습으로 걸어오는 것이 보였다.

"어떻게 된 거야?"

그는 그녀를 따라붙으면서 숨 가쁘게 물었다.

"그 남자 집에 간대요. 미쳤어요."

"지금 이 시간에 말이야?"

그들은 더 이상 말을 주고받을 수 없었다. 문 형사는 다른 형사들한테 손짓을 해보인 다음 급히 밖으로 나가보았다.

유화시가 검은색의 고급 벤츠에 오르는 것이 보였다. 운전석에는 선글라스의 사내가 앉아 있었고 그녀는 바로 그 옆자리에 올라앉고 있었다.

"저 아가씨가 미쳐도 단단히 미쳤군."

문 형사는 급히 자신의 빨간 차를 향해 뛰어갔다.

그가 차에 올라 막 시동을 걸었을 때 검은색의 벤츠가 그 앞을 천천히 미끄러져갔다. 그 뒤를 경호차로 보이는 한 대의 승용차가 따르고 있었는데 그 안에는 네 명의 사내들이 타고 있었다.

조 형사와 도 형사가 달려와 차에 오르자마자 문 형사는 즉시 차를 출발시켰다.

시간은 자정도 훨씬 지난 새벽 2시쯤이었다. 유난히 추운 새벽이었다. 눈은 내리지 않고 있었지만 내린 눈이 녹지 않은 채 얼어붙는 바람에 차도는 빙판을 이루고 있었다. 그 빙판 위를 벤츠는 놀라울 정도의 빠른 속도로 달려가고 있었다. 그 뒤를 따르는 경호차도 그에 못지않게 달려가고 있었다. 그러나 문 형사 일행이 탄 차는 제대로 달리지를 못하고 있었다.

추운 새벽이라 차도에는 다니는 차들도 별로 눈에 띄지 않았다. 따라서 차 한 대로 미행하는 데는 문제가 있었다.

"이거 야단났는데. 저놈들의 차들은 바퀴에 못을 박은 모양이야."

문 형사가 미끄러지지 않으려고 잔뜩 긴장한 채 말했다.

"스파이크 타이어가 아니면 저렇게 잘 달릴 수가 없습니다."

도 형사가 말했다.

두 대의 차는 벌써 멀찌감치 달려가고 있었다.

"뭐하는 거야? 이러다간 놓치겠어!"

하고 조 형사가 초조해서 소리쳤다.

"벨트를 매."

문 형사가 각오한 듯 말했다.

"안 됩니다! 더 이상 속력을 내다가는 사고 납니다!"

도 형사가 겁먹은 표정으로 말했지만 문 형사는 그것을 묵살하고 액셀러레이터를 힘주어 밟았다.

두 대의 차는 강변도로로 접어들고 있었다. 그 차들의 모습이 시야에서 사라지자 문 형사는 초조한 나머지 더욱 세게 액셀러레이터를 밟았다. 차는 강변도로로 접어들기 위해 커브를 긋고 있었다. 커브는 조금 내려가는 듯 하다가 위쪽으로 휘어져 올라가고 있었다. 그 내리막 부분에서 문 형사는 순간적으로 핸들이 통제력을 잃은 것은 간파하고 급히 브레이크를 밟았다. 그러나 차는 커브를 긋지 못하고 길가에 설치되어 있는 철제 난간을 옆으로 받으면서 끼익하고 요란스러운 소리를 냈다. 난간이 부서져나가면서 차의 앞부분이 공중에 뜨는 순간 차가 멈춰 섰다. 세 사람은 거의 동시에 비명을 질렀다. 그리고 그 비명 소리에 스스로 놀라는 듯 한동안 꼼짝하지 않고 앉아 있었다. 자신들이 무사하다는 것을 알고 나서야 그들의 입에서는 한숨소리가 터져 나왔다.

"괜찮아?"

조 형사가 문 형사를 향해 물었다.

"괜찮아. 그쪽은 어때?"

문 형사는 핸들 위에 얼굴을 묻고 있었다.

"우리도 괜찮아."

그들이 몸을 움직이자 차가 앞뒤로 흔들렸다.

"움직이지 마! 꼼짝하지 마!"

문 형사가 겁에 질려 소리쳤다. 그는 밖을 내다보았다. 차의 앞부분은 공중에 걸려 있었고, 수 미터는 되어 보이는 수직의 콘크리트 벽 아래로는 차들이 오가고 있었다.

사지가 오그라들고 턱이 덜덜 떨려 문 형사는 한동안 움직일 수가 없었다. 그는 자신이 먼저 밖으로 나가야 한다는 것을 알고 있었다. 그러나 문을 열면 밖은 바로 낭떠러지였다.

"앞으로는 안 되겠어. 뒤로 넘어가야겠어. 뒤에다 무게를 실어야 안전해."

"넘어오라구."

조 형사가 그가 쉽게 넘어올 수 있게 한쪽으로 자리를 비켜주었다. 그러자 차가 다시 심하게 흔들렸다. 문 형사가 다시 소리를 질렀다.

"움직이지 말라고 했잖아!"

"왜 그렇게 벌벌 떨어."

조 형사의 핀잔에 문 형사는 눈을 흘기면서 엉거주춤 일어나 몸을 돌렸다. 그러자 차체가 더욱 심하게 흔들렸다. 금방이라도 낭떠러지 아래로 굴러 떨어질 것만 같아 문 형사는

"어어……"

하고 소리치면서 의자 뒤로 몸을 꺾었다. 그가 완전히 뒷자리로 얼굴을 처박으면서 넘어가자 그때서야 차체의 흔들림이 많이 수그러들었다.

"조 형사가 제일 무거우니까 맨 마지막에 나오리구. 도 형사, 먼저 나가서 뒤에서 차를 누르고 있어."

문 쪽에 앉아 있던 도 형사가 조심스럽게 밖으로 나가자 차가 다시 앞쪽으로 기울어진다. 그가 뒤에서 차를 누르는 것을 기다리다가 문 형사는 밖으로 빠져나갔다.

두 사람이 뒤에서 차를 힘껏 누르고 있자 조 형사가 마지막으로 밖으로 빠져나왔다. 차는 더 심하게 앞으로 기울어져 있었다. 세 사람은 계속 차 뒤를 누르고 있었다.

"언제까지 이러고 있을 수 없잖아."

조 형사의 말에 문 형사는 발끈했다.

"그럼 놔버리자는 거야? 저 아래 보라구. 차들이 다니고 있어. 그리고 저 밑으로 굴러 떨어지면 이 차가 어떻게 되겠어. 묵사발이 되는 거 보고 싶어? 자기 차가 아니라고 너무 그러지 말라구."

"그럼 밤새도록 이러구 있을 셈이야? 이러다가 얼어 죽겠어. 목숨 건진 것만도 다행인데 차까지 건질 셈이야?"

그쪽으로는 다니는 차들이 거의 없었다. 어쩌다 오는 차량도 그들이 손을 흔들어 도움을 청하면 멈추는 듯하다가 그대로 달려가 버리곤 했다. 그들은 가까운 거리에서만 통할 수 있는 워키토키만을 휴대하고 있을 뿐이었다.

한 시간쯤 지났을 때 마침 트럭이 한 대 굴러오는 것이 보였다. 도 형사는 길 가운데로 뛰어나가 트럭을 막아섰다.

검은 신사는 술을 많이 마셔서 취한 것 같으면서도 아주 능숙하게 차를 몰아갔다. 그가 워낙 능숙하게 운전했기 때문에 유화 시는 차의 속도가 빠른데도 불구하고 별로 불안감이 느껴지지가 않았다.

15분쯤 달렸을 때 갑자기 도로가 막히는 바람에 벤츠는 늘어서 있는 차들의 뒤로 다가가 멈춰 섰다. 앞쪽에 사고가 난 모양이었다.

"좀 기다려야 할 것 같군."

그렇게 중얼거리면서 검은 신사는 음악을 틀었다. 칸초네풍의 음악이 잔잔히 흘러나왔다. 그는 강 쪽을 바라보고 있었다. 차갑고 굳은 옆모습이 곁에 사람이 있다는 것을 완전히 잊고 있는 것 같았다.

"뭘 그렇게 생각하세요?"

"아니, 아무 것도……"

그는 생각에서 깨어난 표정으로 그녀를 마주 바라보았다. 그가 손을 뻗어 그녀의 손을 잡았다. 그녀도 그의 손을 마주 잡아주었다.

"손이 무척 따뜻하군."

그는 그녀의 손을 들어 올리더니 손등에 입을 맞추었다. 입술이 부드러운 느낌이었다.

"음악을 좋아하세요?"

"뭐 별로……"

그는 뜸을 들였다가 말했다.

"우리 어머니는 나를 피아니스트로 만들려고 했었지요. 결국 실패하고 말았지만……"

"그랬었군요. 그럼 피아니스트가 되지 않고 뭐가 되셨나요?"

"아무거나 닥치는 대로 했어요. 돈이 되는 일이면 무엇이나……"

20분쯤 지나 차들이 다시 움직이기 시작했다.

출발한 지 한 시간쯤 지나 벤츠는 강변도로에서 벗어나 마포로 접어들었다. 경호차는 계속 따라오고 있었다.

"저 사람들은 항상 저렇게 그림자처럼 따라다니나요?"

"아니, 그렇지 않아요. 물리칠 수 있지만 내버려 두는 거요.

저 사람들도 먹고 살아야 하니까."

M동으로 들어선 차는 잠시 후 어느 큰 아파트 단지 안으로 미끄러져 들어갔다. 화시는 얼른 아파트 이름을 찾아보았다. 그 것은 S아파트 단지였다. 그들은 9동 앞에서 차를 내렸다. 네 명 의 경호원들도 차에서 내려 뒤를 바짝 따라왔다. 경비원이 그를 발견하고 뛰어나와 거수경례를 했다. 경호원들은 엘리베이터까 지 따라왔다. 그리고 두 사람이 무사히 엘리베이터 안으로 사라 지는 것을 보고서야 90도 각도로 절을 한 다음 돌아섰다.

유화시는 엘리베이터 안에 들어서야 비로소 자신이 지금 얼마나 큰 모험에 뛰어들었는가를 알게 되었다. 지금이라도 물 러날 수는 있었다. 그러나 그녀는 그러고 싶지가 않았다. 가는 데까지 가보고 싶었다.

화시는 강한 호기심과 무모할 정도의 모험심, 그리고 여자로 서는 보기 드문 배짱이 그녀로 하여금 가는 데까지 가보게끔 했 던 것이다.

엘리베이터가 도착할 때까지 검은 신사는 줄곧 그녀를 뚫어 질 듯이 관찰하고 있었다. 마치 무슨 상품을 검사하듯이 그녀를 자세히 관찰하는 바람에 그녀는 몸 둘 바를 모르고 한 손으로 얼 굴을 가렸다.

"그렇게 사람을 쳐다보는 법이 어딨어요. 제가 무슨 물건이 에요?"

"아가씨가 왜 나를 따라왔을까 하고 생각했소. 나에 대해서 아무 것도 모르면서 말이오. 거리의 여자라면 또 몰라도……"

"그건 서로 마찬가지 아니에요. 당신도 저에 대해서 아무 것도 모르잖아요."

"하긴 그렇지."

엘리베이터 문이 열렸다. 12층이었다. 신사는 1210호실 앞으로 다가갔다.

최고급 벤츠를 몰고 다닐 정도라면 집안은 얼마나 값비싼 것으로 멋지게 치장했을까 하고 생각하면서 그녀는 남자를 따라 집안으로 들어갔다. 그러나 그녀의 그와 같은 생각은 잘못된 것이었다.

집안은 오래 비워둔 집처럼 썰렁하고 삭막한 분위기를 띠고 있었다. 어디를 보아도 돈을 들여 치장한 구석은 보이지 않았다. 집주인은 단순하고 간결한 것을 좋아하는 것 같았다. 벽에는 그림 한 장 걸려 있지 않았고 장식장 같은 곳도 텅 비어 있었다. 바닥에는 카펫도 깔려 있지 않았다.

"집 좀 구경해도 돼요?"

"얼마든지…… 나는 샤워를 좀 해야겠소."

그 아파트는 방이 여러 개 있는 것이 꽤 커 보였다. 방마다 기대를 안고 들여다보았지만 하나같이 모두 텅 비어 있었다. 그녀는 마지막으로 안방 문을 열었다. 불을 켜자 새소리가 들려왔다. 그것은 아주 신선한 느낌으로 다가왔다.

방안에는 침대가 하나 놓여 있었고, 새장은 구석 쪽 창가에 놓여 있었다. 새장 안에는 눈부시게 흰 새 두 마리가 들어 있었다. 그중 한 마리가 낯선 사람의 출현에 놀란 듯 아름다운 목소리로 울어대고 있었다.

안방 역시 아무런 장식도 되어 있지 않았다. 침대 하나와 새장만이 덩그러니 놓여 있을 뿐이었다. 침대도 아무런 장식이 없는 아주 평범한 것이었다. 그리고 그 위에는 두어 장의 담요가 흐트러져 있었다.

거기서는 집안의 따뜻하고 아늑한 분위기 같은 것은 조금도 느껴지지 않고 있었다. 삭막함과 외로움만이 느껴지는 그런 방안 분위기였다.

"이건 정말 이상한 방인데."

그녀는 방을 나와 욕실 쪽으로 가보았다. 샤워를 하는지 물이 쏟아지는 소리가 쏴아 하고 들려오고 있었다. 그녀는 잠시 그 소리에 귀를 기울이고 있다가 다시 안방으로 들어갔다.

침대 옆 사이드 테이블 위에 전화기가 놓여 있었다. 그녀는 망설이다가 가만히 수화기를 집어 들었다. 그리고 본부로 다이얼을 돌렸다. 벨이 울리기 무섭게 신호가 떨어지면서 굵은 남자의 목소리가 들려왔다.

"화시예요."

그녀는 속삭이는 소리로 재빨리 말했다.

"아니, 지금 어디 있어? 비상이 걸려 야단들인데 어디 있는 거야?"

"몰래 거는 전화니까 듣기만 하세요. 지금 마포에 있는 S아파트 9동 1210호에 있어요. 아주 이상한 집이에요. 아직까지는 안전해요."

"아니, S아파트라면……"

샤워소리가 들리지 않는 것 같아 그녀는 얼른 전화를 끊어버렸다. 그리고 안방에서 나왔다. 욕실 쪽에서는 여전히 샤워소리가 들려오고 있었다. 그녀는 괜히 빨리 전화를 끊었다고 후회했지만 다시 위험을 감수하면서까지 전화를 걸 마음은 없었다.

수사본부에서는 소동이 벌어지고 있었다. 그때 문 형사 일행이 새파랗게 얼어붙은 모습으로 들어섰다.

"아직 연락 없어?"

"그렇지 않아도 방금 연락이 왔었어."

당직형사는 메모해 둔 것을 문 형사에게 건넸다.

"지금 여기서 전화 거는 거래."

그것을 들여다보던 문 형사의 두 눈이 휘둥그레졌다.

"아니, S아파트라면 손명기의 아파트가 있는 곳 아니야?"

그곳은 손명기의 가족들이 피살된 채로 발견된 곳이었다.

"그래. 바로 거기야."

"유 형사는 그 사실을 모르고 있단 말이야! 이거 큰일 났는데!"

그는 자리에서 도로 벌떡 일어났다.

"모르고 있었나?"

"빨리 가봐야겠어."

"아직까지는 안전하다고 했어."

"그리고 또 뭐라고 했어?"

"몰래 거는 전화라고 하면서 전화를 곧 끊었어. 말할 틈도 주지 않았어."

수사본부 밖으로 몰려나오던 형사들은 그 앞에 세워져 있는 문 형사의 찌그러진 차를 보고 어리둥절한 표정들을 지었다.

"아니, 이거 어떻게 된 거야? 냄비처럼 쭈그러졌잖아."

"그러게 내가 뭐랬어. 차를 신주단지처럼 모셔봤자 하나도 소용없으니까 버린 자식처럼 생각하라고 했잖아."

형사들이 제각기 한마디씩 지껄이는 것을 보고 문 형사는 분통이 터졌지만 꾹 참았다. 차를 수사본부 앞에다 끌어다 놓기까지 고생한 것을 생각하면 지금 빈정대고 있는 동료들한테 욕설이라도 퍼붓고 싶은 심정이었다. 트럭을 강제로 세워 사정을 이야기하고 돈을 좀 쥐어주고서야 사고차를 끌고 올 수가 있었다. 그 시간에 문을 열고 있을 정비공장이 있을 리가 없었기 때문에 일단 본부 앞에다 끌어다 놓은 것이다.

사나이가 가운 차림으로 욕실에서 나왔다. 그녀는 비로소 선글라스를 벗은 그의 두 눈을 바라볼 수가 있었다. 그의 두 눈은 남자치고는 너무 아름다워 보였다. 그의 몸에서는 향수 냄새가 났다.

"아가씨도 샤워를 좀 하시지."

"전 괜찮아요. 이따가 할래요."

사나이는 천장의 밝은 불빛이 신경에 거슬리는지 미간을 찌푸렸다.

"난 불빛이 너무 싫어요. 불빛을 바로 받으면 눈에 고통을 느껴요."

"그럼 불을 끄세요."

사나이는 스탠드의 불을 켠 다음 천장의 전등불을 껐다.

"왜 집안에 이렇게 가구나 장식품 같은 것이 없죠? 마치 빈집 같아요."

"혼자 사는 남자가 그런 게 무슨 필요가 있어요."

"너무 삭막하잖아요."

"난 괜찮아요. 아무 것도 없기 때문에 언제라도 미련 없이 떠날 수가 있어요. 비싼 것들로 집안을 치장해 놓으면 미련이 있어서 자꾸만 뒤돌아보게 되지."

그것도 일리가 있는 말이라고 그녀는 생각했다.

"자주 이사를 다니시나 보죠?"

"일이 끝날 때마다……"

그는 중얼거리다가 갑자기 정색을 하고 그녀를 바라보았다. 아름답던 두 눈이 섬뜩하도록 차갑게 느껴졌다. 그는 무심코 중얼거린 말에 대한 그녀의 반응을 살피는 것 같았다.

"무슨 일을 하시는데요?"

"세상에서 가장 허무한 일이지."

"그게 뭔데요?"

그의 손이 그녀의 머리칼 속으로 들어왔다.

그의 입가에 미소가 떠올랐다. 그런데 그것은 조금도 따뜻하게 느껴지지가 않았다.

"아가씨는 남의 일에 호기심이 많군."

"그렇지는 않아요."

그녀는 당황해서 말했다.

"그럼 왜 그런 걸 자꾸 묻지?"

"세상에서 가장 허무한 일을 하고 계신다니까 궁금해서 그런 거죠."

"모든 게 다 허무하지. 난 아가씨한테 돈을 주고 싶은데 받아 주겠소?"

"돈이요?"

그녀는 눈을 크게 떴다.

"그래. 돈 말이오. 선물을 주고 싶지만 그럴려면 내가 백화점 같은 데 가서 물건을 골라야 하고…… 또 그게 아가씨 마음에 들지 안 들지 알 수도 없고……. 그래서 돈으로 선물을 대신하고 싶은 거요."

"돈 싫어하는 사람이 있나요. 하지만 이유 없는 돈은 받기 싫어요."

"이유야 있지. 아주 간단한 이유……"

"그게 뭐예요?"

"옷을 벗고 내 앞에 서주는 거요."

"벌거벗고 쇼를 하라는 거예요?"

"그렇소."

아무렇지도 않게 고개를 끄덕거리는 그를 놀랜 눈으로 쳐다보다말고 유화시는 참을 수 없다는 듯 웃음을 터뜨렸다. 한참 동안 정신없이 웃고 나서 남자를 쳐다보았는데 그는 조금도 웃지 않고 가만히 앉아 있었다.

"모델료는 얼마를 주시겠어요?"

"달라는 대로 주겠소."

그는 진지한 표정으로 말했다. 화시는 생각해 보다가

"50만 원!"

하고 소리쳤다.

"좋아요."

그가 주머니에서 수표책을 꺼내는 것을 보고 화시는 다시 눈이 휘둥그레졌다.

"백만 원!"

그녀는 배로 불려서 말했다.

"좋아요."

그는 수표책 위에다 금액을 적었다.

S아파트 관리실에는 대낮같이 불이 켜져 있었다.

책상 위에는 S아파트 단지구도가 상세하게 그려진 도면이 놓여 있었다. 그 도면을 둘러싸고 형사들이 둘러서 있었다.

"9동은 10동 바로 앞이야. 더구나 9동 1210호라면 손명기의 아파트를 바로 정면에서 내려다볼 수 있는 위치야!"

문 형사는 손바닥으로 도면을 두드렸다.

"우리가 현장에 들어갔을 때 때맞춰 괴상한 전화가 걸려온 이유를 이제 알겠어."

"지금 바로 덮치죠!"

도 형사가 말했다. 문 형사는 주위를 둘러보았다. 모두가 어떤 결단을 내리기를 기다리는 표정을 하고 있었다. 그때 조 형사가 무겁게 고개를 흔들었다.

"좀 더 기다려 본 다음에 결정하는 게 좋을 것 같아. 확신이 설 때까지 말이야. 그리고 우리끼리 결정을 내리기 전에 일단 선생한테 보고해서 의견을 구해야 할 거야."

선생이란 오병호를 말하는 것이었다. 일선 형사들 사이에서 그는 선생으로 통하고 있었다. 형사라기보다는 선생처럼 얌전해 보인다고 해서 그렇게 붙여진 별명이었다.

"선생은 가능한 한 연락하지 말라고 했어. 웬만한 일은 알아서 처리하라고 했어."

"이건 보통 일이 아니야. 보고를 해야 해."

"일단 시간을 두고 관찰해 보기로 하죠. 그런 다음 결정해도 늦지 않을 것 같은데요."

이렇게 말한 사람은 도 형사였다.

"문제는 유 형사야. 유 형사가 아파트 안에 갇혀 있단 말이야. 지금 이 시간에 유 형사가 무슨 일을 당하고 있을 줄 모른단 말이야. 위기에 처해 있는 것을 알고도 구해내지 않는다는 건 말도 안 돼."

문 형사의 말을 조 형사가 가로막고 나섰다.

"그건 그 아가씨가 자청한 일이야. 자기 나름대로 어떤 생각이 있어서 그런 거란 말이야. 무슨 일을 당하고 있어봐야 뻔한 거 아니야. 육탄공세를 취하고 있을 텐데 그것까지 막을 수는 없지 않아?"

"아니, 유 형사가 어떻게 돼도 상관없다는 거야?"

문 형사가 조 형사를 노려보았다.

"여기서 이러고 있어봐야 아무 소용이 없어. 일단 포위망을 압축해 놓고 보자구."

나이 든 형사가 끼어들자 그들은 관리사무소를 나와 9동 쪽으로 향했다.

남자 형사들이 그러고 있을 때 유화시는 검은 신사의 품에 안겨 있었다.

탁자 위에는 백만 원이 적힌 수표 한 장이 놓여 있었다. 그러나 그녀는 마지막에 가서 그것을 받기를 거부했다. 그녀가 아직 결심이 서지 않았기 때문에 옷을 벗을 수 없다고 말하자 사내는 더 이상 그것을 요구하지 않았다. 그러나 아쉬워하는 표정임이 분명했다.

"돈은 필요 없어요. 벗고 싶으면 벗겠어요."

그녀는 남자의 가운 안으로 손을 집어넣고 그의 가슴을 만져 보았다.

그의 가슴은 따뜻하면서도 바위처럼 단단한 느낌이었다. 그녀는 옷을 헤치고 가슴을 들여다보았다. 근육질의 가슴이 대리석처럼 반들거리고 있었다.

"어머, 멋져요! 운동을 하시나 보죠?"

그는 잠자코 그녀를 내려다보았다. 그녀는 그의 가슴 구석구석을 쓰다듬고 있었다. 그는 그녀가 하는 대로 가만히 내버려두고 있었다.

그녀는 그의 가슴을 정신없이 만지다가 거기에다 입술을 갖다 댔다. 이 남자를 빨리 잠재울 수 있는 방법이 없을까 하고 생각해 보았지만 뾰족한 수가 떠오르지 않는다.

그녀의 손이 가슴에서 밑으로 살그머니 미끄러져 내려가다가 허벅지 사이에서 머물렀다. 나무처럼 딱딱한 그것이 손에 닿았다. 그녀는 얼른 그것에서 손을 떼었다. 그가 흥분하고 있음이 분명했다.

그가 천천히 몸을 일으켰다. 그는 가운의 띠를 끄른 뒤 가운을 옆으로 펼쳐보였다. 그는 안에 팬티 한 장만을 입고 있었다. 중요한 부분을 감싸고 있는 삼각팬티는 검정색이었고, 그 밑으로 뻗어 있는 두 다리는 온통 시커먼 털로 덮여 있었다.

S아파트 10동의 옥상 위에 사람들의 모습이 나타났다. 그들은 허리를 굽힌 채 옥상 난간에 달라붙었다.

"바로 저 집이야. 거실에 불이 희미하게 켜져 있는 집말이야."

맞은편 9동 12층 10호를 가리키면서 문 형사가 말했다.

심한 삭풍이 몰아치고 있었기 때문에 옥상 위는 몹시 추웠다. 그들은 혹독한 추위에 발을 동동 구르면서 몸을 오그라 붙이고 있었다.

9동 1210호의 거실에는 커튼이 드리워져 있었다. 그 시간에 9동 전체에서 불이 켜져 있는 집은 1210호를 포함해서 세 집밖에 없었다.

안에서 사람의 그림자가 희미하게 움직이고 있는 것이 보였지만 워낙 흐릿해서 잘 알아볼 수가 없었다. 문 형사는 망원경을 꺼내들고 초점을 맞추었다. 커튼 안에서 움직이고 있는 모습이 아까보다는 좀 더 분명한 윤곽으로 다가왔다.

"아니, 저럴 수가……"

그는 추위도 잊은 채 앞을 뚫어지게 응시했다.

"뭐가 보이나?"

조 형사가 망원경을 빼앗으려고 했지만 그는 그것을 놓지 않고 계속 움켜쥐고 있었다.

뚜렷하게 보이지는 않았지만 안에 있는 남자가 벌거벗고 있는 것 같았다.

남자의 나체 모습이 커튼 안쪽에서 움직이고 있는 것이 보였다. 여자는 남자 앞에 앉아 있는 것 같았다. 그러나 뚜렷이 잡히지가 않아 답답하기만 했다. 문 형사는 망원경을 조 형사에게 넘겼다.

"자세히 보라구. 기막힌 장면 같은데 확실하지가 않아."

혹독한 추위 속에서도 문 형사는 꽤나 흥분해 있었다. 조 형사는 급히 망원경을 눈에다 갖다 댔다.

"어? 저게 뭐하는 짓이야?"

"뭔지 알아보겠어?"

"아니, 벌거벗었잖아!"

"벌거벗은 게 확실해?"

"남자가 벌거벗고 있어. 자세히 보이지는 않지만 벌거벗고 있는 게 틀림없어."

"여자는 뭐하고 있어?"

"글세…… 아, 여자가 일어섰어."

"뭐하고 있느냐니까?"

망원경을 뺏으려는 문 형사의 손을 밀어내면서 조 형사는 오른쪽으로 조금 이동했다.

"여자도 옷을 벗고 있어!"

"정말이야?"

"가슴이 흔들리는 게 보여!"

"어디 봐. 망원경 이리 줘!"

"가만있어!"

형사들이 망원경을 서로 차지하려고 몰려들었지만 조 형사는 그것을 움켜쥐고 놓지 않았다.

"여자가 계속 옷을 벗고 있어. 허리를 구부리고 있는 게 보여. 옷을 던졌어."

"꼭 중계방송하고 있는 것 같군."

"그 여자가 유 형사가 분명해?"

"얼굴은 알아볼 수 없어. 하지만 키나 움직임 같은 거…… 머리스타일 같은 게 유 형사하고 비슷해. 어어어어…… 드디어…… 드디어…… 붙었어!"

문 형사는 더 이상 기다리지 못하고 망원경을 낚아챘다.

커튼이 가려져 있는 건너편 아파트 1210호의 내부가 손에 잡힐 듯 가까이 다가왔다. 벌거벗은 두 남녀가 선 채로 엉겨 붙어 있는 모습이 희미하게 보였다. 여자의 허리가 뒤로 잔뜩 휘어지고 있었다. 문 형사는 두 눈이 튀어나올 것만 같았다. 그의 호흡이 가빠지고 있었다. 그는 이를 악문 채 그들의 움직임을 노려보고 있었다.

"어떻게 됐어?"

그가 입을 꾹 다문 채 망원경에서 눈을 떼지 않자 둘러서 있던 형사들이 참지 못하고 물었다. 그러나 문 형사는 아무 말도 하지 않았다.

나체의 두 남녀는 서서히 움직이고 있었다. 불빛이 약한 쪽으로 이동할 때에는 그 모습이 보이지 않다가도 밝은 쪽으로 나올 때에는 다시 그 윤곽을 드러내 보이고 있었다.

"춤을 추고 있어."

문 형사가 마침내 입을 열었다.

"뭐라구? 아니, 둘이서 벌거벗고 춤을 추고 있단 말이야?"

조 형사가 놀라서 큰소리로 물었다. 형사들이 모두 문 형사만 쳐다보았다.

"음, 그래. 템포가 점점 빨라지는 것 같은데…… 여자가 몸을 돌렸어. 서로 손을 잡고 떨어졌어…… 다시 붙었어…… 지금은 보이지 않아…… 다시 나란히 나타났어…… 둘이서 몸을 돌렸어…… 아주 근사해…… 여자가 다시 몸을 돌렸어……"

형사들은 침을 삼키면서 문 형사의 말을 듣고 있었다. 조 형사가 참지 못하고 그에게서 망원경을 빼앗아 들고 1210호를 노려보았다.

"해괴망측하군. 저런 해괴한 일이 세상에 또 어디 있어. 세상에 저럴 수가…… 저건 유 형사가 아니야. 유 형사가 저럴 리가 없어! 저럴 리가 없다구! 저건 다른 여자야!"

조 형사는 머리를 세차게 흔들면서 망원경을 옆 사람한테 넘겼다.

젊은 형사들은 차례대로 망원경을 넘겨받아 1210호에서 벌어지고 있는 광경을 훔쳐보았다. 그들의 입에서는 놀라움과 경탄과 분노가 한꺼번에 쏟아져 나왔다.

"도대체 저 아름다운 아가씨를 벌거벗겨 놓고 춤까지 추게 하는 저놈은 누구죠? 저런 실력을 갖춘 놈이라면 도대체 어떤 놈이죠?"

그 남자는 수수께끼 같은 사나이임에는 틀림없었다. 그 사나이에 대해서는 아파트 경비원이나 관리사무소측에서도 도통 아무 것도 모르고 있었다. 대강 알아낸 바에 따르면 6개월쯤 전에 어떤 미모의 젊은 여자가 고액의 월세를 내기로 하고 1210호에 들어왔다고 했다.

그 아가씨의 이름은 관리사무소에 김경미라고 등록되어 있었다. 그러나 그 이름은 동회의 주민등록에는 등재되어 있지 않았다. 그런데 그 아가씨는 얼마 후에 슬그머니 사라지고 대신 벤츠를 타고 다니는 그 남자가 1210호에 머물기 시작했다. 그 아가씨한테 경비원이 남자에 대해 물어 본즉 자기 오빠라고 대답했다. 그 후로 그 아가씨는 거의 아파트에 나타나지 않고 그 남자가 통째로 그곳을 혼자 차지한 채 살았다. 경비원이 가까스로 그의 대해 알아낸 것이 있다면 이름 두 자밖에 없었다. 그의 이름은 허 묵(許墨)이라고 했다. 경비원은 허 묵에 대해 외경심을 품고 있는 것 같았다. 그는 과묵하고 예의바르고 친절하며, 그리고 팁을 놀라울 정도로 많이 준다고 했다. 1210호를 지키는 두 명의 경비원들에게 그는 꽤나 인기 있는 사나이였다.

김경미와 허 묵이라는 이름에 대해서는 지금 따로 조사가 진행되고 있었다.

문 형사가 조 형사의 옆구리를 툭 건드렸다.

"저걸 두고 보겠다는 거야? 난 참을 수가 없어. 우리 마스코트가 저렇게 유린당하고 있는데 난 더 두고 볼 수가 없어. 지금 당장 뛰어 들어가 저 새끼를 끌어내야 해!"

"무슨 근거로? 일을 망칠 셈이야? 저건 유 형사가 자청한 일이야!"

그들은 얼어붙은 얼굴로 서로를 노려보았다. 그들의 외침까지도 삭풍에 얼어붙고 있는 것 같았다.

"저건 유 형사의 작전일지도 몰라. 뭔가 냄새가 나니까 저러고 있을 거란 말이야. 그러니까 기다려보잔 말이야!"

"미치고 환장하겠네. 도대체 선생은 이럴 때 어디서 무얼 하고 있는 거지? 이렇게 중요한 일을 앞에 놓고 잠적해 버리면 우린 어떡하란 말이야!"

문 형사는 투덜거리면서 안절부절못하다가 전화를 걸겠다면서 급히 그곳을 떠났다. 조 형사가 그의 뒤를 급히 따랐다.

아파트 건물 밖으로 나온 두 명의 형사는 단지 안에 설치되어 있는 공중전화를 찾아갔다. 문 형사는 오 경감과 연락할 수 있는 전화번호를 하나 가지고 있었다. 그것은 아주 긴급을 요하는 경우를 제외하고는 사용하지 말아달라고 한 전화번호였다.

그는 박스 안으로 들어가 전화를 걸었다. 새벽 4시가 가까워오는 시간이었다.

전화벨은 한참 동안 울렸다. 그가 수화기를 내려놓으려고 했을 때 신호가 떨어지면서 잠에 취한 목소리가 들려왔다. 오 경감의 목소리가 분명했다.

그래도 상대방을 확인하기 위해 그는 오 경감이 가르쳐준 대로 물었다.

"오 사장님 계십니까?"

"네, 제가 오 사장입니다."

"문어입니다."

"음, 문어…… 아, 그래. 이 밤중에 무슨 일이지? 지금 도대체 몇 시야?"

"당신은 따뜻한 곳에 누워 있겠지만 나는 잠도 못 자고 추위 속에서 떨고 있단 말입니다."

하고 말하고 싶은 것을 겨우 참으면서 문 형사는 입을 열었다.

"문제가 생겼습니다. 유 형사가 어떤 남자하고 지금 아파트 안에서 해괴한 짓을 벌이고 있습니다. 그 아파트는 손명기의 아파트하고 서로 마주보고 있습니다."

"그래?"

취기가 가시는 목소리였다.

"우린 잠 한숨 못 자고 유 형사를 감시하고 있습니다. 모두 동상에 걸릴 지경입니다."

"모두 수고가 많군. 좀 더 자세히 이야기해 봐. 어떻게 된 일인지……"

"예정대로 우리는 지난밤에 A호텔 나이트클럽 라스베가스에 갔었습니다. 거기서 유화시 형사는 지시를 받지 않고 제멋대로 행동했습니다. 어떤 건달하고 늦게까지 정신없이 춤을 추더니 밖으로 빠져나갔습니다. 그리고 그 남자가 운전하는 벤츠를 타고 떠났습니다. 우리는 미행하다가 차가 빙판길에 미끄러지는 바람에 놓치고 말았습니다."

"사람은 다치지 않았나?"

"다행히 다친 사람은 없었습니다만 하마터면 모두 지옥에 갈 뻔했습니다. 제 차는 엉망이 돼버리고 말았습니다."

"안됐군. 그렇게 차를 아꼈는데……"

경감은 아무렇지 않게 말했다. 문 형사는 화가 치밀었다.

"유 형사는 나중에 본부로 전화를 걸어 자기가 있는 곳을 알려왔습니다. 유 형사는 지금 손명기의 아파트가 빤히 내려다보이는 S아파트 9동 1210호에 그 남자와 함께 들어 있습니다."

"호랑이 굴속에 제대로 찾아갔군."

"걱정되지 않습니까?"

"그만한 위험쯤은 감수해야 그래도 뭔가를 알아낼 수 있을 거 아니야."

"아이구, 그게 아닙니다. 그 아가씨가 강제로 당하기라도 하면 어떡합니까?"

"그거야 뭐 할 수 없는 거 아니야. 근데 해괴한 일이라는 게 뭐야?"

문 형사가 전화기 안에다 동전을 더 집어넣었다.

"1210호가 잘 보이는 옥상에 올라가서 망원경으로 감시했는데…… 커튼이 쳐져 있어서 확실히 보이지는 않았지만…… 두 사람이 벌거벗은 채 춤을 추고 있습니다. 우리는 밖에서 떨고 있는데 유 형사는 아파트 안에서 처음 만난 남자와 차마 눈뜨고 볼 수 없는 해괴한 짓거리를 벌이고 있습니다."

"완전히 벌거벗은 채 말이지?"

"네, 실오라기 하나 걸치지 않은 완전 나체로 말입니다. 제 정신으로 그러는 건지 의심스럽습니다. 제 생각에는 아무래도 남자가 유 형사한테 약을 먹이지 않았나 생각됩니다. 그러지 않고서야 아무리 의무감이 투철하다 해도 어떻게 그런 짓을 할 수가 있겠습니까."

"대단한 아가씨군."

"그래서 말씀드리는 건데…… 지금 당장 밀고 들어가서 유 형사를 구해내고 그자를 체포하는 게 좋을 것 같습니다."

"그건 좀 성급한 짓같이 생각되는데……"

"유 형사가 무슨 짓을 당하고 있을지 모릅니다! 지금 밀고 들어가지 않으면 큰일 납니다!"

"유 형사는 걱정하지 않아도 돼. 똑똑한 아가씨니까 혼자서도 잘 해낼 거야."

한일경제백서

전화벨소리 하나에 적막에 싸인 집안은 갑자기 소용돌이에 휘말리는 것 같았다. 벨소리가 여러 번 났지만 모두가 깊은 잠속에 떨어져 있기 때문인지 아무도 전화를 받는 사람이 없었다.

한 회장은 처음부터 벨소리를 듣고 있었다. 그러나 누군가가 일어나 전화를 받을 줄 알고 기다리고 있었다. 한참을 기다려도 전화를 받는 사람이 없자 그는 자리에서 일어나 거실로 나갔다. 그때 전화벨소리가 그쳤다.

그는 어둠 속에 앉아 다시 전화벨이 울리기를 기다렸다. 조금 있자 예상했던 대로 다시 전화벨이 울리기 시작했다. 그는 가만히 수화기를 들고 응답했다. 벽시계가 막 새벽 4시를 알리는 종을 치고 있었다.

"여보세요."

"아, 날세. 버드나무집이야."

"오, 자네군."

버드나무집이란 비밀 인쇄소를 가리키는 말이었다. '한일경제백서'를 몰래 만들고 있는 그 비밀 인쇄소 마당에는 오래된 버드나무가 한 그루 서 있었다. 그래서 그들 사이에서는 보안을 유지하기 위해 그 집을 무슨 음식점처럼 버드나무집이라고 부르고 있었다.

"잠을 깨워서 미안하네. 자네가 일이 끝나는 대로 즉시 연락을 해달라고 해서 말이야."

"오히려 내가 미안하네. 정말 수고가 많네. 어떻게 됐나?"

"지금 막 손을 털었어. 완전히 끝냈어. 이제 운반하는 것만 남았네."

"정말 수고가 많았네. 감사하네. 수고한 사람들한테 내가 인사를 충분히 하지."

"인사는 무슨…… 그 정도 했으면 됐지. 그럼 이제 어떻게 할 텐가?"

"지금 바로 차를 보내겠어. 즉시 말이야. 이런 일은 빨리 해치우는 게 좋거든."

"알았네. 경제백서를 모두 읽어봤네. 그걸 모두 읽고 나니까 일할 마음이 안 나더구만. 무엇보다도 우선 화가 치밀어서 말이야. 그리고 한심한 생각이 들더라구. 정말 위기야. 자네 같은 인물이 나서서 빨리 난국을 타개하지 않으면 이놈의 나라…… 망하겠어."

그의 고향 친구의 목소리는 사뭇 떨리고 있었다. 그는 몹시 흥분하고 있었다. 그러나 한 회장의 가슴은 차갑게 가라앉아 있었다.

"별소릴 다하는군. 난 다만 이 나라의 진로를 바르게 잡아보려고 사실을 사실대로 밝혔을 뿐이야."

"조심하게."

"난 괜찮아. 자네가 날 도와줬다가 해를 입을까봐 걱정이야. 빨리 인쇄소를 해체시키게."

"벌써 해체작업을 하고 있네."

"고맙네."

고향 친구가 전화를 끊기를 기다렸다가 한 회장은 가만히 수화기를 내려놓았다. 통화 도중 그는 잡음이 많이 들리고 감이 일정하지가 않을 것을 느낄 수가 있었다. 직감적으로 전화가 도청되고 있다고 생각되었지만 그대로 자연스럽게 통화를 계속했던 것이다.

통화가 도청된 것이 확실하다면 즉시 전 수사기관에 비상이 걸릴 것이다. 그리고 그들은 눈에 불을 켜고 버드나무집을 찾아 나설 것이다. 버드나무집이라는 간판이 붙은 음식점을 제일 먼저 수색하겠지. 그런 다음에 잘못 짚은 것을 알고 수색을 확대했을 때는 이미 책은 전국에 뿌려진 뒤일 것이다. 그들은 버드나무집을 찾는 한편 운송차량 등을 검문할 것이다. 그리고 '한일경제백서'가 발견되면 즉시 압수조치를 취할 것이다.

한 회장은 어둠 속에 꼼짝하지 않은 채 앉아 있다가 손을 뻗어 테이블 위에 놓여 있는 전등의 불을 켰다. 그는 잘될 것으로 생각하고 있었다.

'녹색운동본부'라고 적힌 휘장을 옆구리에 단 포장트럭들은 아주 조용히 움직였다. 차량 두 대가 비켜갈 수 있는 골목 한쪽에는 트럭들이 불을 끈 채 대기하고 있었다. 그 트럭들은 아무런 표시도 되어 있지 않았다. 트럭들은 계속 골목 안으로 들어와 차례대로 줄을 서고 있었다. 좌석에는 두 명의 남자들이 타고 있었는데 그들은 하나같이 녹색 상의에 녹색 모자를 쓰고 있었다. 녹색 운동모의 앞에는 '녹색운동' 이라는 글귀가 박혀 있었다.

트럭들은 차례대로 건물 안으로 들어갔다. 안으로 들어가는 트럭들은 아무런 표시도 되어 있지 않았지만 밖으로 나올 때에는 옆구리에 '녹색운동본부' 라고 적힌 휘장을 달고 나왔다.

들어가는 차들과 나오는 차들은 마당 가운데 서 있는 큰 버드나무를 중심으로 맴돌고 있었다. 그 버드나무는 건물에 가려 밖에서는 잘 보이지가 않았다. 그 건물은 붉은 벽돌로 지어진 오래된 건물로써 건물 입구에는 '인디아나가구 주식회사' 라는 간판이 하나 걸려 있었다. 얼른 보기에는 가구를 만드는 공장 같아 보였다.

트럭이 건물 옆에 서 있는 철문을 통과해 건물 뒤쪽으로 돌아가면 대기하고 있던 사람들이 일정한 크기로 포장된 짐을 재빨리 트럭에다 차곡차곡 실었다. 그동안에 두 명이 트럭 옆에다 휘장을 붙들어 맸다.

트럭 위에 더 이상 실을 수 없을 정도로 짐이 쌓이면 포장이 닫혀 지고 트럭은 버드나무를 돌아 밖으로 빠져나갔다. 동시에 빈 트럭이 마당 안으로 들어섰다.

버드나무집을 빠져나온 트럭들은 예정된 코스를 따라 뿔뿔이 흩어져 얼어붙은 길 위를 달려갔다.

그러나 그 차들이 시 외곽을 빠져나가기도 전에 모든 고속도로와 국도에는 비상망이 펴져 있었다. '녹색운동본부'라고 적힌 휘장을 옆구리에 매단 최초의 포장트럭이 경부고속도로 톨게이트에 나타난 것은 새벽 5시가 조금 지나서였다.

트럭이 고속도로 요금을 지불하고 톨게이트를 통과하자 백 미터쯤 떨어져 있는 전방에 바리케이드가 쳐져 있는 것이 보였다. 하행선 고속도로를 차단하고 있는 바리케이드는 하나가 아니고 이중으로 되어 있었다.

그리고 그 양편에는 군경합동 경비대원들이 착검한 총을 든 채 삼엄한 경계를 펴고 있었다. 바리케이드 앞에는 차량들이 줄을 서서 기다리고 있었다.

포장트럭은 줄 끝에 가만히 다가서면서 헤드라이트를 껐다. 톨게이트 주변은 대낮같이 불이 밝혀져 있었기 때문에 트럭에 앉아 있는 사내들의 얼굴은 밖에서도 잘 보였다. 그들의 얼굴은 잔뜩 굳어 있었고, 또 눈은 계속 앞에서 움직이고 있는 경비대원들을 주시하고 있었다.

모든 차량들은 샅샅이 검문검색을 당하고 있었다. 경비대원들은 특히 차에 실려 있는 짐들에 대해 집요한 반응을 보이고 있었다. 그들은 어떠한 짐도 그냥 통과시키지 않고 풀어헤쳐 내용물을 확인한 다음 통과시키곤 했다.

"벌써 비상망이 펴진 모양이야. 굉장히 빠른데. 무사히 통과할 수 있을까?"

운전석의 사내가 작은 소리로 말했다. 담배를 피우고 있던 옆자리의 사내는 표정이 흐려지면서 대꾸했다.

"저 정도로 철저하면 빠져나가기 힘들겠는데…… 이젠 어쩔 수 없어. 하늘에 운명을 맡길 수밖에……"

"갈 길이 구만 리 같은데……"

운전석의 사내는 말끝을 흐리면서 옆자리의 사내에게 담배를
구했다.

차량들은 조금씩 조금씩 앞으로 접근하고 있었다. 몹시 추운
날씨인데다 이른 새벽녘이었기 때문에 다니는 차량들이 거의
없었지만 바리케이드 앞에는 계속 차량들의 행렬이 길어지고만
있었다.

10분쯤 지나 포장트럭은 마침내 바리케이드 앞에 바싹 접근
했다. 경비대원들이 트럭 주위를 에워쌌다. 운전석 옆자리에 앉
아 있던 사내가 차창을 내리고 밖을 내다보았다.

"녹색본부에서 온 거요?"

상급자인 듯한 경비대원이 트럭에 걸려 있는 휘장을 쳐다보
고 나서 물었다. 그는 허리에 권총을 차고 있었다.

"네 그렇습니다. 본부에서 특별지시가 내려서 급히 가는 길
입니다."

그 운동의 명분은 아주 그럴 듯한 것이었다. —황폐해진 국민
들의 마음을 푸르른 나무처럼 가꾸어 민족중흥을 이룩하자—
이것이 그 대강의 요지였다. 각종 구호가 난무하고 있는 만큼 그
것 역시 할일 없는 사람이 꾸며낸 구호쯤으로 무시당할 가능성
이 많았다. 그러나 그 배후에 권력자의 부인이 도사리고 있다는
말이 퍼지면서 상황이 달라지기 시작했다. 그리고 그녀가 어느
날 직접 텔레비전에서 녹색운동의 당위성을 역설하자 그것은
금방 전국적인 운동으로 번져나가기 시작했다.

그것은 다분히 정치적 효과를 노린 것이었지만 국민들에게는 민족중흥을 일으킬 수 있는 위대한 운동으로 선전되었다. 신문과 방송을 통해 계속 그 위대함이 강조되고 권력에 빌붙어 있는 이른바 유명인사들이라는 자들이 앵무새처럼 역시 같은 말을 되풀이해대자 어리석은 국민들은 그것이 정말 위대한 운동인 줄로 알게 되었다. 현재 그 회원은 급격히 불어나 5백만 명 돌파 기념잔치를 연 것이 불과 한 달 전의 일이었다.

권력자의 부인을 배후에 업고 있는 탓인지는 몰라도 녹색운동에 앞장서고 있는 사람들의 위세 또한 대단해서 그 폐해가 날로 눈에 띄게 드러나고 있었지만 아무도 드러내 놓고 그것을 탓하지는 않았다. 모두가 그것을 건드리는 것을 두려워하고 있었다. 그것을 건드리는 것은 곧 최고권력에 도전하는 것이 되기 때문이었다.

녹색운동모의 사내는 살벌한 표정으로 서 있는 경비대 상급자를 내려다보면서 여유 있게 미소까지 지어보였다.

"추운데 수고하십니다."

"뒤에는 뭘 실었습니까?"

"책이에요."

책이라는 말에 권총을 차고 있는 자의 눈이 번쩍하고 빛났다.

"무슨 책입니까?"

"녹색운동에 관한 책입니다. 아주 귀중한 책이에요."

"어디 한번 봅시다."

"꼭 봐야 합니까?"

"네, 잠깐이면 됩니다. 지금 특별지시가 내려져 있습니다. 내용물 중에 특히 불온서적을 찾아내라는 지시입니다."

"최문자 여사의 책이 불온서적이라는 겁니까?"

그가 권력자 부인의 이름을 들먹이자 상대방은 긴장하는 표정을 지었다.

"그분이 지으신 책입니까?"

"네, 그래요. '녹색운동과 민족중흥' 이라는 책이에요. 오늘 오전까지는 부산에 모두 배부하지 않으면 안 돼요. 오후에 최 여사께서 시민회관 강당에 나가실 예정인데 그때 모두 그 책을 한 권씩 들고 있어야 해요."

그는 손목시계를 들여다보고 나서

"시간이 없어요."

하고 덧붙였다.

"네, 잘 알겠습니다. 하지만 잠깐이면 됩니다. 형식적으로라도 검색은 해야 합니다. 특명이 내려와서요. 잠시만 협조해 주십시오."

경비대원은 곤혹스런 표정으로 녹색운동모를 올려다보았다.

"좋아요. 수송이 늦어진 데 대해서는 당신이 책임을 져야 합니다. 난 상부에 그대로 보고하겠어요."

녹색운동모가 엄포를 놓으면서 차에서 내리자 경비대원은 어쩔 줄을 몰라 했다. 그러나 그는 그 트럭에 실려 있는 것을 검색하는 것을 끝내 포기하지 않았다. 그는 자기 임무에 아주 충실한 사람이었다.

녹색운동모는 트럭 뒤로 가서 포장을 걷어 올렸다. 경비대 지휘자는 플래시로 안을 비춰보았다. 안에는 일정한 크기의 종이

박스가 잔뜩 쌓여져 있었다. 박스의 표면에는 '녹색운동과 민족중흥' '녹색운동본부' 따위의 글귀가 찍혀 있었다.

"다 똑같은 겁니까?"

"물론이죠."

"하나만 뜯어보겠습니다."

"좋을 대로 하세요."

녹색운동모는 미간을 찌푸리면서 퉁명스럽게 대꾸했다.

지휘자가 한 명의 부하에게 지시하자 그는 재빨리 박스에 감겨 있는 줄을 벗겨내고 뚜껑을 뜯어냈다.

지휘자는 플래시로 상자 안을 찬찬히 비춰보았다. 상자 안에는 '녹색운동과 민족중흥'이라고 제호가 박힌 책들이 들어 있었다. 저자는 녹색운동모의 말대로 권력자의 부인이었다. 지휘자는 맨 위에 놓여 있는 책을 집어 들었다. 그것을 바라보는 녹색운동모의 얼굴이 하얗게 굳어지고 있었다.

"이 책…… 최 여사께서 직접 쓰신 겁니까?"

지휘관이 고개를 갸우뚱하면서 물었다.

"물론이죠."

녹색운동모가 당연하다는 듯 대답하자 지휘관은 고개를 끄덕이면서 책장을 넘겼다. 한 장 한 장 넘겨보는 것이 아니라 단면에다 엄지손가락을 대고 한꺼번에 건성으로 스치듯 페이지를 모두 넘겼다. 만일 그가 중간에 단 한 페이지라도 읽어보았더라면 사정은 달라졌을 것이다.

"그 바쁘신 중에도 이런 책을 쓰셨다니 대단하신 분이군요."

"대단하신 분이죠. 그분 부지런하시다는 건 모두 알고 있는 이야기 아닙니까?"

"이 책은 정가가 얼맙니까?"

"비매품입니다. 녹색운동 회원들한테 모두 무료로 나누어 줄 겁니다."

"그렇다면 나도 한 권 얻읍시다."

지휘관은 책을 겨드랑이 밑에다 끼면서 말했다. 녹색운동모는 당황해 하다가 얼른 미소를 지으면서 끄덕였다. 그러자 박스를 뜯었던 젊은 경비대원이 또 한 권을 집어 들었다.

"저도 한 권 얻을 수 없을까요?"

"네, 가져가세요. 더 이상은 안 됩니다."

녹색운동모는 상자 뚜껑을 덮고 나서 그것을 안쪽으로 밀어 버렸다. 지휘관이 손을 쳐들어보였다.

"됐습니다. 협조해 주셔서 고맙습니다."

녹색운동모는 트럭의 포장을 내리고 나서 지휘관을 슬쩍 돌아보았다.

"아까 참, 불온서적을 찾고 있다고 하셨는데…… 그건 어떤 책입니까?"

"아, 그건…… '한일경제백서'라는 책인데…… 우리도 아직 보지를 않아서 무슨 책인지는 잘 모르겠습니다. 그런 책을 발견하면 무조건 압수하라는 지시만 받았기 때문에 우리는 명령만 수행할 뿐입니다. 안녕히 가십시오."

지휘관은 거수경례까지 했다.

"수고하십시오."

녹색운동모가 차에 오르기 무섭게 트럭은 바리케이드를 지나

남쪽을 향해 달려갔다.

"하마터면 들킬 뻔했어. 그자가 책을 훑어보는 바람에 아찔했어. 다행히 자세히 내용을 들여다보지 않고 그냥 지나쳤기에 망정이지……"

운전석의 사내는 옆자리 사내가 지껄이는 소리를 들으면서 걱정스런 눈으로 앞을 바라보았다.

"우리는 다행히 통과됐지만…… 다른 곳으로 향한 차들은 어떻게 됐을까?"

"괜찮을 거야. 녹색운동의 위력은 대단하니까 말이야. 그자들한테 책 두 권 뺏겼어."

"아니, 뭐라구?"

운전석의 사내가 펄쩍 뛰었다.

"책을 줬단 말이야?"

"가지겠다는데 하는 수 있어야지."

"안 된다고 해야지 그걸 주면 어떡해?"

"비매품인 줄 알고 가져갔어."

"그걸 들여다보고 발각되면 어떡할 거야? 부산에 도착하기도 전에 붙잡힐 거란 말이야!"

"듣고 보니까 그런데……"

"아니, 그 생각도 못했어?"

"당황해서 말이야. 그 친구들이 까다롭게 굴까봐 한 권씩 준 거지."

그는 불안한 눈으로 백미러를 통해 뒤를 쳐다보았다.

"좀 더 속력을 낼 수 없어?"

"그럴 수 없어."

운전석의 사내는 퉁명스럽게 대꾸했다.

"얼어붙어서 더 이상 속력을 낼 수 없어. 이것도 최대한도로 달리는 거야."

"그 친구들이 제발 그 책을 보지 말아야 할 텐데……"

사내는 다시 백미러를 들여다보았다. 그것을 보고 운전석의 사내가 코웃음 쳤다.

"이봐, 멍청하게 뒤에서 따라올 줄 알아? 연락을 받고 앞에서 대기하고 있지."

그들은 더 이상 대화를 나누지 않고 헤드라이트 불빛에 드러난 노면만 바라보기 시작했다.

그들은 국내 비밀저항조직의 회원들이었다. 아직 대단한 조직은 아니었지만 사명감에 불타는 젊은이들이 그 주류를 이루고 있었다.

그 조직은 비폭력을 원칙으로 삼고 있었기 때문에 겉으로 별로 드러나지 않은 채 조용히 움직이고 있었지만 독재에 저항하고 민주주의를 정착시키려는 열의는 그 어느 단체보다도 강한 편이었다. 그 조직을 배후에서 지원하고 있는 사람이 바로 한일성 회장이었다. 따라서 자연 한성그룹의 엘리트 요원들이 그 비밀조직의 기간을 이루고 있었다. 조직의 이름은 부드럽게 '봉선화'였고, 사회사업과 도덕재무장 운동을 그 전면에 내세우고 있었다.

아침 8시.

비상경계령 속에서 새벽의 추위에 떨고 있던 경부고속도로 톨게이트의 경비대원들은 임무를 교대하고 톨게이트 옆에 서 있는 건물 안으로 들어가 임시로 마련된 식탁 앞에 앉았다.

책상 위에는 배식기가 두 줄로 가지런히 놓여 있었고 그 위에서는 김이 피어오르고 있었다. 경비대원들은 뜨거운 음식을 보자 정신없이 먹어대기 시작했다.

녹색운동본부의 트럭을 처음 검색했던 지휘관은 식사를 하면서 한쪽에 놓아둔 책을 곁눈질로 바라보았다. 공짜 책이라고 해서 한 권 얻기는 했지만 그는 책과는 담을 쌓고 사는 인간이었고, 더구나 녹색운동본부 같은 데서 펴낸 정치권력의 홍보책자 따위는 구역질이 나서 손대고 싶은 마음이 조금도 일지 않았다. 그의 유일한 관심사는 자신의 진급에 관한 일이었다. 그는 금년 상반기까지만 별 탈 없이 근무하면 가을 진급 심사 때는 무난히 통과될 것으로 보고 있었다.

"그 책 좀 봐도 되겠습니까?"

맞은편에서 식사를 하고 있던 젊은 경비대원이 말을 걸어왔다. 그는 학사 출신의 조금은 건방진 부하였다. 지휘관은 그를 힐끗 쳐다본 다음 고개를 끄덕였다. 5분쯤 지났을 때 학사 출신이 고개를 갸우뚱하면서 다시 그에게 말을 걸어왔다.

"아니, 이거 이상한데요."

지휘관은 깍두기를 입속에 집어넣고 우적우적 씹었다. 이런 것도 밥이라고 주다니, 그는 속으로 투덜거리면서 부하를 힐끗 쳐다보았다.

"제목하고 내용이 전혀 다릅니다. 내용은 한국과 일본의 경제관계 같습니다."

"내용이야 어떻든 무슨 상관이야. 여사께서 쓰셨다는데 그런 줄 알아야지."

"그게 아닙니다. 이걸 보십시오."

학사 출신은 책을 펼쳐 보이더니 '녹색운동과 민족중흥'이라고 인쇄되어 있는 표지를 벗겨냈다. 접착제가 첨가되어 있는지 표지는 쉽게 벗겨지지 않게 밀착되어 있었지만 끝을 잡고 당기자 부드럽게 벗겨졌다. 그러자 안에서 또 하나의 전혀 다른 표지가 나타났다. 그 표지에는 '한일경제백서'라는 제호가 인쇄되어 있었다.

"이게 진짜 표지 같습니다. 아주 교묘하게 위장했습니다."

지휘관은 입속에 들어 있는 음식물을 더 이상 씹을 수가 없었다. 그는 그것을 꿀꺽 삼킨 다음 손을 내밀었다. 학사 출신이 엉거주춤 일어나 그에게 책을 건네주었다. 책을 받아 꼼꼼히 살펴보는 그의 두 손이 부들부들 떨리기 시작했다. 그는 주위를 둘러보았다. 모두가 그를 쳐다보고 있었다.

그는 학사 출신 부하가 얄미웠다. 조용히 그에게 이야기했다면 상부에 보고하지 않고 어물쩍 덮어둘 수도 있는 일인데 큰 소리로 떠드는 바람에 모두가 알게 되었다. 따라서 숨길 수도 없게 되었다. 그는 또 한 권의 책을 찾았다. 그와 함께 책을 얻었던 부하가 급히 책을 가지고 달려왔다.

그 책 역시 겉표지를 벗기자 안에서 '한일경제백서'의 표지가 나왔다.

"아니, 이럴 수가!"

그는 자기를 속이고 달아난 자들에 대한 분노와 문책을 당할 것에 대한 두려움 때문에 얼굴빛이 창백하게 굳어지고 손끝을 더 심하게 떨어대고 있었다.

"완전히 속았습니다!"

처음 그것을 발견한 학사 출신이 마치 무슨 즐거운 일이나 일어난 듯 큰소리로 말했다. 지휘관은 그를 노려보았지만 그렇다고 그를 나무랄 수도 없는 일이었다.

"지금 쫓아가면 안 될까요?"

그와 함께 책을 얻었던 대원이 말했다. 지휘관은 손목시계를 들여다보았다. 8시 30분이 지나고 있었다. 그는 벌떡 몸을 일으켰다.

"그때가 몇 시였지?"

"세 시쯤이었습니다."

다섯 시간 삼십 분이 지났다. 제 속력을 내고 달리면 부산까지 다섯 시간이 걸리지만 오늘같이 노면이 얼어붙은 상태에서는 시간이 훨씬 더 많이 걸릴 것이다. 지휘관은 발작적으로 책을 잡아 찢은 다음 밖으로 뛰쳐나갔다.

옆방으로 뛰어들어간 그는 경비전화로 급히 부산 톨게이트를 불렀다.

잠시 후 그는 그곳 지휘관과 통화할 수 있었다.

"거기도 비상경계중입니까?"

"물론이지요."

"혹시 녹색운동본부 차량 거기에 도착하지 않았나요?"

"조금 전에 통과시켰습니다. 지금까지 여섯 대 통과시켰습니다. 우선적으로 보냈습니다."

상대방은 칭찬을 받고 싶어 하는 것 같았다. 전화를 건 사내는 맥이 빠지는 것을 느꼈다. 그는 거칠게 숨을 몰아쉬다가

"그 차에 실려 있는 물건을 검사해 봤습니까?"

하고 물었다.

"아, 물론이지요. 최문자 여사께서 쓰신 '녹색운동과 민족중흥'이라는 책이었습니다."

"여섯 대 모두 검색했습니까?"

"아닙니다. 첫 번째 차만 검색하고 나머지 차들은 들여다보기만 하고 그냥 통과시켰습니다."

"우리도 그랬습니다. 그 차들 지금 붙잡을 수 있을까요?"

"이미 시내로 들어가 버렸는데요. 잡으려면 수배를 해야지요. 그런데 왜 그러십니까?"

"그 차들은 위장 차량들입니다."

책임은 이쪽에도 있지만 그쪽에도 있다고 생각하면서 그는 사실대로 이야기해 주었다.

"아이구, 큰일 났네. 어떡하죠?"

상대방 역시 몹시 당황해 하는 것 같았다.

"상부에 보고했습니까?"

부산쪽 사나이가 물었다.

"아직 안했습니다만……"

"보고해야 합니까?"

"네, 해야죠."

그는 당연한 것처럼 말했다. 여러 사람들이 알고 있기 때문에

보고하지 않을 수 없다는 말은 굳이 하지 않았다.

"아이 구, 이거 큰일 났네."

상대방의 걱정하는 소리를 들으면서 그는 전화를 끊었다.

잠시 후 그는 본부로 전화를 걸었다. 그리고 조심스럽게 문제의 차량들을 통과시킨 사실을 보고했다.

"뭐야, 이 새끼야?"

본부에 앉아 밤을 지새운 본부장이 악을 썼다.

"너 이 새끼, 그걸 말이라고 하는 거야!"

그는 본부장의 얼굴도 모르고 있었다. 그러나 그는 엄청난 욕설을 아무 저항 없이 받아들이고 있었다. 그것이 바로 계급으로 이루어져 있는 조직의 특성이었고, 거기에 저항한다는 것은 있을 수도 없는 일이라는 것을 그는 잘 알고 있었던 것이다.

"너 이 새끼, 너 같은 놈은 총살감이야! 너 같은 놈은 필요 없어! 바보 같은 자식! 눈 뜨고 고스란히 보내주는 새끼가 어딨어! 그 책 가지고 본부로 빨리 와!"

"네, 알겠습니다."

수화기를 내려놓는 그의 목은 잔뜩 움츠러져 있었고 얼굴은 창백하게 질려 있었다. 아이구, 나는 이제 죽었구나 하고 그는 생각했다.

본부에서는 전 지역의 경비분소에 확인전화를 해보았다. 그 결과 한결같이 녹색운동본부의 휘장을 단 트럭을 그대로 통과시켰다는 대답이었다. 본부장은 너무 기가 막혀 이제 화도 나지 않았다. 성질 같아서는 모두 권총으로 쏴 죽이고 싶었다.

"녹색운동본부 휘장을 달고 있는 차들을 모두 찾아내! 아직 목적지에 도착하지 않은 차가 있을 거야!"

전국에 걸쳐 검문소를 통과한 위장트럭은 모두 45대로 집계되었다. 차량 한 대에 만 권씩만 실었어도 45만 권에 달하는 책이 전국에 뿌려졌다는 말이 된다. 한 대당 2만 권씩 실었다면 90만 권이다.

군산방면에서 문제의 차량 한 대가 붙잡혔다는 보고가 들어온 것은 11시 조금 지나서였다. 차 안에는 책이 가득 실려 있다고 했다.

"모두 본부로 호송해 와! 차도 사람도 책도 하나도 빼놓지 말고 말이야!"

본부장은 소리를 고래고래 질러댔다.

그날 아침 직장에 출근한 사람들은 전국 어디서나 거의 '한일경제백서' 한 권씩을 들고 있었다. 비매품이었기 때문에 누구나 한 권씩 부담 없이 소유할 수가 있었던 것이다. 그들에게 책을 나누어준 사람은 대부분 조직화되어 있는 그 지역의 대학생들이었다. 책을 잔뜩 실은 트럭이 도착하자마자 대기하고 있던 그들은 재빨리 그것을 나누어들고 거리로 뛰쳐나가 닥치는 대로 뿌리기 시작했던 것이다. 그들은 매우 헌신적으로 그 일을 해냈고, 위험을 무릅쓴 그들의 행동은 희생적이기까지 했다.

'한일경제백서'가 전국에 걸쳐 배본되는 것을 막기 위해 병력이 투입됐을 때는 책은 이미 사람들의 손에 들어가 있었다. 책을 손에 쥔 사람들은 그것에 대한 압수가 시작되자 그것을 자진해서 내놓기는커녕 숨기기에 바빴다. 그 바람에 그것은 더욱 주가가 올라가 그것을 보려는 사람들이 크게 늘었지만 책을 구하기가 어려웠다. 그 책에 나와 있는 저자 이름은 한일성이었다. 사람들은 그 책을 구하려고 아우성이었다.

그것은 태풍이었다. 일찍이 하나의 책을 구하려고 사람들이 그렇게 아우성을 친 적이 없었다. 책을 구해 읽으려는 사람들뿐만 아니라 이미 읽은 사람들 사이에서도 태풍 같은 소용돌이가 일고 있었다. 사람들이 많이 모이는 거리의 다방·식당·술집 같은 데는 물론이고 각 직장에서도 대화의 내용은 그 책에 관한 것이었다. 앞서서 그것을 읽은 사람들은 분노하고 반성하고 감탄했다. 방학 중인데도 불구하고 학생들은 벌써 거리로 뛰쳐나오고 있었다. 신문과 방송은 기습적으로 그 책에 관한 뉴스를 보도하고 있었다. 외국의 언론매체들도 재빨리 그 책의 내용을 소개하면서 그 책 때문에 한국에서 벌어지고 있는 소동을 집중적으로 상세히 보도하고 있었다.

이제 그 책이 전국 방방곡곡에 뿌려지는 것을 막는 일은 이미 늦어 있었고, 그 책 때문에 전국에 일고 있는 소용돌이를 잠재우는 일도 어렵게 되어 있었다.

그런데 정작 전국을 소용돌이 속에 몰아넣은 본인은 어디로 갔는지 행방이 묘연했다.

한일성 회장을 찾는 팀은 크게 나누어 두 팀, 즉 보도기관과 수사기관이었다. 국내 기자들은 물론 외신기자들까지 그를 만나려고 수소문해 보았지만 그들은 그와 전화 한 통화도 할 수가 없었다. 한편 그를 찾으려는 수사기관의 노력은 거의 필사적이고 광적이라고 할만했다.

그렇게 되기까지는 고위층의 진노가 크게 작용했음은 물론이다. '한일경제백서'를 본 고위층은 그것이 이미 전국에 뿌려진 것을 알고는 격노했다. 그는 한일성을 국가를 위기에 빠뜨리려고 획책한 이적행위자로 단정했다. 그리고 그런 자의 이적행위를 사전에 막지 못한 최고 수사기관의 책임자를 불러 호되게 꾸짖은 다음 그를 해임시켰다.

새로 임명된 최고 수사기관의 책임자는 국내 전수사기관의 책임자들을 불러 모아 합동수사회의를 개최했다. 회의의 요지는 한일성 회장을 빠른 시간 내에 체포하라는 것이었다. 그와 함께 '한일경제백서'를 불온서적으로 규정, 그 책을 수거하는 것과 동시에 그것을 소지하고 있는 자에 대해서는 불온유인물 소지죄를 적용하여 형사 처벌하라고 지시했다. 이를 위해 지금까지의 수사행위를 일시 중단하고 전수사력을 총동원할 것도 아울러 지시했다.

다시 한 번 소용돌이가 일었다. 이번에는 일대 검거선풍이 몰고 온 소용돌이였다.

한 회장을 찾기 위해 수사기관은 관련 인물 수십 수백 명을 연행했다. 한 회장의 은신처를 알만하다고 생각되는 사람들은 거의 빠짐없이 수사기관에 연행되어 조사를 받았다. 그러나 그의 은신처를 알고 있는 사람은 아무도 없었다.

한 회장에 대한 수사기관의 추적은 사정상 공개적이 될 수가 없었다. 그의 사회적인 명망과 영향력, 그리고 국제사회의 비난 등을 고려해서 극비리에 수사를 진행시킬 수밖에 없었던 것이다. 그러자니 자연 추적이 어려워질 수밖에 없었다.

수사기관에 불려가 제일 많이 곤욕을 치른 사람은 한 회장의 분신이나 다름없는 황비서였다. 그러나 그 역시 한 회장의 은신처를 모르고 있기는 마찬가지였다. 만일 그가 그 은신처를 알고 있었다면 견디다 못해 불고 말았을 것이다. 그러나 그는 정말 모르고 있었다.

한 회장이 분신이나 다름없는 자신을 따돌리고 어디론가 잠적해버리자 그는 처음으로 소외감과 함께 섭섭함을 느꼈었다. 자신에게도 알리지 않았다는 것은 결국 그를 믿지 못하기 때문에 그랬던 것이라고밖에 해석할 수 없었다. 결국 그는 자신이 물러날 때가 왔다고 생각하기에 이르렀다.

"오병호라는 수사 형사를 만나고 나서부터 갑자기 태도가 변하신 것 같았습니다. 그때까지 회장님을 보좌하고 경호하던 사람들을 물리치시고 전혀 새로운 인물들로 진용을 갖추셨습니다. 그러고는 갑자기 행방을 감추신 겁니다."

거친 사내들이 들이닥쳤을 때 병호는 수사본부 안에서 '한일경제백서'의 마지막 장을 넘기고 있었다.

그는 짐작도 할 수 없는 곳으로 연행되어 갔다. 그 자신 수사관이었지만 그런 곳이 있으리라고는 짐작조차 못했다.

그곳은 지하 벙커 같은 곳이었다. 그의 얼굴에 뒤집어 씌워진 자루가 벗겨졌을 때 그는 자신이 두꺼운 콘크리트 터널 속에 들어와 있는 것 같은 착각 속에 빠졌다. 차에서 내려 어디론가 들어간 다음 엘리베이터에 태워졌고, 그리고 그 엘리베이터가 밑으로 한없이 하강하고 있다고 느꼈을 때 그것은 정지했고, 그는 다시 밖으로 나와 얼굴에 쓴 보자기가 벗겨졌던 것이다.

처음 콘크리트 터널 같다고 느낀 것은 어느 정도 맞았다. 그러나 정확히 말해서 그것은 터널이 아니었다. 그것은 마치 핵전쟁에 대비해서 만들어 놓은 지하 벙커 같은 분위기를 띠고 있었다. 터널처럼 반원형으로 된 벽과 천장은 회색의 콘크리트 색깔을 그대로 드러내고 있었고 통로는 대낮처럼 환하게 불이 밝혀져 있었다.

콘크리트 통로는 미로처럼 여러 방향으로 가지를 뻗고 있었다. 그들의 가슴에는 하나같이 인식표가 달려 있었다. 미로의 여기저기에는 제복 차림의 남자들이 기관단총을 든 채 부동자세로 서 있었다.

그는 육중한 철문 안으로 밀려들어갔는데 거기에서 그를 기다리고 있는 사람들은 꽤나 거칠고 성급해 보였다. 그들은 병호가 자리에 앉기가 무섭게 한 회장의 행방을 대라고 다그쳤다.

"한 회장 어디 있어?"

위엄 있어 보이는 사복이 핏발선 눈으로 물었는데 그 곁에 있는 사람들이 굽실거리는 것으로 보아 상당히 지위가 높은 사람 같았다. 지위가 높은 사람이 직접 심문하는 것으로 보아 그들은 꽤나 상황이 다급한 것 같았다. 병호는 살찐 상대방이 도대체 어디 소속이며 무슨 일로 자신을 연행해 왔는지 물어 볼 엄두가 나지 않았다. 하도 기세등등하고 살벌해 보였기 때문이었다.

"한일성 회장 말입니까?"

그는 일부러 느린 어조로 조용히 물었다.

"능청떨지 말고 빨리 말해! 우리는 시간이 없다!"

실내에는 용도를 알 수 없는 여러 가지 기구들과 장치들이 놓여 있었다. 한쪽에는 대형 화면도 설치되어 있었다.

"한 회장에 대해서는 아는 바가 없습니다."

"한 회장이 맨 마지막으로 만난 사람이 바로 당신이라는 거 다 알고 있어. 한 회장 어딨어?"

상대방은 짧고 강한 어조로 물었다.

"모릅니다."

"시간이 없다니까! 난 설명할 시간이 없어. 나한테 설명하게 하지 마. 한 회장 어딨어?"

"정말 모릅니다."

말이 떨어지기가 무섭게 주먹이 날아왔다. 안경이 날아가고, 그는 의자와 함께 벌렁 뒤로 나자빠졌다. 옆구리로 구둣발이 날아왔다. 갈비뼈가 부러져나가는 것 같은 격심한 통증 때문에 그는 숨도 제대로 쉴 수가 없었다.

"한 회장 어딨어?"

다른 사람들은 무표정하게 쳐다보고만 있었고, 심문은 그 위엄 있는 자가 혼자 도맡아 하고 있었다. 주먹질과 발길질도 그가 직접 하고 있었다. 그는 성질이 너무 급해서 다른 사람한테 미처 일을 맡기지 못하고 있는 것 같았다.

"어딨어?"

"모릅니다."

병호는 자신이 무력하게 얻어맞기만 하는데 대해 분노가 치솟았다. 한 사람은 기분 내키는 대로 때리고 있고 다른 한 사람은 당연한 것처럼 얻어맞고 있다. 같은 사람이면서도 입장이 그렇게 다른 것이다. 어쩌면 이럴 수가 있을까? 그는 상대방도 그리고 자신까지도 이해할 수가 없었다.

"한 회장은 반역자야! 반역자를 도와주는 놈도 반역자야! 반역자는 짐승 대접도 못 받아. 어딨어?"

"모릅니다."

"이 자식 붙들어 매!"

실내의 불빛이 갑자기 붉은 불빛으로 바뀌었다. 사람들의 얼굴도 손도 옷도 모두 붉은 빛을 띠고 있었다. 그것은 기분 나쁘고 음산한 빛이었다.

붉은 빛과 함께 느닷없이 괴기스런 음악 소리까지 흘러나오고 있었다. 움직이고 있는 사람들의 모습도 하나같이 괴기스러워 보였다.

조금 전까지만 해도 무표정하게 서 있던 사람들이 일제히 움직이고 있었다. 그들은 마치 제철을 만난 듯이 부지런히 움직이고 있었다.

병호는 등받이가 머리 위까지 올라오는 철제 의자에 단단히 비끄러매어졌다. 그들은 그의 두 손목과 발목을 가죽 끈으로 붙들어 맨 다음 목과 복부에도 가죽 끈을 둘렀다. 철제 의자는 바닥에 고정되어 있었다. 정면의 화면이 밝아지더니 그의 묶여 있는 모습이 나타났다.

"일단 여기에 들어온 이상 자백하지 않고는 살아서 나갈 수 없어."

병호는 의자에 묶인채 잠자코 화면에 비친 자신의 모습만 바라보았다. 마치 광란의 축제에 자신이 제물로 올려진 것 같은 생각이 들었다.

괴기스런 음악 소리가 더욱 높아지고 있었다.

"어딨어?"

병호는 머리를 가로저었다. 공포에 짓눌려 숨쉬기조차 불편할 정도였다. 음악 소리가 귀청을 찢을 듯이 높아졌다. 한 사람이 주전자를 들고 오더니 그의 머리 위에다가 주전자 물을 쏟아 부었다.

"말은 하지 않아도 좋다. 고개 짓으로 신호를 해."

큼직한 주전자로 하나 가득 들어 있는 물을 머리 위에다 마구 쏟아 부었기 때문에 그는 금방 온몸에 물을 뒤집어쓴 꼴이 되고 말았다.

책상을 사이에 두고 맞은편에 앉아 있는 대머리 사내가 리모트컨트롤처럼 생긴 것을 앞에 두고 가만히 그를 응시했다. 그의 손가락이 전자계산기처럼 생긴 그것의 버튼 하나를 누르는 순간 병호의 몸뚱이가 위로 튀어 올랐다. 그는 머리를 좌우로 격심하게 흔들면서 사지를 뻗으려고 몸부림쳤다.

그러나 의자에 단단히 묶여 있어 꼼짝할 수가 없었다. 물에 젖은 옷에서 허연 김이 피어오르고 있었다. 대머리가 다시 버튼을 눌렀다. 처음보다 더 심한 충격이 온몸을 휘감았다. 그는 목청껏 비명을 질러댔지만 음악소리에 가려 그것은 들리지도 않았다. 근육은 팽팽히 긴장되어 있었고 혈관은 터져나갈 듯 부풀어 있었다. 튀어나온 두 눈은 붉게 충혈되어 있었고 벌어진 입에서는 거품이 흘러내리고 있었다. 대머리는 틈을 두지 않고 연거푸 버튼을 눌러댔다.

"아아악!"

비명을 지르면서 힐끗 보니 대머리는 미소를 띤 채 흥미 있는 눈으로 이쪽을 응시하고 있었다. 그는 고통을 주고 있는 것을 즐기고 있는 듯했다. 더 이상 묻지도 않고 계속 반응을 살피면서 버튼만 눌러대고 있었다. 병호는 몸부림치면서 화면에 비친 자신의 모습을 바라보았다.

화면 역시 온통 붉은 빛이었고, 고통에 일그러진 그의 얼굴 모습은 마치 악마가 고통에 못 이겨 괴로워하는 것 같은 그런 모습이었다. 붉은 조명 빛과 귀청을 찢는 듯한 괴기스런 소리가 마치 지옥을 연상케 해주고 있었다.

갑자기 눈앞에서 번개 같은 것이 번쩍하는 것 같았다. 뒤통수를 후려갈기는 것 같은 충격, 온몸이 산산이 찢겨져 나가는 것 같은 격심한 통증, 귀를 송곳으로 후비는 것 같은 날카로운 소리에 그는 그만 의식을 잃고 말았다.

"물을 뿌려!"

대머리가 소리쳤다.

한 사나이가 호스를 끌고 왔다. 소방 호스처럼 생긴 굵은 것이었다. 의식을 잃은 채 의자 위에 고개를 떨구고 있는 병호를 향해 거센 물줄기가 뿜어져 나왔다. 물줄기가 워낙 거세기 때문에 그의 몸이 마구 흔들렸다. 한참만에야 그는 머리를 흔들며 깨어났다. 그는 흘러내리는 물 사이로 멀거니 사람들을 바라보았다. 앉아 있는 사람과 둘러서 있는 사람들이 하나같이 마네킹처럼 보였다.

"어딨어?"

대머리가 똑같은 질문을 반복했다. 병호는 피곤함을 느꼈다.

자신이 옳은지 그른지 그런 것을 생각해보기도 싫었다. 아무도 없는 곳에서 실컷 잠이나 자고 싶었다.

"한 회장과 관계하지 말라고 넌 경고를 받았을 거야. 그런데 왜 그자를 만났어? 그자 어디 있어?"

병호는 가만히 머리를 흔들었다.

"지독한 놈인데요."

둘러서 있는 사람들이 수군거리기 시작했다.

그 정도의 충격을 받으면 웬만한 사람은 입을 열게 마련이다. 그것을 견뎌내는 사람은 여간해서 있을 수 없다는 것을 그들은 잘 알고 있었다. 그런데 나약해 보이는 중년의 사내는 의외로 잘 버텨내고 있었다.

"아직 맛을 덜 본 모양이야."

"더 이상 높였다가는 위험합니다."

대머리 옆에 서 있던 사나이가 허리를 굽히고 그의 귀에다 대고 속삭였다.

"저런 자식은 죽어도 좋아."

대머리의 입에서 차가운 말이 떨어지는 것과 동시에 불꽃이 튀면서 병호의 몸뚱이가 위로 솟구쳤다. 그러나 목만 길게 빼졌을 뿐이었다.

모든 것이 부풀고 튀어나오면서 일시에 터져버릴 것 같았다. 그는 주먹을 움켜쥐면서 비명을 질렀다. 피까지 포함해서 몸속에 들어있는 것들을 모두 쏟아내는 것 같은 비명을 세 번 지르고 나서 그는 다시 의식을 잃었다.

그의 몸뚱이 위로 다시 소방 호스의 물이 쏟아졌다. 그러나 그는 쉽게 깨어나지 않았다. 차가운 물이 이번에는 뜨거운 물로 바뀌었다. 그러나 그는 뜨거운 물을 뒤집어쓰고서도 깨어나지 않았다. 대머리는 당황하는 것 같았다.

"끌어내."

두 명의 사나이가 병호를 의자에서 끌어내 시멘트 바닥에다 뉘었다. 바닥에는 물이 흥건히 고여 있었다. 대머리 사나이는 책상을 돌아 그가 누워 있는 쪽으로 다가오더니 그의 옆구리를 한 번 걷어찼다. 그리고 아무런 반응이 없자 바닥에다 퉤하고 침을 뱉었다.

"보기보다는 지독한 놈이야."

"정말로 모를 수도 있지 않습니까?"

대머리의 부하가 말했다.

"그럴 수도 있겠지. 하지만 이놈은 알고 있는 게 분명해. 더 좀 족쳐봐."

대머리는 초조한 표정으로 바닥에 누워 있는 사내를 내려다보다가 급한 걸음으로 밖으로 나갔다.

이윽고 그는 거기서 조금 떨어져 있는 방으로 들어갔다.

그 방에도 한 사내가 물을 뒤집어쓴 채 의자 위에 앉아 있었다. 병호의 그림자나 다름없는 왕문수 형사였다. 그는 얼굴에 잔뜩 피멍이 들어 있었고, 한쪽 눈은 무섭게 부풀어 올라 찌그러져 보였다.

"볼만하구나!"

대머리는 손끝으로 왕 형사의 턱을 치켜 올라 얼굴을 쳐다보고 나서

"풀어 줘."

하고 말했다.

"이쪽으로 와서 앉아."

대머리는 책상 앞에 놓여 있는 의자를 가리켰다.

왕 형사는 철제의자에서 몸을 일으켰다가 도로 무릎을 꺾으며 쓰러졌다. 그는 맷집이 좋기 때문에 보통사람보다 두 배 이상으로 고통을 받아야 했었다.

"엄살떨지 말고 일어나."

왕은 처음으로 경찰이 된 것을 후회했다. 무릎이 저려서 일어설 수가 없었기 때문에 그는 무릎으로 기었다. 그러다가 의자를 붙잡고 간신히 몸을 일으켰다.

"자, 한 대 피우지."

대머리가 부드러운 어조로 말하면서 담배를 디밀었다. 왕은 고개를 흔들었다.

"피우지 않습니다."

"그러지 말고 피워요."

대머리는 포기하지 않고 계속 권했다. 왕은 마지못해 그것을 받아서 입으로 가져갔다. 대머리는 손수 불까지 붙여주었다. 그것이 상투적인 수법이라는 것을 왕은 너무나도 잘 알고 있었다. 그는 담배연기를 깊이 빨아들였다가 상대방의 얼굴을 향해 후우 하고 내뿜었다.

"우리는 같은 수사 계통에서 일하는 입장이야. 가지만 다르다 뿐이지 결국 줄기는 같고 동일한 명령계통에 있는 셈이지. 그런 사이에 우리가 이런 식으로 만나서야 될까? 이건 아주 어리석은 짓이야. 내 부하들이 좀 거칠어서 실례를 한 것 같은데 용서하게."

왕은 자신이 대머리의 말을 오래 들을 수 있을 것 같지가 않았다. 상대방은 이마로 받아버리기에 아주 알맞은 포즈를 취하고 있었다. 그는 두 팔을 책상 위에 올려놓고 앞으로 상체를 기울이고 있었다.

"다행히 자네 상관인 오 경감은 아주 현명하게 처신해 주었어. 자신을 위해서도 그렇게 하는 것이 낫겠다고 판단한 거지. 오 경감은 서로 같은 처지로서 우리를 이해해준 거지. 그 사람이 염려한 것은 자신이 우리에게 협조해 주었다는 사실이 외부에 알려지지 않을까 하는 점이었어. 하지만 그 점은 걱정하지 않아도 된다고 일러주었어. 같은 입장에서 우리가 그렇게 멍청하게 일을 처리할 줄 알았나 보지. 흐흐……"

왕은 오 경감을 걱정하고 있었다. 그는 고집이 세고 자신의 신념을 위해 목숨이라도 바칠 수 있는 사나이이기 때문에 틀림없이 가혹한 대접을 받았을 것임은 보지 않아도 알 수 있는 일이었다. 대머리사내의 느글거리는 말투가 더욱 그것을 말해주고 있었다.

"오 경감은 자네와 함께 나가고 싶어 해. 혼자서는 나가지 않겠다는 거야. 부하에 대한 애정이 그렇게 대단할 수가 없더군. 그런 상관을 둔 자네는 정말 행복하겠어."

왕은 피우던 담배를 책상 위에다 비벼 껐다. 책상 위에는 재떨이가 놓여 있었지만 반항의 표시로 일부러 책상 위에다 비벼 끈 것이다. 그것을 보는 대머리의 표정이 홱 변했다. 둘러서 있는 사나이들의 몸이 움직였다. 그러자 대머리가 한 손을 조금 쳐들어 보였다.

왕은 구역질이 나서 더 이상 견딜 수가 없었다. 그는 금방 터질 것 같았다.

"난 자네가 오 경감과 함께 어깨를 나란히 하고 나가주었으면 해. 그럴 수 있겠지? 자네 상관을 위해서도 말이야. 그럴려면 두 사람의 진술이 서로 맞아야 하거든. 그렇게 생각지 않나?"

왕은 갑자기 웃음이 나왔다. 처음에는 한 손으로 입을 가린 채 킬킬거리다가 나중에는 몸을 비틀어대며 웃어젖혔다.

대머리는 입을 꾹 다문 채 그를 노려보고 있었다. 이 자식들은 어떻게 돼서 이렇게 약속이나 한 듯이 입들을 다물고 있을까 하고 그는 생각했다. 요즘 세상에서는 보기 드물 정도로 강한 의지를 지닌 자들이라는 생각이 들었다.

"웃는 것은 나가서 하라구. 웃을 시간이 어딨어. 우린 시간이 없어!"

대머리는 주먹으로 책상을 두드렸다. 왕은 너무 웃어서 눈물까지 다 나왔다. 그는 눈물을 훔치고 나서 고개를 끄덕였다.

"미안합니다. 웃어서……"

그는 바닥에다 칵하고 침을 뱉었다. 터진 입속에서는 피가 섞인 침이 나왔다.

"한 회장을 어떻게 생각하나?"

"그 사람은 내가 만나본 사람들 중에 가장 인상적인 사람이었습니다."

대머리의 눈썹이 꿈틀거렸다.

"인상적이다는 말은 무슨 뜻이야? 그게 좋은 뜻이야 나쁜 뜻이야?"

"좋은 뜻으로 말한 겁니다."

그는 앞으로 어떻게 되든 상관하지 않고 말했다.

"그 사람은 반역자야! 어떻게 생각해?"

대머리가 낮게 부르짖었다. 그는 '한일경제백서'로 책상을 두드려댔다.

"이런 걸 책이라고 만들어 전국에 배포해서 사회를 혼란 속에 빠뜨리고 국제사회 속에서 한국의 이미지에 먹칠을 했어! 한일 관계는 돌이킬 수 없을 정도로 악화됐어! 일본 매스컴은 대대적으로 이 사건을 보도하고 있어! 그런 놈을 인상이 좋다고? 그놈한테서 얼마 먹었어? 그렇게 말하는 걸 보니까 꽤 많이 먹은 모양이지?"

왕은 조그만 눈으로 상대방을 쏘아보았다.

"우리가 돈을 먹었다는 증거라도 있습니까?"

"그놈을 잡으면 증거를 찾을 수 있어! 그놈이 숨어 있는 곳을 말해 줘. 증거가 드러날까 봐 말 안하는 거지?"

"그런 모욕적인 말은 삼가하십시오! 우리는 단 한 푼도 그 사람한테서 받은 적이 없어요! 우리는 가난한 경찰관이지만 그런 짓을 하지 않습니다!"

그의 말이 채 끝나기 무섭게 뒤에 서 있던 사내가 그의 옆구리를 주먹으로 올려쳤다. 왕은 의자에서 굴러 떨어져 바닥에 나뒹굴었다. 격렬한 고통이 한참 동안 호흡을 멎게 했기 때문에 그는 몹시 숨이 가빠 몸부림치지 않을 수 없었다.

"그만 해둬."

다시 한 번 발길질이 날아들려는 것을 대머리가 막았다.

"이리 앉아."

대머리가 턱짓으로 의자를 가리켰다.

왕은 비틀거리며 몸을 일으키다가 옆에 서 있는 자의 턱을 주먹으로 후려갈겼다. 완전히 무방비 상태에 서 있던 자는 일격에 볼품없이 나가떨어졌다. 그러나 곧 일어나 왕에게 달려들었다. 왕은 벽을 등진 채 상체를 숙이면서 상대방을 노려보았다. 그런 그의 모습은 목숨을 건 싸움에 나선 상처 입은 맹수 같았다. 거기에 있던 자들은 어이없다는 듯 그를 쳐다보다가 주먹을 쥐고 그를 둘러싸기 시작했다. 어떤 자는 몽둥이를 집어 들기도 했다. 대머리는 책상 앞에 앉은 채 흥미 있는 눈으로 왕을 지켜보고 있었다.

"딴 사람들은 끼어들지 마. 여러 명이 한 명을 상대한다는 건 부끄럽지 않아?"

그의 말에 포위망을 압축하던 사내들은 주춤 물러섰다.

두 사내는 서로 상대방을 노려보고 있었다. 상대방을 노려보는데 있어서 왕 형사의 시선은 날카롭게 빛나고 있었지만 수사관의 시선은 조금 흔들리고 있었다. 왕처럼 그에게는 별로 증오심이 없는데다 사람들이 보는 앞에서 싸움닭처럼 형사와 격투를 벌이게 될 줄은 생각지도 못한 일이었기 때문이었다. 그는 키도 크고 몸도 우람해서 힘깨나 쓸 것 같았지만 자기 쪽에서 일방적으로 상대방을 때리면 때렸지 둘이서 뒤엉켜 격투를 벌이고 싶은 마음은 추호도 없었다. 난처한 얼굴로 상관을 바라보자 대

머리는

"자, 맨주먹으로 하는 거야. 아무 것도 사용해서는 안 돼. 한쪽이 완전히 뻗을 때까지 하는 거야. 서로 고소하지 않기로 하고 치료비 같은 것도 요구하지 않기로 하는 거야. 자, 시작! 이 책상 치워!"

하고 말했다.

상사의 말이 괜한 허튼소리가 아님을 알아차린 그는 자기 동료들을 둘러보았다. 그들은 흥미 있는 눈으로 그를 바라보고 있었다. 그는 그들 가운데 제일 주먹이 센 것으로 평이 나 있었다. 그도 그럴 것이 그는 유도가 3단에다 태권도가 2단이나 되는 막강한 무술을 지니고 있었다. 상사의 말은 한번 본때를 보여주라는 말인 듯 했다.

그러나 그의 입장에서 보면 무술을 제대로 써먹을 수 있을지 의심스러웠다. 생사를 건 싸움이라면 인정사정 보지 않고 공격하겠지만 그렇지 않고 상대를 조금 혼내주는 것이라면 손발을 움직이는데 있어서 많이 자제하지 않을 수 없다. 명치를 향해 마음 놓고 힘껏 주먹을 뻗었다가는 상대방이 즉사해 버릴지도 모르기 때문이었다. 상대가 아무리 피의자라 해도 무술로 그를 때려죽일 수는 없는 일이었다.

책상이며 걸리적거리는 것들을 한쪽으로 치우는 소리가 요란스러웠다. 그 소리가 가라앉더니 무거운 침묵이 찾아왔다. 그는 두꺼비처럼 생긴 형사를 바라보았다. 상체를 웅크린 채 주먹을 쥐고 있는 모습이 어쩐지 어설퍼 보였다. 몸을 버티고 있는 두 다리도 조금 흔들리고 있는 것 같았다. 짤따랗고 뚱뚱한 몸뚱이는 때리기에 아주 좋아보였다. 단 한 방에 그것은 나가떨어질 것 같았다. 그러나 눈초리만은 섬뜩한 느낌을 주고 있었다. 그것은 조금도 흔들림이 없이 그를 주시하고 있었는데 그것은 마치 성난 맹수의 그것을 연상케 했다. 그는 상대방을 들어 던진 다음 일어서지 못하게 발로 몇 번 짓이겨야겠다고 생각했다. 몸집이 좋으니까 웬만큼 때려도 배겨낼 것 같았다.

"해보겠어?"

그는 여유를 보이면서 손을 뻗어 왕의 멱살을 움켜잡으려고 했다. 그 순간 왕의 주먹이 잽싸게 날아와 그의 턱을 올려쳤다.

"어?"

하는 사이에 두 번째의 주먹이 또 턱에 명중됐다.

턱에 얼얼한 통증을 느끼면서 그는 뒤로 물러섰다. 분노로 그의 표정이 굳어지고 있었다. 받은 만큼 되돌려주는 것은 상식이었다. 애초에는 그럴 마음이 없었지만 이젠 그렇지가 않았다. 잔뜩 화가 치민 그는 본때를 보여줘야겠다고 생각했다.

그런데 상대방의 주먹이 그렇게 빠르고 위력이 있을 줄은 정말 생각지도 못했었다. 아마 젊은 시절에 권투 같은 것을 좀 한 모양이라고 생각하면서 그는 태권도 자세를 취했다. 그리고 재빨리 몸을 한 바퀴 회전시키면서 돌려차기로 상대방의 턱을 가격했다. 소리와 함께 상대가 비틀하는 것 같았다. 그러나 이쪽에서 두 번째 공격을 시도하기 전에 형사는 저돌적으로 파고 들어왔다. 그리고 그를 향해 소나기 펀치를 퍼부었다.

주먹은 너무 빨라 보이지도 않았다. 그것은 마치 개같이 날아들어와 얼굴과 턱·가슴·옆구리 등을 사정없이 갈려댔다. 기관원은 미처 몸을 사릴 여유가 없었다. 무술을 써먹기 위해 자세를 취하기도 전에 소나기 펀치가 쏟아지는 바람에 그는 그것을 우선 피해내느라고 정신이 없었다. 마침내 그가 비틀거리기 시작했을 때 이번에는 상대방의 머리통이 그의 이마를 향해 돌진해 왔다. 이마와 이마가 부딪치는 '딱' 하는 소리와 함께 그의 입에서는

"어이쿠!"

하는 소리가 터져 나왔다. 그리고 그는 두어 번 크게 비틀거리더니 무릎을 꺾으면서 바닥에 엎어졌다. 그가 괴로운 듯 몸을 뒤틀면서 신음소리를 내는 것을 보고 대머리는 혀를 끌끌 차면서 일어섰다.

"소리만 요란하더니…… 형편없군. 짜아식……"

왕은 그 자리에 선 채 대머리를 무서운 눈으로 쏘아보고 있었다. 위압감을 느꼈던지 대머리는 어색한 미소로 그 순간을 모면하려고 했다.

"당신이 이겼어. 대단한 주먹이야. 어디서 그런 걸 배웠지?"

"배운 바 없습니다."

그것은 사실이었다. 그것은 어릴 때부터 싸움판에서 다져져 온 솜씨일 뿐이었다.

"마음에 들었어. 여기서 나와 함께 일할 생각은 없나?"

"없습니다."

왕은 단호하게 대답했다.

"왜? 우리한테 오면 보수도 후하고 대접도 잘 받을 텐데 왜 싫다는 거야? 괜히 그래보는 거 아니야?"

"아뇨."

왕은 거칠게 숨을 몰아쉬면서 머리를 흔들었다.

"시간 여유도 많을 거고…… 여러 가지 점에서 경찰에 있는 것보다는 나을 텐데 생각을 다시 해봐. 다른 사람들은 들어오지 못해서 환장들을 하는데 왜 그러지?"

"아무튼 싫습니다."

왕은 상대가 두 번 다시 말을 못 붙이게 머리를 흔들었다.

그때 정신을 잃고 쓰러졌던 기관원이 비틀거리며 일어섰다. 그는 주먹을 움켜쥔 채 왕 형사에게 다가왔다.

"자, 덤벼…… 네가 나를 때렸다 이거지? 좋아…… 그럼 내 주먹맛도 한번 봐라……"

기관원은 두 눈의 초점은 풀려 있었고 주먹에는 힘이 들어 있지 않았다.

미행자들

오병호와 왕 형사는 비탈길을 터벅터벅 내려갔다. 두 사람 다 얼굴에 상처가 나고 밤새 곤욕을 치르긴 했지만 일단 풀려나자 언제 그런 일이 있었더냐는 듯 홀가분한 표정들을 짓고 있었다. 그들은 꼬박 만 하루 동안을 심문을 받다가 갑자기 풀려난 것이다. 그들의 입을 통해서 한 회장의 행방을 찾아내려던 수사기관의 노력은 결국 수포로 돌아가고만 셈이었다. 기관원들은 형사들이 한 회장의 행방을 알고 있을 것이라는 심증을 떨쳐버리지 못한 채 끈질기게 그들을 물고 늘어졌지만 형사들 역시 그들 못지않게 자신들을 잘 버텨냈던 것이다. 결과를 놓고 볼 때 기관원들은 패배를 자인하는 꼴이 되었고 반대로 형사들은 곤욕을 치르긴 했지만 승리자로서의 기분을 맛볼 수가 있었다.

"고생 많으셨죠?"

고개를 숙인 채 묵묵히 걸음을 옮기고 있는 오 형사를 곁눈질로 쳐다보면서 왕이 말을 걸었다.

"뭐 별로…… 나보다는 왕 형사가 많이 당했겠지. 몸집이 커서 말이야. 난 걱정 많이 했다구. 괜찮아?"

오병호가 걸음을 멈추고 쳐다보는 바람에 왕은 부어오른 눈두덩을 손으로 쓰다듬었다.

"괜찮습니다. 견딜만하던데요. 오랜만에 흠씬 얻어맞으니까 마치 소나기를 맞은 것처럼 시원하던데요. 얻어맞는 것은 아무 것도 아닌데 제 자신이 미쳐버릴 것 같아서 혼났습니다."

"미치면 안 되지. 최후의 승자가 되려면 미치지 말아야 해."

"미치면 상대방을 죽일 것만 같아 간신히 참았습니다. 하지만 좋은 경험도 했고…… 결국 그들이나 우리나 한통속이라는 생각이 들기도 했습니다. 대머리가 싸움을 시켰을 때 그가 우리를 적으로 생각지 않고 같은 입장에서 이해하려고 한다는 것을 깨달았습니다. 적이라고 생각했다면 그런 싸움 시키지 않았을 겁니다."

"싸움을 시키다니? 그게 무슨 말이야?"

그들은 다시 걷기 시작했다. 왕은 기관원과 격투를 벌여 그를 때려눕힌 일을 약간 신이 나서 떠벌렸다. 이야기를 듣고 난 오병호는 사뭇 놀라는 표정을 지었다.

"전 혼날 각오를 하고 사정없이 상대를 묵사발을 만들어버렸죠. 그 친구는 그야말로 비참하게 찌그러지고 말았습니다. 저는 기다렸죠. 이제 여기저기서 주먹과 발길질이 날아들 것으로 기대하고 기다렸죠. 헌데 그렇지가 않았습니다. 대머리는 깨끗이 저의 승리를 인정해 주면서 경찰 옷을 벗고 자기한테 와서 함께 일해 줄 수 없느냐고 물었습니다. 저는 일언지하에 거절했습니다. 제가 완강히 거절하자 그는 꽤 아쉬워하는 것 같았습니다.

생각 같아서는 가고 싶은 마음이 전혀 없는 것도 아니었지만 거절하고 말았습니다. 그 다음부터는 저를 아주 신사적으로 대해 주었습니다."

"자네는 오해하고 있어."

"오해라니요?"

"그 격투에서 자네가 이긴 게 아니라 그쪽에서 져준 거야."

"아닙니다. 그쪽이 져준 게 아니었습니다. 우리는 진짜로 싸웠습니다."

"진짜로 싸웠든 가짜로 싸웠든 그쪽에서 져준 거란 말이야. 그들은 우리보다 한 수가 높은 사람들이야."

병호는 택시를 불러 세운 다음 왕 형사를 먼저 차에 태웠다.

"해장국 잘하는 데로 안내해 주시오."

뒤따라 차에 오르면서 그가 말했다.

"아니, 왜 져줬다는 겁니까?"

"그거야 알 수 없지. 일방적으로 누르기만 하다가 기분을 바꿔보기 위해서 일부러 그래볼 수도 있는 거고…… 또는 작전의 하나일 수도 있지."

"그런 작전도 있습니까?"

"있을 수 있지. 자네를 우쭐하게 만들어 놓으면 무슨 실수를 저지를지도 모르니까. 백미러를 보라구. 따라오고 있어."

왕 형사는 얼른 백미러를 들여다보았다. 백미러에 택시 한 대가 들어왔다가 옆으로 비켜서는 것이 보였다.

"한 대가 아닌 것 같은데요."

택시 대신 오토바이가 나타났다.

"어쩌자는 거지?"

왕이 불안해하는 것을 보고 병호는 그의 어깨를 툭 쳤다.

"걱정할 것 없어. 따돌리면 돼. 운전사 양반, 오른쪽으로 돌
아서 좀 세워주시오!"

택시는 급커브해서 멈춰 섰고, 그들은 급히 차에서 내려 골목
으로 뛰어들었다. 차들이 급정거하는 소리와 클랙슨을 마구 울
려대는 소리가 뒤엉켜 골목 입구는 잠시 소란스러웠다.

"뛰지 말고 보통 걸음으로 걸어."

뛰다시피 걸어가는 왕의 옷자락을 붙들며 병호가 말했다.

"우리가 눈치 채지 못한 것처럼 걸어가다가 결정적인 찬스가
오면 잽싸게 몸을 피하면 돼."

뒤쪽에서 발걸음 소리가 부산하게 들려오고 있었다. 여러 사
람들의 발걸음 소리 같았다. 병호와 왕은 다시 큰길로 나섰다.
그리고 길을 건너갔다.

"네 명이 따라오고 있는데요."

길을 다 건넜을 때 왕이 속삭였다.

"여자도 한 명 끼어 있어."

"석방시킨 이유를 이제야 알 것 같습니다."

"그들은 끝까지 따라올 거야. 우리를 놓치면 상관한테 기합
을 받을 테니까 말이야."

그들은 지하도로 내려갔다. 그리고 지하철에 탑승했다. 지하
철은 출근하는 승객들로 만원을 이루고 있었다.

"두 명이 더 붙었어. 모두 여섯 명이야. 아마 더 있을 거야."

"저들을 분산시키는 게 좋을 것 같은데요."

그때 머리 위 천장으로부터 라디오 뉴스가 흘러나왔다. 뉴스 첫머리는 한 회장의 행방에 관한 것이었다. 모든 국민들이 그의 행방을 궁금히 여기고 있는 것이 사실이었기 때문에 그것은 뉴스의 초점이 될 만했다. 사실보도에 이어 한 회장이 행방을 감춘 데 대한 시민들의 반응이 흘러나왔다.

"자기가 문제를 일으켰으면 숨어 있지 말고 떳떳이 나와서 해명할 것은 해명하고 밝힐 것은 밝혀야 한다고 생각해요. 무책임하게 숨어 있으면 어떡하려는 겁니까?"

그것은 어떤 중년남자의 말이었다. 다음에 나온 사람은 한 수 더 떴다.

"일을 터뜨려서 평지풍파를 일으켜놓고 겁이 나서 숨어버린다는 건 비겁하기 짝이 없는 짓입니다. 공인으로서 용납될 수 없는 짓입니다. 이번 일은 법에 의해 엄정하게 다스려야 한다고 생각합니다."

시민들의 반응은 하나같이 한 회장의 행동을 비난하는 내용들이었다. 귀를 기울이고 있던 왕 형사가 눈살을 찌푸리면서 말했다.

"역겨워서 못 듣겠는데요. 이건 완전히 관제방송 아닙니까?"

"그럼 제대로 방송이 나오리라고 기대했었나?"

전동차는 서울역 앞을 통과하고 있었다.

"회장님은 참아낼 수 있을까요?"

"참아낼 수 있을 거야. 현명한 사람이니까 어리석은 짓은 하지 않을 거야."

"방송을 들으면 기가 차겠는데요."

"그 정도는 수용할 수 있는 사람이야. 자넨 시청 앞에서 내려. 지금부터 한 시간 후에 '바람과 함께 사라지다' 에서 만나."

'바람과 함께 사라지다' 는 그들이 가끔씩 들르는 카페였다.

전동차가 멈춰 서자 많은 사람들이 타고 내리느라고 플랫폼은 몹시 혼잡스러웠다. 왕 형사는 내리는 사람들 사이로 자연스럽게 끼어들었다.

병호는 미행자들 사이에 혼란이 일고 있는 것을 얼핏 보고 느낄 수가 있었다. 갑자기 왕 형사 혼자서 전동차에서 내리자 그들은 누구를 미행해야 할지를 몰라 당황해 하는 것 같았다. 그들이 그런 대로 두 패로 나뉘어 헤어지는 것을 보고 병호는 쓴웃음이 나왔다.

지상으로 올라온 왕 형사는 서두르지 않고 광화문 쪽을 향해 걸어갔다. 기관총을 설치한 군용지프 두 대가 헤드라이트를 켠 채 달려오고 있는 것이 보였다. 지프 위에는 철모를 눌러 쓴 군인들이 타고 있었는데 그중 한 명은 발사 자세를 취한 채 기관총 앞에 서 있었다. 그들은 시위하듯 천천히 시청 앞 광장을 한 바퀴 돌아 을지로 입구 쪽으로 달려갔다.

조금 있자 이번에는 장갑차 두 대가 달려왔다. 지프도 그랬지만 그들 역시 신호를 무시한 채 달려오고 있었다. 모든 차량들은 장갑차가 지나갈 때까지 한편에 조용히 비켜서 있었다. 장갑차를 바라보고 있는 사람들의 얼굴에는 하나같이 공포의 빛이 나타나 있었다. 왕 형사의 얼굴에도 불안하고 착잡한 표정이 나타나 있었다.

"언제까지 저런 것을 봐야지? 이젠 역겹단 말이야. 제기랄."

그는 골목으로 들어섰다. 구멍가게에서 담배를 사면서 미행자들을 체크해 보았다. 모두 4명쯤 되는 것 같았다. 그들은 매우 열심히 따라오고 있었다. 이유야 어떻든 자신들의 임무에 충실한 그들을 보자 왕은 그들에게 향하던 적대감이 사그라지는 것을 느꼈다.

그는 골목 중간에 있는 다방 안으로 들어갔다. 그 다방에는 출입구가 두 개 있었다.

다방 안을 말없이 가로질러 가자 종업원들이 이상한 눈으로 그를 쳐다보았다. 그가 그대로 비상구로 빠져나가자 뒤에서

"뭐 저런 사람이 있어."

하는 소리가 들려왔다. 다방을 빠져나온 그는 맞은편에 있는 병원 건물 안으로 급히 뛰어 들어갔다. 그는 무턱대고 위층으로 올라갔다. 5층까지 올라가 아래를 내려다보자 미행자로 보이는 사람들이 골목에서 갈팡질팡하고 있는 것이 보였다. 그중 한 명은 무전기에다 입을 대로 뭐라고 소리치고 있었다. 이윽고 그들은 큰길 쪽으로 몰려갔다. 모두 세 명이었다.

한 명이나 두 명이 더 보이지 않는 것이 이상했다. 그들은 눈에 띄지 않는 곳에 숨어 있는 것 같았다. 확인이 끝날 때까지는 그들이 움직이지 않을 것이라는 것을 그는 잘 알고 있었다. 어쩌면 두 명일 가능성이 크다고 그는 생각했다. 그들은 언제나 2인 1조가 되어 움직이기 때문이다.

15분이 지났을 때 다방의 비상구 쪽에서 사내 한 명이 나타났다. 그는 골목을 조심스레 휘둘러보고 나서 고개를 갸우뚱하면서 큰길 쪽으로 급히 걸어갔다. 조금 있자 또 한 사내가 몸을 드

러냈다. 그의 손에는 책이 한 권 들려 있었다. 얼핏 보이는 표지가 '한일경제백서'와 비슷해 보였다. 사내는 앞서간 사람의 뒤를 바삐 쫓아갔다. 그것을 보고 왕 형사는 병원에서 천천히 빠져나왔다.

병호는 동대문에서 지하철을 내렸다. 그는 미행을 전혀 의식하지 않은 채 아주 천천히 걸어갔다. 미행이라면 그 자신도 역시 신물이 나도록 해보았다. 그래서 미행자의 수법과 심리 같은 것을 충분히 알고 있었다. 추적해야 할 인물이 한 명이고 거기에 비해 미행자의 수가 아무리 많다 해도 미행자들은 예상할 수 없는 상황 때문에 언제나 긴장되어 있게 마련이고 바쁘게 움직일수밖에 없다. 목표물이 갑자기 변덕이라도 부리는 날에는 미행자들은 그야말로 정신없이 허둥대야 한다. 그럴 때의 미행자들의 머릿속은 진공상태의 연속이다. 머릿속이 텅 빈 상태에서 기계적으로 움직이고 있을 뿐이다. 때때로 그들은 자기 자신에게 모멸의 시선을 보내기도 한다. 자기 자신의 행동이 한심스럽게 여겨지기 때문이다.

위로 올라온 그는 공중전화로 어디론가 전화를 걸었다.

"닥터 박 계십니까?"

"내가 닥터 박이오."

"양 교수입니다."

"아, 양 교수…… 걱정하고 있던 참이오. 어떻게 됐나요?"

"별일 없었습니다. 그들은 닥터 박의 행방을 물었습니다만 우리는 사실대로 말할 수가 없었습니다. 별일 없이 조금 전 풀려났습니다."

"그 때문에 아주 큰 곤욕을 치렀겠군요? 사실대로 말씀드릴 것이지……"

닥터 박이 걱정스러운 목소리로 물었다.

"그들은 아주 신사적이었습니다. 약간의 비인간적 대접은 상식적인 것이죠. 그들은 닥터 박의 행동을 반국가적인 것으로 규정하고 있었습니다. 아마 위에서 특명이 내린 모양입니다. 전 수사기관이 나서서 닥터 박을 찾고 있습니다. 공개수사가 아니기 때문에 겉으로는 평온한 것같이 보입니다만 사실은 그렇지가 않습니다. 그들은 이 잡듯이 전국을 뒤지고 있습니다. 그리고 여론을 자기들한테 유리한 쪽으로 몰고 가려고 기를 쓰고 있습니다. 백서가 발표되는 바람에 입고 있는 치명적인 상처를 만회하기 위해 총력을 경주하고 있습니다. 모든 언론매체를 동원하여 닥터 박을 궁지에 몰아넣고 있습니다."

"나도 방송을 들었어요."

상대방은 기침 때문에 말을 잠시 중단했다. 그의 기침은 꽤 오래 계속되었다.

"미안합니다."

"어디 많이 편찮으십니까?"

병호가 걱정스러운 목소리로 물었다.

"아, 별것 아니에요. 감기 기운이 조금 있나 봐요. 언론매체를 동원할 줄은 알았지만 그 정도로 악랄하게 조작하고 나올 줄을 몰랐습니다. 그들은 나를 역적으로 몰아가고 있더군요."

"하지만 대부분의 국민들은 그렇게 믿지 않을 겁니다. 아무리 조작을 하더라도 진실을 덮어둘 수는 없으니까요."

"믿지 않던 사람들도 계속 세뇌를 시키면 나중에는 결국 그렇게 믿게 됩니다. 어느 시기까지 기다렸다가 반격을 해야겠어요. 이대로 숨어서 당하고 있을 수만은 없어요. 부탁이 있어요. 외신기자들이 나를 찾고 있는 모양인데 그들과 인터뷰를 할 수 있게 해주시오."

"그, 그건 안 됩니다."

병호는 그의 말에 펄쩍 뛰었다. 상대방이 가끔씩 엉뚱한 행동을 하거나 무리한 부탁을 해오는 바람에 그는 당황할 때가 한두 번이 아니었다.

"외신기자들과 인터뷰한다는 것은 나를 잡아가달라는 짓이나 다름없습니다. 그건 위험한 짓입니다. 외신기자들 속에도 프락치가 있을 수 있으니까요."

병호는 그 부당함을 역설했지만 한 회장은 들으려고 하지 않았다. 그는 고집스럽게 자기 계획을 밀고 나왔다.

"어떤 위험이 있더라도 기자회견은 해야겠어요. 설마 외신기자들이 보는 앞에서 나를 잡아가기야 하겠어요? 지금 백서는 외신에 대대적으로 소개되고 있어요. 특히 일본에서는 큰 반응을 불러일으키고 있어요. 일본 지식인들 사이에서는 일본의 경제적 식민주의를 비판하는 소리가 높아가고 있어요. 따라서 외신기자들은 나와 인터뷰하기를 절실히 바라고 있어요. 이럴 때 내가 계속 숨어 있는 다는 것은 겁에 질려 숨어 있다는 인상밖에 줄 것이 없어요. 이왕 내친김에 나는 할 말은 해야겠어요. 그대로 뒀다가는 여론조작에 의해 나는 역적으로 몰리고 말 판이에요. 이대로 당하고 있을 수만은 없어요. 난 사실은 사실대로 말한 것뿐이니까 양심에 거리끼거나 할 것도 없어요."

"그건 그렇습니다만……"

병호는 대답을 못하고 망설이기만 했다. 한 회장이 외신기자들 앞에 모습을 나타낸다는 것은 위험한 짓이다. 그러나 한 회장의 주장에도 일리는 있었다. 아니, 그의 말은 전적으로 옳은 것이었다. 그러나 옳다고 해서 그것을 모두 행동으로 옮길 수는 없는 일이다.

"위험한 일이겠지만 외신기자들을 비밀리에 모이게 해주시오. 시간과 장소는 양 교수께서 알아서 결정해 주시오. 난 지금 그런 것을 구체적으로 결정할 입장이 못 되니까 말이오."

병호는 동전을 몇 개 더 집어넣었다. 그러나 얼른 입을 열지는 않았다.

"무리한 부탁인 줄은 압니다. 그리고 양 교수한테 위험 부담을 안겨준다는 것도 알고 있습니다. 하지만……"

"알겠습니다. 한번 해보겠습니다. 이왕 할 바에는 빨리 하는 게 낫지 않을까요?"

"그렇죠. 빨리 하는 게 낫겠죠. 기습적으로 해치우면 성공할 수 있을 겁니다. 내가 기습적으로 외신기자회견을 하리라고는 생각지도 못할 겁니다."

"할 바에는 국내 기자들도 불러들이는 게 어떨까요? 국내 기자들을 제쳐두고 외신기자들만 만나서 회견을 한다는 것은 어쩐지 순서에 안 맞는 것 같고 국내 기자들의 반발을 살 우려도 있으니까요."

"옳은 지적입니다. 나도 그 점을 생각하지 않은 건 아닌데…… 문제점이 있기 때문에 보류한 겁니다. 첫째 국내 기자들은 나와의 인터뷰기사를 사실대로 보도할 수가 없습니다. 아예 보도를 않거나 왜곡해서 보도할 겁니다. 지금 모든 언론기관이 통제된 상태에 놓여 있다는 건 잘 아시지 않습니까.”

그건 사실이었다. 모든 기사는 검열을 거쳐 보도되고 있기 때문에 사실보도를 기대한다는 것은 무리였다. 혹 가다 화가 난 기자들이 기습적으로 놀라운 기사를 터뜨리는 일도 있었지만 그런 경우 그 후유증이 심각했기 때문에 요즈음은 그런 일도 거의 없었다.

“둘째는 국내 기자들 가운데 프락치가 있을 거란 말입니다. 프락치가 끼어들면 일은 처음부터 성사되기가 어렵죠. 그래서 국내 기자들은 만나지 않으려고 한 겁니다.”

“제 생각은 좀 다릅니다. 비록 기사화되지 못한다 해도 국내 기자들이 인터뷰할 수 있게 해주는 게 도리라고 생각합니다. 지금은 비록 발표되지 못한다 해도 나중에 어느 땐가는 할 수 있을 테니까 말입니다. 그들은 그 인터뷰를 아주 오래도록 간직하고 싶어 할 겁니다.”

“정말 그렇게 생각하시나요?”

“네, 제 생각은 그렇습니다.”

“좋아요. 그렇다면 국내기자들도 부릅시다. 하지만 선별할 필요는 있지 않을까요?”

“물론이죠. 믿을 만한 기자들로 선별해 보도록 하겠습니다.”

“장소와 시간은 그쪽에서 알아서 하십시오.”

“네, 그렇게 하겠습니다. 몸조심하십시오.”

"나보다는 경감께서 조심하십시오."

전화를 거는 동안, 그리고 박스에서 나오면서 느낀 바로는 미행자는 4명 정도 되는 것 같았다. 그는 택시를 잡아타고 달리다가 백화점 앞에서 차를 세웠다. 미행자는 두 명으로 줄어들어 있었다. 그는 백화점 안으로 들어갔다. 백화점 안에는 손님들이 별로 많지 않았다. 아직 오전중이기 때문에 그런 것 같았다. 그는 거기서 30분 동안 주로 남성의류품들을 구경하면서 시간을 보냈다. 30분 사이에 손님들은 많이 늘어나 있었다. 그는 여기저기 기웃거리다가 티셔츠를 한 장 샀다. 할인품목이기 때문에 조금 싸게 살 수 있었다. 미행자는 어느새 다시 4명으로 늘어나 있었다. 서로 무전연락을 취해서 헤어졌다가도 재빨리 다시 만나곤 하는 것 같았다.

두 명은 매장 한쪽 구석에 설치되어 있는 코피숍에 앉아 있었고 다른 두 명은 따로 떨어져 물건을 고르는 척하고 있었다. 병호는 곧장 코피숍으로 뚜벅뚜벅 걸어갔다. 미행자들이 앉아 있는 테이블 쪽으로 다가가자 그들은 몹시 당황해 하면서 그를 쳐다보았다.

"실례합니다. 여기 함께 앉아도 되겠습니까?"

"네네, 그러시죠."

기습을 당한 그들은 어쩔 줄 몰라 하면서 그에게 자리를 내주었다. 그것을 보고 따로 떨어져 있던 두 명이 무슨 일인가해서 급히 다가왔다.

"내가 코피 한 잔 살 테니까 이리들 와서 앉으시오."

병호가 아무 거리낌 없이 부드럽게 말하자 그들은 머쓱한 표정으로 테이블 주위에 둘러앉았다. 그들은 모두가 서른 안팎의 젊은이들이었다.

"코피라도 한 잔 하면서 일을 합시다. 나는 내 일을, 당신들은 당신들 일을 말이오."

그가 미소를 지으면서 네 명의 사내들을 찬찬히 둘러보자 그들은 꿀 먹은 벙어리처럼 서로를 쳐다보기만 했다. 종업원이 코피를 가져올 때까지도 그들은 약속이나 한 듯 입들을 다물고 있었다. 그런 일을 당하기는 처음이었기 때문에 그런 경우 어떻게 대처해야 할지를 몰라 당황해 하고 있는 것이 분명했다.

"조장이 누구입니까?"

안경을 쓴 사내가 그를 똑바로 쏘아보았다. 병호는 그가 조장이라고 생각했다.

"난 당신들이 미행하고 있는 것을 벌써부터 알았어요. 벌써부터 알고 있었기 때문에 도망칠 기회는 얼마든지 만들 수 있었어요. 하지만 일부러 그렇게 하지 않았어요."

사내들의 표정이 굳어졌다.

"왜 나를 미행하는 거지요?"

"미행하는 게 아닙니다."

하고 안경이 처음으로 말했다.

"계속해서 나를 쫓아왔으면서도 미행이 아니라고 말할 수 있나요?"

"미행이 아니라 보호였습니다."

"나를 보호해 주기 위해서 따라 왔다구요?"

병호는 어처구니없다는 표정으로 되물었다.

"네, 그렇습니다. 보호해 드리기 위해 따라온 겁니다."

"당신들은 듣기 좋은 말만 골라서 하는군요. 아니면 언어를 제대로 구사할 줄을 모르든가 말입니다."

"글쎄요. 해석 나름이겠지요. 우리는 명령을 수행하고 있을 뿐입니다. 우리는 당신을 눈에 띄지 않게 보호하라는 명령을 받았습니다. 그런데 당신이 이렇게 접근하는 바람에 모든 게 엉망이 되어버리고 말았습니다."

안경은 굳은 표정으로 말했다.

"이런 경우는 처음입니다."

"나도 처음입니다. 미행을 중지할 수 없습니까?"

"그럴 수는 없습니다. 명령이니까요."

병호의 눈에는 명령을 충실히 수행하고 있는 그들이 딱하기도 하고 측은해 보이기도 했다. 그들이 이 세상에서 오로지 신봉하고 있는 것이란 명령밖에 없는 것 같았다.

"내가 당신들을 따돌리면 어떻게 되지요?"

"그렇게 되지 않도록 해야지요. 협조를 부탁합니다."

안경이 갑자기 고개를 꾸벅했다.

"협조를 부탁하고 싶은 쪽은 오히려 내 쪽이오. 난 당신들을 얼마든지 따돌릴 수가 있어요."

사내들의 얼굴에 난처한 빛이 나타났다.

"제발 그러지 말아주셨으면 고맙겠습니다. 부탁합니다."

안경이 두 손을 비벼대면서 말했다.

"당신들 의사대로 행동할 수는 없다는 거 잘 알고 있지 않습니까?"

"당신을 놓치게 되면 우리는 처벌을 받습니다. 휴가도 없어지고 감봉 처분을 받습니다. 그밖에도 불이익을 당하는 게 많습니다. 따라서 우리는 필사적으로 당신을 보호해 드릴 수밖에 없습니다."

"그렇다면 나 역시 필사적으로 도망가야 되겠군요."

"부탁합니다. 적당히 해주십시오. 저희들의 시야에서 벗어나지만 말아주십시오."

"언제까지 미행하는 겁니까?"

"별도의 명령이 있을 때까지입니다."

"딱한 양반들이군요. 난 당신들한테 협조할 수 없습니다. 미안합니다."

병호가 일어서자 그들도 일제히 따라 일어섰다. 그들은 방법을 바꾸어 바싹 달라붙어 따라왔다. 미행이 드러난 이상 멀리 떨어져서 미행할 필요가 없다고 생각한 것 같았다. 그것은 미행이 아니라 동행이었다. 그들은 그를 놓치지 않으려고 기를 쓰고 따라왔다.

"어리석은 짓은 그만둬요. 이게 무슨 짓이오?"

병호는 얼마쯤 걷다가 화가 나서 우뚝 멈춰 섰다. 그리고 안경에게 쏘아붙였다.

"미안합니다. 하지만 어쩔 수 없습니다. 당신이 도망치려고 하기 때문에 할 수 없습니다."

"차라리 내 손목에 수갑을 채워서 끌어가시오."

"그, 그럴 수는 없습니다. 이해해 주십시오."

"이해할 게 따로 있지. 아무튼 가보는 데까지 가봅시다."

병호가 다시 걸음을 옮기자 그들도 에워싸듯이 하면서 그를 따라왔다. 그러니까 그는 미행자들이 아닌 경호원들한테 완전히 둘러싸여 움직이고 있는 것 같은 꼴이었다.

이야기를 해보니 그들은 순진한 데가 있었다. 일과 명령을 수행하는 것밖에 모르는 사내들의 순진함이 몸에서 그대로 배어나오고 있었다. 이런 사내들은 일단 명령권 밖으로 밀려나 일반인들과 섞여 살게 되면 모든 것에 너무 서투른 나머지 많은 것을 잃어야 하는 고통을 맛보게 된다. 마치 새장에서 풀려난 새가 먹이를 찾지 못하고 죽는 것처럼 이 사내들이나 새한테는 자유란 오히려 거추장스러운 것일 뿐이다.

빈 택시가 길가에 서 있는 것을 곁눈질로 보면서 그는 그 곁을 지나쳤다. 그가 몸을 돌렸을 때 그 택시는 손님을 태우고 막 출발하려 하고 있었다. 손님은 젊은 여자였는데 뒷좌석에 앉아 있었다. 병호는 재빨리 달려가 앞좌석 문을 열고 후닥닥 뛰어들었다. 막 굴러가던 택시가 급정거하면서 운전사의 목소리가 터져 나왔다.

"왜 이래요? 당신 뭐예요? 내리세요!"

"경찰이오! 빨리 갑시다! 5분 동안만 달려주시오!"

병호가 운전사에게 신분증을 보이는 사이 미행자들이 차에 달라붙었다. 병호는 재빨리 앞문과 뒷문을 안에서 열리지 않게 고정시켰다. 미행자들은 주먹으로 차를 두드리면서 눈을 부라리고 있었다.

"빨리 갑시다!"

"경찰이 왜 도망치는 거죠?"

중년의 운전사가 시간을 끌었다.

"이놈들은 깡패들이란 말이오! 내가 두목을 잡아넣었더니 나를 죽이려고 해요! 빨리 갑시다!"

순간 택시는 앞으로 튕기듯 달려 나갔다. 미행자들은 기를 쓰고 따라왔다. 그러나 그들과의 거리는 순식간에 멀리 벌어지고 있었다.

그제서야 병호는 고개를 뒤로 돌려 여자 손님에게 양해를 구했다.

"놀라게 해서 미안합니다. 하도 다급해서 그랬습니다. 정말 미안합니다."

젊은 여자는 검은 테의 안경을 끼고 있었는데 살결이 유난히 희고 깨끗한 인상이었다. 잿빛의 코트가 썩 어울려 보였다. 그녀는 놀란 듯한 눈으로 병호를 쳐다보다가 갑자기 미소를 지어 보였다.

"괜찮아요. 재미있는 걸요 뭐."

"감사합니다. 지금 급히 어디 가시는 건 아닙니까?"

"괜찮아요. 급하지는 않아요."

"잠깐만 실례하겠습니다."

"택시를 타고 따라오는데요."

하고 운전사가 말했다.

병호는 운전대 앞에 만 원 권 한 장을 꺼내놓았다.

"어떻게든 저 차를 따돌려 주시오."

그는 만 원짜리 한 장을 또 운전대 앞에 올려놓았다.

운전사의 시선이 운전대 앞에 놓인 만 원짜리 지폐 두 장 위를 스쳐갔다.

"교통위반에 걸리면 내가 책임지겠소."

운전사는 고개를 끄덕하더니 비상 라이트 버튼을 눌렀다. 어깨를 앞으로 웅크리고 전방을 노려보면서 그는 곡예 하듯 차들 사이를 빠져 달려갔다.

"열심히 따라오는데요!"

백미러를 흘끔거리면서 운전사가 말했다. 병호가 뒤돌아보니 추적해 오는 택시도 비상 라이트를 깜박이고 있었다.

중년의 운전사가 갑자기 차의 속도를 줄였다. 추적해 오던 택시는 금방 옆으로 따라와 붙었다. 오른쪽으로 바싹 붙어선 그 차 속에서 미행자들이 소리를 질러대고 있는 것이 보였다.

"세워! 차를 세우란 말이야!"

병호는 곤혹스런 표정으로 운전사를 바라보았다. 운전사는 묵묵히 앞을 쏘아보다가 갑자기 브레이크를 밟으면서 왼쪽으로 휙 핸들을 꺾었다. 차는 중앙선을 넘어 원을 그리면서 방향을 바꾸었다. 다행히 맞은편에서 질주해 오는 차를 피할 수 있는 기회와 공간이 있었다. 방향을 바꾼 택시는 무서운 속도로 질주해 갔다. 미행 차는 앞차가 시야에서 사라졌을 때쯤에야 겨우 중앙선을 넘어 방향을 바꿀 수가 있었다. 교통순경이 호루라기를 불어대면서 달려왔지만 택시는 상관하지 않고 커브를 그렸다. 마주 오던 봉고차가 급정거를 했지만 너무 짧은 거리였기 때문에 택시의 옆구리를 쾅하고 들이받았다.

"상관하지 말고 빨리 달려! 변상은 충분히 해줄 테니까!"

운전석 옆자리에 앉은 안경 긴 사내가 권총 끝으로 옆구리를 쿡 찌르자 운전사는 겁에 질려 액셀러레이터를 밟아댔다.

"보이지 않는데요!"

"보일 때까지 곧장 달려!"

안경은 발을 구르며 악을 썼다.

병호는 택시가 커브를 돌아 골목에 들어서자마자 차에서 뛰어내렸다.

"고맙소! 아가씨, 고마워요!"

그는 달리는 차를 향해 손을 흔들어 준 다음 골목 안으로 깊숙이 들어갔다.

카페 '바람과 함께 사라지다' 에서 먼저 온 왕 형사가 초조하게 병호를 기다리고 있었다.

병호를 좋아하는 여주인이 아까부터 왕과 함께 앉아 있었다. 30대 노처녀인 그녀는 잘 생긴 여인은 아니었지만 표정이 풍부하고 분위기가 있어 남자들한테 인기가 있었다.

"왜 이렇게 안 오시죠?"

"글쎄, 20분이나 지났는데 웬일이지."

그들이 걱정하고 있을 때 문이 열리면서 병호의 모습이 나타났다.

그는 고개를 흔들면서 다가와 앉았다.

"떼놓느라고 애먹었어. 어땠어?"

왕한테 질문을 던지면서도 두 눈은 주인 여자를 바라보고 있었다.

"저는 금방 떼놓았습니다."

"요즘 바쁘신가 봐요. 통 안 오시게요. 어머나, 얼굴이 왜 그래요?"

병호는 아차 했지만 이미 늦은 일이었다. 그는 상처 난 얼굴을 매만지면서 쑥스러워했다.

"우리 직업은 좀 특수한 게 돼 놔서……"

"두 분 얼굴이 마치 전쟁터에서 돌아온 상이군인들 같아요."

"시원한 맥주 한 잔 가져와요."

병호가 목이 타는 소리로 말했다.

"아침부터 술 드시려구요?"

"속이 타서 그래요."

여주인 연화가 자리를 뜨자 병호는 한 회장과 통화한 내용을 왕에게 이야기해 주었다. 왕은 펄쩍 뛰었다.

"지금이 어느 땐데 기자회견을 하겠다는 겁니까? 그건 휘발유통을 들고 불 속으로 뛰어들겠다는 발상입니다!"

"그렇긴 해. 하지만 그 용기가 대단하잖아. 본인이 해보겠다는 데야 도와줘야 하잖아."

"그러다가 만일 들통이라도 나는 날에는 어떡하죠?"

"난 거기까지는 생각해 보지 않았어. 내 머리 속에는 지금 기자회견 장면만 가득 차 있어. 만일 기자회견이 성공적으로 끝난다면 대단한 파문을 일으킬 거야."

"지금도 그 책 한 권 때문에 대한민국에 대단한 파문이 일고 있지 않습니까?"

"하지만 그것을 터무니없는 악서로 선전하고 있어. 사람들은 처음에는 믿지 않다가도 자꾸만 되풀이하면 나중에는 사실이 그런 것처럼 믿게 되는 거야. 읽어보지도 않고 말이야."

"기자회견을 주선하실 겁니까?"

"장소와 시간을 내가 임의대로 정하기로 했어."

"큰일 났군요."

"큰일 날 것도 없어. 한번 해보는 거야."

연화가 맥주와 안주를 가지고 왔다.

"국내 기자 가운데 아주 친하게 지내는 기자 없어? 외신 쪽은 내가 알아볼 수 있겠는데……"

"친한 친구가 한 명 있습니다."

"그럼 됐어."

그는 연화가 따라준 맥주를 단숨에 들이켰다.

"한일경제백서―그 내용 정말이에요? 정말 우리는 일본의 경제식민지가 되어가는 거예요?"

병호는 입속으로 땅콩을 한 개 던져놓고 나서 끄덕였다.

"이대로 가다가는 그렇게 될 가능성이 많아요. 일본인들은 주체할 수 없을 정도로 돈을 많이 가지고 있고, 그 돈으로 뭐든지 닥치는 대로 먹어치우고 있어요. 그들은 과거에는 무기로 먹어치웠지만 지금은 무기 대신 돈으로 먹어치우고 있어요. 무기하고 돈하고 어떤 게 더 무서우냐 하면 돈의 위력이 더 무섭지. 무기로 먹어치우는 것은 파괴력이기 때문에 눈에 띄지만 돈은 그렇지가 않아요. 돈은 파괴하지 않고도 상대를 정복할 수가 있고, 눈에 띄지도 않아요. 그것은 아주 조용히 상대를 먹어치워요. 그리고 그것은 거의가 합리적이기 때문에 오래도록 상대를 지배할 수가 있어요. 별로 저항도 받지 않고 말이야."

"그런데 어제 텔레비전에 나와 토론하는 사람들 이야기를 들어보니까 백서 내용이 너무 비약적이고 논리가 결여되어 있다던데요? 한 회장이라는 사람을 상식도 없는 비정상적인 사람이라고 신랄하게 비판하던데요?"

"어용인사들의 말이겠지. 그런 사람들 이야기는 들을 필요 없어요."

하고 왕이 말했다. 그는 일어나서 카운터 쪽으로 걸어가더니 신문사에 근무하고 있는 친구에게 전화를 걸었다.

"한 회장이라는 분을 어떻게 생각하세요?"

하고 연화가 물었다.

"내가 본 사람들 가운데서는 가장 용기 있는 분이지. 용기만 있는 게 아니라 높은 지성도 갖추고 있어요. 특히 경제 분야에 대해서는 특출한 실력을 지니고 있는 분이에요."

그녀는 병호의 표정을 살피면서 조심스럽게 말을 꺼냈다.

"사람들 말이…… 앞으로의 지도자는 한 회장님밖에 없다고 하던데요. 정말 그런가요?"

"그분이라면…… 한 나라를 통치할 수 있는 능력과 실력을 갖추고 있지."

병호는 크게 고개를 끄덕였다.

"지금 한 회장님을 붙잡으려고 하는 것도 그가 우리 나라의 지도자가 될까봐 겁이 난 상대방이 미리 손을 쓰는 것이라고 하던데요. 한 회장님은 그걸 알고 이미 미국으로 망명했다고 하던데 정말인가요?"

"글세…… 정확히 알 수 없는 상황에서 뭐라고 단정을 내릴 수는 없지. 어떤 것도 아직 확인된 건 아니니까."

그때 왕 형사가 자리로 돌아왔다.

"30분 후에 이쪽으로 오기로 했습니다. 지금 각 대학에서 학생들이 터져 나오고 있는 모양인데요. 학생들은 하나같이 백서를 들고 흔들면서 데모를 하고 있답니다. 좀 독특한 데모 모습이라고 합니다."

그 말을 듣고 연화가 손뼉을 쳤다.

"그거 근사한데요! 돌 대신 책을 들고 데모하다니 얼마나 멋져요! 사실 데모 때마다 돌 던지는 대학생 모습에 이제 진력이 났거든요. 좀 더 새로운 모습을 보여줄 때도 되지 않았나 생각했는데 돌 대신 책을 들고 데모하다니, 얼마나 멋져요!"

"한 손에는 책, 다른 한 손에는 돌을 들었어요. 너무 기대하지 말아요."

하고 왕이 말했다.

"어머, 그래요. 그렇다면 정말 실망했는데요."

연화가 실망한 표정으로 말했다.

"학생들이 주장하는 건 뭐야?"

병호가 물었다.

"일본자본 물러가라. 독재 부패 정권 물러가라. 일본의 앞잡이들을 구속시켜라. 대충 이런 내용들 같아요."

"모두 옳은 말들인데요."

하고 연화가 말했다.

"지금은 계엄 중이야. 계엄 중에 데모하면 발포하도록 돼 있어. 사살돼도 어디다 항의할 데가 없다구. 학생들이 많이 다치겠는데."

그렇게 말하는 병호의 얼굴빛이 잔뜩 흐려지고 있었다.

"라디오 좀 가져와요."

왕의 말이 떨어지기가 무섭게 카페 여주인은 카운터 쪽으로 달려가더니 소형 라디오를 가져왔다. 마침 11시 정각이 되었기 때문에 뉴스를 듣기 위해 각 채널에 맞춰보았지만, 라디오에서는 일상적인 간단한 뉴스만 조금 흘러나오다가 금방 음악소리로 바뀌어버렸다.

"데모한다는 뉴스는 하나도 없는데요?"

연화의 말에 병호는 미간을 찌푸렸다.

"지금은 계엄중이야. 데모 뉴스 같은 게 나올 리가 없지."

"그렇군요."

12시 뉴스도 11시 뉴스와 다를 바가 없었다.

12시가 막 지났을 때 중키의 30대 사내가 한 명 카페 안으로 들어서더니 이내 왕 형사를 발견하고는 그쪽으로 다가와 악수를 나누었다. 왕 형사의 소개에 따라 병호는 그 남자와 인사를 나누었는데 그는 H일보 정치부에서 일하고 있는 기자였다.

"식사를 하면서 이야기하지. 이 집에서는 비프가스를 잘하는데 그걸로 주문하면 어때? 그리고 연화 씨는 자리를 좀 비켜줘요. 우리끼리 할 이야기가 있으니까."

왕이 세 사람 분의 식사를 주문하고 자리를 정리하자 잠시 긴장감이 흘렀다.

왕과 H일보 기자 이태석은 중고등학교 동기동창으로 지금까지 허물없이 지내고 있는 사이였다.

"중요하고 급한 일이라는 게 뭐야?"

조금 성급해 보이는 인상의 이 기자가 긴장감을 견디지 못하고 물었다.

"그보다 먼저 내가 물어볼 게 있어."

왕이 손가락을 세워 상대방을 제지했다.

"한 회장 소식 알고 있어?"

"몰라. 국내에 없을 거라는 소문이 돌고 있는데…… 확실한 건 모르겠어."

웨이터가 붉은 포도주 석 잔을 가져왔다. 병호는 포도주를 조금 맛보고 나서 이 기자에게 질문을 던졌다.

"기자들은 이번 백서 사건을 어떻게 보고 있습니까?"

"대단한 쾌거로 보고 있습니다. 백서에 담겨 있는 내용도 충격적이지만, 집권자에 대한 정면 도전이란 점에서 목숨을 내건 쾌거로 보고 있습니다. 우리 경제가 일본에 침식당하고 있다는 것은 알 만한 사람은 다 알고 있는 사실이지만 그것을 한 권의 책으로 정리해서 세상에 발표한다는 것은 감히 생각할 수도 없는 일이었죠. 그런데 한 회장이 그것을 해낸 것입니다. 정말 놀라운 일이고 목숨을 내놓지 않으면 할 수 없는 일입니다."

이 기자는 아주 열심히 말했다. 그의 말하는 모습을 가만히 지켜보다가 병호는 다시 질문을 던졌다.

"기자들은 지금 한 회장을 만나고 싶어 합니까?"

"만나고 싶어 하는 정도가 아닙니다. 모든 신문사가 총동원되어 한 회장을 찾고 있습니다. 한 회장을 만날 수만 있다면 그건 단연 특종감이지요."

그렇게 말하고 나서 그는 포도주를 단숨에 쭉 들이켰다.

"그를 만나서 인터뷰를 한들 신문에 제대로 실릴 수도 없지 않습니까?"

그 말에 이 기자는 몹시 당황하는 눈치였다.

"네, 그게 문제인데…… 우리 기자들도 일전을 각오하고 있는 중입니다. 언제까지 당하고만 있을 수 없다는 생각이 팽배해 있습니다. 이번 백서 건을 계기로 심상치 않은 움직임이 기자들 사이에 일고 있습니다. 만일 한 회장을 인터뷰할 수만 있다면 어떻게든지 그것을 기사화시켜 세상에 내놓으려 들 겁니다. 백서 건은 우리 기자들한테 좋은 자극제가 되었습니다.

"한 회장을 한번 만나보겠나?"

왕이 포도주잔을 들여다보면서 물었다. 이 기자는 무슨 말인지 잘못 알아들은 표정으로 왕을 쳐다보았다.

"한 회장을 만나보겠다면 우리가 주선해 줄 수 있어."

"아니, 그거 정말이야?"

이 기자는 벌떡 몸을 일으켰다가 도로 털썩 주저앉았다.

왕은 고개를 끄덕이면서 깊은 눈길로 상대방을 응시했다.

"정말이야. 한 회장을 만나게 해줄 수 있어. 그래서 만나자고 한 거야."

이 기자는 왕의 손을 덥석 잡았다.

"어딨어? 한 회장 있는 데가 어디야?"

그는 당장이라도 달려갈 듯이 물었다.

"그건 우리도 몰라. 하지만 중간에서 연락을 취해 만나게 해줄 수는 있어.

"제발 좀 만나게 해줘! 만나게만 해주면 크게 사례하겠어."

"사례를 바라고 이러는 건 아냐."

"아직 국내에 있나보지?"

"국내에 있어."

"비밀은 보장할 테니까 만나게만 해줘. 다른 기자들한테는 이야기하지 않았지?"

"이야기하지 않았어. 지금 처음 꺼내는 이야기야."

"아무한테도 이야기하지 마. 여러 사람이 알게 되면 특종감이 될 수가 없어."

그가 오로지 특종 감을 노리고 있음을 알고 병호는 기자의 속성은 어쩔 수가 없다는 생각이 들었다.

"한 회장은 기자회견을 바라고 있습니다. 한 사람하고 단독 인터뷰하는 것은 바라지 않습니다. 내외신 기자들을 모아놓고 그 앞에서 기자회견하기를 바라고 있습니다."

"기자회견을 하겠다고요?"

이 기자의 두 눈이 휘둥그레졌다.

"네, 기자회견을 바라고 있습니다. 우리는 중간에서 그것을 성사시켜 주기로 약속이 되어 있습니다."

하고 병호가 말했다.

"그래서 자넬 부른 거야. 자네가 책임지고 기자들을 불러모아줬으면 해서 말이야. 우리가 일일이 기자들한테 연락을 취할 수도 없는 일 아냐. 자네라면 다른 신문사 기자들하고도 잘 통하니까 연락을 취하기가 쉽지 않아?"

왕의 기대에 찬 시선을 받고 이 기자는 당혹한 빛을 감추지 못했다. 그는 혹을 떼려다가 혹을 하나 더 붙인 것 같은 기분이 들었다.

"그러니까 간단히 말해 나한테 국내 기자들을 끌어 모아 달라 이건가?"

"그렇지. 바로 그거야."

이 기자의 표정은 더욱 굳어지고 있었다. 그는 쉽게 응할 것 같지 않은 표정으로 말했다.

"기자회견이 가능할까? 지금 한 회장을 체포하려고 혈안이 되어 있는데 그게 가능할까?"

그는 형사들한테 의혹의 눈초리를 보냈다.

"우리는 어려울 것 없다고 봐. 충분히 가능성이 있기 때문에 이렇게 부탁하는 거야."

이 기자는 심각한 표정으로 한동안 무엇인가 골똘히 생각하며 앉아 있었다.

형사들은 그의 대답을 재촉하지 않고 잠자코 기다렸다. 웨이터가 마침 비프가스를 가져왔기 때문에 잠시 자리가 어수선해졌다. 자리가 정리된 뒤에도 침묵은 한동안 더 계속되었다.

이윽고 이 기자가 침묵을 깨고 입을 열었는데 적이 자신 없는 투로 이렇게 말하는 것이었다.

"위험을 각오하지 않으면 안 되겠는데……"

"상당한 용기가 필요할 겁니다."

병호도 그것은 인정하고 있었다. 그는 이 기자에게 그것이 얼마나 위험한 일인가를 주지시키려고 했다.

"만일 비밀이 새어나가 기자회견이 무산될 경우 이 기자님한테는 여러 형태의 위해가 가해지게 될 겁니다. 직장을 잃게 되는 것은 물론이고…… 기본적인 자유까지도 유린당하게 될 겁니다. 그런 것을 먼저 말씀드리고 나서 부탁해야 순서가 옳을 것 같아서 말씀드리는 겁니다. 그러니까 잘 생각하셔서 결정하셔야 할 겁니다."

용기가 없어 못하겠으면 그만두라는 뜻이 거기에는 담겨 있었다. 왕 형사는 난처한 표정을 지었고 이 기자는 자존심이 상하는지 낯빛이 붉어졌다. 그는 비프가스 조각 하나를 입속에 집어넣고 마치 모래를 씹는 것처럼 우물거리더니 갑자기 고개를 번쩍 쳐들고 병호를 쏘아보았다.

"제가 책임지고 기자들을 불러 모으겠습니다."

"그럴 줄 알았어. 자네라면 물러설 수 없지."

왕이 웃으며 말했다.

"감사합니다. 나는 그 일 때문에 우리가 희생되는 것을 바라지 않습니다. 가능한 한 우리 쪽 희생을 줄이는 방향으로 일을 추진하려고 합니다. 아까 내가 말씀드린 건 만일의 경우를 생각한 것이고…… 그 일 때문에 이 기자님한테 어떤 피해가 가서도 안 된다는 것이 우리의 생각입니다."

그렇게 말하는 오 형사를 이 기자는 뜨거운 시선으로 바라보다가 입을 열었다.

"생각해 주셔서 감사합니다. 누군가가 하지 않으면 안 된다고 생각했기 때문에 제가 나서기로 한 겁니다. 이 친구의 기대를 저 버릴 수도 없구요. 위험하기로 말하면 여기에 계신 두 분 역시 마찬가지 아닙니까? 그런데 이해할 수 없는 게 있습니다. 경찰이라면 당연히 한 회장을 추적하여 그를 억류시켜야 하는데 그 반대로 나가는 이유가 뭡니까? 저는 함정에 빠지고 있는 게 아닌가 생각되어 망설인 겁니다. 혹시 한 회장을 체포하기 위해 이러는 거 아닙니까?"

그 말에 형사들은 소리 없이 웃었다. 왕은 머리를 흔들면서 이 기자의 어깨를 잡아 흔들었다.

"그런 걱정은 하지 않아도 돼. 우리가 어떻게 해서 한 회장을 두둔하는 입장에 서게 됐는가 하는 것을 설명하려면 이야기가 길어. 나중에 이야기할 기회가 있을 거야. 한 회장을 보호하고 있는 입장이기 때문에 우리도 위험하기는 마찬가지야. 우리도 일이 잘못되면 희생당할 각오를 하고 있어. 각오를 단단히 하고 있으니까 차라리 마음이 홀가분하다구. 우리는 경찰 입장에서 보면 이단자들이라고 할 수 있지. 하지만 우리는 그 어느 때보다도 값진 일을 하고 있다는 생각이 들어. 내가 자네를 팔아먹을 거라고 생각하나?"

"그렇게 생각했다면 난 거절했을 거야."

"자, 그럼 시간과 장소를 정합시다."

병호가 약간 들뜬 목소리로 말했다.

서울 주재특파원인 일본인 가지야마 기자는 소주를 즐겨 마실 줄을 알았다. 40대 초반의 그는 한국에 근무한 지 5년이 넘는 기자로 외국기자들 가운데서는 한국에 대해서 가장 깊이 있고, 폭넓은 지식을 지니고 있는 사람이었다. 대학에서 한국사를 전공한 그는 한국을 자주 들락거리다가 결국 한국을 사랑하게 되었고, 그래서 한국 주재특파원을 자원, 5년이 넘게 한국에 머무르고 있었다. 그는 도수 높은 안경을 끼고 머리까지 빠져서 실제 나이보다는 훨씬 더 들어보였다.

그는 조용한 곳보다는 사람들이 왁자지껄 떠드는 곳에 끼어들기를 좋아했기 때문에 병호는 일부러 저녁때 사람들이 많이 모이는 어느 작은 빈대떡 집으로 그를 불러냈다. 그리고 소주를 두어 잔씩 마시고 났을 때 그의 귀 가까이에 입을 대고 용건을 이야기했다.

"한 회장 만나보고 싶지 않아요?"

"만나보고 싶지만 만날 수가 없어요. 나한테 정보 얻으려고 그러는 겁니까?"

"천만에."

"본사에서는 한 회장 인터뷰 기사를 보내라고 야단이에요. 하지만 만날 수가 있어야죠."

그들이 알게 된 것은 2년 전쯤이었다. 일본인 야쿠자가 낀 어떤 살인사건을 한 사람은 수사하는 입장이었고 다른 한 사람은 취재하는 과정에서 자연스럽게 서로에게 이끌려 가까워지게 되었던 것이다.

"내일 새벽에 덕수궁 정문 앞으로 나오시오. 믿을 만한 외신 기자들 모두 데리고 나와도 좋아요."

가지야마 기자의 눈이 번쩍 빛났다. 그는 입속에 막 집어넣은 빈대떡 조각을 씹지도 않은 채 꿀꺽 삼키고 나서

"무슨 일입니까? 좋은 일입니까?"

하고 물었다.

"어쩌면 한 회장을 만날 수 있을지 몰라요. 별다른 방해물이 없으면 한 회장을 만나볼 수 있는 기회가 생길 겁니다."

가지야마는 앞으로 바싹 상체를 기울였다.

"지금 농담하시는 건 아니겠죠?"

병호는 미소를 지으면서 무겁게 고개를 끄덕였다.

"이건 극비사항입니다. 당신은 내가 알고 있는 유일한 외신 기자입니다. 그래서 이렇게 믿고 말씀드리는 겁니다. 우리가 가까운 사이가 아니라면 이런 말은 하지도 않았을 겁니다."

"감사합니다. 정말 감사합니다."

가지야마 기자는 일본인 특유의 예의를 갖춰 여러 번 머리를 숙여보였다.

"가지야마 씨, 책임지고 다른 외신기자들한테 연락을 취할 수 있겠습니까? 밤새 연락을 취해서 내일 새벽에 비밀리에 모일 수 있게 말입니다."

"한 회장을 만날 수 있다면 비행기를 타고서라도 몰려올 겁니다. 기자들 모이게 하는 거라면 걱정할 거 없습니다."

"특히 주의할 것은 비밀이 새나가지 않게 하는 겁니다. 소문이 밖으로 흘러나가면 회견이 물거품으로 끝날지도 모르니까요. 수사기관에서 절대 눈치 채지 못하게 해야 합니다."

가지야마는 이해할 수 없다는 눈으로 병호를 쳐다보았다.

"수사기관에 계신 분이 그런 말씀을 하시면 어떻게 합니까? 얼른 이해가 안 되는데요?"

"그러실 겁니다. 하지만 기자들도 본사의 의도와는 정반대되는 행동을 할 때가 있잖습니까? 본사의 지침과 자신이 추구하는 가치가 상충될 때 굴복하지 않고 자신이 추구하는 가치 쪽으로 행동하는 경우가 있지 않습니까?"

가지야마는 그의 말을 깊게 생각해 보는 것 같더니 이윽고 이해가 간다는 듯 고개를 끄덕였다.

"알겠습니다. 이해가 됩니다. 매우 위험한 게임을 하고 계시는군요. 도와드리고 싶습니다."

"기자회견만 무사히 치를 수 있으면 됩니다. 다른 기자들한테는 한 회장을 만날 거라는 말을 하지 말고 어떤 중요한 일로 나와 달라고 하면 어떨까요?"

"그렇지 않아도 그렇게 말할 생각입니다."

"두 파트로 집결시켜 주십시오. 제1파트는 내일 새벽 5시 덕수궁 앞에 대기해 주십시오. 가지야마 씨는 제1파트에 나와 주십시오. 제2파트는 남산으로 올라가는 D호텔 앞에 5시 15분까지……

기자회견

밤새 서울거리에는 눈이 하얗게 덮여 있었다. 하얗게 쌓여 있는 눈 위로 또 눈이 내려 덮이고 있었다. 길바닥 위에 쌓인 눈은 사람들과 차량들에 밟히고 짓이겨져 거리를 지저분하게 만들어 놓고 있었다. 그리고 그것은 이른 새벽의 강추위로 꽁꽁 얼어붙는 바람에 서울의 거리는 어디나 빙판으로 변해 있었다.

새벽 5시 이전의 서울거리는 아직 채 날이 새지 않아 어두웠다. 가로등의 불빛들도 그대로 켜져 있었고, 거리의 적막감도 그대로 남아 있었다. 그러나 5시가 가까워오자 사람들의 움직임이 보이기 시작하고 있었고, 거리의 적막감을 휘젓는 차량들의 소음도 들려오기 시작하고 있었다.

덕수궁 정문을 밝히는 불빛 아래에는 계엄군 두 명이 부동자세로 서 있었다. 그들의 머리 위로 솟아올라온 총검이 불빛을 받아 싸늘하게 빛나고 있었다. 그들의 입에서 뿜어져 나오는 입김이 흡사 연기처럼 하얘 보였다.

그들로부터 조금 떨어진 차도 가까운 곳에는 외국인들이 몇 사람 서성거리며 서 있었다. 일반 카메라는 물론 무비카메라까지 들고 있는 것으로 보아 언론 계통에서 일하는 외국인들 같았다. 그들 속에는 가지야마 기자의 모습도 보였다. 그는 몹시 추위를 타는지 유난히도 발을 동동 구르며 차도의 왼쪽을 살피고 있었다.

어둠 저쪽으로 멀리 충무공의 동상과 광화문, 그리고 중앙청 건물이 어슴푸레 떠올라 보이고 있었다.

외국인들은 서로 악수를 나누고 낮은 소리로 잡담을 나누고 있었다. 모두가 가지야마의 전화를 받고 나온 사람들이었다. 외신기자들 가운데서 가지야마의 신망은 두터운 편이었기 때문에 그의 전화 한 통화에 꼬치꼬치 캐묻지 않고 모두가 약속대로 시간에 맞춰 달려 나온 것이다.

"무슨 일이오?"

"조금 있으면 알게 됩니다."

기자들의 질문에 이렇게 대답하면서 가지야마는 연신 광화문 쪽을 살피고 있었다.

그런 그들을 계엄군들은 묵묵히 바라보고 있었다. 그들은 그 외국인들을 검문할 이유나 필요가 조금도 없었고, 그런 지시도 받은바가 없었기 때문에 그들의 움직임을 무표정하게 쳐다보고만 있었던 것이다.

5시가 조금 지났을 때 광화문 쪽에서 느릿느릿 굴러오던 버스 한 대가 덕수궁 앞에 이르러 슬그머니 멈춰 섰다. 어디서나 흔히 볼 수 있는 관광버스였다. 길이 미끄러웠기 때문에 그 버스의 바퀴에는 체인이 감겨져 있었다. 버스의 창 앞 유리에는

"ABC"라고 쓴 종이가 한 장 붙어 있었다. 가지야마 기자가 그것을 먼저 확인 한 뒤 버스 출입문 쪽으로 접근하자 문이 자동으로 열렸다.

버스 안에는 먼저 타고 있는 사람들이 있었다. 그러나 불이 켜져 있지 않아 얼굴 모습들이 분명히 드러나 보이지가 않았다. 가지야마는 차에 오르면서 두리번거렸지만 자신을 반갑게 맞이하는 사람이 아무도 없자 빈자리에 가서 얌전히 앉았다. 그 뒤를 따라 다른 기자들도 조용히 차에 올라 자리를 잡고 앉았다.

모든 것이 이상할 정도로 조용히 이루어지고 있었다. 묻거나 말을 거는 사람도 없었고, 운전사도 군말 없이 차를 출발시켰다. 가로등 불빛 앞을 스쳐갈 때 먼저 버스에 타고 있던 사람들의 얼굴이 잠깐 드러났는데 모두가 한국인들이었다. 가지야마가 옆에 앉아 있는 한국인들에게 참다못해 영어로

"당신기자냐?"

하고 속삭이는 소리로 묻자 그 사람은 묵묵히 고개를 끄덕이기만 했다.

버스는 남대문 쪽으로 천천히 굴러갔다. 5시 10분. 버스는 어느 보험회사 건물 앞에 멈춰 섰다. 차문이 열리자 또 한 무리의 사람들이 안으로 들어왔다. 모두가 한국인들이었다. 그들을 태운 버스는 남대문 옆을 지나 서울역 쪽으로 향하다가 왼쪽으로 방향을 돌려 남산 쪽으로 올라갔다. 그리고 5시 15분에 D호텔 앞에서 외국인 그룹을 또 태웠다.

버스 안은 사람들로 가득 차 있었다. 정원을 초과할 정도로 사람들이 많이 탔기 때문에 자리가 없는 사람들은 통로에 서 있

어야 했다. 그러나 그 사람들도 운전사가 보조의자를 내주자 모두 통로에다 의자를 놓고 앉을 수가 있었다.

한국 기자들을 불러 모은 H일보의 이태식 기자는 초조한 눈으로 차 안을 살펴보았다. 차 안에는 내외신 기자들만 잔뜩 타고 있을 뿐 중간에서 회견을 주선했던 형사들의 모습은 코빼기도 보이지 않았다. 혹시 잘못된 게 아닐까. 일이 잘못되어 회견이 무산될 경우 자신이 당할 망신을 생각하니 편안히 앉아 있을 수가 없었다.

그는 앞으로 나가 운전사 옆에 있는 보조의자에 앉았다. 눈에 덮여 있는 거리가 한눈에 들어왔다. 버스는 남산 오르막길을 굼벵이처럼 기어오르고 있었다.

"어디로 가는 겁니까?"

이 기자가 운전사에게 물었다. 중년의 운전사는 그를 힐끗 쳐다보고 나서 대답했다.

"팔각정까지 가야하는데 길이 미끄러워서 갈 수 있을지 모르겠는데요."

그는 관광회사에 소속된 운전사 같지가 않아 보였다. 팔각정 그 추운 꼭대기에서 기자회견을 할 작정인가? 알다가도 모르겠는데. 그는 고개를 갸우뚱했다.

"팔각정에서 누가 기다리고 있나요?"

운전사는 고개를 흔들었다.

"모르겠습니다. 저는 손님들을 그쪽으로 태우고 가라는 지시만 받았으니까요."

이 기자는 더 이상 물어보는 것을 그만두었다.

버스 안에는 50명이 넘는 사람들이 타고 있었는데도 기침소리 하나 없이 침묵만 흐르고 있었다. 모두가 이상할 정도로 입들을 다물고 있었다.

오르막길을 기어 올라간 버스는 순환도로를 따라 천천히 굴러가다가 Y호텔 앞에 이르렀다. 어둠 저편 끝이 희미하게 밝아오고 있는 것이 보였다.

한 사나이가 호텔 앞에 서 있는 것이 보였다. 코트 차림에 중절모를 깊이 눌러쓰고 있었고, 한 손에는 007가방을 들고 있었다. 가로등 불빛 아래 혼자 우두커니 서 있었기 때문에 눈에 인상 깊게 띄었는지도 몰랐다. 빈 택시가 지나치는데도 그대로 서있는 것을 보면 택시를 기다리고 있는 것도 아닌 것 같았다.

모자와 어깨 위에 눈이 하얗게 쌓여 있는 것을 보면 꽤 오랫동안 거기에 서 있었던 것 같았다.

관광버스는 바로 그 앞에서 멈춰 섰다. 그때 어둠 속에서 몇 사람이 나타났다. 그제서야 이 기자는 중절모의 신사 주위에 몇 사람이 숨어서 대기하고 있는 것을 알아볼 수 있었다. 중절모가 움직이자 그들도 움직였다. 그러나 가까이 접근하지는 않고 멀리 반원을 그리고만 있었다.

이윽고 버스 문이 열리자 중절모의 신사가 올라왔다. 중절모 밑으로 잿빛의 머리카락이 보였다.

"한 회장이다!"

하고 이 기자는 속으로 외쳤다.

사나이들은 중절모를 따라 버스에 오르지 않았다. 그 대신 그들은 재빨리 두 대의 승용차에 나누어 탔다. 그중 한 대는 버스 앞으로 달려왔고 다른 한 대는 버스 뒤에 가서 붙어 섰다.

잠시 후 세 대의 차가 동시에 출발했다. 버스에 오른 한 회장이 중절모를 벗어 눈을 털자 그를 알아본 기자들이 박수를 치기 시작했다. 뒤늦게 그를 알아본 기자들과 외신기자들까지 함께 박수를 치기 시작했기 때문에 박수소리는 꽤 오랫동안 계속 되었다. 한 회장이 기자들을 향해 정중하게 머리를 숙이자 박수소리는 더욱 커졌다.

버스는 다시 오르막길을 조심스럽게 올라가고 있었다. 한 회장은 특별히 마련된 의자에 기자들을 향해 앉았다.

"이른 새벽에 이렇게 이상한 방법으로 여러분들을 뵙자고 해서 미안합니다. 아마 이런 기자회견은 처음일 겁니다."

다시 박수소리가 터져 나왔다.

한 회장이 타면서부터 버스 안에는 갑자기 활기가 넘쳐흐르기 시작하고 있었다. 여기저기서 플래시가 터지기 시작하자 그는 손을 들어 그것을 제지했다.

"흔들리는 차 속에서 사진을 찍으면 사진이 잘 안 나올 겁니다. 밖에서 보기에도 좀 이상하구요. 이따가 사진 찍을 시간을 따로 드리겠습니다."

한국말에 이어 그는 유창한 영어로도 말했다. 번쩍이는 플래시 불빛이 사라졌다.

"기자회견을 위해 특별히 따로 장소를 정하지는 않았습니다. 보안을 위해서 그런 것이니까 이해해 주시기 바랍니다. 따라서 회견 장소는 바로 이 버스 안이 되겠습니다. 움직이는 버스 안에서 회견한다는 것이 실례인 줄은 잘 알고 있습니다. 그리고 자리가 몹시 불편하다는 것도 잘 알고 있습니다. 하지만 지금은 어려운 때이기 때문에 이 정도의 불편은 충분히 이해해 주시리라 믿습니다. 이런 건 사실 아무 것도 아니지 않습니까?"

그는 마이크를 입에다 댄 채 미소 띤 얼굴로 기자들을 둘러보고 있었다. 다시 한 번 박수가 터졌고, 뒤쪽에서는 휘파람까지 들려왔다.

"자, 그럼 우리 시작해 볼까요?"

미국 기자가 손을 들어 발언을 청했다. 한 회장은 그를 지목했다. 버스는 같은 속도로 움직이고 있었다.

"당신이 발표한 한일경제백서는 현재 국내외적으로 큰 파문을 일으키고 있습니다. 아무 것도 모르고 있던 한국 국민들한테 한국경제의 실상을 알림으로써 한국 국민들을 큰 충격 속으로 빠뜨렸습니다. 그러나 백서에 대한 반격 또한 만만치가 않습니다. 반격을 가하는 측은 책 내용이 너무 과장되어 있고 국가를 혼란에 빠뜨리려는 악의적인 내용으로 차 있다, 인기를 끌기 위해 발표한 것이다 라고 말하고 있습니다. 반격이 이처럼 거세기 때문에 국민들은 지금 혼란에 빠져 있습니다. 반격하는 측은 현재 모든 매스컴을 총동원해서 백서를 비판하고 있습니다. 이에 대해 당신은 한국 국민들에게 뭐하고 말씀하시겠습니까?"

회장의 얼굴에서 미소가 사라졌다. 그는 동트는 쪽을 잠시 내다보고 나서 미국 기자 쪽으로 시선을 돌렸다.

"제가 위험을 무릅쓰고 기자회견을 자청한 것도 바로 그 점을 바로잡기 위해서였습니다. 오늘날 각종 정보매체의 발달은 우리 생활을 더없이 편리하게 해주고 있습니다만 그와 함께 그것을 관리하는 사람들의 의도대로 우리의 생각을 바꾸게도 할 수 있는 위험부담을 안고 우리는 살아가고 있습니다.”

버스는 급커브를 돌고 있었다. 급한 경사면에서 더 이상 오르지 못하고 바퀴가 헛도는 것이 느껴졌다. 체인을 감았는데도 경사가 워낙 급한데다가 얼어붙기까지 해서 그러는 것 같았다. 앞서 가던 승용차에서 한 사람이 내리더니 버스 운전사를 향해 방향을 바꾸라고 손짓을 해보였다.

버스가 방향을 바꾸는 동안 한 회장은 잠시 말을 중단한 채 밖을 내다보고 있었다. 여윈 얼굴은 60대의 나이답지 않게 유난히 깨끗해 보였고 밖을 내다보고 있는 두 눈은 흰 눈 때문인지는 몰라도 맑게 빛나고 있었다. 버스가 완전히 방향을 바꿔 내려가기 시작하자 그가 다시 입을 열었다.

“여론 조작이라는 게 그 예이지요. 정보매체만 잡고 흔들 수가 있다면 여론 조작은 얼마든지 가능하게 됐습니다. 반사작용을 노리고 역 공작을 펼 수도 있습니다. 정보를 흘려서 유언비어를 유포해서 여론을 의도한 쪽으로 몰고 갈 수도 있게 됐습니다. 지금 제가 발표한 백서에 대한 반격은 바로 여론 조작용입니다. 여론을 올바른 쪽으로 끌고 간다면 그건 바람직한 일이겠지요. 하지만 그 반대로 오도할 경우 그 피해는 이루 말할 수 없이 큽니다. 그들은 백서를 통해 한국 경제의 허상이 벗겨지고, 그 책임이 자기들한테 돌아가는 것이 두려워 필사적으로 반격 작전을 전개하고 있는 것입니다. 한국 국민들이 그들의 작전에 말려들어 다시금 환상의 풍요 속으로 빠져든다면 한국은 21세기에 가서 틀림없이 일본의 경제식민지로 전락하고 말 것입니다. 그것도 완전무결한 식민지로 말입니다. 지난날 일제의 한국에 대한 식민통치는 36년 만에 끝났지만 이번에는 그보다 훨씬 더 오래 어쩌면 영원히 계속될지도 모릅니다. 한 번 식민통치에 실패한 그들은 두 번째에는 결코 실패하지 않을 것입니다. 그들은 현재 만반의 준비를 갖추고 한국을 잠식하고 있는 것입니다. 저는 바로 그와 같은 점을 지적한 것입니다. 결코 과장된 표현도 아니고 혼란을 노리거나 인기를 얻기 위해 그런 것도 아닙니다. 여러분도 잘 알다시피 저는 많은 기업군을 거느리고 있는 기업가입니다. 한국은 물론 외국에서도 저를 경제인으로 알고 있습니다. 그런 제가 혼란을 획책한다는 것은 앞뒤가 맞지 않는 이야기 아닙니까. 그리고 뭐가 아쉬워서 이 나이에 지금 제가 또 인기를 얻으려고 목숨을 내놓겠습니까? 과장된 표현이라구요? 그렇지가 않습니다. 보시다시피 백서에는 엄연히 수치가 나와 있지 않습니까? 그 수치는 허황된 게 아닙니다. 정확한 사실입니다!"

이번에는 일본인이 나섰다. 가지야마 기자였다. 그는 꽤나 흥분해서 입을 열었다.

"지금 한 회장이 발표한 백서는 일본에도 큰 파문을 일으키고 있습니다. 일본의 일반 국민들은 아직 판단을 못 내리고 어리둥절한 상태에 있습니다. 그들은 사실 일본의 경제력이 얼마나 깊이 한국에 침투해 있는지 그런 것에 대해서는 거의 모르고 있는 상태였으니까요. 비교적 어느 정도 알고 있다는 지식인들은 현재 그 백서에 대해 두 가지의 상반된 견해를 나타내고 있습니다. 한쪽은 그것은 한국과 일본 관계를 이간질하려는 악의적이고도 과장된 내용의 책이라고 비난하고 있습니다. 한국과 일본은 현재 그 어느 때보다도 친밀한 선린관계를 유지하고 있는 태평양 시대의 주역으로서 더욱 더 협력관계를 보호 유지해 나가야 할 입장인데, 그와 같은 백서의 내용은 백해무익하다는 것이죠. 이런 주장을 하고 있는 지식인들은 일본에서 주로 극우인물로 알려져 있는 인사들입니다. 그들은 과거 일본의 침략행위를 역사의 필연으로 당연시하고 있는 사람들입니다."

가지마야는 잠시 말을 끊고 한 회장의 반응을 살피는 것 같았다. 한 회장이 진지한 표정으로 고개를 끄덕하자 그는 다시 입을 열었다.

"또 다른 그룹은 백서의 내용에 전적으로 동감하고 있는 사람들입니다. 그들은 지금까지의 우려가 그 백서를 통해 사실로 드러났다고 하면서 일본의 현 정권의 사과와 퇴진, 대한국 정책의 대대적인 수정, 침략적인 일본 경제의 한국으로부터의 퇴진, 한국의 선진화를 위한 진정한 지원, 한일관계의 대등한 위상 정립 등을 요구하고 있습니다. 그것을 위해 그들은 곧 서명운동까지 전개할 것이라고 합니다. 그들은 우파도 좌파도 아닌 가장 중립적이고 양심적인 지식인들입니다. 그들의 일본 국민들에 대한 영향력은 대단하기 때문에 어떤 형태로든 반응이 나타나리라고 봅니다. 일본 기자의 입장에서 솔직히 말씀드려 제 자신 그 백서를 보고 큰 충격을 느꼈습니다. 지금도 그 충격은 사라지지 않고 제 가슴 속에 남아 있습니다. 제 자신 기자이면서도 일본경제가 그렇게 깊숙이 한국에 침투하여 한국의 운명을 좌우할 만큼 막강한 힘을 발휘하고 있는 줄은 정말 몰랐습니다. 너무 부끄러워 고개를 들 수 없을 정도입니다. 반성할 줄 모르는 일본인들의 작태에 같은 일본인으로서 수치심까지 느끼고 있습니다."

차 안은 기침소리 하나 없이 조용했다.

인터뷰는 영어로 진행되고 있었다. 내외신기자 모두가 알아들을 수 있는 용어는 영어밖에 없었기 때문에 그럴 수밖에 없었고, 모두가 그것을 저항감 없이 받아들이고 있었다. 한국 기자들 가운데는 영어를 잘 알아듣지 못하는 사람도 있긴 있었지만 그들을 위해 따로 통역을 해줄 시간 여유는 없었다. 가지야마의 말이 다시 들려왔다.

"백서는 한국 경제가 일본에 예속되어가고 있는 실상을 적나라하게 고발해 주고 있습니다. 그러나 그 실상을 알리는 것만으로 문제가 해결되지는 않을 것으로 생각하고 있습니다. 워낙 뿌리 깊게 일본 경제가 침투해 있는데다 그것을 보호하고 있는 막이 두텁기 때문에 그 뿌리를 뽑는다는 것이 좀처럼 쉽지가 않을 것입니다. 따라서 어떤 후속 조처가 뒤따라야할 것입니다. 이제 실상이 밝혀졌으니까 문제를 시정할 수 있는 방법도 제시해 주시는 게 순서라고 생각합니다."

한 회장은 가지야마 기자를 눈여겨보고 나서 입을 열었다.

"좋은 말씀입니다. 그렇지 않아도 저 역시 그 점을 생각하고 있습니다. 제 생각에는 아주 강력한 방법을 쓰지 않고는 문제를 해결할 수 없다고 봅니다. 일종의 경제 혁명이라고도 볼 수 있는 강력한 방법 말입니다. 구체적으로 말씀드린다면 비정상적인 일본 자금은 신고케 하여 그것을 모두 압수하는 겁니다. 그것은 신고하지 않는 자는 형사 처벌합니다. 중형에 처하기 위하여 새로운 임시처리법을 만들어야 합니다. 현재 정상적인 절차를 통하여 들어와 있는 일본 자금도 재심사하여 그것이 한국 경제에 지대한 영향을 미치고 있다고 판단될 때는 그것을 동결시켜야 합니다. 일단 동결조치를 취하면 일본은 일정기간 동안 원금을 회수해 갈 수가 없습니다. 배당금은 물론 이자도 찾아갈 수 없습니다. 원금이나 찾아가면 다행일 정도로 마무리 지어 놓아야 합니다. 일본에서 수입하는 것도 대폭 줄여서 수입다변화를 시켜야 합니다. 지금까지 일본에서 수입하던 물량을 10분의 1수준으로 줄여야 합니다. 그러기 위해서는 강제적인 조처를 취해야 합니다. 자율적인 조정에 맡겼다가는 실패하고 맙니다. 한국인들의 일본상품에 대한 의존도는 아주 뿌리가 깊습니다. 거의 맹목적이라고 할 정도로 뿌리가 깊습니다. 그 환상을 이번 기회에 깨뜨려 주어야 합니다. 힘을 동원해서라도 말입니다."

한 회장은 한쪽 주먹을 불끈 쥐고 흔들었다.

모두가 놀란 표정으로 그를 바라보고 있었다.

버스는 커브 길을 돌아 완만한 경사를 느릿느릿 굴러가다가 멈춰 섰다. 그곳은 차량 통행도 별로 없는 한적한 곳이었다. 날은 이제 완전히 밝아 있었다.

승용차에서 네 명의 사내들이 내리더니 버스 안으로 올라왔다. 그들의 손에는 보온 통이 들려 있었다. 두 명이 종이컵을 기자들에게 나누어주는 동안 다른 두 명은 보온 통에 들어 있는 코피를 컵에다 따라주기 시작했다. 김이 무럭무럭 나는 코피를 보자 기자들은 굳어 있던 표정을 풀었고, 차 안은 금방 활기찬 목소리들로 가득 찼다.

"대접할 것은 없고…… 코피나 많이 드십시오."

한 회장이 웃으며 말했다. 그는 한국어로 먼저 말하고 나서 영어로 다시 말했다.

모두가 맛있게 코피를 마셨다. 어떤 기자들은 밖으로 나가 소변을 보기도 하고 기지개를 켜기도 했다.

"영어를 그렇게 잘하시는 줄은 몰랐습니다."

한국 기자들 몇 명이 다가와서 말을 걸자 한 회장은 쑥스러운 표정을 지었다.

"처음에는 외국에 직접 돌아다니면서 상담을 벌여야 했기 때문에 영어를 쓰지 않을래야 쓰지 않을 수가 없었지요. 영어 실력이 늘은 것은 그때였지요. 요즘은 내가 직접 상담하러 돌아다니지 않으니까 영어 실력이 많이 줄었어요."

"다시 재혼하실 생각은 없으십니까?"

느닷없는 질문에 그는 눈을 크게 떴다.

"이 나이에 말이오?"

"아직 정정하신데요 뭘."

"이 늙은이한테 오겠다는 여자가 있다면야 한번 고려해 볼 수도 있지. 하하하……"

"기사화해도 되겠죠?"

"그, 그런 걸 어떻게 기사화한다는 거야! 노망했다고 야단일 텐데…… 안 돼! 기사화하지 말라구!"

한 회장이 다급하게 손을 흔드는 바람에 한바탕 웃음이 터졌다.

"자, 그럼 다시 시작합시다."

한 회장이 마이크를 붙잡자 차 안은 금방 조용해졌다. 버스는 그대로 서 있었다.

"빨리 끝내기로 합시다. 가지야마 기자의 질문에 대한 답변은 조금 전의 그것으로 되겠습니까?"

그러자 가지야마가 다시 나섰다.

"조금 전의 답변은 아주 충격적이었습니다. 지금의 한국 정부가 그런 조처를 취할 수 있다고 보십니까?"

한 회장은 무겁게 고개를 저었다.

"그것은 불가능 합니다."

"불가능한 것을 알면서도 그런 말씀을 하신다는 것은 하나의 공허한 외침밖에 아무 의미가 없지 않습니까?"

가지야마의 질문이 날카로워져 있었다. 그러나 한 회장은 여유 있게 답변했다.

"네, 그렇게 생각할 수도 있지요. 하지만 제 말이 공허한 외침이 되지 않도록 나는 노력할 것입니다. 나는 그 실천방안도 가지고 있습니다."

"그 실천방안이란 무엇입니까?"

"그건 아직 구체적으로 밝힐 단계가 아니라서 나중에 말씀드리겠습니다. 차차 알게 될 것입니다."

"공허한 외침이 되지 않도록 노력한다는 것은 솔직히 말해 정치적 도전을 의미하는 것 아닙니까?"

국내기자들 가운데서 H일보의 이태석 기자가 끼어들었다. 순간 한 회장의 얼굴에 당황하는 빛이 나타났다.

한동안 무거운 침묵이 흘렀다. 당황한 빛이 사라지고 대신 무엇인가 심각하게 생각하는 표정이었기 때문에 기자들은 한 회장이 입을 열 때까지 침묵을 지켰다. 이윽고 한 회장이 입을 열었다.

"답변하기 매우 곤란한 질문을 하셨는데…… 좋습니다. 솔직히 말씀드리겠습니다. 내가 백서를 발표한 것은 정치적 도전이 목적이 아닙니다. 그것은 단지 최선의 방법일 뿐입니다. 국가를 위기에서 구할 수 있는 최선의 방법은 정치적인 역량을 발휘하는 것입니다. 그것이야말로 그 어느 것보다도 가장 효과적인 방법입니다."

"조금 전에 말씀하시기를 현 정부는 회장께서 말씀하시는 위기를 수습할 수 없다고 하셨습니다. 능력이 없는 것이 아니라 사태를 보는 눈이 정반대이기 때문에 사태 수습에 노력을 기울이지 않고 오히려 방치해 둘 것이라는 말씀이겠지요?"

"네, 그렇습니다."

"따라서 그런 정부에 정치적 도전이 발생하는 것은 필연적인 것인데 그 도전이란 구체적으로 어떤 것입니까? 혁명입니까, 아니면 쿠데타입니까?"

한 회장은 진지한 눈으로 이 기자를 바라보았다. 그는 더 이상 당황하지 않고 있었다.

"혁명도 아니고 쿠데타도 아닙니다. 그런 것은 제가 가장 혐오하는 방법입니다. 혁명의 시대는 이미 지나갔습니다. 그것은 역사의 유물로서 박물관에나 가 있어야 합니다. 쿠데타는 박물관에 보관하기에도 부끄러운 야만적인 행위입니다. 혁명은 그래도 밑에서부터 움트는 것이기 때문에 민중의 한숨이라도 깃들어 있지만 쿠데타는 전혀 그렇지가 못합니다."

실내는 물을 끼얹은 듯 조용해졌다. 한동안 다시 침묵이 흐른 뒤 이 기자가 다시 질문을 던졌다.

"혁명도 아니고 쿠데타도 아니면 무엇입니까?"

"국민의 현명한 선택에 맡기는 겁니다. 국민이 선택할 수 있는 방법이란 선거밖에 없습니다. 선거는 합법적이고 합리적인 방법입니다. 국민이 선거를 통해 내가 제시한 것을 받아들이면 나는 아까 말한 여러 가지 조치들을 강력하게 추진해 나갈 수가 있습니다."

"결국 다음 선거에 현 정부에 도전해서 출마하시겠다는 겁니까?"

이번에는 다른 한국 기자가 흥분해서 물었다. 한 회장은 입가에 미소를 띠었다. 그러나 두 눈은 차갑게 빛나고 있었다. 그 질문에 대한 대답은 돌아오지 않을 줄 알았는데 의외로 쉽게 나왔다.

"현재로서 그것이 최선의 선택이라면…… 그 선택을 받아들이는데 주저할 마음은 없습니다."

모든 소리와 움직임이 일순 정지된 것 같았다. 조금 후에 모든 것들이 일시에 무너지는 것 같은 소란스러움이 일었다. 이어서 누군가가 박수를 치기 시작했고, 그것을 신호로 우레 같은 박수소리가 터져 나왔다. 박수를 치고 있는 기자들, 특히 한국 기자들의 얼굴은 감동으로 물결치는 것 같았고, 그들이 치는 박수소리는 오래도록 끊이지가 않았다.

선거는 3월로 예정되어 있었다. 법적으로는 3월이 시한이었지만 유동적인 정치상황 만큼이나 그 일정 역시 유동적이었다.

그것은 연기될 수도 있었고 아예 취소될 수도 있었다. 국민들은 조마조마한 마음으로 선거일정이 발표되기만을 기다리고 있었다. 그리고 아직 그 누구도 현 정권에 도전하여 출마하겠다고 나서는 사람은 없었다.

"회장께서는 현재 어느 당에도 소속되어 있지 않은 것으로 알고 있는데 출마하실 경우 당 소속문제를 어떻게 하실 겁니까? 무소속으로 출마하시겠다는 건 아니겠죠?"

"현재의 야당에 의지할 생각은 추호도 없습니다."

"그럼 새로 당을 창당하실 겁니까?"

"나는 새로운 당의 추천을 받고 싶습니다."

"만일 3월에 선거가 실시된다면…… 시간이 없는데 그게 가능하겠습니까?"

"가능하다고 생각합니다."

"당선될 가능성은 어느 정도로 보십니까?"

"건방진 말 같지만…… 공명선거가 보장될 경우 나는 낙관하고 있습니다."

"선거에 패배할 경우에는 어떻게 하겠습니까?"

"그것 역시 국민의 선택이기 때문에 그 결과에 전적으로 승복할 생각입니다."

가지야마 기자가 다시 나섰다.

"만일 당신이 선거에 승리하여 집권하게 될 경우 아까 말한 대로 일본에 대해 제재조치를 단행하실 겁니까?"

"물론이지요."

"일본이 가만히 당하고만 있을까요? 그럴 경우 외교 분쟁이

이는 정도가 아니라 제가 생각하기에는 전쟁상태로 돌입할 수도 있다고 보는데요."

실내는 다시 잠잠해졌다. 버스가 움직이기 시작했다. 한 회장의 표정이 굳어졌다. 그는 창밖으로 향하고 있던 시선을 일본인 기자에게로 향했다.

"일본이 선전포고를 하면 우리도 선전포고를 해야지요."

일본인 기자들과 한국인 기자들의 표정이 돌처럼 굳어지고 있었다. 그밖의 다른 나라 기자들은 자못 놀라는 표정을 짓고 있었다.

한 회장은 억눌린 듯한 목소리로 말을 이었다.

"우리 한국은 더 이상 물러설 수가 없습니다. 물러나서는 안 됩니다. 일본이 선전포고를 하면 한국은 거기에 대항해서 싸워야합니다. 우리 역사는 지금까지 일본한테 일방적으로 당해 오기만 했습니다. 예부터 그들은 해적으로, 한국인들은 그들을 왜구라고 불렀습니다만, 그들은 우리 해안을 노략질해 오다가 급기야 16세기 말에 15만 대군으로 한국을 침략해 왔습니다. 그것이 바로 임진왜란이지요. 그 전쟁은 7년 동안 계속되었고, 한국은 그때 초토화되었습니다. 그리고 그 후…… 그로부터 3백년 후인 1910년 일본은 마침내 한국을 병합해서 그들의 식민지로 만들어 버렸습니다. 그로부터 40년 가까운 기간 동안 우리 한국은 그들의 식민통치 밑에서 갖은 고초와 수모를 당해야 했습니다. 우리의 역사는 정체되었고, 우리의 자원은 고갈되어 갔고, 우리의 백성들은 그들의 침략전쟁의 희생물이 되어갔습니다. 정신대라는 이름으로 끌려간 우리 한국의 젊은 여성들만 해도 그 수가 20만 명에 달했고, 그녀들은 거의 모두 희생되고 말았습니다. 그리고 이제 일본은 새로운 방법으로 한국을 또 잠식해 가고 있습니다. 2차대전에 패한 그들은 일단 물러가기는 했습니다만 힘을 다시 축적하여 그전보다 더 강력한 힘으로 한국을 잠식해 오고 있습니다. 그들의 역사에는 사죄나 반성이 없습니다. 그들은 오로지 침략의 역사만을 만들어 왔을 뿐입니다. 그것이 그들의 운명이기나 한 것처럼 말입니다."

가지야마 기자의 얼굴이 벌게졌다. 일찍이 자기 앞에서 그렇게 신랄하게 일본을 비난하는 말을 들어본 적이 없었기 때문에 그가 얼굴을 붉히는 것도 무리는 아니었다. 낯이 두꺼운 편인 그는 웬만한 일에는 눈 하나 까닥하지 않았다. 그러나 방금 한 회장이 한 말은 그에게 엄청난 충격을 안겨 주었던 것이다. 그는 거기서 반발심과 수치심을 동시에 느꼈지만, 반발심은 수치심에 비해서 사실 아무 것도 아니었다. 그가 얼굴을 붉힌 채 어쩔 줄 모르고 있을 때 이번에는 가토라고 하는 같은 일본인 기자가 끼어들었다.

"만일 한국과 일본 사이에 전쟁이 일어나면 아시아의 평화는 깨어지고 세계대전으로 확대될지도 모릅니다. 그것을 감수하면서까지 전쟁을 감행하실 생각입니까?"

"나는 자유와 평화를 사랑합니다. 한국 국민의 자유와 평화를 지키기 위해, 다시 말해 두 번 다시 한국 국민이 굴욕적인 노예상태에 들어가는 것을 막기 위해 일본과 싸우겠다는 것입니다. 그것은 일본을 침략하겠다는 의미하고는 다릅니다. 일본은 침략하기 위해 전쟁을 일으키겠지만 한국은 그렇지가 않다는 뜻입니다. 나는 일본이 한국의 자기방어적인 정당한 조처에 대해 깊은 이해심을 가지고 자제력을 발휘해 주기를 바랍니다. 도대체 무슨 명분으로 한국에 대해 선전포고를 한단 말입니까? 나는 일본이 그런 짓을 하지 않을 것이라고 봅니다."

일본 기자들은 그 문제에 대해 더 깊이 물어보려고 했지만 조금 후에 다른 외신기자들이 제동을 걸고 나왔다. 영국 기자가 물었다.

"미국이 당신을 지지하고 있다고 들었는데…… 당신이 현재 이처럼 강력하게 도전적으로 나올 수 있는 것도 당신 뒤에 미국이 있기 때문이 아닌가요?"

"미국은 현재 도덕 정치를 주장하고 있습니다. 국내외적으로 부패한 정치, 비도덕적인 정권은 일체 지원하지 말고 가차 없이 제재를 가해야 한다는 정풍운동이 미국에 불고 있습니다. 따라서 내가 부패한 사람이라면 미국의 지지를 받지 못할 것이고 그렇지 않고 도덕적인 사람이라면 지지를 받게 되겠지요."

한 회장의 기자회견은 8시까지 계속되었다. 버스는 그때까지 남산 순환도로 위를 배회하고 있었다. 8시가 되어 한 회장이 기자들에게 작별을 고하고 버스에서 내리자 기자들도 모두 그를 따라 차에서 내렸다. 그리고 길가에 늘어서서 한 회장이 승용차를 타고 사라지는 것을 지켜보았다.

밀 회

재빛의 캐딜락 한 대가 미 대사관을 빠져나와 러시아워로 붐비는 광화문 차도로 빨려들 듯 미끄러져 들어갔다. 그 뒤에 조금 떨어져 푸른빛의 토파즈 한 대가 굴러갔다. 외교관 번호판을 단 두 대의 고급 외제 승용차는 광화문 앞에 이르러 왼쪽으로 방향을 바꾸어 세검정 쪽으로 달려갔다. 시내로 밀려드는 차량들은 길이 막혀 거북이걸음을 하고 있었지만 세검정 쪽으로 빠지는 차도는 그 시간에 휑하니 비어 있었다.

캐딜락이나 토파즈에는 국적을 표시하는 깃발이나 마크 같은 것은 보이지 않았다. 두 대의 차는 남의 눈을 꺼리는 듯 오르막길을 재빨리 올라가다가 스카이웨이로 접어들었다.

산등성이쪽 길은 미끄러웠기 때문에 차의 속도는 차츰 떨어지고 있었다. 위로 올라갈수록 바람이 세어지고 있었고, 눈발도 굵어지고 있었다.

캐딜락의 뒷좌석에 깊숙이 몸을 묻고 있는 미국인은 무선 전화 벨소리에 눈을 떴다. 운전사가 수화기를 들려는 것을 그가 제지했다.

"두 손을 운전대에서 놓지 말게. 길이 미끄러우니까."

미국인은 수화기를 집어 들었다.

"……기자회견은 성공적으로 끝난 모양입니다. 매우 쇼킹한 내용들이 있었답니다. 그는 공식적으로 출마를 선언했고…… 만일 당선될 경우 일본과의 일전도 불사할 모양입니다. 일본 자금은 모두 동결되거나 압수될 가능성이 큽니다. 모두 그가 당선될 것을 전제로 한 말입니다만……"

"음, 예상한 대로야. 우리는 구경만 하면 되겠지."

"오늘 석간신문이 볼만할 것 같습니다."

"한국 국민들의 반응을 조사해서 즉시 워싱턴으로 보고해야겠어. 오늘 중으로 말이야."

"네, 알겠습니다. 준비시키겠습니다."

"11시에 워싱턴과 통화하도록 해줘."

"네, 알겠습니다."

미국인은 수화기를 내려놓고 나서 팔짱을 끼고 한동안 생각에 잠겼다. 얼마 후 차가 멈춰서고 문이 열리자 그는 생각에서 깨어났다.

"다 왔습니다."

운전사가 문을 열어 잡은 채 말했다.

미국인은 중절모를 눌러쓰고 차에서 내렸다. 중절모 밑으로 보이는 잿빛의 머리카락이 그의 풍부한 경험과 노회함을 말해주는 듯했다. 그는 키가 후리후리하게 컸다. 토파즈는 10여 미터쯤 떨어진 곳에 세워져 있었고, 거기서 내린 두 젊은 미국인들은 차 주위에서 서성거리고 있었다.

키 큰 미국인은 앞쪽을 바라보았다. 백 미터쯤 떨어진 곳에 검은색의 승용차가 한 대 서 있었고, 거기서 한국인이 한 명이 내리고 있는 것이 보였다.

그 한국인 역시 코트 차림에 중절모를 눌러쓰고 있었다.

그가 내린 차에서 앞쪽으로 20여 미터쯤 떨어진 곳에는 또 다른 승용차가 한 대 대기하고 있었다. 그 차의 주위에는 네 명의 사내들이 서성거리면서 서 있었다.

미국인이 큰 걸음걸이로 성큼성큼 걸어가자 중절모의 한국인도 미국인 쪽으로 천천히 걸어왔다. 그는 중키였고 걸음걸이가 좀 느려보였다.

마침내 걸어온 두 사람 사이가 악수를 나누기에 적당할 만큼 좁혀졌다.

그들은 거의 동시에 손을 내밀었다.

"오, 한 회장……"

"대사!"

그들은 굳게 손을 잡고 흔들었다. 미국인은 갈색의 눈으로 부드럽게 상대방을 내려다보았고, 한 회장 역시 조금은 피곤하면서도 온화한 눈길로 미국인을 올려다보았다.

"축하합니다."

대사가 흰 이를 드러내며 말했다.

"뭘 말입니까?"

한 회장이 영어로 물었다.

"성공적인 기자회견을 축하합니다."

"벌써 정보가 들어갔군요."

한 회장이 사뭇 놀라는 표정을 짓자 대사는 빙그레 웃었다.

"그런 정보야 그 즉시 들어오게 마련이죠."

"미국의 스파이들은 곳곳에 없는 데가 없군요."

"그런 셈이지요. 1945년부터 계산하면 36년이나 한국에 있었는데 그 기간이라면 한 나라에 정보망을 구축하기에는 충분한 세월이지요."

"우리 좀 걸을까요?"

"네, 그게 좋겠습니다."

그들은 어깨를 나란히 하고 걷기 시작했다. 경호원들 역시 그들의 움직임을 시야에서 놓치지 않으려고 적당한 거리를 두고 움직이기 시작했다.

두 사람의 거물들의 만남을 축하하기라도 하는 듯 갑자기 심하게 눈보라가 치기 시작하고 있었다. 그들은 금방 눈을 허옇게 뒤집어쓰는 바람에 본래의 모습보다도 훨씬 더 늙고 우스꽝스러워 보였다.

"춥습니까?"

대사가 물었다.

"아뇨. 아주 상쾌한데요."

한 회장은 눈보라에 뒤덮인 시가 쪽을 바라보았다.

"선전포고를 하셨다면서요?"

"네, 그런 셈이지요."

"한 회장께서는 적들에 완전히 포위된 셈입니다. 국내외적으로 말입니다."

"알고 있습니다. 하지만 나는 그 적들과 타협할 생각은 추호도 없습니다. 나는 목숨이 다할 때까지 싸울 겁니다."

대사는 멈칫했다가 다시 걸음을 옮겼다.

나란히 걷고 있는 그들의 뒷모습은 사뭇 달려보였다. 키가 큰 대사는 어깨를 조금 꾸부정한 채 코트 속에 두 손을 집어넣고 걸어가고 있었고, 키가 그의 어깨 높이밖에 안 되는 한 회장은 뒷짐을 진 채 걸음을 옮기고 있었다.

"만일 그런 각오로 정권을 잡는다면…… 한국에 일대 혼란이 오지 않겠습니까? 북쪽도 고려해야 하지 않을까요?"

대사가 근심스러운 듯 물었다.

"물론 혼란이 오리라는 것은 자명합니다."

"워싱턴은 혼란을 바라지 않습니다. 어떻든 안정을 바라고 있는 것이 워싱턴의 지배적인 견해입니다. 따라서 너무 비약적인 견해를 보이신다는 것은 오해를 불러일으킬 소지가 있습니다. 지금까지 한 회장에 대한 워싱턴의 시각은 아주 호의적이었는데 그게 바뀔 수도 있다는 겁니다."

한 회장은 멈춰 서서 눈을 움켜쥐었다. 손이 아릴 때까지 눈을 뭉치다가 그것을 아래쪽으로 힘껏 던졌다.

"나도 혼란을 바라지 않습니다. 하지만 그 혼란은 오래 가지 않을 겁니다. 국민들의 동의만 얻을 수 있다면, 그래서 그들이 따라만 준다면 혼란은 단시일 내에 극복할 수 있습니다. 우리가 그것을 극복해낼 때 그 단결력은 무서운 국력으로 나타날 것입니다. 나는 국민들이 그것을 원하고 있다고 생각합니다. 지금의 안정은 사실 강요된 침묵이지 진정한 의미의 안정하고는 거리가 멉니다. 국민들의 욕구불만이 침묵의 베일 밑에서 언제 터질지 모르는 용광로처럼 끓고 있습니다. 워싱턴은 그것을 알아야 합니다. 표면상에 나타난 것만을 가지고 판단을 내린다는 것은 아주 위험천만한 짓입니다."

대사는 허공에 긴 팔을 뻗어 무엇인가 움켜쥘 듯 하다 도로 내렸다.

"워싱턴도 그것은 알고 있습니다. 하지만 급격한 변화와 혼란이 과연 제대로 극복될 수 있을지 그것을 우려하고 있습니다. 그리고 혼란이 일어날 경우 북쪽이 어떻게 나올지 그것도 걱정이 되는 사항 중의 하나입니다. 한국은 지금까지 혼란이 일어났을 때 한 번도 그것을 제대로 극복하지 못했습니다. 항상 무력으로 그것을 진압했고, 그 뒤에는 강요된 침묵이 계속되어 왔습니다. 워싱턴이 우려하는 것은 바로 그런 악순환입니다."

"그렇다고 해서 앞으로 나아가려는 한국 국민들의 의지를 묶어 둘 수는 없습니다. 한국 국민들은 변화를 요구하고 있습니다. 이대로는 안 된다는 의식이 팽배해 있습니다. 그대로 두다가는 곪아 터집니다."

"당신은 혁명을 바라고 있군요?"

대사의 눈초리가 날카로워졌다. 한 회장은 머리를 옆으로 흔들다가 중절모를 벗어 눈을 털어낸 다음 그것을 다시 머리 위에 얹었다.

"당신이 생각하고 있는 그런 혁명은 아닙니다. 공산혁명하고는 성격이 다릅니다."

"그럼 그건 무슨 혁명이지요?"

"피비린내가 나지 않는 조용한 혁명 같은 것이지요. 구체적으로 말한다면 자본주의 사회를 한국 현실에 맞게 개조시키는 겁니다. 미국식에서 벗어나 한국식으로 말입니다. 국민들이 그것을 원하고 있으니까요. 국민들의 욕구불만을 그런 변화 쪽으로 흡수시키면 우리는 피 한 방울 흘리지 않고 조용히 이 사회를 개조시킬 수가 있을 겁니다."

"듣기에는 아주 좋은 말씀입니다. 하지만 거기에 반발하는 세력이 엄청나다는 것을 모르십니까?"

"알고 있습니다. 그러기 때문에 절차를 밟아 국민적 합의를 얻어내겠다는 겁니다. 국민이 합의한 사항에 대해서는 반대세력이라 하더라도 무시하지 못할 겁니다."

"좀 추운데 차 안으로 들어가 이야기할까요?"

대사가 어깨를 움츠리며 말했다.

"네, 그게 좋겠군요."

"내 차로 갑시다."

대사가 캐딜락을 가리켰다.

이윽고 그들은 캐딜락 쪽으로 걸어가 모자와 옷에 쌓인 눈을 딜고 차 안으로 들어가 앉았다. 운전사가 자리를 피해 주었기 때문에 그들은 뒷자리에서 나란히 앉아 마음 놓고 이야기를 나눌 수가 있었다.

"민주적인 절차를 밟아서 국민적 합의를 얻어내겠다고 하셨는데…… 그 첫 번째 관문이 선거가 아니겠습니까?"

"그렇죠. 선거에서 승리하지 않으면 모든 것은 물거품이 되고 맙니다."

"선거에 자신 있습니까? 집권세력은 수단방법을 가리지 않고 총력을 기울이고 나올 텐데 자신이 있습니까?"

"그들이 공명선거만 치러준다면 자신 있습니다."

"공명선거가 가능하다고 보십니까?"

한 회장은 한숨을 길게 내쉬었다.

"가능하도록 노력을 해야지요. 그들이 아무리 부정을 획책하려 해도 밀려드는 변화의 물결을 막을 수는 없을 겁니다. 부정한 당선이 오래 지속되지 못할 거라는 것은 그들 자신이 잘 알 테니까요. 대세를 그르칠 수 없다고 판단될 때에는 그들도 생각을 고쳐먹겠지요."

"제발 그렇게 되기를 바라겠습니다."

잠시 침묵이 흐른 뒤 미국인이 먼저 입을 열었다.

"국가 정책은 반드시 도덕적일 수만은 없습니다. 더구나 국제관계에 있어서는 더욱 그렇습니다."

"잘 알고 있습니다."

"우리 미국은 현재 도덕정치를 주장하고 있기는 하지만……그 실천단계에서는 적지 않은 우여곡절을 겪고 있습니다. 도덕적인 것보다도 실리 쪽을 추구하는 사람들의 입김이 크게 작용하기 때문입니다."

"알고 있습니다."

"사실 대통령 혼자서 광야에 홀로 서서 도덕정치를 부르짖고 있는 게 아닌가 하고 생각할 때가 한두 번이 아닙니다. 그만큼 공허하게 들리거든요."

"도덕정치가 호응을 못 받고 있다는 말씀입니까?"

"네, 그런 셈이지요. 모든 것을 도덕적인 기준으로 진단하고 해결하기에는 이 세계의 문제가 그렇게 단순하지만 않다는 데 문제가 있지요. 실제로 일을 집행하는 사람들은 눈곱만큼도 도덕적인 입장에 서서 일을 처리하지 않습니다. 그들은 오로지 지시에 따라 실리만을 추구하고 있을 뿐입니다."

"그렇다면…… 미국은 강자에게는 약하고 약자에게는 강하게 나가는 정책을 계속 고수할 수도 있겠군요?"

대사는 멈칫해서 한 회장을 곁눈질로 쳐다보았다.

"그건 너무 단순한 말씀인데요."

"지금까지의 미국의 정책이 그렇지 않았던가요? 미국은 강한 나라와는 비굴할 정도의 대단한 인내심을 가지고 대화하고 타협해 왔지만, 약소국에 대해서는 얼마나 가혹하게 나왔습니까? 미국이 일본과 한국을 대하는 태도에서 그 단적인 예를 볼 수가 있습니다. 오늘날 패전국 일본이 경제대국으로 부상하자 미국은 일본의 대변인 노릇으로 전락하고 말았습니다. 미국은 일본의 주장을 그대로 대변만 해주고 있다는 말입니다. 미국의 대한 정책도 일본의 반응을 보아가면서 수시로 변하고 있지 않습니까?"

대사의 표정이 굳어지고 있었다. 그러나 그는 곧 유연한 자세를 취하면서 파이프에 담배를 재기 시작했다.

"미국에 대해 불만이 많으시군요."

"불만이 많은 사람은 한두 명이 아닙니다. 양심이 있는 지식인들은 모두 미국의 정책에 불만을 품고 있습니다. 제가 발표한 백서에 대해서 미국이 제일 우려하고 있는 것이 무엇인지도 저는 잘 알고 있습니다."

차 안에 향긋한 담배냄새가 퍼지기 시작하고 있었다.

대사는 고개를 끄덕이고 나서 입을 열었다.

"네, 그렇지 않아도 그 점을 말씀드리려고 했습니다. 워싱턴은 한국과 일본이 계속해서 우호관계를 유지해 나가기를 바라고 있습니다. 지금까지의 관계보다 더욱 긴밀한 관계를 양국이 유지해 주기를 바라고 있습니다. 그것은 곧 한국과 일본이 동맹관계로 발전할 수 있는 길이 될 것이고, 그렇게 되면 양국은 우리 미국과 함께 태평양 시대의 주역으로서 다음 세기를 리드해 나갈 수 있을 것입니다. 세계 평화에 기여할 수 있는 좋은 기회가 되는 거지요."

한 회장의 얼굴빛이 흐려졌다. 그의 얼굴에는 적이 실망하는 빛이 나타나고 있었다.

"매우 추상적인 말씀만 하시는군요. 대사는 한국과 일본 관계가 악화될까봐 몹시 걱정하시는군요. 좀 더 구체적으로 말씀해 보십시오."

"네, 그렇게 하지요."

대사는 차창을 조금 내리고 나서 숨을 깊이 들이마셨다.

"공기가 상쾌합니다. 눈이 많이 내리는군요. 우리 실무팀은 한국과 일본 관계가 악화된다는 것이 특히 한국 쪽에 얼마나 치명적인 해를 입히게 되는지를 잘 알고 있습니다."

"미국 쪽에도 해가 되겠지요."

"우리는 두 나라 관계가 악화되어 전쟁상태로까지 돌입하게 될 경우 양쪽을 다 지원할 수가 없습니다. 어느 한쪽은 버리고 다른 한쪽을 지원할 수밖에 없습니다. 그렇다고 팔짱을 끼고 구경만 할 수도 없으니까요. 여기서 워싱턴은 도덕적인 것을 버리고 우리 실무 팀의 선택을 받아들이게 될 것입니다."

"알고 있습니다. 미국은 한국을 버리고 일본을 지원하겠지요. 일본이 더 강하니까요. 그리고 그쪽이 더 유리할 테니까요. 과거나 지금이나, 그리고 앞으로도 약육강식의 논리는 질서 있게 적용되겠지요. 결국 일본을 건드리지 말라는 말씀을 하시려는 게 아닙니까?"

대사는 고개를 끄덕였다.

"득보다도 잃는 것이 더 클 테니까요."

"한국은 더 이상 잃을 게 없습니다. 미국은 잃을 게 많겠지만……"

"일본을 이긴다는 것이 가능하다고 보십니까?"

"패배감을 안고 살고 싶지는 않습니다."

"우리 미국은 예부터 남의 자존심 싸움에 박수를 보내지 않습니다."

대사가 냉랭한 어조로 말했다.

"결국 이 사람을 지원할 수 없다 이 말씀이군요? 진작 그럴 것이지."

한 회장은 슬픈 표정으로 무릎 위에 놓여 있는 모자를 쓰다듬었다.

"워싱턴은 도덕정치와 실리를 적절히 배합할 수밖에 없을 것입니다. 아무리 한국이 옳은 명분을 가지고 싸운다 해도 그것은 어디까지나 한국 문제지 미국의 문제는 아니니까요."

대사가 달래듯이 말했다. 한 회장은 중절모를 머리 위에 올려 놓았다.

"난 사실 미국 쪽에 처음부터 그렇게 기대를 걸지 않았습니다. 이 정도는 각오하고 있었으니까 어떤 말씀을 하셔도 별로 놀라지도 낙심하지도 않을 것입니다. 말씀대로 우리 문제는 우리 문제니까…… 우리 힘으로 해결해야겠지요."

대사는 불이 꺼진 파이프를 빨아댔다.

"우리는 회장께서 좀 유연하게 나와 주었으면 하고 바랍니다. 외교란 그렇게 단도직입적으로 공격해오는 데 대해선 거부 반응을 일으키는 속성을 가지고 있으니까요."

"결국 일본과 타협하라는 겁니까?"

"일본과 싸운다는 것은 극동방위선을 무너뜨리겠다는 것이나 다름없습니다. 그런 위험한 발상에 워싱턴은 경악했습니다. 실망했다는 표현이 옳을 것입니다. 나는 회장의 애국심을 충분히 이해할 수 있지만 워싱턴의 시각은 그렇지가 않습니다. 그들은 이해하려 들지 않습니다. 지금쯤 회장을 위험인물로 진단하고 있을지도 모릅니다."

"나도 지금 경악하고 있습니다. 극동의 질서를 어지럽히는 것은 일본입니다. 지금은 미국과 일본이 밀월관계가 있으니까 온실 속처럼 평화를 느끼고 있을지 모르지만 멀지 않아 일본은 극동의 질서를 뒤엎고 맹수처럼 주변국들을 먹어치울 겁니다. 그때 가서 미국이 후회한들 이미 상황은 늦어 있을 겁니다. 미국은 뒤통수를 얻어맞고, 역사의 후퇴를 맛보게 될 것입니다. 제2의 진주만은 더욱 가혹한 시련을, 어쩌면 미국의 붕괴를 가져올

지도 모르지요."

한 회장은 신랄하게 쏘아붙였다. 대사는 파이프에 다시 불을 붙였다.

"그건 그야말로 가상 시나리오치고는 너무 지나치군요."

"지나친 게 아닙니다. 이 기회에 일본을 제어하지 않으면 미국은 다시 후회하게 될 겁니다. 미국이 손을 잡아야 할 쪽은 일본이 아니라 한국입니다. 한국은 결코 진주만 사건 같은 것을 일으키지 않습니다. 얼마든지 믿고 의지해도 좋을 작은 약소국이니까요."

"만일 미국이 일본을 선택한다면 당신은 다른 쪽에 도움을 청할 겁니까?"

무거운 침묵이 흘렀다. 한 회장은 고개를 푹 숙이고 있다가 고개를 끄덕였다.

"한국 주위에는 강대국들이 많으니까요. 일본을 싫어하는 강대국들 말입니다."

대사는 헛기침을 했다. 못마땅해 하는 표정이 역력히 나타나 있었다.

"우리 미국과 한국의 전통적인 우호관계를 깨뜨리면서까지 말입니까?"

"한국은 결코 먼저 배반하는 일은 없을 겁니다. 미국이 한국을 버리고 일본을 택할 때 한국 국민은 미국의 배신에 격노할 것입니다. 고립된 한국이 선택해야 할 길이 어떤 것인가는 대사께서 잘 아실 것입니다. 한국은 두 번 다시 일본의 지배하에 들어가서도 안 되고 들어가지도 않을 것입니다. 한국은 살아남기 위해 무슨 짓이든지 할 것입니다."

미국인은 한참 뜸을 들였다가 말했다.

"당신이 그렇게 강경한 사람인 줄은 몰랐습니다."

"강하지 않으면 살아남을 수가 없으니까요. 그 점에서 이스라엘은 우리에게 많은 교훈을 주고 있습니다."

"이스라엘은 미국의 지지를 받고 있습니다."

"미국 입장에서 중동에서는 이스라엘밖에 선택의 여지가 없지 않습니까? 다시 또 만날 기회가 있을 것 같지 않군요. 이제 가봐야겠군요."

한 회장은 차 문을 열었다. 열린 문을 통해 눈보라가 몰려들어왔다.

"아, 잠깐!"

밖으로 나가려는 한 회장을 대사가 제지했다.

"아직 내 이야기는 모두 끝나지 않았습니다. 보기보다는 성급하시군요."

"시간 낭비일 것 같아서요."

회장은 문을 닫고 대사를 바라보았다.

"따뜻한 차 안에 앉아서 눈 오는 것을 구경하는 것도 괜찮지 않습니까?"

두 사람은 마음에도 없는 말을 하고 있었다.

거센 눈보라에 시야는 완전히 가려져 있었다. 그때 전화벨이 울렸다. 대사가 수화기를 집어 들었다. 전화 내용을 들은 그는 긴장하는 것 같았다. 몇 마디 정중하게 말하고 나서 그는 수화기를 내려놓았다.

"반가운 소식이 있습니다."

회장은 의아한 눈길로 대사를 바라보았다.

"국무장관께서 내일모레 한국을 방문하실 거랍니다. 일본에 들렀다가 귀로에 한국을 방문하시겠답니다."

그 말을 듣고도 한 회장은 시큰둥한 표정을 지었다.

"국무장관은 한 회장 당신 문제를 거론하기 위해 방한하는 겁니다."

"나를 궁지에 빠뜨리기 위해 오시는 겁니까?"

"아니오. 그 반대입니다. 당신을 도와주기 위해 일부러 오시는 겁니다."

한 회장이 얼른 이해가 안 간다는 듯 의아한 표정을 짓자 대사가 다시 말했다.

"워싱턴은 한 회장께서 현재 매우 위험한 상태에 놓여 있다고 판단했습니다. 그래서 국무장관이 직접 한국을 방문해서 한 회장을 위험에서 구하려는 것입니다. 국무장관까지 동원되는 것을 보면 미국의 각오가 어떤 것인지 알 수 있을 겁니다. 당신은 역시 그만큼 중요한 인물이고 한편으로 생각하면 운이 좋다고도 볼 수 있을 것입니다."

한 회장의 안색이 노여움으로 점점 붉어지고 있었다. 그는 대사의 말을 이해할 수 없었고 그래서 마치 놀림을 당하고 있는 것 같은 기분이었다.

"무슨 말씀을 하시는 건지 도무지 이해할 수가 없군요. 나는 미국의 기대에 맞지 않는 인물이기 때문에 미국이 나를 도와줄 이유가 없지 않습니까? 미국이 볼 때 나는 제거되어야 할 위험

인물 아닙니까? 대사께서는 조금 전에 분명히 그런 의미로 말씀하셨는데, 국무장관이 나를 구해주기 위해 직접 한국에 오시겠다니 나는 도무지 뭐가 뭔지 모르겠습니다. 미국의 차원 높은 외교를 나는 아무래도 이해할 수가 없군요."

그의 말이 끝나자마자 대사는 껄껄거리고 웃었다.

"아까 내가 말씀드리지 않았습니까. 워싱턴도 도덕과 실리의 밸런스를 취할 거라고 말입니다."

"그렇게 말씀하셨던가요? 도덕보다는 결국 실리 쪽을 택할 거라고 말씀하시지 않았던가요?"

"기억력이 좋으시군요."

대사는 앞의자 등받이 쪽에서 박스를 끌어내더니 뚜껑을 열었다. 박스 안에는 작은 얼음통과 함께 소형 양주병들이 가득 들어 있었다.

"좋은 위스키가 있습니다. 눈 내리는 것을 보면서 한 잔하는 것도 정신 위생에 좋지요. 한 잔 하시겠습니까?"

"사양하겠습니다."

한 회장은 퉁명스럽게 말했다.

"그럼 혼자 마셔야겠군요."

대사는 조그만 잔에 위스키를 따랐다.

"도덕과 실리가 상충될 때 미국 정부는 실리 쪽을 택할 가능성이 많다고 말씀드렸던 거죠. 하지만 그 양쪽의 밸런스를 유지할 수만 있다면 그보다 이상적인 게 없다는 것이 워싱턴의 의견입니다."

"그럼 나는 그 밸런스에 올려져 있는 애완동물쯤 되겠군요."

"무슨 말씀을 그렇게……"

대사는 위스키를 한 모금 넘긴 다음 이맛살을 찌푸렸다.

"먼저 미국의 도덕적 양심이 한 회장을 외면할 수 없다고 본 겁니다. 실리는 그 다음일 겁니다."

"미국이 나한테 바라는 건 뭡니까? 그렇게 해주는 대가로 바라는 게 있을 게 아닙니까?"

"우리 미국은 한국에 도덕적으로 강력한 정부가 들어서서 한국 국민의 힘을 결집시켜주기를 기대하고 있었습니다. 그렇게만 되면 한국은 아시아에서 강국으로 우뚝 부상할 수 있을 것입니다. 우리는 그렇게 할 수 있는 사람을 오래 전부터 점찍어 왔습니다. 바로 한 회장 당신이야말로 한국 국민들의 힘을 결집시킬 수 있는 가장 강력하고 매력적인 인물이라고 우리는 판단하고 있었습니다."

"듣기에 좋은 말씀만 하시는군요."

한 회장이 냉소적으로 중얼거리자 대사는 정색을 하고 고개를 저었다.

"지금 제가 한 회장님께 한 말은 진실입니다. 입에 발린 소리가 아닙니다."

"그래서 저를 지원한다는 겁니까?"

"그런데 경제백서 사건이 터진 겁니다. 그리고 기자회견 내용은 워싱턴을 더욱 당황하게 만들었습니다. 미국은 한국과 일본이 친밀한 우방으로서 미국과 함께 태평양시대의 동반자로서 21세기의 주역으로 등장할 것을 바라고 있고 오래 전부터 구체적인 구상을 해왔습니다. 그런데 한 회장께서 거기에다 찬물을 끼얹은 겁니다."

"실망이 대단하겠군요."

"하지만 미국 정부는 그 정도에서 당신을 포기하지 않습니다. 이번에 국무장관이 한국에 직접 오시는 걸 보면 워싱턴이 당신을 얼마나 아끼는지 잘 아실 겁니다. 워싱턴은 당신을 결코 포기한 게 아닙니다."

"나를 설득시킬 수 있다고 생각하고 있는 모양이죠?"

"그보다는 당신과 일본 사이의 중재자로서 워싱턴은 효과적인 외교력을 발휘하게 될 것입니다. 미국은 일본과 똑같이 한국도 강력한 나라가 되기를 바라고 있습니다. 일본만 강력해지기를 바라고 있다고 생각하면 큰 오산입니다. 사실 미국은 일본이 초강대국이 되는 것을 바라지 않습니다. 어떤 의미에서는 회장의 일본 경계론도 워싱턴으로서는 경청할 만한 내용이라고 할 수 있습니다. 하지만 방법론에서 많이 차이가 난다는 거죠. 이유야 어떻든 한국과 일본이 정면충돌하는 것은 바람직하지 않은 일이니까요."

"이제야 내가 해야 할 역할이 분명해지는 것 같군요."

회장이 고개를 끄덕이자 대사는 술잔을 높이 들었다.

"모든 것은 당신이 대통령 선거에 승리한 다음의 일입니다. 현 한국 정부한테는 기대를 버린 지 이미 오랩니다. 그들은 아무것도 할 수가 없습니다. 정권 유지에만 혈안이 되어 있는 무리들이니까요."

"저는 지금 속도가 빠른 회전목마를 타고 있는 기분입니다. 정신을 차릴 수 없을 정도로 빠른 회전목마 말입니다."

"앞으로는 더 빠른 회전목마를 타셔야 할 걸요."

대사는 위스키를 다시 한 잔 따랐다. 차 안에는 술 냄새가 가득 차 있었다.

"미국이 중간에서 중재역할을 해주면 더 이상 바랄 나위가 없죠. 하지만 그것이 실패하면…… 그리고 미국이 약속을 어기고 한국을 배반하면 그때는 어떡하죠?"

"그건 그때 가서의 일이지요. 지금부터 미리 생각할 필요는 없겠지요."

"아닙니다. 그렇지 않습니다. 미국은 쉽게 손바닥을 뒤집을 수 있겠지만 그때 가서 그런 일을 당하면 한국으로서는 돌이킬 수 없는 결정적인 딜레마에 빠지게 될 것입니다."

"미국이 실패하거나 배반하는 것은 전적으로 한국에 달려 있습니다."

"그건 무슨 말씀입니까?"

"한국이 미국의 기대대로 따라와 주지 못한다면 우리의 중재역할도 무위로 끝나게 됩니다. 원래 중재란 양쪽의 실력이 비등할 때 또는 한쪽이 약하다 해도 그쪽에 기대를 걸 만한 가능성이 충분히 엿보일 때 효과를 발휘할 수 있는 것입니다. 그런데 그렇지 못하고 가능성이 전혀 엿보이지 않고 부패와 독재, 가난과 무질서가 판을 치는 후진국으로 떨어진다면 그런 나라를 위해서 미국이 중재역할을 한다는 것은 대단히 어리석은 짓이 되겠지요. 우선 명분상으로도 옳지 못한 일일 뿐만 아니라 중재의 효과도 거둘 수가 없습니다. 일본의 입장에서는 그런 한국을 상대로 협상 테이블에 앉는 것조차 싫어할 것입니다. 자, 나가서 바람을 좀 쐬죠."

대사가 먼저 밖으로 나갔다. 한 회장도 그를 따라 밖으로 몸을 내밀었다.

"야, 멋진데요! 우리 고향에는 눈이 내리지 않습니다!"

대사가 소용돌이치는 눈보라를 올려다보며 큰소리로 말했다. 한 회장은 중절모를 머리 위에 얹었다. 그들은 어깨를 나란히 하고 걸음을 옮기기 시작했다.

"미국은 미리 빠져나갈 구멍까지 마련해 놓았군요."

"그렇지 않습니다. 미국은 최대한 한국을 지원할 것입니다. 그러나 그 결과가 기대대로 되지 않고 계속 뒷걸음질만 친다면 미국으로서도 더 이상 한국을 도와줘야 할 명분이 없어지는 거 아니겠습니까. 저는 그런 의미로 말씀드린 겁니다."

"충분히 이해할 수 있습니다. 결국 한국은 한국 국민의 손에 달려있지요. 누가 뭐래도 말입니다."

한 회장은 우울한 표정으로 하늘을 올려다보았다.

"워싱턴은 한 회장께서 잘해나갈 수 있도록 최대한 지원할 것입니다. 나도 중간에서 지원을 아끼지 않겠습니다."

대사가 무엇인가 입으로 가져갔다. 그의 손에는 어느새 위스키 병이 들려 있었다. 그가 술고래라는 말은 들었지만 그 상태가 어느 정도인줄은 몰랐기 때문에 한 회장은 조금 놀란 눈으로 그를 쳐다보았다.

"너무 마시는 거 아닙니까?"

"아뇨. 의사가 중독증상이 있다고 마시지 말라고 하지만 난 내 몸을 잘 알아요. 술이 들어가지 않으면 몸이 제대로 말을 듣지 않아요. 나한테는 술이 자동차의 엔진오일 같은 역할을 하거든요. 국무장관이 오면 술을 못 마실 테니까 미리 많이 마셔둬야지요. 사실 사람들을 많이 만나야 하기 때문에 마음 놓고 술도 마실 수가 없어요."

대사는 입술을 손등으로 닦고 나서 씨익 웃었다.

"국무장관을 만날 수가 있을까요?"

대사는 멈칫해서 그를 쳐다보았다.

"만나시지 않는 게 좋을 겁니다. 만일 한 회장을 만난 사실이 밝혀지기라도 하는 날에는 워싱턴의 입장이 난처해질 거고 나도 한국에서의 활동이 곤란해질지 모릅니다. 만나서 하고 싶은 말씀이 있습니까?"

"할 말이야 많지요."

"하지만 국무장관의 나들이에는 공식 스케줄 외에는 비밀스런 미팅 같은 것이 끼어들어서는 안 된다는 것이 상식으로 되어 있습니다. 비밀스런 미팅은 그 밑에 있는 사람들이 하는 것이니까요. 하실 말씀이 있으면 저한테 하십시오. 제가 꼭 전해드리겠습니다."

"아닙니다. 됐습니다."

"혹시 모르겠습니다. 당신의 의사를 장관한테 전해드리겠습니다만 기대는 걸지 마십시오."

"감사합니다."

"더 이야기하고 싶지만 이만 가봐야겠습니다."

대사가 커다란 손을 내밀었다. 그 손을 잡으면서 한 회장이 물었다.

"국무장관의 스케줄은 어떻게 되어 있습니까?"

대사는 엄지손가락을 세워보였다.

"이 사람을 만나서 한 회장 문제를 진지하게 이야기할 것입니다. 그리고 대한민국 헌법에 명시된 대로 정치일정을 잡아나가 줄 것을 강력히 요청할 것입니다. 제가 먼저 가겠습니다. 몸조심하십시오."

대사가 손짓하자 그들이 서 있는 쪽으로 경호원들과 캐딜락이 굴러왔다.

한 회장은 미국 대사의 승용차가 경사진 길을 돌아 시야에서 사라질 때까지 그 자리에 우두커니 서 있었다. 바람은 더욱 거세게 불고 있었고, 눈은 앞을 분간할 수 없을 정도로 소용돌이치고 있었다.

그가 우두커니 서 있는 것을 보다 못한 경호원이 다가와 더 지체하다가는 차량 운행이 어렵게 될지도 모른다고 말했을 때에야 그는 정신을 차리고 차에 올랐다.

차는 아주 조심스럽게 비탈길을 내려갔다. 그는 차창 밖으로 전개되는 설경을 물끄러미 바라보면서 차가 시내로 들어설 때까지 계속 생각에 잠겨 있었다.

미국은 정확히 앞을 내다보고 있는지도 모른다고 그는 생각했다. 미국인들은 앞으로 전개될 상황을 미리 예견하고 이미 대책을 강구하고 있는 게 아닐까. 그러나 그들은 완벽주의자들이기 때문에 한 가지 가능성만을 바라보지 않는다.

두 가지 가능성, 아니 그 이상의 가능성을 바라본다. 그 여러 가지 가능성은 나중에 빠져나갈 수 있는 자리를 마련해 준다. 그들은 빠져나갈 수 있는 자리를 마련해 놓고 나서 일을 벌인다. 나에 대한 지원도 그러한 가능성의 일부일 것이다. 그들은 결코 나에게 모든 것을 걸고 있지 않을 것이다.

그들은 나와 적대관계에 있는 사람한테도 추파를 던질 것이고, 그에게 최대의 관심을 기울이고 있는 것처럼 가장할 것이다. 아무튼 그들을 완전히 믿지도, 그들에게 전적으로 기대를 걸지도 말자. 그러나 그들과 관계를 두절하지는 말자. 나도 그들을 이용할 수 있는 한 이용해야 한다.

거리에 종잇조각이 흩날리고 있었다. 길가는 사람들이 다투어 종잇조각들을 줍고 있었다. 신문사 차량 한 대가 달리면서 종이뭉치를 내던지고 있었고, 그것은 땅에 닿기도 전에 사방으로 흩어져 날리고 있었다.

"차를 세워줘요."

운전사가 멈칫하면서 차를 차도 오른편에 세우자 그는 문을 열고 밖으로 나갔다. 뒤따르던 경호차에서 당황한 경호원들이 뛰어 내려 그를 에워쌌다.

"내리시면 안 됩니다!"

"괜찮아. 난 좀 걸어야겠어."

한 회장은 중절모를 깊이 눌러쓴 다음 허리를 굽혀 길바닥에 떨어진 종잇조각 하나를 집어 들었다. 그것은 채 잉크도 마르지 않은 호외였다.

〈한일성 회장, 차기 대통령선거에 출마 선언!〉

큼직한 제호가 지면을 가로지르고 있었다.

〈日本과 전쟁도 불사!〉

또 하나의 제호가 그 밑에 나란히 달려 있었다. 웃고 있는 자신의 사진을 보고 그는 심한 현기증을 느꼈다. 다시 호외를 들여다보았지만 눈이 침침해지는 바람에 그 밑의 작은 글자들은 잘 보이지가 않았다.

그는 호외를 한 손에 든 채 다시 걸어갔다.

거의 모든 사람들이 호외를 주워들고 들여다보면서 길을 걸어가고 있었다.

차도의 저쪽 끝은 눈보라에 가려 보이지가 않았다. 많은 차들이 밀리고 있는 사이로 헌병을 태운 지프가 사이렌을 울리며 달리고 있었다. 그 뒤로는 군용트럭들이 따라가고 있었다. 그 트럭들 위에는 착검한 총을 든 계엄군들이 부동자세로 서 있었다. 눈을 허옇게 뒤집어쓰고 있는 그들의 모습은 살아 있는 사람 같지가 않고 흡사 마네킹 같아 보였다.

한 회장은 시청 쪽으로 계속 걸어갔다. 새해가 되었지만 거리는 뒤숭숭하고 불길한 분위기가 감돌고 있었다. 그는 가로수 앞에 멈춰 서서 흘러가는 차량들을 바라보다가 호외를 다시 들여다보았다. 웃고 있는 자신의 얼굴 사진이 갑자기 밉살맞아 보였다. 그 얼굴은 너무나 만족스런 미소를 띠고 있는 사진이었다. 언제, 어디서 찍은 사진인지는 알 수 없었다. 각 신문사에는 그의 인물 사진이 많이 있었다.

국내 신문에 자신의 인터뷰 기사가 실릴 것이라고는 생각지 않았는데 이렇게 빨리 호외로 터뜨린 것을 보면 신문사 측에서 기습작전을 감행한 것 같았다. 틀림없이 검열도 받지 않고 호외를 뿌렸을 것이고 보면 신문사 측에서는 정부와 일전을 각오하고 작전을 감행한 것 같았다.

호외는 H일보에서 발행한 것이었다. 일단 한 곳에서 터뜨리면 다른 신문사에서도 가만있을 수는 없을 것이다.

"……회견은 버스 안에서 이루어졌다. 기상천외한 방법으로 이루어진 기자회견에 내외신 기자들은 모두 흥분했고, 한 회장이 차기 대통령선거에 출마하겠다고 분명한 어조로 말했을 때에는 모두가 박수를 치며 환호했다……"

이것은 기자회견장을 스케치한 내용의 일부였다.

"……한 회장이 일본과의 일전도 불사하겠다고 말했을 때에는 차내에는 무거운 침묵과 긴장이 깔렸고, 특히 일본 기자들의 표정은 창백해지기까지 했다. 그것은 가히 역사적인 선언의 순간이라고 할 수 있는 분위기였다……"

이것은 충격일까, 희망일까? 그는 그의 발언이 국민들에게 희망적인 것으로 받아들여지기를 바랐다.

"야아, 앞으로 볼만하겠는데…… 어떻게 될 것 같아?"

중년신사 두 명이 호외를 들여다보면서 말했다. 그들은 택시를 기다리고 있었다.

"한바탕 소용돌이치겠는데……"

"괜한 짓이야."

한 회장은 다시 걸어가기 시작했다.

그의 경호원들은 일정한 거리를 두고 뒤에서 그를 따라가고 있었다.

경호원들에게 에워싸이듯이 걸어가는 것은 한 회장 본인이 극도로 싫어하는 일이었고, 또 그렇게 하면 더욱 쉽게 남의 눈에 뜨일 염려도 있었기 때문에 일정한 거리를 유지하며 따라가고 있었던 것이다.

한 회장으로서는 오랜만에 혼자서 걸어가는 자유를 맛보고 싶었다.

그 거리는 그가 청춘을 보내고 고뇌와 사랑을 불태우던 추억이 가득하던 거리였다. 지금은 비대해질 대로 비대해져서 복잡하기 이를 데 없는 거리로 변했지만 그래도 그는 그 거리를 좋아하고 있었다. 그 좋아하는 거리를 그는 그동안 너무 바쁘다는 이유로 해서 두 발로 거의 걸어보지를 못했었다. 차를 타고 지나쳐 보기는 했지만.

소용돌이치는 눈발에 휩싸인 거리는 눈과 함께 날리는 종잇조각들 때문에, 그것을 집느라고 이리 뛰고 저리 뛰는 사람들 때문에, 그리고 정신없이 그것을 들여다보는 사람들의 놀라는 모습들 때문에 기묘한 흥분에 휩싸여 있는 듯이 보였다.

그는 사람들이 자신을 알아보지 못하는 것을 알고 마음 놓고 걸어갔다. 중절모자를 푹 눌러쓴 데다 온몸이 눈으로 허옇게 덮여 있었기 때문에 가까이서 자세히 얼굴을 들여다보기 전에는 알아보기가 어려울 수밖에 없었다. 그래도 마침내 그를 알아본 사람이 나타났다.

"아니, 한 회장 아니오?"

그의 곁을 스쳐가던 한 쌍의 남녀가 문득 멈춰서더니 그를 쳐다보았다. 놀란 눈으로 그를 쳐다보는 사람은 그 나이 또래의 늙은 남자였다.

"한 회장 아니오?"

그 남자는 낡은 파카를 입고 있었고 머리에는 등산모 같은 것이 얹혀져 있었다. 얼굴은 주름살로 뒤덮여 검고 거칠어 보였고, 상대방 눈치를 살피면서 몹시 조심스러워하는 태도가 몸에 배어 있는 듯했다.

"누구신지?"

"박상구요. 박상구…… 대학 2학년 때까지 함께 다니다가 난 중도에 그만두었지. 아마 잘 기억이 안 나겠지만 난 한 회장 잘 기억하고 있어요. 하도 유명하니까 말이야."

그는 호외를 흔들어 보였다.

"여기서 만나다니 정말 뜻밖인데…… 헌데 웬일이야? 한 회장이 혼자서 이렇게 걸어가다니 웬일이오?"

박상구는 존대어와 반말을 혼동해서 쓰고 있었다. 아마 당황해서 그러는 것 같았다.

"산책을 좀 하는 중이지."

한 회장은 빙그레 웃으면서 상대방이 내미는 손을 잡아 흔들었다.

가만 보니 어렴풋이 기억이 나는 얼굴이었다. 한때 잠시 관계가 있었던 사람들이 아는 체하면서 과거를 상기시키는 경우가 종종 있었다.

"나 기억이 납니까?"

"아, 기억이 나고말고."

"이게 몇 년 만이야. 여보, 이리 와서 빨리 인사 올려. 내가 항상 이야기하던 한성그룹의 한일성 회장이야. 대학 다닐때 동기 동창이었지."

조금 떨어져서 서 있던 조그만 여인이 당황해서 허리를 굽혔
다. 한 회장도 머리를 숙였다. 그녀의 얼굴은 누르딩딩하게 부
어 있었다.

"집사람 몸이 좋지 않아서 병원에 가는 길이지. 그런데 이거
정말인가?"

박상구는 호외를 펴 보이면서 다시 한 회장의 눈치를 살폈다.

한 회장은 미소를 지어 보였다.

"야아, 이거 굉장해! 정말 이대로만 되면 우리는 희망을 가지
고 살아갈 수 있을 거야! 자네한테 모든 게 달려 있어! 헌데 이
렇게 난리를 피어놓고 한가하게 산책을 하다니…… 동행도 없
이 말이야."

그는 주위를 두리번거리다가 주변에 젊은 사내들이 장승처럼
서 있는 것을 보고 흠칫 놀라는 표정을 지었다.

"아, 이런…… 내가 몰라봤군."

그가 소리를 죽여 말하는 것을 보고 한 회장은 고개를 가로
저었다.

"괜찮아. 신경 쓸 것 없어."

"건투를 빌겠네. 내 말은 국민 대다수의 의사라고 생각해도
무리가 아닐 거야. 정말 우리는 기대를 걸고 있다구. 호외에 난
대로 그대로 해야 하네."

"고맙네."

박상구는 황급히 악수를 나누고 돌아서다 말고 다시 몸을 돌
렸다.

"참, 부탁이 하나 있는데 말해도 될까?"

그의 얼굴은 갑자기 비굴한 표정을 띠기 시작했다.

"음, 말해 보게."

"다름이 아니고…… 내 막내아들이 놀고 있어서 말이야. 어디 경비원이라도 좋으니 일자리 하나 부탁할 수 없을까?"

"놀고 있으면 안 되지. 내일 중으로 비서실로 보내게. 이력서 한통 가지고 말이야. 막내아들 이름이 뭐지?"

"박상일이야."

박상구 부부는 몇 번이나 고맙다고 인사한 다음 밝은 표정으로 돌아섰다. 한 회장은 그들의 가벼운 걸음걸이를 지켜보다가 수첩을 꺼내 박상일이라는 이름 석 자를 적어 넣었다. 그리고 다시 걸음을 옮기기 시작했을 때 갑자기 여러 가지 사건들이 오버랩 되어 머릿속을 어지럽히기 시작했다.

몽상의 밤

S아파트 9동 1210호를 지키는 수사관들은 지칠 대로 지쳐 있었다. 혹독한 추위 속에서 이틀 밤을 꼬박 지샌다는 것은 여간 고통스러운 일이 아니었다.

9동 건물에서 50여 미터쯤 떨어진 곳에는 봉고차가 한 대가 세워져 있었다. 낡아빠진 그 차 속에는 사내들의 코고는 소리가 꽤나 요란스러웠다. 그들은 새벽 4시에야 다른 팀과 교대하고 돌아와 차 속에서 곧장 앉은 채 잠에 떨어졌기 때문에 지금 한참 정신없이 잠에 취해 있었다. 차 속은 히터를 틀어놓았기 때문에 훈훈했다.

교대시간은 8시였다. 그들은 4시간마다 교대하기로 되어 있었다. 그러나 8시가 지났는데도 누구하나 잠에서 깨어날 기미를 보이지 않고 있었다.

감시조는 8시가 지나자 더 이상 참을 수 없을 정도로 춥고 배가 고팠다. 교대시간을 전후해서 수분 동안은 긴장이 풀어지고 어수선한 분위기가 생겨나게 마련이었다. 따라서 한눈을 파는 경우도 있을 수 있었다.

첫째 날은 그래도 모두가 긴장을 풀지 않고 계속 충실히 감시에 임했지만 둘째 날은, 더욱이 밤을 지새고 났을 때는 장시간 계속된 긴장의 줄이 끊어져 분위기가 사뭇 달라져 있었다.

경비실에서 졸고 있던 문 형사는 다른 형사가 와서 교대 팀이 오지 않는다고 투덜대자 밖으로 나와 봉고차 쪽으로 걸어갔다. 그는 눈 오는 것을 보는 것도 지겨운 생각이 들었기 때문에 고개를 푹 숙인 채 터벅터벅 걸음을 옮겼다. 그리고 봉고차 앞에 이르자 창문을 홱 열어젖히며 소리를 질렀다.

"야, 이 잠꾸러기들아! 빨리 일어나지 못해! 그놈이 도망쳤단 말이야!"

도망쳤다는 말에 모두가 벌떡벌떡 몸을 일으켰다. 그러자 문 형사는 한 사람을 자리에서 밀어내고 그 자리에 털썩 주저앉아 눈을 감았다.

"정말 도망쳤어?"

조 형사가 눈을 끔벅거리면서 물었다. 문 형사가 아무 대꾸도 하지 않자 그는 파카를 집어 들면서 투덜거렸다.

"거짓말할 게 따로 있지."

바로 그 시간에 1210호 아파트 출입문이 열리면서 한 남자가 조용히 밖으로 빠져나왔다. 잿빛의 머리에 콧수염을 기르고 금테안경을 낀 노신사였다. 한 손에 지팡이를, 그리고 다른 한 손에는 007가방을 든 그 노신사는 계단을 통해 11층으로 내려가더니 거기서 엘리베이터를 탔다. 움직임이 너무 조용해서 느린 것 같았지만 사실은 굉장히 빨리 움직이고 있었다.

이윽고 엘리베이터 밖으로 나온 그는 경비실 앞을 통과해 차도 쪽으로 걸어갔다.

아파트 경비원은 고개를 갸우뚱했다. 처음 보는 노신사였기 때문이었다. 아마 어느 집인가 방문해서 하룻밤을 지내고 가는 모양이라고 그는 생각했다. 그러나 그 노신사가 언제 왔었는지는 알 수 없었다. 아마 다른 경비원이 근무하고 있을 때 왔었을 것이라고 그는 생각했다. 그는 조금 전 8시에 출근해서 밤을 새운 경비원과 교대했었다. 그들은 12시간 근무하고 교대하기로 되어 있었다. 그리고 일주일 단위로 낮 근무와 밤 근무를 바꾸도록 되어 있었다.

곁에 경찰이 있었다면 그 경비원은 그 노신사가 처음 보는 사람이라고 지나가는 말로나마 말했을 것이다. 그러나 하필이면 그 시간에 형사는 자리를 비우고 없었다. 노신사는 너무 나이가 많아 보였기에 경비원도 굳이 그 형사를 찾아 나서서 그것을 이야기해줄 것까지는 없다고 생각했기 때문에 그대로 잠자코 그 노신사의 뒷모습만 쳐다보고 있었다.

그 노신사는 곧 택시를 타고 사라졌다. 택시을 탈 때 노신사의 모습이 매우 날렵해 보였다. 조 형사가 하품을 하면서 경비실로 들어섰다. 그가 들어서자 그렇지 않아도 좁은 경비실이 꽉 차는 것 같았다.

"교대하셨군요."

"네, 헌데 이런 말씀도 형사님께 도움이 될는지 모르겠습니다만……"

"네, 무엇이나 다 좋습니다. 말씀해 보십시오."

경비원은 조금 전에 사라진 노신사에 대해 자신이 느낀 대로 이야기했다.

그것을 듣고 난 조 형사의 안색이 굳어졌다. 경비실을 뛰쳐나온 그는 봉고차 쪽으로 허겁지겁 달려갔다.

"뭐라구?"

조 형사의 말을 눈을 감은 채 듣고 있던 문 형사는 벌떡 몸을 일으켰다.

"우물쭈물할 시간이 없어! 바로 들어가자구!"

형사들은 1210호로 몰려갔다. 일부는 출입문으로 다가갔고, 다른 일부는 이웃집을 통해 베란다로 침투했다.

예상했던 대로 아무리 초인종을 눌러도 출입문은 열리지 않았다. 베란다로 침투한 문 형사가 다른 형사 한 명과 함께 창문으로 접근해서 그것을 밀어보았다. 창문들은 모두 안으로 굳게 잠겨 있었다. 하는 수 없이 그들은 창문 하나를 깬 다음 아파트 안으로 들어갔다. 권총을 빼들고 여차하면 방아쇠를 당기려고 했지만 집 안에서는 아무런 기척도 들리지 않았다. 다른 형사가 출입문을 열어주려고 간 사이에 문 형사는 안방으로 들어가 보았다. 그리고 침대위에 벌거벗은 채 잠들어 있는 여인을 발견하고는 그 자리에 우뚝 서버렸다.

잠들어 있는 여인은 틀림없는 유화시 형사였다. 그녀는 세상 모르고 잠들어 있는 것 같았다. 얼굴 모습이 그렇게 평화롭고 아름다울 수가 없었다. 자신은 밖에서 추위에 떨며 이틀 밤이나 지샌 것을 생각하면 울화통이 치밀었다. 그러나 눈앞에 누워 있는 여인의 농익은 나체를 보고 있는 동안 그의 분노는 눈 녹듯이 사그라져버리고 말았다.

몸을 가리고 있는 것이라고는 그 시트 하나뿐이었다. 미녀인데다 키가 늘씬해서 옷에 가려진 육체가 아름다울 줄은 알고 있었지만 실제로 보니 생각했던 것 이상으로 훨씬 더 아름다운 데는 벌어진 입이 다물어지지가 않았다. 피부는 만지고 싶을 정도로 매끄러워 보였다. 몸매는 가냘픈 듯 하면서도 필요한 데 가서는 풍만한 볼륨을 이루고 있었다. 그것이 남자의 욕망을 격렬하게 자극하고 있었다.

"야아, 기막힌데……"

뒤늦게 나타난 조 형사가 정신없이 유 형사의 나체를 내려다보면서 말했다.

"쉿!"

문 형사는 조용히 하라고 이른 다음 그녀의 다리 사이에 들어가 있는 시트를 가만히 뽑아냈다. 어느새 침대 주위에는 남자들이 몰려와 있었고, 그들의 숨소리가 사뭇 거칠어지고 있음을 문 형사는 느낄 수가 있었다. 그는 시트로 그녀의 몸을 덮었다. 그때까지도 그녀는 죽은 듯이 잠들어 있었다.

"좀 더 있다가 덮으시죠. 그렇게 빨리 덮어버리면 아쉽지 않습니까."

후배 형사의 말에 문 형사는 눈을 흘기면서 그들을 밖으로 몰아냈다.

"지금 정신들이 있어 없어! 그자가 빠져나간 것도 모르고 지금까지 뭣들 하고 있었어? 무슨 염치로 여자 나체를 구경하겠다는 거야!"

선배의 날카로운 꾸중에 젊은 형사들은 머쓱해져서 슬금슬금

흩어졌다.

다시 안방으로 들어간 문 형사는 손바닥으로 유화시의 엉덩이를 세차게 후려갈겼다. 서너 번 후려갈기자 그녀는 그제서야 가까스로 눈을 떴다.

"내가 누군지 알겠어?"

문 형사가 성난 눈으로 유 형사를 내려다보자 비로소 그를 알아본 그녀는

"어머나!"

하면서 드러난 젖가슴을 시트로 가리면서 침대에서 뛰쳐나와 화장실로 달려 들어갔다. 그리고 문을 쾅 닫고 나서 거울 앞에 서서 거친 숨을 몰아쉬었다. 시트가 그녀의 몸에서 흘러내려 발등을 덮자 그녀는 그것을 발로 걷어치웠다.

뭐가 뭔지는 모르겠지만, 아무튼 일이 터진 것만은 분명한데 왜 그렇게 됐는지 도무지 기억이 나지 않는다. 옷은 왜 벗었을까. 머리가 지근지근 아파왔다. 수도꼭지를 틀어 차가운 물에 얼굴을 끼얹었다. 숨이 가빠올 때까지 물을 끼얹은 다음 얼굴을 닦고 머리칼을 쓸어 올리면서 거울 속의 자신을 무표정하게 바라보았다. 어떻게 된 일일까? 내가 왜 여기에 와 있지? 여기가 어디지?

아무튼 몸은 씻어둘 필요가 있다. 그녀는 욕조 속으로 들어가 샤워기로 몸에 물을 뿌리기 시작했다. 문 형사 때문에 놀랐던 가슴이 조금 가라앉는 것 같았다. 따뜻한 물이 가슴 위로 쏟아질 때는 가슴이 더욱 탐스럽게 부풀어 오르는 것 같았다. 그녀는 정성들여 몸의 구석구석을 씻었다.

"뭐 하는 거야? 빨리 나오지 않고!"

문 두드리는 소리와 함께 문 형사의 날카로운 목소리가 들려왔다.

그녀는 욕조 밖으로 나와 말소리가 잘 들릴 수 있게 문을 조금 열어놓았다.

"빨리 나오란 말이야!"

목소리로 보아 화가 단단히 나 있는 것 같았다.

그녀는 그 이유를 알 수가 없었다.

"보세요, 문 형사님!"

"뭐야?"

"제 몸 보셨죠?"

"그래, 봤어. 기가 막히던데……"

그가 문틈에다 얼굴을 대면서 말했다.

"나쁜 사람!"

그녀는 문을 쾅하고 닫았다.

"빨리 나오란 말이야! 이러고 있을 때가 아니야!"

"안 나갈 거예요!"

그녀는 입술을 깨물면서 문에 기대섰다. 벌거벗고 잠들어 있는 모습은 틀림없이 흉측스러웠을 것이다. 얼마나 오랫동안, 그리고 자세히도 내 몸을 관찰했을까? 엉큼한 남자 같으니! 그런데 왜 나는 벌거벗고 있었지? 여기는 어디지? 도대체 뭐가 어떻게 된 거지?

다시 문 두드리는 소리가 들려왔다.

"거짓말한 거야! 보지 않았으니까 걱정하지 말고 나오라구!

정말 안 봤어!"

그녀는 문을 조금 열고 밖을 내다보았다.

"정말 안 보셨어요?"

"그래. 정말이라니까! 빨리 나오란 말이야!"

"아이, 가만있어요. 이러고 나갈 수는 없잖아요."

그녀는 타월로 몸을 두른 다음 거울 앞으로 다가섰다.

얼굴을 매만지고 화장을 하려고 하니 화장대 앞에는 화장품이 하나도 없다. 마치 아무도 살고 있지 않는 빈 집 같았다. 그녀는 문을 조금 열고 문 형사를 불렀다.

"제 백하고 옷 좀 주시겠어요?"

"제기랄……"

문 형사가 눈을 흘기면서 그녀에게 옷을 던졌다.

"미안해요."

"우리는 밖에서 이틀 밤을 꼬박 샜다구. 유 형사는 침대에서 늘어지게 자고 있는 동안 말이야."

그의 볼멘소리에 그녀는 깜짝 놀랐다.

"어머나, 그랬어요?"

"알면서 뭘 그래."

"전 아무 것도 몰랐어요. 도대체 여기가 어디에요?"

"시침 떼지 말고 빨리 나와."

그녀는 백을 받아들고 문을 닫았다. 문 형사는 알 수 없는 말만 지껄이고 있다. 그녀는 백을 열었다. 안에 편지봉투가 하나 들어있는 것이 보였다. 이게 뭘까? 그녀는 그것을 꺼내보았다. 겉에는 아무런 표시도 되어 있지 않았다. 안에 들어 있는 것을 꺼내보았다. 두 장의 종이가 들어 있었다. 하나는 자기앞수표였고 다른 하나는 간단히 몇 자 적어놓은 편지였다. 그녀는 편지부터 읽어보았다.

"당신의 육체는 정말 아름다웠습니다. 블랙."

"어머머머……"

그녀는 자기 목소리가 너무 큰 것을 알고 손으로 입을 틀어막았다. 그녀의 얼굴은 빨개져 있었다. 블랙이라니 도대체 누구지? 그녀는 수표를 들여다보았다. 그것은 백만 원짜리 수표였다. 편지 내용으로 보아 몸값으로 지불한 것 같았다. 그녀는 수치심에 더욱 얼굴이 빨개졌다. 그럼 블랙이라는 자와 내가 몸을 섞었단 말인가? 그녀는 다리 사이를 만져보았다. 그래 가지고는 지난밤에 정사가 있었는지를 알 수가 없다. 블랙이라면 검둥이란 말인가? 어쩌면 좋아. 어쩌면 이렇게도 생각이 안 날까? 그녀는 꼭 무슨 꿈을 꾸고 난 기분이었다.

백에 넣어가지고 다니는 휴대용 화장품으로 대강을 매만지고 나서 그녀는 옷을 입었다. 검은 바지 위에 턱밑까지 올라오는 흰색의 털 셔츠를 입고 난 그녀는 또 다른 아름다움을 발산하고 있었다. 그녀는 마지막으로 다시 한 번 머리를 만지고 나서 새침한 표정으로 욕실 밖으로 나갔다.

"흥!"

문 형사가 못마땅한 듯 그녀를 째려보았다.

"흥, 여유작작하시군!"

"미안해요. 그렇게 쳐다보지 마세요."

"미안하다고 말만 하면 다야?"

그는 유 형사를 흘겨보다가 그녀의 아름다움에 그만 자기도 모르게 굳었던 표정을 풀었다.

"그 작자는 어디 갔어?"

"그 작자라니요?"

그녀는 어리둥절해서 물었다.

"이거 왜 이래, 함께 이 집에 들어왔던 그 남자 말이야!"

화시는 그를 따라 거실로 나갔다. 거실은 수사관들로 북적대고 있었다.

"야아, 더 예뻐지셨네!"

하고 조 형사가 너스레를 떨면서 말했다.

"어떻게 된 거예요?"

그녀는 남자들을 둘러보았다.

"우리가 묻고 싶은 말이야."

문 형사가 쏘아붙였다. 그녀는 불만스러운 표정으로 자신을 내려다보고 있는 남자들의 따가운 시선을 감당할 수가 없어 눈을 밖으로 돌렸다.

"어머나, 저 눈 좀 봐요!"

그녀는 자기도 모르게 소리를 질렀다. 그것을 보고 사내들은 어이없어 하다가 그만 피식하고 웃고 말았다. 그 웃음은 차츰 크게 번지기 시작하더니 마침내 파도처럼 거실을 휩쓸었다. 나중에는 서로가 웃는 그 자체가 우스워서 모두가 눈물이 나도록 웃어댔다.

그 바람에 이틀 동안 얼어붙었던 몸속의 응어리가 일시에 눈 녹듯이 녹아버렸다. 그들 가운데 웃지 않는 사람은 문 형사 혼자

뿐이었다.

"흥, 유 형사는 사람들 병신 만드는 데는 천부적인 소질을 가지고 있군."

"아이, 문 형사님두…… 저기 좀 보세요. 얼마나 멋지게 눈이 내리고 있는가."

"그래서 유 형사는 항상 아름다움을 잃지 않고 있나봐."
하고 조 형사가 부드러운 어조로 말했다.

"웃기는 소리 작작해! 우리는 이틀 동안 이 집을 포위하고 감시하고 있었어! 그런데 그자가 우리 눈앞에서 감쪽같이 사라져 버리고 말았어. 그자하고 이틀 동안 함께 보냈던 아가씨는 그 작자에 대해서 아무 기억이 없다고 시치미를 떼고 있어. 분명히 두 사람이 함께 이 아파트에 들어간 걸 봤고, 집안에서 해괴한 짓거리를 하는 것까지 우리 모두가 봤는데도 말이야! 세상에 이런 법이 어딨어? 자, 모두 대답을 해봐! 봤어 안 봤어?"

문 형사는 신경질적으로 껌을 씹어대면서 손가락으로 동료들을 가리켰다.

"봤습니다."

"저도 봤습니다."

"저도 틀림없이 봤습니다. 춤추는 것까지 봤는데요."

형사들이 입을 모아 대답했다. 화시는 당황한 얼굴로 조 형사를 바라보았다.

그가 자신의 난처한 입장을 적당히 변호해 줄 것이라고 기대하는 듯이.

그러나 그의 입에서는 똑같은 말이 나왔다.

"그건 사실이야. 유 형사가 검은 옷을 입은 신사와 이 아파트에 들어오는 것을 우리는 다 봤어."

그녀는 고개를 흔들다가 두 손으로 머리를 감싸 쥐었다.

"전 도무지…… 그런 기억이 없어요. 어떻게 이럴 수가!"

그녀는 안타까워하는 눈으로 남자들을 쳐다보았다. 그런 그녀를 남자들은 어이없다는 듯이 내려다보았다.

"도무지 기억이 안 나요!"

"지금 장난하는 거야? 우리가 장난하려고 라스베가스에 간 줄 알아? 이봐요, 유 형사가 그 작자하고 고급차를 타고 떠나는 바람에 난 뒤따라가다가 내 차까지 엉망이 되고 말았다구. 하마터면 우린 죽을 뻔했다구! 그 작자하고 고급 외제 차타고 내뺀 건 기억하겠지?"

그녀는 고개를 살살 흔들었다.

"아니, 그것도 기억이 안 난단 말이야?"

그녀는 잔뜩 주눅이 든 표정으로 고개를 끄덕이다가 마침내 두 손으로 얼굴을 가리고 울기 시작했다.

"모르겠어요! 도무지 모르겠어요! 뭐가 뭔지 도무지 모르겠어요! 설명해 주세요! 처음부터 말씀해 주세요! 어떻게 된 건지 말씀해 주세요!"

"내가 누군지 알아? 내가 누군지 아느냐 말이야?"

문 형사는 그녀 곁에 다가앉더니 그녀의 어깨를 잡아 마구 흔들었다.

"네, 알아요. 문 형사님……"

그녀는 울먹이며 대답했다.

"그럼 왜 그 일을 기억하지 못하지? 라스베가스에서 있었던 일을 왜 기억 못해? 라스베가스가 어디 있지?"

"A호텔 지하에 있는 나이트클럽이잖아요."

그녀는 손수건을 꺼내 눈물을 닦았다.

"그건 기억하는군. 그럼 거기에서 어떤 남자와 춤춘 것도 기억할 거 아니야?"

남자들의 얼굴에 희비가 엇갈렸다.

"그 사내하고 라스베가스를 나와 벤츠를 타고 떠난 것도 기억할 수 없어?"

문 형사는 그녀를 잡아먹을 듯이 노려보았다.

그녀는 잔뜩 겁먹은 얼굴로 고개를 흔들었다.

"기억이 안 나요. 전혀 기억이 안 나요."

"유 형사가 그 남자하고 벤츠를 타고 가는 걸 보고 우리가 뒤따라갔다구. 하지만 차가 사고가 나는 바람에 놓쳐버렸어. 그런데 나중에 유 형사가 본부에 전화를 걸어서 이곳 위치를 가르쳐 주었단 말이야! 그런데도 기억이 안 난단 말이야?"

그녀는 얼어붙은 표정으로 문 형사를 쳐다보다가 다시 두 손으로 얼굴을 감싸 쥐면서 울음을 터뜨렸다.

"너무 윽박지르지 마."

조 형사가 문 형사에게 나직이 속삭였다.

"그놈이 약을 먹인 것 같아. 시간이 지나면 기억이 되살아날지 모르니까 좀 기다려 보자구."

"아무리 약을 먹었기로서니 어떻게 이럴 수가 있어. 이건 완전히 닭 쫓던 개 지붕 쳐다보는 격이잖아."

"그렇긴 해. 하지만……"

문 형사는 조 형사를 흘겨보고 나서 뒤쪽 베란다 쪽으로 나가 보았다.

그저께 밤 그들이 미행했던 벤츠는 주차장에 눈을 허옇게 뒤집어쓴 채 세워져 있었다. 그는 거실로 돌아와 아까보다 더 화가 난 얼굴로 말했다.

"그 영감이 틀림없는 것 같아. 벤츠가 그대로 있는 걸 보면 변장하고 내뺀 게 틀림없어. 여우같은 자식 같으니!"

그는 둘러서 있는 형사들을 노려보았다.

"그렇게 멍청이들 서 있지 말고 샅샅이 뒤져봐! 하나도 놓치지 말고 체크하란 말이야!"

"아무것도 없습니다."

하고 주걱처럼 생긴 턱을 가진 형사가 말했다.

"샅샅이 뒤졌지만…… 있는 것은 먼지뿐이었습니다."

"먼지뿐이라구? 지문이라도 있을 거 아니야!"

문 형사는 주걱턱을 노려보다가 전화통을 끌어당겨 본부에 전화를 걸었다.

"지문을 채취해야 하니까 사람을 좀 보내줘."

그는 위치를 가르쳐준 다음 전화를 끊었다. 그리고 나서 이번 에는 오 병호에게 연락을 취했다.

"그자가 노인으로 변장해서 아파트를 빠져나갔습니다. 죄송 합니다."

그러나 오 경감은 아무런 반응도 보이지 않았다. 문 형사는 차라리 욕이라도 바가지로 얻어먹고 싶은 심정이었지만 경감은 한참 동안 침묵만 지켰다. 그것이 문 형사를 더욱 숨 막히게 만들었다.

"유 형사는?"

이윽고 경감이 물었다.

문 형사는 화시 쪽을 힐끗 쳐다보고 나서 대답했다.

"지금 우리와 함께 있습니다. 우리가 아파트에 침투했을 때 혼자서 침대 위에 누워 잠들어 있었습니다. 그런데 이상하게도…… 전혀 그 남자에 대해서 기억하고 있지 못합니다. 그자와 함께 라스베가스를 나와서 벤츠를 타고 간 것도 기억하고 있지 못합니다. 그자에 대해서 기억하고 있는 것이란 라스베가스에서 함께 춤춘 것밖에는 없습니다. 아무래도 머리가 돌아버린 것 같습니다."

그렇게 말해놓고 다시 화시 쪽을 쳐다보니 그녀는 잔뜩 화난 얼굴로 문 형사를 쏘아보고 있었다.

"그럴 리가 있나."

경감은 믿으려들지 않았다.

"너무 충격이 커서 그런 것 아닌가?"

"글쎄요. 그건 잘 모르겠습니다만 아무튼 머리가 돈 것은 분명한 것 같습니다. 지금까지 이틀 동안 꼬박 밤을 새면서 지켰는데 모든 게 헛수고가 돼버리고 말았습니다."

"약을 먹인 모양이군."

"아무리 약을 먹었다 해도 그럴 수가 있을까요?"

"그럴 수가 있지. 유 형사 좀 바꿔줘."

문 형사는 화시 쪽으로 수화기를 내밀면서,

"전화 받아요. 선생이야."

하고 퉁명스럽게 말했다.

화시는 수화기를 집어 들더니 오 경감에게 기어들어가는 목소리로 말했다.

"안녕하세요."

"아, 유 형사, 괜찮나? 어디 다친 데는 없나?"

"괜찮아요."

"다행이군. 난 걱정했었지. 유 형사가 잘 해내리라고 생각은 했었지만 말이야. 그런데 그 남자가 사라져버렸다는데 어떻게 된 거야? 우리가 과연 뒤쫓을 만한 인물이었나?"

그녀는 입술을 깨물며 침묵을 지키다가 급기야 울음을 터뜨렸다. 병호는 당황했다.

"유 형사, 왜 그래? 울지 말고 이야기해봐. 어떻게 된 거야?"

"아무것도 말씀드릴 수 없어요. 아무것도……"

그녀는 격하게 흐느끼면서 말했다.

"말하지 않아도 좋으니까 괜찮아요. 좀 쉬도록 해요."

병호의 말투는 문 형사와 달리 아주 부드러웠다.

"정말 죄송해요. 전 아무것도 기억할 수 없어요. 제가 왜 여기에 와 있는지조차 알 수가 없어요."

"걱정하지 마. 그럴 수도 있으니까. 곧 회복될 거야."

"경감님, 지금 좀 만날 수 없을까요?"

"지금은 안 돼."

"지금 어디 계시는가요?"

"그건 말할 수 없어."

"전 이제 무용지물이 됐어요. 여기서 더 이상 일할 수 없을 것 같아요."

그녀는 흐느끼느라고 다음 말을 잇지 못했다.

"아니야. 그렇지 않아. 내가 잘 아는 정신과 의사가 있으니까 그 사람을 한번 찾아가봐. 도움이 될 거야."

"싫어요!"

그녀가 발작적으로 수화기에다 쏘아붙이는 바람에 모두가 그녀를 주시했다.

"그대로 놔둘 수는 없잖아. 한번 가서 이야기만 해보라는데 왜 그래."

"싫어요!"

"알았어. 싫다면 할 수 없지 뭐. 좀 쉬라구."

"정신병원에 갈 바에는 차라리 사표를 내겠어요!"

전화는 이미 끊어져 있었다. 그는 친절한 것 같으면서도 어떤 면에서는 차가운 데가 있는 남자였다.

문득 안방 쪽에서 새 울음소리가 들려왔다. 해맑은 소리로 울어대는 울음소리는 갑자기 모든 잡음들을 제압하면서 마치 향기처럼 집안으로 퍼져나갔다. 거친 사내들도 그 신선한 울음소리에 움직임을 멈추고 귀를 기울이고 있었다.

화시는 그 소리에 이끌리듯 안방 쪽으로 가만히 다가갔다.

눈처럼 흰 두 마리의 새가 가로질러놓은 나뭇가지 위에 앉아 있었고, 그 중 한 마리가 맑은 목소리로 울어대고 있었다. 화시가 다가가자 새는 울음을 그치고 놀란 듯이 두리번거렸다. 그녀는 새장을 들여다보았다.

"어머나, 물이 없네. 모이도 다 떨어졌어."

그녀는 우선 비어 있는 물그릇을 꺼내 물을 채워 넣은 다음 모이를 찾아보았다. 모이를 담아두었던 것으로 보이는 병은 비어 있었다.

"어머, 어떡하지? 모이가 다 떨어졌어요."

그녀는 뒤쪽에 서서 그녀의 움직임을 관망하고 있던 사내들을 돌아보았다.

"모이가 다 떨어졌어요. 누가 모이 좀 사다주시겠어요?"

그러나 남자들은 묵묵히, 아니 가소롭다는 듯이 그녀를 쳐다보기만 했다.

"그런 데까지 신경을 쓸 정도로 우리는 한가하지 않아."
하고 문 형사가 내뱉듯이 말했을 때 전화벨이 울렸다. 문 형사는 재빨리 거실로 나가 수화기를 집어 들었다.

"당신…… 형사인가?"

매끄러운 남자 목소리가 불쑥 튀어나왔다.

"당신 누구야?"

문 형사는 바짝 긴장했다.

"흐흐…… 난 제3의 사나이라고나 할까…… 당신들한테 수고를 끼쳐서 미안하군. 아가씨를 좀 바꿔줘요. 할 이야기가 있으니까."

상대방은 전혀 동요하는 기색이 없이 조용히 말했다.

"도대체 당신 누구야?"

큰 소리로 말하며 문 형사는 잔뜩 흥분해지기 시작했다. 그는 상대방과 될 수록 오래 이야기하고 싶었다. 그러나 상대방은 그것을 허락지 않았다.

"제3의 사나이라고 했잖소. 빨리 아가씨를 바꿔줘요. 유화시란 아가씨 말이오. 안 바꿔주면 전화를 끊겠어."

"이번에는 용케 빠져나갔지만 다음번에는 놓치지 않을 거야. 당신이 잡히는 건 시간문제야!"

문 형사는 맹수처럼 으르렁거렸다.

"흐흐…… 햇병아리 같은 놈……"

"뭐가 어째?"

문 형사는 분노로 몸을 떨기까지 했다.

"떠들지 말고 아가씨를 바꾸란 말이야. 당신하고는 할 이야기가 없어."

문 형사는 씨근덕거리다가 유화시를 불렀다.

"전화 받아봐. 그 남자야!"

화시는 심히 망설이다가 수화기를 받아들었다.

"여보세요."

"아, 아가씨, 잘 잤소?"

"누, 누구세요?"

"말도 없이 혼자 빠져나와서 미안해요. 잠든 모습이 하도 예뻐서 한참 동안 바라보다가 나왔지."

"도대체 누구세요? 당신 누구예요?"

"나를 몰라보다니 유감이군. 아직도 몽상 속에서 헤매고 있나보지. 당신은 정말 아름다운 여자요. 경찰에서 썩기는 정말 아까운 여자요."

그녀는 얼굴을 빨갛게 물들인 채 아무 말도 못하고 바들바들

떨기 시작했다.

"아가씨, 부탁이 있어서 전화를 걸었어요. 화내지 말고 내 부탁을 좀 들어줘요. 내가 깜박 잊고 새한테 먹이를 주지 않고 나왔소. 아마 먹이가 모두 떨어졌을 거요. 물도 말랐을 거구. 수고스럽지만 먹이를 좀 사다가 넣어줘요. 난 거기에 들어갈 수가 없는 입장이라서 이렇게 부탁을 하는 거요. 우린 곧 다시 만나게 될 거요."

화시는 뭐라고 말하려다가 전화가 끊어진 것을 알고는 수화기를 내려놓았다.

"뭐라고 그래?"

문형사가 눈을 부릅뜨고 물었다.

"새 모이를 좀 사다가 넣어 달래요."

남자들이 어이없는 표정으로 그녀를 쳐다보고 있는 동안 그녀는 코트를 입고 밖으로 나왔다. 밖에는 여전히 눈발이 소용돌이치고 있었다.

"이봐, 유 형사! 어디 가는 거야?"

문 형사가 따라나서면서 물었지만 그녀는 대꾸도 하지 않고 걸어갔다. 문 형사는 그대로 보내지 않겠다는 듯 잰 걸음으로 쫓아가 그녀의 팔을 나꿔챘다.

"말도 없이 어디 가는 거야? 또 사고 내려고 그래?"

"놓으세요! 새 모이 사가지고 돌아올 거예요."

"흥, 그 작자 말은 잘 듣는군."

이번에는 그녀가 문 형사를 쏘아보았다.

"먹이가 떨어져 새를 굶어죽게 할 수는 없잖아요? 누구의 새

든 간에 말이에요!"

그 말에 문 형사는 더 이상 아무 말 못하고 그녀를 쳐다보기만 했다.

화시는 다시 걸어가기 시작했다. 차가운 공기와 눈보라를 맞자 혼탁했던 머릿속이 차츰 맑아지는 것 같았다. 그녀는 큰길로 나섰다. 그리고 가게마다 들러 물어보았다.

"여기 새 모이 파는 데 없나요?"

"모르겠는데요."

"혹시 새 모이 파는 데 어디쯤 있는지 모르세요?"

"몰라요."

모두가 퉁명스럽게 대꾸했다. 그녀는 포기하지 않고 계속 물으면서 걸어갔다. 마침내 한 가게의 주인이 이렇게 말했다.

"쌀가게에 가면 새 모이 팔 거예요. 쌀가게는 여기서 한참 걸어가야 해요. 이리루 한참 걸어가다 보면……"

가게 주인은 슈퍼마켓을 찾으라고 말했다.

화시는 눈을 맞으며 다시 걸음을 옮겼다. 슈퍼마켓은 얼른 나타나지 않았다. 그녀는 어느 큰 건물 앞에 놓여 있는 대리석 의자 쪽으로 다가가 그 위에 쌓여 있는 눈을 털어내고 거기에 걸터앉았다. 미동도 하지 않고 앉아 있자 길가는 사람들이 그녀를 흘끔흘끔 쳐다보면서 지나쳐갔다. 눈을 뒤집어쓴 채 앉아 있는 그녀의 모습은 마치 그녀 곁에 서 있는 돌로 만든 소녀의 나신상과 쌍을 이루고 있는 조형물 같아 보였다.

그 남자는 누구일까? 나는 왜 그 사람을 기억해내지 못하는 것일까? 혹시 그 사람과 서로 약속한 게 아닐까? 기억하지 않기로 말이다. 과연 그런 약속도 있을 수 있는 것일까?

"당신은 나를 잊어야 해. 나와 함께 보냈던 밤들을 잊어야 해. 아무리 생각해 내려고 해도 안 될 거야."

얼굴을 알 수 없는 남자의 목소리가 들려왔다. 그녀는 주위를 둘러보았다. 주위에는 아무도 없었다.

"당신 명령대로 하겠어요. 하지만……"

그녀는 그때까지 최면상태에서 중얼거렸다.

과거와 현재

춘천은 혹독하게 추웠다. 너무 추워 밖으로 나돌아 다니는 것 자체가 괴로울 정도였다.

왕 형사는 길쭉한 얼굴에 호리호리한 몸매의 아가씨와 함께 바삐 걸어갔다. 아가씨는 수사팀의 일원인 정 형사였다. 그녀는 동기생인 유화시 형사의 미모에 눌려 남자들의 관심 밖에서 움직이고 있었다. 왕 형사는 출장길에 후배 남자형사 한 명을 데리고 나설 생각이었다.

그런데 정 형사가 문득.

"남자들처럼 여자도 출장 좀 다녀봤으면 좋겠다. 별로 움직이지 않으니까 답답해 미치겠다. 추운 지방에 가서 한번 꽁꽁 얼어봤으면 좋겠다."

이렇게 말하는 바람에 귀가 솔깃해진 왕 형사는 장난삼아 그렇다면 단 둘이서 함께 떠나자고 제의했던 것인데, 그녀가 기다렸다는 듯이 선뜻 따라나서는 바람에 할 수 없이 함께 오게 되었던 것이다.

"여기서는 알아보는 사람도 없을 테니까 팔짱을 끼고 다정하게 걸어가는 게 어때?"

왕 형사가 곁눈질로 그녀를 쳐다보면서 말하자 정 형사는 서슴없이 그의 팔짱을 끼었다.

"정 형사가 이렇게 용감한 줄 몰랐어. 얌전만 빼기에 숙맥인 줄 알았는데 말이야."

"저 같은 거야 화시한테 대면 숙맥이죠. 그 애가 하도 설치는 바람에 저 같은 건 맥도 못 추고 있잖아요."

"화시한테 감정이 많은가 보군."

"여자의 일반적인 질투죠."

그들은 골목으로 들어섰다. 왕 형사는 주머니에서 메모지를 꺼내 들었다. 마침 집배원이 골목 안쪽에서 걸어오고 있었다. 왕은 집배원을 가로막고 메모지를 보였다.

"이 주소를 찾는데…… 어디쯤입니까?"

우체국 집배원은 메모지에 적힌 주소를 보고 나서 골목 안쪽을 가리켰다. 그들은 집배원의 설명을 듣고 나서 다시 걸어가기 시작했다.

"제대로 찾아오긴 한 모양인데……"

잠시 후 그들은 큰 은행나무가 한 그루 서 있는 집 앞에 이르렀다. 그 앞을 지나자 작은 공터가 나왔는데, 그 가운데에는 공동으로 쓰는 우물이 하나 있었다. 그 공터에서 골목길은 양쪽으로 갈라지고 있었다. 그들은 왼쪽 골목으로 들어갔다.

"담배가게 앞을 지나가서 감나무가 많은 집이라고 했어. 아, 저기 담배가게가 보이는군."

왕은 담배가게에서 담배 한 갑을 샀다. 그동안에 정 형사는 감나무집 앞에 도착해 있었다.

왕 형사는 부지런히 그 집 앞으로 걸어갔다.

"이 집이 바로 죽은 서기태의 본적지란 말이지?"

왕은 담배에 불을 붙이면서 돌계단 위에 서 있는 낡은 대문을 바라보았다. 대문은 열려 있는데 금방이라도 떨어져나갈 듯이 바람에 삐걱거리고 있었다.

이윽고 그들은 돌계단을 올라 대문 앞에서 걸음을 멈추었다. 대문은 문패도 없었다. 조금 넓어 보이는 마당 저쪽에는 낡은 한옥이 한 채 자리 잡고 있었다.

"계십니까?"

그들은 마당으로 들어서서 주인을 찾았다. 몇 번 부르자 그제서야 기침소리와 함께 방문이 벌컥 열렸다. 머리가 하얗게 센 노파 한 사람이 앉은 자세로 그들을 향해 물었다.

"누구요?"

겉모습은 아주 쇠잔해 보이면서도 노파의 목소리는 카랑카랑했다.

"눈이 멀었어요."

정 형사가 속삭였다. 왕은 가까이 다가가 노파의 얼굴을 자세히 바라보았다.

정 형사의 말대로 노파는 장님이었다.

"누구요?"

노파가 경계하며 다시 물었다.

"안녕하십니까? 경찰에서 왔습니다."

왕은 먼지가 뿌옇게 덮인 마루 위에 엉덩이를 걸쳤다.

"뭐라고 했어? 큰소리로 말하지 않으면 잘 안 들려요."

"경찰에서 왔습니다! 혼자 계십니까?"

큰소리로 말하자 그제서야 노파는 알아들은 것 같았다.

"경찰? 난 항상 혼자지 뭐."

"할머니 혼자 사세요?"

이번에는 정 형사가 다시 큰소리로 물었다. 노파는 고개를 끄덕였다.

"응, 그래. 혼자 산 지 오래됐어요."

"그럼 먹을 것, 입을 것은 누가 갖다 줍니까?"

"조카딸이…… 조카딸이 많이 갖다 주지. 그런데 무슨 일로 왔수?"

노파의 감긴 눈이 꿈틀거렸다.

"뭐 좀 알아보려고 왔습니다."

"나한테 뭘 알아보겠다고…… 오래 살다보니 날 찾아온 사람도 다 있고……"

노파는 추운지 몸을 움츠렸다.

"여기 사신 지 오래됐습니까?"

"몇 십 년 됐지."

형사들의 눈이 빛났다.

"안에 좀 들어가서 이야기해도 되겠습니까?"

"아이구, 누추한데…… 불을 안 때서 썰렁해요. 들어오려면 들어와요."

노파는 그들이 들어올 수 있게 한쪽으로 비켜 앉았다.

그들은 조심스럽게 침침한 방안으로 들어섰다.

방안은 불기 하나 없이 썰렁했다. 아랫목에는 때에 전 누더기 같은 이불이 펴져 있었다. 방바닥이 얼음장처럼 차가우니까 노파는 자나 깨나 이불 속에서만 지내고 있는 것 같았다. 방안은 마치 쓰레기터를 방불케 할 정도로 온갖 잡동사니들로 어지럽혀져 있었다.

"냄새……"

정 형사가 코를 싸쥐면서 이맛살을 찌푸렸다. 방안에는 숨쉬기가 거북할 정도로 악취가 진동하고 있었다. 왕 형사는 냄새를 맡지 않으려고 담배부터 피워 물었다.

"이런 데서 어떻게 살지."

정 형사는 주위를 둘러보다가 널려 있는 잡동사니를 밀어내고 방바닥에 앉았다. 그러나 이내 너무 차가워서 앉을 수가 없다고 하면서 아랫목에 펴놓은 더러운 요 위에 가서 앉았다. 왕 형사는 엉덩이가 시려오는 것을 참으면서 노파의 비참한 모습을 가만히 바라보았다.

"자식이 있다면 불이라도 때주겠지만…… 자식은 둘째 치고 앞이 안 보이니 어떻게 하겠어. 조카딸이라고 언제까지고 보살펴 줄 수가 있겠어."

"너무 비참해요."

정 형사는 옆에 있는 요강을 바라보고는 다시 얼굴을 찌푸렸다. 요강 속에는 배설물이 들어 있었고, 거기서 악취가 풍겨 나오고 있었다. 그녀는 그것을 들어서 마루에다 내놓고 나서 다시 들어와 앉았다.

그때까지 노파는 가만히 앉아 있었다. 방문객들이 무슨 말들을 나누고 있는지 그리고 무슨 짓들을 하고 있는지 알 수도 없고 알아보려고도 하지 않고 있었다.

"할머니, 추워서 어떻게 지내세요? 이러다가 얼어 죽으시면 어떡해요?"

정 형사가 울상이 되어 걱정스레 말하자 노파가 그것을 알아듣고 입을 열었다.

"빨리 죽었으면 좋겠어. 빨리 죽어야 하는데 죽지를 않아서 이러고 있어."

거기서는 '오래 사셔야죠.' 하는 말이 나올 수가 없었다.

"조카딸이 불 좀 안 때주나요?"

"가끔 연탄을 피워주는데…… 자꾸만 꺼져. 연탄불 갈다가 덴 뒤로는 난 손도 대지 않아. 이거 봐요."

그녀는 소매를 걷어 올리더니 때가 끼어 새까만 팔뚝을 보였다. 왼손에서 팔뚝 쪽으로 불에 덴 징그러운 상처가 길게 나 있는 것이 보였다.

"조카사위하고 조카딸이 우리 논밭 갈아먹고 있어. 그 대신 날 돌봐주기로 했는데…… 요즘은 잘 오지도 않는다구. 못된 것들…… 조카딸이 더 괘씸해……"

노파의 말소리는 이상할 정도로 카랑카랑하게 주위를 울리고 있었다. 불기 하나 없는 방안에서 누워 지내고 있는 노파가 기다리고 있는 것이란 오로지 죽음밖에 없을 터인데도 그녀의 목소리에는 이상하게도 힘이 들어 있었다.

그녀에게는 논밭이 좀 있는 모양이었다.

혼자 몸이 된데다 눈까지 멀어 농사를 지을 수 없게 되자 그
녀는 조카사위에게 그것을 대신 지으라고 내주었고, 그 대가로
곡식의 일부를 받기로 한 것 같았다.

그와 함께 조카딸한테는 가끔씩 집에 들러 집안 청소도 좀 해
주고 밥도 지어주고 그 밖의 허드렛일들을 해달라고 부탁한 모
양이었다.

처음에는 그 약속이 잘 지켜진 것 같았다. 그러나 세월이 흐
르면서 약속은 흐지부지되어 갔고, 특히 조카딸은 집에도 잘 찾
아오지 않고 어쩌다가 한번 씩 나타나서는 며칠 분 밥을 한꺼번
에 지어놓고는 도망가듯 가버리곤 한다고 노파는 투덜거렸다.
실제로 방 한쪽 구석에는 낡은 전기밥솥 하나와 김치그릇이 놓
여 있었다.

정 형사는 밥솥을 열어보았다. 그것은 고장이 났는지 불이 들
어오지 않았고, 그 속에는 말라붙은 밥덩이가 들어 있었다. 노
파는 배가 고플 때마다 김치 한 가지에다 그것을 긁어먹는 모양
이었다.

"세상에…… 이런 박해가 어딨어요. 밥에서 쉰내가 나요."

정 형사가 분노에 차서 말했다.

"우리가 상관할 일이 아니야."

왕 형사가 냉정한 어조로 말했다.

"어머나, 어쩌면 그렇게 말할 수가 있어요. 왕 선배님한테는
부모님도 안 계세요?"

"이봐. 우리가 지금 그런 거 따지게 됐어. 할머니, 혹시 서기
태라는 사람 아세요?"

노파의 움직임이 갑자기 멈추어버린 듯했다. 그녀의 눈자위가 꿈틀거렸다.

"뭐, 뭐라고 했지?"

그녀의 목소리가 아주 작아져 있었다.

"서기태라는 사람 말입니다! 서기태라는 사람 몰라요?"

"서기태라고?"

"네, 서기태 말입니다!"

왕은 그녀의 귀에다 대고 큰소리로 말했다.

노파는 아무런 반응도 보이지 않고 한동안 침묵만 지켰다. 그러나 그 침묵이 형사들에게는 분명히 의미 있는 반응으로 생각되었기 때문에 그들은 조용히 기다렸다.

"기태는 왜 물어?"

마침내 노파가 침묵을 깨고 반응을 보였다.

"기태하고는 어떤 사이십니까?"

왕은 곧장 핵심을 찔렀다.

"그놈은 은혜도 모르는 나쁜 놈이야, 나쁜 놈……"

형사들의 눈이 빛났다.

"왜 나쁜 놈입니까?"

"자식이면서도 에미를 이렇게 버렸으니까 나쁜 놈이지. 은혜도 모르는 놈…… 담배 한 대 줘. 누가 담배를 줘야지. 조카딸이 불낸다고 담배도 못 피우게 해. 못된 년 같으니……"

노파는 온통 불만으로만 싸여 있는 것 같았다. 그녀는 모든 사람들을 못마땅하게 생각하고 있는 것 같았다.

왕 형사는 얼른 담배 한 개비를 그녀의 입 속에 꽂아준 다음 불을 붙여주었다.

"자식이 부모님을 돌보지 않는다는 건 불효막심한 짓이지요. 그런 자식은 혼을 내줘야 합니다."

"혼내야 하고말고."

그녀는 담배 연기가 입 안으로 들어가자 심하게 기침을 했다. 그러나 담배 빠는 것을 그만두지는 않았다.

"서기태 씨가 할머니 아드님 되십니까?"

"그래. 내가 난 자식은 아니지만……"

"아, 그럼 직접 낳으신 아들은 아니군요?"

"하지만 친자식이나 다름없이 어릴 때부터 키웠다구. 자기가 낳은 자식이 아니면 다 소용없어. 다 소용 없다구."

형사들은 의미 있는 시선을 교환했다. 노파는 필터가 타들어 갈 때까지 빨아대고 있었다.

"서기태 씨가 죽었습니다. 얼마 전에 죽었습니다."

노파가 왕 형사 쪽으로 얼굴을 돌렸다. 그녀의 눈자위가 심하게 꿈틀거렸다.

"죽어서 싸지. 그놈은 죽어서 싸."

한참 만에 노파가 중얼거린 말이었다. 그녀의 말에는 증오가 서려 있었다.

"몹쓸 놈 같으니…… 결국은 죽었구만……"

정 형사는 노파의 담배꽁초를 받아서 비어 있는 그릇에다 비벼 껐다.

노파는 한참 동안 아무 말 없이 앉아 있었다. 가만 보니 그녀의 메마른 뺨 위로 어느새 눈물이 흘러내리고 있었다.

형사들은 가만히 입을 다물고 있었다. 냉기어린 방에서 죽음을 기다리면서 소리 없이 눈물을 흘리고 있는 노파의 모습은 너무나도 불쌍하고 처연해 보였다.

"난…… 열아홉 살 때 이 집에 들어왔어……"

노파가 마침내 입을 열었다. 왕은 그녀의 말을 하나도 놓치지 않으려고 바싹 귀를 기울였다.

"자식이 둘이나 있는 남자한테 시집왔었지. 그것도 쌍둥이 아들을 둔 남자한테 말이야."

노파는 한숨을 내쉬고 나서 손등으로 눈물을 찍었다. 그녀는 처음보다 더 많은 눈물을 흘리고 있었다.

"고생이 많으셨겠군요?"

"고생이야 말도 못하지."

"왜 자식이 둘이나 있는 사람한테 시집오셨습니까? 총각한테 시집가시지 않고……"

"내 맘대로 할 수 있었으면 얼마나 좋았겠어. 내 맘대로 할 수 없었으니까 자식 있는 남자한테 시집온 거지."

그때부터 그녀의 물처럼 흐르는 기나긴 이야기가 떠듬떠듬 시작되었다.

그녀는 강원도 두메산골에서 태어났는데, 딸만 일곱이나 둔 가난한 집안의 넷째 딸이었다. 산을 일구어 감자나 옥수수 같은 밭작물을 심어 먹는 것으로 겨우 끼니를 잇는 그야말로 찢어지게 가난한 형편이었기 때문에 일곱 공주들은 소학교 문턱에도 가보지 못한 채 천덕꾸러기 취급을 받으면서 자랐고, 시집갈 나이가 되기 무섭게 입이라도 하나 줄이기 위해 내쫓기다시피 시집을 가곤했다.

그녀는 다른 집에서 식모살이를 몇 년 하는 바람에 언니들보다는 늦은 열아홉 살에야 시집을 가게 되었다. 그녀의 부모가 그녀를 쌍둥이 아들이 있는 남자한테 시집보낸 것은 그가 논 두 마지기와 암소 한 마리를 주겠다고 제의했기 때문이었다. 그는 대단한 부자는 아니었지만 시골에서는 큰소리치고 살 만큼 꽤 많은 논마지기를 가지고 있었다. 그때 그는 마흔다섯 살로, 쌍둥이 아들들은 두 번째 부인한테서 낳은 자식들이었다. 그의 첫 번째 부인은 딸 둘을 낳았는데 남편의 학대에 못 이겨 나중에 스스로 목숨을 끊었다.

그녀가 그의 세 번째 부인으로 그의 집에 들어갔을 때 첫째 부인 소생인 딸들은 이미 출가해서 집에 없었고, 두 번째 부인한테서 낳은 코흘리개 아들들만 집안에서 버릇없이 자라고 있었다. 두 번째 부인 역시 세상을 떠나고 없었는데, 들리는 말로는 남편한테 하도 맞아서 골병들어 죽었다고 했다.

"……말도 마. 세상에 그렇게 고약하고 무서운 사람도 없을 거야. 난 정이 하나도 안 들었어. 시집살이가 지긋지긋하기만 했어. 술주정뱅이에다 오입질에다 끄떡하면 사람을 두드려 패곤 해서 하루에도 몇 번씩 도망치고 싶었으니까. 집에는 어쩌다가 들렀어. 노름으로 밤을 지새느라고 집에 들어올 시간도 없었어. 그 바람에 대대로 물려온 논밭도 거의 날리고 알거지가 되었지. 나는 하도 얻어맞아서 온몸이 성한 곳이 없었어. 내 자식이 없었으면 벌써 도망갔을 거야."

노파는 지금 생각해도 남편이 넌더리가 난다는 듯 머리를 절레절레 흔들었다.

"지독한 사람이었군요."

"아이구, 말도 말라구. 지독한 정도가 아니야. 그놈의 영감이 오래 살았으면 내가 도망쳤던가…… 아니면 너무 맞아서 골병 들어 죽었을 거야. 다행히 일찍 죽어서 망정이지……"

"일찍 돌아가신 모양이죠?"

그녀가 그에게 시집온 지 5년쯤 지났을 무렵 어느 몹시 추운 겨울밤에 그녀의 남편은 술에 만취되어 집으로 돌아오다가 길 바닥에 쓰러져 잠이 들었는데, 그대로 깨어나지 못하고 얼어 죽고 말았다.

그녀는 자신이 낳은 딸 둘과 함께 전처 소생인 쌍둥이 아들 두 명을 떠맡게 되었다.

그 이듬해인가, 마을에 전염병이 창궐하게 되었다. 그녀와 어린 딸 둘은 병에 걸려 쓰러졌는데, 쌍둥이 아들들만은 용케도 아무렇지도 않았다.

"나는 살아남았지만 딸들은 죽고 말았어. 그때 나도 죽었어야 하는데 지금까지 살아가지고 이 고생이야."

노파는 손바닥으로 눈물을 훔치고 나서 왕 형사에게 다시 담배 한 대를 청했다.

"눈은 어쩌다가 그렇게 됐나요?"

정 형사가 안타까운 눈으로 노파를 쳐다보면서 물었다.

그녀는 담배 한 대를 다 태울 때까지 입을 다물고 있다가 이윽고 다시 이야기를 계속했다.

"색시는 시집갔나?"

"아직 못 갔어요."

"여자는 시집을 잘 가야 해. 시집 잘 가면 호의호식하고 살 수 있지만 시집 잘못 가면 나처럼 요 모양 요 꼴이 된다구. 시집 잘못 가면 평생 고생이야."

"그럼요. 저도 잘 알고 있어요. 할머니 눈은 어쩌다가 그렇게 됐나요?"

"전염병 앓고 나니까 눈이 침침해지더라구. 그러더니 얼마 있다가는 아주 안 보였지. 병원에 가봤지만 소용없었어."

"쌍둥이 형제 가운데 한 사람은 어디서 살고 있습니까?"

"몰라."

그녀는 갑자기 입을 닫으면서 망설이는 기색을 보였다.

"그 아들 이름은 어떻게 부릅니까?"

"기선이……"

"서기태, 서기선이군요?"

"기태는 영감하고 생긴 것도 똑같고 성질도 똑 같았어. 기선이는 좀 낫지만 기태는 개망나니였어. 망나니도 그런 망나니가 없었어. 쌍둥이 자식들인데도 생긴 것도 다르고 성질 쓰는 것도 달랐어."

"쌍둥이인데 생긴 것이 다르다니요? 그게 무슨 말입니까?"

"달랐어. 아주 달랐어. 그래도 한 날 한 시에 낳았대."

"이란성 쌍둥인가 보죠."

하고 정 형사가 말했다.

"그래?"

"이란성이면 생긴 모습이 다르게 나오거든요."

276

왕은 크게 고개를 끄덕이고 나서 다시 물었다.

"서기태 씨는 죽었고…… 서기선 씨는 그럼 어디선가 살고 있겠군요?"

"몰라. 살았는지 죽었는지도 몰라. 그 애하고는 아주 옛날에 헤어졌어. 기태보다도 훨씬 전에 헤어졌어."

"왜 헤어졌습니까?"

왕 형사가 다그치자 노파는 다시 한동안 침묵을 지키고 있다가 힘들게 입을 열었다.

"내가 눈까지 멀었는데 두 자식을 기를 수가 있어야지. 그것들이 계집애라도 되어 내 수발을 해준다면 몰라도, 그렇지도 않고……. 하는 수 없이 누가 찾아와서 자식을 삼겠다고 하기에 데리고 가라고 했지. 외가 쪽으로 먼 일가뻘 되는 사람이라는데 난 그 사람 누군지 잘 모르겠어. 아들이 없다고 하면서 달라고 하기에 내줬지. 본인도 나하고 사는 게 고생스러우니까 밥술이라도 먹는 집 양자로 들어가 사는 게 좋겠다 싶었던지 군소리하지 않고 따라갔어. 대구 어딘가로 갔다는데…… 떠난 뒤로는 한 번도 연락이 없었어. 무심한 놈이지. 자기가 낳은 자식이 아니면 다 그렇다니까."

"왜 그 아들을 보냈습니까?"

"기태가 골칫덩어리라는 걸 다 알고 있는데 누가 그애를 데려가겠어. 그 집에서도 기태는 싫고 기선이를 꼭 데려가야겠다고 하기에 할 수 없이 내줬지. 그것들은 쌍둥이이면서도 서로 앙숙으로 지냈기 때문에 헤어질 때도 섭섭해 하지도 않았고, 헤어진 뒤에는 한 번 찾지도 않았어. 별난 쌍둥이 자식들이지."

"기선이를 양자로 데리고 간 그 외가 쪽 집안 주인의 이름이 뭡니까?"

"몰라. 내가 그걸 어떻게 알아."

노파는 모르는 게 당연하다는 듯 고개를 흔들면서 겨드랑이 밑을 긁어대기 시작했다.

"이름은 몰라도 성은 아실 거 아닙니까? 혹시……?"

"손가라고 했어."

"손씨 말입니까?"

왕 형사의 눈이 번쩍 빛났다.

"그래. 손가라고 했어. 그것 말고는 아무것도 아는 게 없어."

노파는 반대쪽 겨드랑이 아래를 긁어댔다.

이번에는 왕 형사가 입을 다문 채 한참 동안 생각에 잠겨 침묵을 지켰다. 그러다가 이윽고 그의 입에서 이런 말이 중얼거리듯이 흘러나왔다.

"손가라 손가…… 그래서 손명기가 태어난 게 아닐까? 서기선이가 남의 집에 양자로 들어가면서 손명기라는 이름으로 바뀐 게 아닐까?"

"그랬을 가능성이 많은데요."

정 형사도 같은 생각인 듯했다.

왕 형사는 주머니 속에서 손명기의 사진을 꺼냈다가 노파가 장님이라는 것을 알고는 안타까운 듯 도로 그것을 주머니 속에 집어넣었다.

"할머니, 시집올 때부터 계속 이 집에서 살아오셨나요?"

"그래. 여기서 한 번도 떠나지 않았어. 이리로 큰 길이 생긴다고 집을 팔라고 하는데 그건 안 돼. 여기서 나가면 난 갈 데가 없어. 나 죽거든 길을 내든지 말든지 하라고 했어."

"서기태는 언제 집을 나갔습니까?"

"그놈은 제 애비를 닮아 성질은 못돼먹었어도 머리가 좋아서 공부는 잘했다고. 고등학교 졸업할 때까지 줄곧 1등만 해서 돈 한 푼 없이도 학교를 다녔다구. 고등학교를 마치고 나서는 서울 다녀오겠다고 훌쩍 떠나더니 그 뒤로는 통 소식이 없었어. 세상에 아무리 낳은 자식이 아니라지만 길러준 정을 생각해서라도 어쩌면 그럴 수가 있어. 기선이나 기태나 무정하긴 마찬가지야. 몹쓸 놈들 같으니. 기태 그놈은 나를 말도 못하게 구박했어. 화가 나면 나를 주먹으로 때리고 발로 차기까지 했다고. 그런 무지막지한 놈이 없었어."

"나쁜 사람이었군요."

"나쁘다 마다…… 하지만 그놈 비위 거슬리면 수발을 안 해주니까 꼼짝없이 당하기만 했어."

"혹시 가족사진 같은 거 없습니까? 쌍둥이 형제가 함께 찍은 사진 같은 거 없습니까?"

"글쎄……"

노파는 얼굴을 쳐들더니 턱으로 위쪽을 가리켰다.

"저기 선반 위에 한번 찾아봐요. 사진 같은 게 있을지도 모르니까."

맞은편 선반 위에는 온갖 것들이 잔뜩 쌓여 있었다. 그것들을 하나씩 내리면서 정 형사는 이맛살을 찡그렸다.

"아휴, 이 먼지 좀 봐요! 먼지 두께가 2cm는 되겠어요!"

"밖으로 내다가 좀 털지 그래."

"보지만 말고 좀 거드세요."

왕은 마지못해 일어나서 물건을 받아서는 밖으로 내다가 먼지를 털었다.

사진을 발견한 것은 낡은 고리짝 안에서였다. 조그만 고리짝을 열자 안에 온갖 잡동사니들이 들어 있었고, 그것들을 들추자 그 밑에서 앨범이 나왔다.

몇 장의 사진이 앨범의 앞부분에 붙어 있었다. 노파의 죽은 남편으로 보이는 건장해 보이는 중년 남자의 사진, 그가 데리고 살았던 여자들과 각각 함께 찍은 사진들 그리고 얼굴이 서로 다른 쌍둥이 아이들의 사진들이 누렇게 바랜 채로 앞부분에 부착되어 있었다.

아이들의 사진은 모두 세 장 있었는데, 하나같이 헐벗은 모습으로 둘이서 나란히 서서 찍은 것들이었다. 찍은 시기는 열 살 남짓 되었을 때일 것 같았다. 왕 형사는 서기태와 손명기의 사진을 꺼냈다.

"어머나, 비슷해요!"

그들의 사진과 아이들의 사진을 비교해 보던 정 형사가 흥분해서 소리쳤다.

"왼쪽 애가 서기태이고 오른쪽 아이는 손명기가 틀림없어요! 보세요! 비슷하잖아요?"

왕 형사의 눈에도 아이들의 얼굴 모습과 어른들의 얼굴 모습이 비슷해 보였다. 서기태와 손명기의 얼굴에는 어릴 때의 얼굴 모습이 어느 정도 남아 있었다. 그것은 아주 닮은 것은 아니었지만 사진의 어느 쪽이 각자의 어릴 때의 모습인지 알아볼 수 있을 정도는 되었다.

"자, 이제부터 손명기의 본적지인 대구에 가봐야겠는데……수수께끼의 첫 고리가 풀린 것에 불과해."

왕이 아이들의 사진을 주머니에 집어넣으면서 말했다.

"사진 찾았어?"

노파가 물었다.

"네, 찾았습니다. 사진 한 장 가져가도 되겠습니까?"

"다 가져가라고. 난 보지도 못하니까 소용없어. 그 대신 담배나 주고 가요."

왕은 담뱃갑과 함께 라이터를 노파의 손에 쥐어 주었다.

"이건 라이터입니다. 불조심하십시오. 담뱃재는 꼭 요강에다 터십시오."

"걱정 마."

일어서면서 보니 어둠침침한 방안에 앉아 있는 노파의 모습이 꼭 귀신같아 보였다. 왕은 바로 나왔지만 정 형사는 차마 노파를 그대로 버려두고 나오기가 안됐는지 자꾸만 방안에서 머뭇거리다가 왕의 재촉을 받고서야 밖으로 나왔다.

밖에는 바람이 몹시 불어대고 있었다. 마당에 쌓여 있는 눈과 낙엽의 잔해들이 바람에 쓸려 한쪽으로 몰려가고 있었다.

"할머니, 안녕히 계십시오."

"할머니, 건강하세요."

그들이 작별 인사를 하자 노파가 문 쪽으로 다가와 밖을 내다보았다.

그녀의 눈자위가 안타깝게 꿈틀거렸다.

그 집 대문을 나설 때 정 형사가 눈물을 닦는 것을 보고 왕 형사는 고개를 돌렸다.

"정 형사는 아직 멀었군."

"어쩌면 그렇게 냉정할 수가 있어요?"

그녀가 그를 뒤쫓아 오며 원망스러운 어조로 말했다.

"형사질을 하려면 범인보다도 더 냉정하고 잔인해야 해. 그렇지 않으면 범인한테 먹히고 말아. 이건 전쟁이야. 감상적인 놀이가 아니야."

"인간이 너무 비참하지 않아요!"

그녀가 항의했다.

"그런 데까지 일일이 신경 쓸 여유가 없어. 자신을 기계라고 생각하고 기계적으로 움직이지 않으면 안 돼. 어디 가서 따끈한 코피나 한 잔 하자구. 발끝까지 얼어붙었어. 웬 놈의 날씨가 이렇게 추워."

큰길로 나온 왕 형사는 앞장서서 다방으로 들어갔다.

조그마한 2층 다방은 연탄난로에서 뿜어져 나오는 열기로 훈훈했다.

그들은 창가에 자리 잡고 앉아 잠시 밖을 내다보았다.

얼어붙은 거리 위로는 찬바람이 몰아치고 있었다. 손님들은 하나같이 코피를 시켰다.

"일단 서울에 들러서 선생을 만나본 다음 대구로 내려가야겠어. 선생은 아마 서기태와 손명기가 쌍둥이인 것을 알면 깜짝 놀랄 거야. 얼굴이 다르니 누가 쌍둥이라고 생각했겠어."

왕은 수첩을 꺼내 들여다보았다.

"손명기의 생일은 1936년 5월 9일이고 서기태의 생일은 같은 해 5월10일이야. 이제 그 이유를 알 것 같아. 쌍둥이일 경우 서로 차이를 두기 위해 생일을 하루쯤 틀리게 해놓을 수가 있어. 또 첫째 아이는 밤 12시10분 전에 낳았는데 그 다음 아이가 한 시간 뒤에 태어나면 자정이 지났으니까 생일이 하루쯤 늦을 수도 있지."

"거기까지는 이해할 수 있어요. 하지만 어떻게 해서 두 사람이 같은 해에 S대에 입학했고, 졸업도 같이 했고 그리고 한성에 함께 입사했죠? 우연치고는 좀 이상하잖아요."

정 형사의 말에 왕은 고개를 끄덕였다.

"나도 같은 의문을 가지고 있어. 그리고 두 사람은 한성에서 좋지 않은 일로 쫓겨났어. 아무래도 이해가 안 가. 알다가도 모를 일이란 말이야."

왕은 레지가 가져온 코피를 엽차 마시듯 후후 불어가며 마셨다. 머나먼 과거로부터 이어져 온 끄나풀이 현재 어딘가에 단단히 매듭을 짓고 있다는 생각이 들었지만 그것이 어디쯤에 있는지 짐작조차 되지 않았다.

"두 사람은 나중에 서로 자주 만났던 게 아닐까요? 형제들이 어릴 때 싸우는 건 흔한 일이고…… 아무래도 같은 피를 나눈 형제니까 나중에 만났던 게 아닐까요? 서로 만나서 장래 문제를 의논하고 계획하다 보니까 같은 대학에 들어가게 되고 회사까지 같은 데 들어갔던 게 아닐까요?"

"가능한 이야기지. 얼마든지 가능한 이야기지. 그들 쌍둥이 형제는 머리가 비상했던 것 같아."

왕은 찻잔을 감싸 쥐고 있는 정 형사의 두 손을 내려다보았다. 여자다운 섬세함과 날카로움이 문제를 포착하는데 있어서 남자들보다 우수할 수도 있다는 생각이 들었다. 지금까지 여자 수사관들은 잔심부름이나 하면 제격이라고 생각해 왔었는데, 그런 생각에 잘못이 있었음을 그는 갑자기 느끼고 있었다. 그는 두 손을 뻗어 그녀의 손을 감싸 쥐었다.

"왜 이러세요?"

그녀가 놀란 얼굴로 물었다.

"기특한 생각이 들어서……"

"어머머머…… 저를 인정해 줄 때도 있군요."

그녀는 손을 빼면서 그를 흘겼다. 그는 미소를 거두면서 밖을 내다보았다. 거리는 어느새 어둑어둑해지고 있었다. 그리고 눈까지 내리고 있었다.

"밖을 보라구. 벌써 어두워지고 있어. 그리고 눈까지 많이 내리고 있고."

"그래서요?"

"갑자기 기를 쓰고 서울로 돌아가기가 싫어졌어. 오늘밤은 춘천의 따뜻한 여관방에서 지내고 싶어. 내일 아침에 서울로 가는 게 어때?"

그녀는 놀란 토끼눈을 하고 그를 쳐다보았다.

"왕 형사님답지 않게 엉큼한 생각하지 마세요. 가기 싫으면 혼자 여기 계세요. 저 혼자 갈 테니까. 우리가 여기서 하룻밤 묵고 가면 본부 사람들이 어떻게 생각하겠어요?"

"어떻게 생각하건 무슨 상관이야. 제기랄. 유 형사처럼 좀 대담해져 보라구."

정 형사는 정색을 하고 왕 형사를 쏘아보다가 고개를 천천히 흔들었다.

"화시 그 애는 보통이 아니에요. 좋게 말하면 용감하고 나쁘게 말하면 제멋대로 돼먹었어요. 전 그런 애 싫어요. 빨리 가야겠어요. 막차 끊기겠어요."

그녀는 서둘러 일어섰다. 왕은 마지못해 정 형사를 따라 일어서면서

"우리가 함께 밤새 머리를 싸매고 생각하면 사건이 해결될지도 모르는데 말이야. 아쉽군."

하고 말했다.

그 말에 그녀는 멈칫했다가 그대로 걸어갔다.

밖으로 나서니 어느새 눈이 펑펑 쏟아지고 있었다. 가로등에는 불이 하나둘씩 켜지고 있었다.

"어머, 함박눈이에요!"

정 형사가 머리 위로 두 손을 휘저으며 말했다.

"정말 멋진 밤이 되겠는데. 눈이 계속 쏟아져서 길이 꽉 막히면 좋겠어."

택시를 기다리면서 왕 형사가 심술궂게 말하자 정 형사는 그를 흘기면서 이렇게 대꾸했다.

"길이 막히면 걸어서 가죠 뭐."

"흥, 한번 걸어서 가보시지."

"택시 왔어요. 빨리 타세요!"

그녀가 달려오는 택시 쪽으로 달음질치는 것을 보고 왕은 천천히 몸을 돌려 군밤장수 쪽으로 걸어갔다. 그리고 군밤을 한 봉지 사가지고 택시에 올랐다.

"따끈따끈한 게 맛있어요."

정 형사는 봉지 속에 계속 손을 집어넣어 군밤을 꺼내서 껍질을 깠다. 그리고 운전사에게도 그것을 나누어 주었다.

"이런 겨울밤에는 군밤과 군고구마가 제격이지. 그리고 찬 맥주도……"

"난 냉면이 먹고 싶어요."

"그럼 맛있는 냉면이나 먹고 떠나지."

"냉면 잘하는데 알고 있습니다."

하고 운전사가 거들고 나왔다.

그래서 두 사람은 자연스럽게 방향을 바꾸어 냉면집으로 향했다.

그 냉면집은 초라해 보였지만 안으로 들어가니 자리가 없을 정도로 손님들로 붐비고 있었다.

나이 든 할머니가 만들어 내놓은 평양냉면은 기억에 남을 만큼 맛이 있었다. 그들은 맥주 한 병까지 곁들여 나누어 마시고 나서 그 집을 나왔다. 정 형사는 마음이 달라졌는지 아까처럼 서두르지도 않고 오히려 느긋한 모습이었다.

눈은 앞을 분간할 수 없을 정도로 쏟아져 내리고 있었다.

"근사한데…… 정말 근사해…… 우리 팔짱을 끼고 좀 다정하게 걸어보는 게 어때?"

"좋아요."

그녀는 거침없이 그의 팔짱을 끼었다.

"저기 보이는 교회 있는 데까지만 걸어가는 거예요. 거기서 택시 타요."

그들은 교회의 십자가를 향해 걸어갔다.

"형제간에 무자비하게 칼질을 할 수 있을까요?"

"아니, 지금 그 생각하고 있었어?"

왕 형사가 멈춰 서서 그녀를 놀란 눈으로 쳐다보았다. 그녀가 고개를 끄덕였다.

"네, 직업은 할 수 없나 봐요. 하얀 눈을 보면 그 위에 뿌려진 검붉은 핏자국이 보여요. 이것도 병이죠?"

"그걸 보고 뭐라고 그러는 줄 알아? 직업병이라고 그래."

"정말 그런가 봐요."

그녀는 구두 끝으로 눈을 찼다.

"그러다가도 여자는 일단 시집을 가면 남편 생각만 한다구. 병신 같은 남편만 말이야."

"전 안 그럴 거예요."

그녀는 그의 어깨에 얼굴을 기댔다.

"그 형제들은 이상한 사람들 같아요. 운명적으로 그렇게 태어난 사람들 같은 생각이 들어요."

"그들은…… 쌍둥이 형제로서 우애가 아주 두터웠든가…… 아니면 서로 철천지원수로서 지냈든가 둘 중의 하나였을 거야. 그저 단순한 형제로서 여느 형제들처럼 평범하게 지냈다고는 생각되지 않아."

"저도 그런 생각이 들어요. 우선 그들이 계모 곁을 떠난 뒤 자기들끼리 계속 만났었는지 그걸 알아봐야 될 것 같아요. 거기서부터 실마리를 풀어나가지 않으면 안 될 것 같아요."

"그럼 어디 가서 그걸 알아보지? 대구에 가보면 그걸 알 수 있을까?"

그들은 멈춰 서서 서로의 얼굴을 쳐다보았다. 눈을 허옇게 뒤집어쓰고 있는 그들의 모습은 낯선 이방인처럼 보였다. 왕 형사는 그녀의 머리에 쌓인 눈을 털어주었다. 가로등 불빛에 비친 그녀의 모습이 문득 아름답게 보였다.

"대구에 가면 알 수 있을 것 같은 생각이 들어요."

그들은 다시 걷기 시작했다. 왕은 팔을 뻗어 그녀의 어깨를 감싸 안았다. 그녀는 뿌리치지 않고 그대로 걸음을 옮겼다.

"서기태는 살해됐고…… 손명기의 가족들도 처참하게 죽었어. 하길라도 목이 거의 잘린 채 죽었고."

"아이, 끔찍해요. 그 이야기 더 이상 하지 말아요."

"그런데 손명기는 행방불명이야. 괴상한 전화를 걸어온 그자는 누구지? 그자가 손명기일까?"

"교회 앞이에요."

교회 문은 활짝 열려 있었고, 안에서는 피아노 소리가 흘러나오고 있었다.

"잠깐 들어갔다 나와요."

그녀가 그의 팔을 잡아끌면서 말했다.

"내가 교회를 싫어한다는 것을 알면서 그래. 혼자 들어갔다 오라구. 난 여기서 기다리고 있을 테니까."

그녀는 독실한 기독교 신자였다.

"그럼 잠깐 기다리세요."

그녀는 종종걸음으로 교회 안으로 들어갔다.

"범인이나 빨리 잡아달라고 기도하라구!"

그는 갑자기 화가 나서 소리쳤다.

교회 앞에서 어슬렁거리고 있는 그의 모습은 갈 곳이 없는 부랑자 같아 보였다. 그는 담배를 꺼내 물고 불을 붙였다.

그는 교회를 싫어하고 있었다. 그는 아무 종교도 믿지 않고 있었다. 그의 경험에 따르면 이 사회에는 종교 때문에 빚어지는 부작용이 더 많았다. 꼭 그런 이유 때문만은 아니지만 그는 교회를 싫어하고 있었다. 그 이유를 그는 자신의 체질 때문이라고 생각하고 있었다.

교회에 들어간 정 형사는 생각보다는 빨리 나오지 않고 있었다. 기다리다 지친 왕은 교회마당 안으로 들어가 보았다. 마당 안으로 들어가 건물 옆으로 다가선 그는 창문을 통해 안을 들여다보았다.

교회 안은 텅 비어 있었다. 앞쪽에 정 형사가 고개를 숙인 채 기도를 올리고 있는 모습이 보였다. 하도 진지한 모습으로 기도를 올리고 있었기 때문에 그 모습을 바라보던 그는 자기도 모르게 진지한 태도가 되었다. 도대체 무엇을 기도하고 있을까?

그는 다시 교회 밖으로 나왔다. 그리고 풀리지 않은 수수께끼를 풀고 싶은 욕망에 사로잡혔다.

서기태와 손명기는 쌍둥이 형제다. 그들은 불행한 어린 시절을 보냈다. 그리고 헤어졌다. 형제 중의 한 명은 남의 집에 양자로 가서 성까지 갈았다. 후에 그들은 같은 대학에 입학한다. 그것도 같은 해에. 그리고 같은 해에 대학을 졸업한 다음 같은 회사에 입사한다. 그리고…… 좋지 않은 일로 두 사람 다 회사를 떠나게 된다. 그들은 한성의 한 회장과 어떤 관계였을까? 한 회장과 그들은 고용인과 피고용인 사이의 단순한 관계였을까, 아니면 특별한 관계였을까?

"오래 기다리셨죠?"

그는 생각에서 깨어나 고개를 돌렸다. 정 형사가 미소를 띤 채 거기에 서 있었다.

"제기랄, 얼어 죽기 일보 직전이야."

"미안해요. 하지만 무의미하지는 않았어요. 저한테 감사해야 할 거예요."

그녀가 추워하면서 그의 팔짱을 끼었다.

"내가 감사해야 할 게 뭐 있어?"

"왕 형사님을 위해 기도를 드렸단 말이에요."

"그래애? 뭐라고 기도했는데?"

"몰라요. 다 잊어먹었어요."

그녀는 손을 들어 굴러오는 택시를 잡았다. 택시는 눈을 허옇게 뒤집어쓰고 있었고, 그래서 그들은 마치 눈 집으로 들어가는 기분이었다. 시외버스 정류소로 가자는 말에 운전사는 차를 출발시키면서

"폭설 때문에 길이 많이 끊겼어요."

하고 말했다.

"서울 쪽도 끊겼나요?"

"네, 그런 것 같던데요."

왕과 정 형사는 서로를 잠시 쳐다보았다. 정 형사는 별로 걱정하는 눈치가 아니었다.

"못 가면 할 수 없는 거죠. 뭐."

"오늘 꼭 가야 하는데……"

아까와는 달리 서로 입장이 뒤바뀌어 말했다.

시외버스 정류소에 도착해보니 택시 운전사의 말대로 서울행 차편은 끊겨 있었다. 대합실 안에는 발이 묶인 사람들이 꽤나 많이 서성거리고 있었다.

"어떡하지? 오늘 선생을 만나야 하는데……"

왕은 오병호를 만나 서기태와 손명기가 쌍둥이 형제임을 보고하고 사건 수사를 재검토한 다음 새로운 지시를 받을 생각이었는데 오늘 중으로는 그것이 어렵게 되었다.

정류소 대합실을 빠져나온 그들은 여관의 불빛이 보이는 쪽을 향해 걸어갔다. 도중에 왕은 가게에서 소주 한 병과 안주거리가 될 만한 것들을 좀 샀다.

"오늘밤 주무시면 안 돼요. 저도 안 잘 거예요."

그녀가 걱정스러운 듯이 말하는 것을 보고 왕은 고개를 끄덕였다.

"그럼 밤새 술이나 마셔야겠군."

그는 소주를 세 병이나 더 샀다. 이윽고 그들은 어느 여관으로 들어갔다. 그들을 안내한 종업원은 조금만 늦었으면 방을 얻지 못했을 것이라고 말했다.

방안은 따뜻했다. 아랫목에 가서 벽에 기대앉은 왕 형사는 술병마개부터 땄다.

"아가씨하고 여관방에 들어보기도 오랜만인 것 같은데."

"전 남자하고 들어보기는 처음이에요."

그녀가 그를 흘기면서 말했다.

"겁이 나나?"

그는 종이컵에 술을 따랐다.

"아뇨."

그녀는 도발적으로 대꾸하면서 머리를 흔들었다.

"자, 건배!"

그가 술잔을 쳐들자 그녀도 머뭇거리다가 자기 앞에 놓인 잔을 집어 들었다.

"뭘 위해서 건배하는 거죠?"

"그들이 쌍둥이 형제였다는 것을 알아낸 기념으로 그리고 사건의 빠른 해결을 위해…… 그리고 우리의 사랑을…… 참, 아까 교회에서 무슨 기도를 그렇게 오래 했지?"

그는 술을 한 모금 마신 다음 그녀에게도 술을 권했다. 그녀는 얼굴을 찡그리면서 술잔을 입으로 가져갔다. 그리고 술이 입속으로 들어가는 것과 함께 콜록콜록 기침을 토했다.

그녀는 넌더리를 치면서 술잔을 내려놓을 듯하다가 다시 그것을 입으로 가져가 꿀꺽하고 마셨다. 그녀는 더 이상 기침하지 않았다.

"무슨 기도를 그렇게 오래 했지?"

"혹시 집에 못 가게 될 경우 야수로부터 저를 보호하여 무사히 이 밤을 넘길 수 있게 해달라고 빌었어요."

"내가 야수란 말이지?"

왕이 눈을 부릅뜨고 물었다.

"지금 제 눈에는 야수로 보여요. 그리고…… 사건을 빨리 해결할 수 있게 지혜를 달라고 빌었어요."

"응답이 있었나?"

"네……"

"어떤 응답?"

"하느님은 저를 보호해 줄 수도 없고 지혜를 줄 수도 없다고 하셨어요."

"왜? 그건 왜지?"

그는 붉게 달아오르는 그녀의 얼굴을 지그시 바라보았다.

"노력해 보지도 않고 바라기만 한다고 꾸짖으셨어요. 민망해서 혼났어요."

"야수는 아직 나타나지도 않았고…… 수사는 해볼 만큼 했어. 그만큼 노력했으면 됐지 더 이상 어떻게 하라는 거야?"

그는 술을 단숨에 들이켠 다음 빈 잔을 그녀 앞에 놓고 술을 가득 따랐다.

"그 정도 가지고는 부족하다고 하셨어요. 우리의 노력과 지혜가 범인을 못 따라가고 있다고 하시면서 우리보고 바보 같다고 하셨어요."

"우리가 바보라고? 제기랄, 그럼 자기보고 한번 잡아보라고 하지."

"그분은 범인이 누구인지 알고 계시죠."

"어떻게 안다는 거야?"

"하늘에서 내려다보시니까요."

"맙소사! 그럼 옷도 함부로 벗을 수 없겠네."

"그럼요."

"에라, 그럼 술이나 마셔야겠구나. 잔이나 빨리 돌려요."

그의 그러한 모습을 보고 그녀가 까르르 웃음을 터뜨렸다. 들고 있는 잔에서 술이 넘쳐 손등을 적시는 것도 모른 채 그녀는 몸을 흔들며 웃어댔다. 그의 손이 그녀의 어깨 위로 올라가더니 어깨를 툭툭 쳤다. 그러다가 목덜미 쪽으로 기어가 목을 끌어안았다. 그래도 그녀는 깔깔대고 웃었다. 그녀의 웃는 모습을 보고 있다가 급기야 왕 형사도 웃음을 터뜨렸다. 그가 그녀의 목을 끌어당기는 바람에 술이 그녀의 옷 위로 모두 쏟아졌다. 그래도 그들은 어깨동무를 한 채 계속 웃어댔다. 그들의 얼굴과 얼굴이 자연스럽게 포개졌고, 그 사이에서 건장한 웃음소리가 서로 부딪쳤다가 산산조각이 나고 있었다.

그들은 서로의 얼굴을 쳐다보면서 웃고 또 웃었다. 너무 웃어 눈물이 다 나왔지만 웃음은 좀처럼 그치지 않았다. 웃음소리가 그친 것은 왕 형사가 정 형사의 입술을 덮쳤을 때였다.

"아, 안 돼요······"

정 형사는 힘없이 도리질을 하다가 그의 입술을 받아들였다. 왕은 그녀를 품속에 안은 채 이부자리 위에 뉘였다. 흥분이 고조되자 그녀는 적극적으로 나왔다. 그녀가 너무 세게 목을 끌어안았기 때문에 왕은 목이 아팠다.

입을 통해 서로가 상대방을 탐색하는 시간이 흐른 다음 남자의 손이 먼저 그녀의 몸을 더듬기 시작했다. 가슴에 손이 닿자 그녀는 펄쩍 뛰면서 그를 밀어냈다.

"안 돼요!"

"안 되긴 뭐가 안 돼."

왕은 황소처럼 씨근덕거리면서 그녀의 몸 위로 올라가 옷을 벗기려고 했지만 그녀는 키스할 때와는 달리 완강하게 그를 밀어냈다.

"책임질 수 있어요?"

그녀가 그의 밑에 깔린 채 물었다. 그 물음에 왕은 멈칫했다.

"책임질 수 있어요?"

그를 올려다보는 그녀의 눈빛은 의외로 냉정해 보였다. 왕은 멋모르고 덤빈 자신이 초라해지는 것을 느꼈다. 그녀는 그를 받아들이기에 앞서 다짐을 받아놓으려 하고 있었다. 그가 책임을 지겠다면 그녀는 거침없이 옷을 벗을 것 같았다. 그것은 다분히 계산된 행위였다. 왕은 그것이 싫었다. 그것은 사랑이 아니라 철두철미한 계산이었다.

그는 슬그머니 몸을 일으켰다.

"그거 봐요. 책임질 수도 없으면서……"

그녀가 눈을 흘기면서 실망한 표정으로 말했다.

"책임은 무슨 책임이야. 촌스럽게…… 서로 사랑하면 됐지…… 책임 같은 게 무슨 필요가 있어."

"남자는 그럴 수 있지만 여자는 다르단 말이에요."

"다르긴 뭐가 달라."

그는 수화기를 집어 들고 교환에게 서울로 전화를 부탁했다. 그것을 보고 정 형사는 화가 난 듯 이불을 머리 위까지 덮어썼다. 잠시 후 전화벨이 울렸다.

"여기 춘천입니다. 폭설 때문에 길이 끊겨 오늘밤은 할 수 없이 여기서 묵을 생각입니다."

"잘 안 들려! 좀 더 큰소리로 말해 봐!"

오병호의 목소리는 가느다랗게 들려오고 있었다. 전화 상태가 좋지 않은 것 같았다. 왕은 큰소리로 외치다시피 말했다.

"왕입니다! 여기 춘천입니다!"

"아, 그래? 어떻게 됐어?"

경감도 큰소리로 외치다시피 말하고 있었다.

"폭설 때문에 길이 끊겨 돌아갈 수가 없습니다! 오늘밤은 할 수 없이 여기서 자야할 것 같습니다!"

"할 수 없지 뭐. 정 형사나 잘 보호하라구!"

"네, 걱정하지 마십시오!"

왕은 웃음이 나오는 것을 참으며 정 형사 쪽을 힐끗 쳐다보았다. 그녀는 이불 밖으로 얼굴을 내밀고 있다가 눈이 마주치자 도로 이불 속으로 들어가 버렸다.

"어떻게 됐어? 성과가 좀 있었어?"

"네, 여기에서 아주 중요한 사실을 알아냈습니다! 서기태와 손명기는 같은 쌍둥이 형제입니다! 쌍둥이 형제가 거의 틀림없습니다!"

"뭐라고? 좀 더 큰소리로 말해봐!"

"서기태와 손명기는 같은 쌍둥이 형제입니다! 쌍둥이가 틀림없습니다!"

왕은 악을 쓰다시피 말했다.

"아니, 그게 정말이야?"

"네, 거의 틀림없습니다!"

"쌍둥이라면 얼굴이 같아야 할 거 아니야? 서기태와 손명기는 생김새가 다르지 않아?"

"쌍둥이긴 한데 일란성이 아니라 이란성 쌍둥이입니다!"

"이란성이라고?!"

"네, 이란성입니다! 그래서……"

"이란성이라면 얼굴이 서로 다르겠지. 그런데 왜 두 사람 성이 다르지?"

"손명기의 본래 이름은 서기선이었습니다. 그런데 어릴 때 다른 집에 양자로 들어가는 바람에 이름이 손명기로 바뀐 모양입니다. 내일 길이 뚫리면 대구에 가서 최종적으로 확인해볼 생각입니다. 손명기가 양자로 들어간 집이 대구에 있는 것 같습니다. 본적지 주소를 찾아가보면 알 수 있을 것 같습니다."

"그건 정말 의외인데……"

오 경감은 서기태와 손명기가 쌍둥이라는 사실에 적이 놀란 것 같았다.

"정말 생각지도 못한 일이었습니다. 두 형제는 어릴 때 부모를 잃고 아주 불행한 시절을 보낸 것 같습니다. 현재 그들이 태어난 집에는 계모 혼자서 살고 있습니다. 두 눈이 먼 할머니인데 의붓자식들하고는 옛날에 헤어진 채 소식도 모르고 지낸 모양입니다."

오 경감은 왕 형사가 투숙한 여관의 전화번호를 묻고 나서 전화를 끊었다.

정 형사는 이불 밖으로 얼굴을 내밀기는 했지만 벽 쪽으로 돌아누워 있었다.

"벌써 자는 거야?"

왕이 이불 속으로 파고들자 그녀는 벽 쪽으로 더욱 자신을 밀어 붙였다.

"자지 말고 이야기나 하자구. 이런 밤에 자다니 정말 형편없는 아가씨인데……"

이불 속으로 들어간 왕 형사는 뒤에서 정 형사를 끌어안았다. 정 형사는 더 이상 그를 뿌리치지 않았다. 그러자 왕은 안심하고 더욱 힘주어 그녀를 껴안았다.

"아, 따뜻해. 옛날에 엄마 품에 안기던 기분이 나는데."

그는 그 옛날의 아련한 추억 속으로 빠져들고 싶은 듯 그녀의 등에다 얼굴을 비벼댔다. 그의 어머니는 지금 이 세상에 존재하지 않았다. 그가 어렸을 적에 그의 어머니는 세상을 떠났었다. 그 이후 그는 지금까지 어머니의 품속에서 느꼈던 그 아늑하고 따뜻한 감정을 한 번도 맛보지 못한 채 살아왔다. 등에다 귀를 대고 있자니 그녀의 몸속에서 쿵쿵 하는 소리가 들려왔다. 그는 셔츠 밑으로 손을 집어넣어 브래지어의 후크를 끌렀다. 그녀는 가만히 있었다. 브래지어를 밀어내고 손을 뻗치자 말랑말랑한 젖가슴이 손안에 들어왔다. 그는 조심스럽게 그것을 거머쥐고 그 부드럽고 따뜻함을 즐겼다.

"아, 간지러워요."

그녀가 몸을 뒤챘다. 그러나 그의 손을 뿌리치지는 않았다. 그녀의 입에서 한숨 소리가 흘러나왔다. 그녀가 몸을 바로 했기 때문에 가슴을 만지기가 더욱 쉬워졌다. 그녀는 이제 완전히 몸을 열어놓고 있었다. 그녀가 기다리고 있음을 알자 오히려 그쪽에서 조심스러워졌다.

"경감님은 뭐라고 그래요?"

"완전히 놀란 모양이야. 두 사람이 쌍둥이일 줄은 상상도 못했다는 거야."

"아니, 그거 말고요. 우리가 함께 있는 거 말이에요."

"아, 그거…… 뭐 정 형사를 잘 돌보라고 당부하던데. 잘 돌보는 게 뭔지는 잘 모르겠지만 말이야."

"경감님은 역시 신사예요."

그의 손은 어느새 그녀의 배 위에 올라가 있었다.

"배가 아파요. 아까 냉면 먹은 게 안 좋았나 봐요."

"나도 뱃속이 안 좋은데……"

"제가 만져 드릴게요."

그녀가 몸을 돌리더니 거침없이 옷 속으로 손을 쑥 밀어 넣었다. 그 거침없는 행동에 왕은 자못 당황했다. 그렇다고 그녀의 손을 뿌리치고 싶은 마음은 없었다. 그녀의 보드라운 손이 배를 어루만지기 시작하자 그는 황홀한 듯 눈을 감았다. 뱃속이 안 좋다고 한 것은 거짓말이었다.

"무슨 배가 이렇게 커요. 임신 8개월쯤 된 것 같아요."

그 말에 그는 후후 하고 웃었다.

어둠은 모든 것을 포근하게 감싸주면서 은밀한 분위기를 만들어 주고 있었다. 왕은 어둠 속에서 천장을 향해 두 눈을 뜨고 있었다. 여자의 머리 냄새가 기분 좋게 코끝을 간질이고 있었다. 그는 그녀의 머리에다 입술을 갖다 댔다.

바람에 창문이 덜컹거리는 소리를 내고 있었다. 오래된 여관이었기 때문에 여러 가지 소리들이 들려오고 있었다. 마치 여관은 어둠과 함께 낮 동안의 침묵을 깨고 활동을 개시한 것 같았다. 천장에서는 쥐들이 뛰어다니고 있었고 옆방과 복도를 사이에 둔 건너 방에서는 여자의 신음 소리가 들려오고 있었다. 여러 가지 소리들이 어우러진 속에서 하나의 다른 소리가 길게 직선을 그으며 다가왔다가 사라진다. 어디선가 불이 난 모양이라고 그는 생각했다.

마침내 그는 자신의 옷을 벗었다. 그녀의 손이 계속 그의 복부를 쓰다듬고 있었다. 그는 그녀의 귀에다 입술을 갖다 댔다. 그녀가 한숨을 내쉬면서 머리를 흔들었다.

"책임지라는 말하지 않을게요."

그녀가 한숨 섞인 소리로 말했다. 그는 몸을 돌려 그녀의 몸에 걸쳐져 있는 옷들을 훑어 내렸다. 그녀는 거칠게 숨을 몰아쉬면서 그녀의 옷이 쉽게 벗겨질 수 있도록 몸을 들어주었다.

"나는 여자보다도 일이 더 좋아."

그녀를 벌거숭이로 만들어놓고 나서 그가 말했다. 이번에는 그의 손이 그녀의 배를 쓰다듬기 시작했다.

"그런 분 인줄 알고 있어요. 그게 더 매력적이에요. 여자 꼬리만 쫓아다니는 남자보다는……"

그녀의 아랫배는 한없이 보드랍고 따뜻하고 드넓은 느낌이었다. 그의 손은 더 보드라운 지역으로 내려갔다. 잘 다듬어진 잔디밭 같은 느낌이 손바닥에 전해져왔다. 그녀가 꿀꺽하고 침을 삼키는 소리가 들려왔다. 벽에 무엇이 부딪치는지 쿵쿵하는 소리가 들려왔다. 여자가 숨넘어가는 소리를 내고 있었다. 정 형사가 킬킬거렸다.

"위대한 밤이군. 위대해."

왕이 중얼거렸다.

갑자기 전화벨이 울렸다. 그들은 그것이 울리도록 내버려두었다.

"제기랄……"

"전화 받아보세요."

그녀가 그를 떠밀었다.

"선생일 거야."

그가 몸을 일으켜 전화를 받으려고 했을 때 벨소리가 그쳤다. 그는 투덜거리면서 도로 이불 속으로 들어와 그녀를 사랑스럽게 끌어안았다.

포장마차

서울 오전 10시.

눈 때문에 고속도로가 막히는 바람에 사람들이 역으로 몰리고 있었다. 서울역은 이른 아침부터 길 떠나는 사람들로 북적거리고 있었다.

병호는 오래된 역사의 입구 위에 걸려 있는 대형 시계를 올려다보았다.

시계 바늘이 정각 10시를 가리키고 있었다. 그녀와 만나기로 한 시간이었다. 그는 입구에 서서 광장에서 움직이고 있는 사람들을 무표정하게 바라보았다.

그의 얼굴은 몹시 초췌하고 꺼칠해져 있었다. 사건수사가 풀리지 않고 거기에 시달리다 보면 으레 나타나는 모습이었다. 며칠 동안 면도도 하지 않아 그의 턱 주위에는 수염이 시커멓게 자라 있었다.

사람들은 눈을 피하려는 듯 종종걸음을 치고 있었다. 밤새 퍼붓던 눈은 많이 약화되어 지금은 듬성듬성 내리고 있었지만 그것이 바람에 날려 공중에서 부서지는 바람에 눈 같지 않게 뿌옇게 시야를 가리고 있었다.

서울역 입구 양편에도 총을 든 계엄군이 굳은 표정으로 서 있었다. 총 끝에 꽂혀 있는 날카로운 칼끝이 계엄군의 모습을 보다 살벌하게 만들어주고 있었다.

"이봐요. 거기 서 있지 말고 저쪽으로 비켜요."

입구에 서서 담배를 피우고 있는 병호를 못마땅하게 쳐다보면서 계엄군 한 명이 말했다.

병호는 안쪽으로 들어갔다. 광장을 가로질러 유화시가 종종걸음으로 걸어오는 모습이 보였다. 그녀의 모습은 멀리서 보아도 환히 눈에 띄었다. 10시 15분이었다.

"죄송해요. 차들이 움직여야 말이죠."

병호는 미소를 짓다가 말았다. 그녀는 허리를 졸라맨 짙은 밤색의 코트를 입고 있었다.

"5분 남았어."

그가 개찰구 쪽을 향해 재빨리 걸어가자 그녀는 뛰듯이 그를 따라왔다.

"빠져나오게 돼서 한숨 돌렸어요. 본부에 갇혀 있으려니까 미칠 것 같아서 혼났어요."

그들은 종종걸음으로 계단을 내려갔다. 플랫폼에 이른 병호는 차에 오르기 전에 캔 맥주 두 개를 샀다.

열차에 올라 자리를 찾아 앉자 열차가 움직였다. 경부선 하행 열차였다.

"왕한테서는 연락이 없었나?"

"아무런 연락도 없었어요. 정 형사한테서도 없었어요. 두 사람…… 밤새 무슨 일이 있었나 봐요. 총각 처녀가 함께 출장을 갔다가 발이 묶였으니 무슨 일이 안 벌어졌겠어요?"

"무슨 일이 있었다면…… 그건 다행스런 일인데. 형사 부부도 괜찮지 않아?"

병호는 캔 마개를 따서 먼저 화시에게 한 개를 건네주고 나서 자기 것도 마개를 땄다.

실내는 스팀이 충분히 나오고 있었기 때문에 훈훈했다. 시원한 맥주가 몸속으로 들어가자 비로소 얼어붙었던 가슴속이 녹으면서 여행하는 기분이 나는 것 같았다.

"오래오래 타고 갔으면 좋겠어요."

그녀가 밝은 표정으로 창밖을 바라보면서 말했다. 그녀는 아직 그날 밤에 있었던 일들을 기억해내지 못하고 있었다. 병호는 그것을 굳이 알려고 하지 않았다. 그녀가 스스로 기억해낼 수 있기만 잠자코 기다리고 있을 뿐이었다.

"경감님은 왜 그날 밤 일에 대해서 저한테 아무것도 묻지 않으세요?"

열차가 수원을 지났을 때 그녀가 빈 캔을 우그러뜨리면서 물었다.

"화시가 숨기고 있는 것도 아니잖아. 묻는다고 해서 기억이 금방 살아나는 것도 아니고……"

"그 사람은 검은 옷을 입었어요. 그리고 춤 솜씨가 뛰어났어요. 그렇게 춤을 잘 추는 사람을 만난 건 처음이에요."

병호는 속이 뒤틀리는 것을 느꼈다. 그녀는 수사와는 동떨어진 몽상 속에서 살고 있는 사람 같은 말만 하고 있었다.

"경감님도 춤 잘 추시죠?"

"난 춤 못 춰."

그는 빈 캔을 우그러뜨렸다.

"왜 저를 불러내셨어요? 왜 저와 함께 가시는 거예요?"

"남자끼리 가면 심심하거든. 그리고…… 화시한테 바람을 쐬게 할 필요가 있을 것 같아서……"

그녀는 그 사나이가 춤을 기막힐 정도로 잘 추며 검은 옷차림이었다는 것 정도밖에는 기억하고 있지 못했다.

그녀가 일부러 아무것도 생각나지 않는다고 시치미를 떼고 있을 수도 있었다. 그날 밤의 정사를 얼버무리기 위해서. 사실 그런 쪽으로 생각하고 있는 사람들이 대부분인 것 같았다. 그러나 병호는 화시가 거짓말을 하고 있다고는 생각지 않았다.

그들은 대구에서 내렸다. 대구는 몹시 추운 대신 눈은 내리지 않고 있었다. 점심때였기 때문에 그들은 식당에 들어가 만두국을 한 그릇씩 먹고 나서 호텔 코피숍으로 들어갔다.

"이제부터 많아 돌아다녀야 하잖아요? 너무 추워서 얼어 죽겠어요."

거리가 내다보이는 창가에 자리 잡고 앉으며 그녀가 말했다.

"식사까지 했으니까 밥값을 해야 할 거 아니야?"

병호는 코피를 두 잔 주문했다.

"한 회장님이라는 분은 잘 계시나요?"

그녀가 느닷없는 질문을 던져왔다. 병호는 거리에 오가는 행인들을 물끄러미 바라보고 있다가 고개를 끄덕였다.

"잘 계시지. 언제까지 안전할지는 모르지만……"

그의 목소리에는 아무런 억양도 없었다.

"그분은 정말 대통령이 될 수 있을까요?"

"그거야 아무도 알 수 없지."

그는 따끈한 코피를 입으로 가져갔다.

"그분이 대통령이 되면 얼마나 근사할까?"

중얼거리면서 턱에 손을 괴고 창밖을 바라보는 그녀의 모습은 마치 사춘기 소녀 같아 보였다.

"아마 되기 힘들 거야."

그의 목소리는 많이 잠겨 있었다. 그녀가 의아한 눈으로 그를 쳐다보았다.

"아니, 그건 왜죠?"

"우리같이 불행한 국민들의 운명이 그렇게 쉽게 바뀔 리가 없거든. 지금까지 국민들이 바라는 대로 된 예가 없었어. 오히려 그 반대로 되어왔지. 이번에도 아마 마찬가지일 거야."

그녀는 입으로 가져가던 찻잔을 도로 내려놓고 심각한 눈으로 그를 바라보았다.

"왜 그렇게 비관적으로 보세요? 우리는 행복해질 자격이 없나요?"

병호는 한숨을 내쉬었다. 가슴이 터질 것 같은 기분을 느끼면서 그는 코피 한 잔을 더 시켰다.

"글쎄, 나도 모르겠어. 역사를 논리적으로 정리할 실력 같은 것은 나한테는 없어. 하지만 경험과 육감이라는 게 있어. 솔직히 말해 난 논리보다는 경험과 내 육감을 더 믿어. 우리 국민들의 시련은 아직 끝나지 않은 것 같은 느낌이야. 남북이 통일되기 전에는……"

"전 그렇게 보지 않아요. 전 우리 나라의 앞날이 아주 희망적이라고 생각해요."

반짝이는 그녀의 눈이 아름답다는 생각이 들었다.

"나는 그 의견을 반박할 능력이 없어. 그것은 그것대로 옳다고 봐야겠지. 하지만 내 말은 전적으로 비관적인 것만은 아니야. 나는 아주 냉정한 눈으로 이 세상을 보고 있어. 누구보다도 냉정한 눈으로……"

"한 회장님한테도 그런 말씀을 하셨나요?"

"아아니, 아무 말도 하지 않았어. 하지만 그분 역시 나와 같은 생각인 것 같았어. 분명히 말해 주지는 않았지만…… 나는 그런 것을 느꼈어. 그는 자신이 대통령이 될 것이라고 확신하고 있는 것 같지가 않았어."

그녀의 아름다운 두 눈이 더욱 커지는 것 같았다.

"그렇다면 왜 대통령에 출마하겠다고 선언하고 나왔죠? 그렇게 자신도 없으면서 왜 선언하고 나왔죠? 세상이 떠들썩하게 말이에요?"

"글쎄 말이야."

차도에는 차들이 잔뜩 밀리고 있었고, 그 사이로 사람들이 차들을 피해 이리저리 빠져나가고 있었다. 차들은 하나같이 무슨 괴물들 같아 보였다.

"그분 혹시 인기를 얻으려고 그런 거 아니에요?"

"그렇지 않아 결코……"

병호는 무겁게 고개를 흔들었다.

"그럼 왜 그런 짓을 했죠?"

"나라 되어가는 꼴을 그대로 두고 볼 수가 없어서 그런 거겠지. 그는 만일 자신이 집권하면 이 조그만 나라를 선진국으로 만들 수가 있다고 확신하고 있는 사람이야. 그래서 그런 선언을 했던 거야. 하지만 그런 확신과 현실 상황과는 많은 거리가 있지. 그는 그것을 알고 있는 거야. 자신이 아무리 자기 나름대로의 확신이 서 있다고는 하지만 현실 상황이 그것을 받아주지 않는다면 자기도 어쩔 수가 없다는 것을 알고 있어."

"그분은 현재 인기가 좋지 않아요?"

"이봐, 인기가 좋다고 누구나 집권할 수 있는 줄 알아? 그건 선진국의 이야기이고…… 우리나라에서는 지금까지 가장 인기 없는 사람이 나라를 다스려왔어."

"그런 모순이 어딨어요."

그녀의 볼멘소리를 들으면서 병호는 자리에서 일어섰다.

"자, 가보자구."

"그런 말을 들으니까 일할 맛이 뚝 떨어졌어요."

로비를 가로질러 나오면서 그녀가 말했다.

"그런 거 저런 거 생각하니까 금년 겨울이 더 추운 것 같아. 그분은…… 자기를 희생시킬 각오가 되어 있어. 안 되겠지만 한 번 부닥쳐 보겠다는 거야. 그 과정에서 자신이 희생당할지도 모른다는 것을 그는 알고 있어."

그들은 길을 건너갔다. 신호등은 정전이 되었는지 제구실을 하지 못하고 있었다.

"그분의 희생은 우리한테 더 큰 비극을 안겨주지 않을까요?"

"난 그렇게 생각지 않아. 그런 희생은 없는 것보다는 나아."

택시 정류장에는 많은 사람들이 줄을 서 있었다. 그들은 줄 끝에 가서 섰다.

"경감님은 잔인해요."

"그건 그래."

그는 우울한 표정으로 고개를 끄덕였다.

택시에서 내린 그들은 시장통 안으로 들어섰다.

상인들은 추위에 웅크린 채로 하나라도 더 팔기 위해 자리에 버티고 있었다. 하필이면 주소지가 시장통 안에 있을 게 뭐냐고 하면서 화시는 투덜거렸다. 그러나 병호는 묵묵히 주소를 확인하며 돌아다녔다.

손명기의 본적지는 복잡한 시장 바닥으로 변해 있었다. 그곳이 시장으로 바뀐 것은 20여 년 전의 일이라고 시장 사람들은 말했다.

"아이구, 그걸 어떻게 알 수가 있습니까. 우리도 이 가게를 맡아서 한 지 2년밖에 안 됐는데요."

정육점 주인 사내가 어렵게 본적지 주소를 찾아낸 형사들에게 말했다. 그 사내한테서는 아무것도 알아낼 수가 없었다. 그들이 정육점을 나서는데 막 안으로 들어서는 한 쌍의 남녀가 있었다. 왕 형사와 정 형사였다.

"아니, 경감님이 여긴 웬일이십니까?"

왕 형사가 놀라서 물었다.

"자네가 눈 때문에 길이 막혀 못 올 것 같아서 내가 대신 왔지. 용케 왔군."

"서울까지는 차로 왔고 서울서 여기까지는 비행기 편으로 왔습니다."

왕 형사의 시선이 유화시 쪽으로 움직였다. 그녀는 정 형사의 팔짱을 끼고 있었다.

"정 형사는 많이 야위었군."

병호의 말에 정 형사의 얼굴이 붉어졌다.

"잠 한숨도 못 잤어요."

하고 그녀가 눈을 흘기면서 말했다.

"왜? 자네가 좀 보호해 주지 않았나?"

"보호해 주느라고 저도 잠 한숨 자지 못했습니다."

"흥, 두 분 다 솔직히 털어놓지 뭘 그래요."

화시가 빈정대자 왕이 그녀의 팔을 꽉 움켜잡았다.

"아가씨야말로 솔직히 털어놓으시지. 신사와의 아름다웠던 추억을 말이야."

그 말에 화시의 표정이 금방 핼쑥해졌다. 그녀는 노여운 눈빛으로 왕을 쏘아보다가 말없이 머리를 흔들었다. 왕은 머쓱해져서 화제를 돌렸다.

"뭐 좀 알아냈습니까?"

"아무것도…… 고생 좀 해야 될 것 같아."

병호는 길가에 놓고 파는 오뎅을 하나 집어 들었다. 김이 무럭무럭 나는 오뎅은 얼어붙은 몸을 잠시나마 녹여줄 것 같았다. 모두가 좌판대에 모여들었다.

"정육점 주소가 손명기의 주소하고 일치하긴 하는데 지금 주인은 아무것도 몰라. 2년 전에 가게를 인수했다는 거야. 여기에 시장이 형성된 것은 20여 년 전부터라는 거야."

"그럼 어디서부터 더듬어야죠?"

왕이 오뎅을 하나 집어 들며 물었다.

여자들도 오뎅을 하나씩 집어 들었다.

"보기엔 아주 어려울 것 같은 것이 의외로 쉽게 풀릴 수도 있잖아요."

정 형사의 말이었다.

"춘천에 다녀온 이야기 좀 해봐."

"아, 네, 서기태의 본적지는 의외로 쉽게 찾았습니다. 서기태 형제가 태어난 집에는 그들을 길러준 계모가 지금도 혼자 살고 있었습니다."

"그 할머니는 두 눈이 모두 멀었어요. 돌보는 사람 하나 없이 혼자 살고 있었는데…… 불쌍해서 혼났어요."

정 형사가 울상을 지으며 말했다.

"서기태와 손명기가 쌍둥이었다는 증거가 있나?"

"네, 계모가 그렇게 증언해 주었고…… 그들의 어릴 때 사진을 가져왔습니다."

왕은 사진을 꺼내 병호에게 보였다. 화시도 사진을 보기 위해 병호 옆으로 바싹 붙어 섰다.

"이쪽이 서기태이고 이 애가 손명기입니다. 이란성 쌍둥이라 생김새는 다릅니다."

"어머나, 귀여워!"

누렇게 바랜 흑백 사진을 들여다보면서 화시가 탄성을 질렀

다. 병호는 남루한 차림의 코흘리개 소년들을 한참 동안 들여다
보고 있었다. 그들은 나란히 서서 웃고 있었는데, 그들의 뒤로
감나무와 장독대가 보였다. 감나무 가지에는 잎이 거의 보이지
않고 빨간 감들만 매달려 있는 것이 늦가을에 찍은 사진 같았다.
소년들은 비록 남루한 차림이었지만 눈빛만은 초롱초롱 빛나고
있었다.

"지금 사진하고 비교해 보면 누가 누군지 알 수가 있습니다."

왕은 서기태와 손명기의 최근의 사진들을 꺼내 흑백 사진과
대비시켜 보였다.

"어머나, 정말 비슷해요. 이쪽 애가 이 사람이고…… 이 애가
손명기하고 닮아 보여요."

화시가 손가락으로 사진 속의 인물들을 가리키며 말했다.

"음, 정말 비슷한데……"

병호는 고개를 끄덕이며 생각에 잠기는 표정을 지었다.

"이 사진은 그들이 헤어지기 전에 찍은 걸 겁니다. 그들은 어
릴 때 헤어졌거든요."

왕은 춘천의 노파한테서 들었던 이야기를 병호에게 소상히
들려주었다. 정 형사와 화시가 춥다고 하면서 다방에 들어가자
고 하는 바람에 그들은 부근의 찻집으로 자리를 옮겼다.

"할머니의 말에 의하면…… 그들은 고향집을 떠난 이후로는
한 번도 오지도 않았고 연락도 없었답니다. 그게 사실이라
면…… 물론 자기들을 낳아준 어머니가 아니라고는 하지만……
인간의 도리를 저버린 자들이었다고 할 수 있겠죠. 서기태는 고
등학교까지는 춘천에서 마친 모양입니다. 그리고 고등학교를

마치자마자 고향집을 떠났다고 합니다. 노파의 말로는 두 형제들 중 손명기쪽이 훨씬 나았다고 합니다. 서기태는 항상 말썽을 부렸고 성격도 아주 고약했다고 합니다. 아무튼 노파는 그들을 배은망덕한 놈들이라고 욕하고 있었습니다."

정 형사가 두 사람의 대화에 귀를 기울이고 있다가 조심스럽게 끼어들었다.

"제 생각에는 그 두 사람이 후에 만나가지고 형제간의 우의를 다지고 앞길을 계획하는 등 함께 삶을 개척해 나갔을 것 같아요. 그렇지 않으면 어떻게 두 사람이 같은 대학에 입학하고 졸업 후에는 같은 회사에 입사했겠어요. 우연의 일치치고는 좀 이상하잖아요?"

"네, 저도 그렇게 생각합니다. 그들은 성인이 된 후에 틀림없이 만났을 겁니다. 같은 피를 나눈 형제라는 게 그래서 무서운 거 아닙니까."

"글쎄……"

병호는 그 의견에 선뜻 동조하는 것을 주저했다.

"그들이 회사를 나오게 된 동기도 좋은 동기가 아니었습니다. 두 사람 다 회사에 해를 끼치고 물러났습니다. 서기태는 3년 동안 옥살이까지 했습니다. 그들이 한 회장에 대해서 원한을 품었을 가능성은 얼마든지 있습니다. 원한이 깊어지다 보니까 목숨까지 노리게 된 게 아닐까 생각됩니다."

그렇다면 그들은 매우 어리석은 자들일 것이라는 생각이 들었다. 그러나 병호는 왕의 그 같은 의견에 아무래도 수긍이 가지 않아 고개를 갸우뚱거렸다.

"그렇다면 말이야, 그들은 한 회장한테 접근도 해보지 못한 채 오히려 참혹한 결과를 맛보고 말았는데 그건 어떻게 해석해야지? 누가 서기태를 그런 식으로 죽였고…… 그리고 손명기 가족들의 죽음은 어떻게 해석해야지? 그들은 적을 공격하려다가 오히려 반격을 당한 건가? 그런 식의 반격도 있을 수 있다고 생각하나?"

모두가 잠잠해졌다. 그것은 현재 아무도 명쾌하게 대답할 수 없는 수수께끼였던 것이다.

"글쎄, 그 점이 좀 애매합니다."

왕은 도움을 청하듯 여자들을 쳐다보았다.

화시는 자기와는 전혀 관계없는 사람들의 이야기를 듣고 있는 듯 멍한 표정으로 앉아 있었다. 어떻게 보면 멍청해 보이기까지 했다.

"그들이 반격을 당했다면, 그러면 반격을 가한 사람은 한 회장이란 말인가?"

모두가 잠잠해졌다. 병호는 찻잔에 남아 있는 식은 코피를 마시고 나서 다시 입을 열었다.

"한 회장이 무엇 때문에 그런 짓을 하지? 그는 그런 저급한 차원의 인물이 아니야."

"알고 있습니다."

왕이 화가 난 듯한 목소리로 말했다.

"그 사람도 그런 말을 했어요. 자기는 저급한 인간이 아니라고요."

멀거니 창밖만 바라보고 있던 화시가 갑자기 느닷없는 말을 했다. 그것을 보고 세 사람의 안색이 굳어졌다. 그들은 긴장한 눈으로 그녀를 주시했다.

"자기는 저급한 인간이 아니니까 안심하라고 했어요."

중얼거리는 소리로 그녀가 말을 이었다.

"그 사람은 정말…… 신사였어요. 아주 이상한 신사였어요."

"그 사람이 누구야? 그 검은 신사 말인가?"

왕이 참을 수 없다는 듯 물었다.

"네, 그래요."

그녀는 무엇인가 깨지는 것을 두려워하는 것 같은 표정으로 끄덕였다.

그들은 그녀의 다음 말을 기다렸지만 그녀는 더 이상 이야기를 계속하지 않았다.

"이제 정신이 돌아오나 보지? 그 사람 생각이 나나? 그래서 어떻게 됐다는 거야? 머뭇거리지 말고 말해 보라구."

왕이 재촉하자 그녀는 머리를 살래살래 흔들었다.

"여기서 이러고 있으면 범인이 걸어 들어오기라도 하나요? 빨리 나가요."

그녀는 몸을 일으키더니 먼저 밖으로 나가버렸다. 세 사람은 어리둥절해 하다가 그녀를 쫓아 나갔다.

"두 팀으로 갈라져서 시장바닥을 이잡듯이 뒤져보자구. 틀림없이 시장바닥에서 옛날부터 살아온 사람이 있을 거라구. 만나는 장소는 이 다방이야. 전화번호를 외워두라구."

다방 앞에서 앞으로 해야 할 일을 부하들에게 이른 다음 병호는 화시를 데리고 생선가게가 늘어서 있는 곳으로 들어섰다.

좁은 통로 양편에는 얼어붙은 생선들이 즐비하게 놓여 있었고 좌판대 앞에는 아낙네들이 몸을 웅숭그리고 앉아 있었다.

"여기서 가장 오랫동안 장사하신 분이 누구십니까?"

병호의 물음에 아낙네들은 귀찮다는 듯 머리를 좌우로 흔들기만 했다.

"몰라요. 그걸 어떻게 알아요."

똑같은 질문과 같은 대답이 반복되는 지루한 시간이 계속되었다.

시장을 관리하는 사무실이 있다는 것을 알아낸 것은 한 시간쯤 지나서였다. 그것은 낡은 상가 건물의 2층 한쪽에 자리 잡고 있었다.

안으로 들어가자 노란 완장을 찬 사내 두 명이 서너 평쯤 되는 사무실에 앉아 불을 쬐고 있다가 그들을 무표정하게 바라보았다. 한쪽 구석에서는 초라한 사무실에 어울리지 않게 몸집이 크고 화장을 짙게 한 아가씨가 껌을 짝짝 씹으며 주간지를 뒤적거리고 있었다.

완장을 찬 사내들은 시장 관리인들이었고, 그 아가씨는 관리실을 지키는 직원이었다. 병호의 이야기를 듣고 난 사내들은 연탄난로 위에서 끓고 있는 물속에 라면을 분질러 넣으면서 이렇게 말했다.

"그런 것은 사장님이 들어오셔야 알 수 있을 겁니다. 사장님은 이 바닥에서 오래 사셨으니까요."

병호는 창가에 놓여 있는 책상과 회전의자를 바라보고 나서 여직원 쪽으로 시선을 돌렸다.

"사장님은 목욕하러 가셨어요. 조금 전에 가셨으니까 한 시간 이상은 기다리셔야 할 거예요. 이발까지 하고 오시면 더 오래 걸릴 거예요."

사무실은 비좁았기 때문에 거기서 버티고 있을 수도 없어 그들은 밖으로 나왔다.

왕 형사와 정 형사는 동사무소 문을 밀고 안으로 들어갔다. 실내는 각종 서류를 발급받으러온 사람들로 붐비고 있었다. 그들은 동장실로 들어갔다.

형사들의 방문을 받고 표정이 굳어졌던 동장은 용건을 듣고 나서는 이내 긴장을 풀었다.

"저는 여기에 온 지 1년밖에 안 돼서 잘 모르겠군요. 하지만 알아볼 수 있을 겁니다. 30여 년 전이라면 에 또……"

동장은 직원 두 명을 불러들였다. 한 사람은 나이 들어 보이는 직원이었고 다른 한 사람은 젊은 직원이었다. 동장은 젊은 직원에게 30여 년 전의 동적부를 모두 가져오라고 이른 다음 나이든 직원이 들고 온 지도를 탁자 위에 펼쳤다. 그 직원은 그곳 출신이기 때문에 수십 년 전의 상황을 어느 정도 기억하고 있다고 했다. 그는 50대의 사내였다.

"여기가 바로 지금 정육점이 자리 잡고 있는 곳인데…… 이 일대는 30여 년 전에는 조그만 동네였고 주위는 온통 밭이었습니다."

사내는 지도를 볼펜 끝으로 짚어가며 설명해 나갔다.

"그런데 지대가 낮아서 비가 좀 내리면 물에 잠기곤 해서 주택지로는 좋지가 않았습니다. 시에서는 해마다 물난리를 겪는 것이 귀찮아서 주민들을 모두 다른 곳으로 이주시켰습니다. 그리고는 오랫동안 방치되어 있었는데 지주들이 땅을 돋워서 시장을 만들었지요. 지주들은 쓰레기를 갖다 부었기 때문에 별로 돈도 들이지 않고 땅을 돋웠습니다. 땅을 돋우고 나서 시장이 들어서니까 땅값이 폭등했지요. 큰돈 벌어서 떠난 지주들이 꽤 있었습니다."

"하지만 그 당시 지주로서 지금도 땅을 가지고 있는 사람들이 있겠지요?"

"네, 있습니다. 지금 시장 관리사무소 사장님으로 계시는 분도 옛날부터 땅을 가지고 있던 사람이지요. 아마 제일 많이 땅을 가지고 있을 겁니다."

"그 사장님 성함이 어떻게 됩니까? 어디에 가면 만날 수가 있습니까?"

"이름은 엄재식이고…… 시장에 가서 물어보면 있는 곳을 알 수가 있습니다. 시장 건물 이층에 사무실이 있으니까요. 나이가 많은 분입니다."

젊은 직원이 동적부를 한 아름 안고 들어왔다. 너무 오래돼서 먼지가 풀썩풀썩 나는 것들이었다.

"213의 17번지를 좀 찾아주시겠습니까?"

"세대주는 누구인가요?"

"손태복이라고 합니다. 아마 맞을 겁니다."

"정확한 시기를 좀 대줄 수 없습니까?"

"그러니까……"

왕은 속으로 계산을 해보았다. 지금이 1982년이니까 6.25 전인 1948년이나 49년쯤이 아닐까. 손명기는 현재 46세. 30여 년 전인 열두세 살 때 남의 집에 양자로 들어갔으니까 전쟁이 나기 전의 일이었다. 정확한 햇수는 알 수 없지만 아마 그 시기에 고향집을 떠났을 것이다.

"1948년이나 49년도 것을 봐주십시오."

"아이구, 6.25 전의 것은 없는데요. 모두 불에 타버려서요."

"그럼 제일 오래된 게 언제 것입니까?"

왕 형사는 실망한 표정으로 물었다.

"51년 것부터 있습니다. 그걸 보여드릴까요?"

"봅시다."

젊은 직원은 51년도 동적부를 펼쳐놓고 213의 17번지를 찾았다. 먼지 때문에 그는 한 손으로 코를 막고 서류를 넘겼다. 이윽고 그는 움직임을 멈추고 서류에 희미하게 적혀 있는 글자를 가리켰다.

"17번지 것입니다. 그런데 세대주가 손씨가 아닌데요."

거기에 적혀 있는 세대주의 이름은 김인범이었다. 그리고 동거인들 가운데에도 손씨 성을 가진 사람은 없었다.

"제기랄……"

왕은 중얼거리고 나서 그 다음 것을 들여다보았다.

그 이후 10년 동안에 걸쳐 그 번지에 손씨 성을 가진 사람이 살았던 기록은 없었다.

"이곳에 마을이 없어지고 다시 시장이 들어선 것은 61년부터입니다."

하고 나이 많은 직원이 말했다.

"혹시 구청 호적계에 가보면 6.25 전의 것을 알 수 있지 않을까요?"

"글쎄요. 거기 가도 마찬가지일 겁니다. 하지만 한번 가서 알아보십시오."

동사무소를 나온 그들은 잠시 망설였다. 정 형사가 왕의 표정을 살피고 나서 그를 잡아끌었다.

"구청에 한번 가 봐요."

"내 생각에는 손씨는…… 6.25 전까지 그 번지에 살았던 것 같아. 그리고 전쟁이 나자 다른 곳으로 이사 간 거야."

구청은 그곳에서 그다지 멀지 않은 곳에 자리 잡고 있었다.

형사들은 호적계 직원의 안내를 받아 쇠창살로 된 문을 통과해 뒤쪽으로 들어갔다. 다행히 거기에는 전쟁 전의 호적이 비치되어 있었다. 손태복의 호적은 어렵지 않게 찾을 수가 있었다. 그러나 그는 사망으로 처리되어 있었다. 그가 사망자로 처리된 것은 52년 5월의 일이었다. 그의 호적에는 부인과 세 딸 외에 양자로 입적된 손명기가 올라 있었다. 왕은 부인과 세 딸들의 이름을 모두 수첩에다 적어 넣었다. 그들은 어딘가에 살아 있는 것이 분명했다. 하지만 지금 어디에 살고 있는 지 그 주소는 전혀 알 수가 없었다. 손명기가 양자로 입적된 것은 1948년 11월의 일이었다.

"그 노파의 말은 사실이었어. 어린 손명기는 전쟁 전에 손태복 씨의 양아들로 들어가 그 집에서 살았던 게 분명해. 시장이 들어서기 전에 그 마을에 살았던 사람을 찾아내면 그들이 어디

320

살고 있는지 알 수 있을지도 몰라."

구청을 나온 그들은 다시 시장으로 향했다.

그 시간에 병호는 시장 관리사무실에서 고 사장이라는 사람을 만나고 있었다. 그들은 고 사장을 무려 두 시간 넘게 기다린 끝에 만난 것이었다.

자그마한 몸집에 바짝 마른 그는 70이 다 된 노인이었지만 이발소에 다녀왔는지 머리에는 기름이 발라져 있었고 얼굴은 깨끗이 면도질이 되어 있어서 나이보다는 좀 젊어 보였다. 그는 향수 냄새를 풍기면서 돋보기안경 너머로 병호가 내어준 명함을 찬찬히 들여다보았다.

병호는 그가 염소 같다고 생각했다.

"아이구, 이거 형사님이시군요! 몰라 뵈어서 죄송합니다!"

염소는 야단스럽게 호들갑을 떨면서 여직원에게 코피를 빨리 끓여 내오라고 큰소리쳤다. 코피는 여러 잔 마셨기 때문에 필요 없다고 했지만 그는 들으려고 하지 않았다.

구석에서 여직원이 코피를 끓이는 동안 병호는 찾아온 이유를 설명했다.

이야기를 듣고 난 염소는 대뜸

"아, 손태복이 말씀이군요! 그 친구 죽은 지가 언젠데요."
라고 큰소리로 말했다.

"언제 죽었습니까?"

"전쟁 때 죽었지요. 그러니까 벌써 한 30년 가까이 됐나……
하여간 죽은 지 오래됐어요."

그가 죽은 이유에 대해서는 얼른 말을 꺼내려들지 않았다.

"지금 정육점 그 자리에 기와집이 있었지요. 거기서 밭농사를 지으면서 한편으로는 정치를 한다고 돌아다녔지요. 무슨 정치인가 했더니 좌익운동 하러 다녔어요. 나중에 경찰이 잡으러 다니니까 숨어 다니더니 전쟁이 나서 세상이 뒤바뀌니까 밖으로 나와 완장을 차고 설치고 다녔어요."

여직원이 코피를 가져오는 바람에 잠시 고 사장의 이야기가 중단되었다.

그의 이야기가 빨리 계속되게 하기 위해 병호는 잠자코 코피 잔을 집어 들어 입으로 가져갔다.

"그때 대구는 점령당하지 않았지 않습니까?"

"여기는 대구 외곽으로 나중에야 대구에 편입되었지요. 그 당시 여기는 그야말로 서로 뺏고 뺏기는 바람에 치열했었지요. 사람도 숱하게 죽었고…… 마을이 쑥밭이 된 것은 말할 것도 없고요. 태복이는 나보다 한 살인가 두 살 아래로 서로 호형호제했지요. 하지만 빨갱이로 돌아서는 바람에 서로 소원해져서 그때부터는 별로 만나지를 못했어요. 나중에 국군이 들어와서 태복이를 잡아갔다고 했는데…… 잡아간 게 아니라 그 자리에서 사살했어요. 소식을 듣고 가봤더니 태복이 시체가 개천에 처박혀 있더라구요. 태복이 시체뿐이 아니라 여러 사람들의 시체가 물속에 처박혀 있더라구요. 에이, 끔찍해."

염소는 생각하기도 싫다는 듯 어깨를 움츠리면서 머리를 흔들었다.

"그랬었군요. 손씨의 가족 관계는 어땠습니까? 혹시 양자로 들어온 아이는 없었습니까?"

"양자요? 그걸 어떻게 아십니까?"

"확실히는 모르고…… 그 관계를 자세히 알고 싶군요. 양자가 있었습니까?"

병호는 숨을 죽이고 상대방을 응시했다.

그때 노크 소리가 나더니 왕 형사와 정 형사가 들어섰다.

"어? 여기 계셨군요."

"음, 우리가 한 발 앞서 왔지. 조용히 하라구. 지금 중요한 이야기를 하고 있으니까."

소파에는 앉을 자리가 없었기 때문에 왕과 정 형사는 여직원이 갖다 준 간이 의자에 앉았다.

"양자가 있었습니까?"

하고 병호가 다시 고 사장에게 물었다.

"있었지요."

염소는 노르께한 눈을 굴리고 나서 고개를 끄덕였다. 그는 잔기침을 몇 번 하고 나서 말을 이었다.

"태복이한테는 딸만 셋이 있었지요. 그래서 아들을 몹시 가지고 싶어 했는데…… 하루는 싱글벙글하면서 웬 꼬마 녀석 손을 잡고 나타났기에 누구냐고 했더니 아들이라고 하면서 인사를 시킵디다. 놈이 '안녕 하세요' 하면서 꾸벅 절을 하는데 아주 똑똑하고 잘생겼더라구요. 나중에 태복이가 하는 말이 먼 친척뻘 되는 집에서 데려왔다고 하기에 그런 줄 알았지요."

"그때가 언제쯤이었습니까?"

"그게 그러니까 전쟁이 일어나기 전이었지요."

"그 애 이름이 혹시 손명기가 아니었습니까? 물론 새로 지은 이름이긴 했겠지만 말입니다."

"손명기? 그, 그래 맞아요! 명기가 맞아요!"

염소가 무릎을 칠 듯이 하면서 큰소리로 말했을 때 왕 형사가 그 앞에 슬그머니 사진 한 장을 디밀었다. 염소는 그것을 집어 들더니

"맞아요! 바로 이놈이 맞아요!"

하고 더욱 큰소리로 말했다. 그는 정확히 소년 서기선, 즉 손명기를 짚어 보이고 있었다.

"이놈이 맞아요! 이놈 참 똑똑하고 공부도 잘했지요. 아까운 애였는데…… 쯧쯧……"

염소가 안됐다는 듯 혀를 차는 것을 보고 형사들은 다시 긴장한 눈으로 그를 쳐다보았다.

"그 애는 그 후 어떻게 됐습니까? 그 집에서 살았습니까?"

염소는 고개를 흔들었다.

"어렵더라도 데리고 있어야 했는데…… 그렇지를 않고 고아원에 집어넣었어요."

"그래요?"

모두가 놀라서 염소를 쳐다보았다. 염소는 담배를 피워 물고 나서 새삼스럽게 다시 사진을 들여다보았다.

"태복이가 그렇게 죽고 나니까 집안이 풍비박산돼서 그 부인 혼자서 아이들을 기를 수가 있어야지요. 자기가 낳은 딸 셋을 기르는 것만도 벅찬데 남의 아들까지 기르려니까 보통 힘든 게 아니었지요. 잘은 모르지만, 양자도 태복이가 살아 있을 때 양자

지 가장이 죽고 나니까 양자고 뭐고 무슨 소용이 있겠어요. 그 애 덕을 보겠다는 생각은 태복이 생각이었지 어디 그 부인 생각이었겠어요?"

"그렇겠군요."

그것은 맞는 말이었다. 형사들이 고개를 끄덕이자 염소는 그들의 반응에 꽤 만족해하는 것 같았다.

"처음에는 그 애가 고아원에 들어간 줄 몰랐지요. 나중에 소문이 그렇게 나서 주위에 알아보았더니 고아원에 들어갔다고 그러더군요."

"어느 고아원에 들어갔습니까?"

"그건 모르겠어요."

염소가 모른다고 고개를 젓는 것을 보고 병호는 실망하는 표정이 되었다.

"어느 고아원에 들어갔는지, 그걸 알 만한 사람이 없을까요? 손태복 씨의 유족들은 알고 있을 거 아닙니까? 그 유족들은 어디서 살고 있습니까?"

"유족들은 당연히 알고 있지요. 하지만 딸들도 모두 시집가서 뿔뿔이 흩어져서 살고 있고, 태복이 부인도 세상을 떠났다고 들었어요. 딸 하나가 저기 버스 종점 부근에서 포장마차를 하는 걸 봤는데 지금도 그걸 하고 있는지 모르겠네요. 서너 달 전에 봤는데……"

형사들의 눈이 번쩍 빛났다.

"거기가 어디쯤인지 확실히 좀 가르쳐 주시겠습니까?"

"찾기야 쉽지요. 요 앞에서 길을 건너면 버스 정류장이 있어요. 거기서 99번 버스를 타고 종점에서 내리면 됩니다. 종점 부근에 포장마차가 몇 개 있으니까 한번 가서 알아보세요."

"말씀 고마웠습니다."

"천만에요."

밖은 어느새 어두워져 있었다.

어두운 밤거리 위로 바람이 몹시 불어대고 있었다. 여자들이 몹시 추워하는 것이 마음에 걸렸지만 병호는 그것을 묵살한 채 길을 건너갔다. 수사관이라면 사건을 해결하기 위해서 어떠한 고통도 참고 견딜 줄 알아야 한다는 것이 그의 생각이었다. 거기에 남녀 구분이 있을 수 없었다.

이윽고 버스 정류장에 이른 형사들은 99번 버스가 도착하기를 기다렸다. 왕이 군밤 두 봉지를 사서 한 봉지는 여자들에게 건네주고 남은 봉지를 병호 앞에 내밀었다. 병호는 군밤을 한 개 집어 껍질을 벗겨낸 다음 그것을 입 속에 집어넣었다.

이윽고 99번 버스가 굴러와 멎더니 많은 사람들이 차에서 내렸다. 그 바람에 버스 안은 텅 비다시피 사람이 별로 없었다. 네 명의 형사들이 버스에 오르자 차는 종점을 향해 출발했다.

거기서 두 정거장 째가 종점이었다.

포장마차는 종점으로 들어가는 어귀의 공지에 자리 잡고 있었다.

그곳에는 모두 다섯 개의 포장마차가 있었는데 하나같이 바람에 날아갈 듯 흔들리고 있었고, 그 때문인지 몰라도 유난히 을씨년스럽고 초라해 보였다. 포장마차 안을 기웃거려보니 두 군데에는 손님이 들어 있었고 나머지 세 군데는 손님 하나 없이 텅 비어 있었다.

"말씀 좀 묻겠습니다. 여기 손씨 부인이 하는 포장마차가 어떤 겁니까?"

왕이 중년의 부부가 지키고 있는 포장마차 안으로 들어가 자리를 잡으며 물었다. 다른 사람들도 안으로 들어와 나무 의자에 앉았다. 그들은 오뎅 하나씩을 집어 들었다. 왕은 소주 한 잔을 시켰다.

"글쎄, 잘 모르겠는데요."

중년부인이 도마질을 하면서 대답했다.

"좀 알아봐 주시겠습니까?"

"가봐, 내가 할 테니까 나가서 알아봐."

남자가 여자를 밀어내면서 말했다. 그들은 포장마차에 생존의 모든 것을 걸고 있는 듯 온 정성으로 손님들을 맞고 있었다. 병호도 왕이 권하는 소주 한 잔을 들이켰다.

조금 후 부인이 돌아와 말했다.

"저 끝집이 손씨라고 하는데요. 부산집이라고 쓰여 있는데 말이에요."

병호가 먼저 그곳을 가만히 빠져나와 부산집 포장마차 쪽으로 다가갔다.

누런 비밀막이 위에 〈부산집〉이라고 적혀 있었다.

그 포장마차에는 남자 손님들이 몇 명 있었다. 그들은 술을 꽤 마셨는지 혀 꼬부라진 소리로 주인 여자에게 농을 걸고 있었고, 예쁘장하게 생긴 중년의 부인은 마지못한 듯 눈웃음을 치면서 남자들의 진한 농을 받아넘기고 있었다.

병호는 자리를 찾아 앉아서 소주 한 병과 함께 닭똥집을 안주로 시켰다. 먼저 온 손님들의 하는 수작으로 보아 그들은 빨리 일어설 것 같지 않았다.

예쁘장하게 생긴 주인 여자는 추위에 얼어붙고 지친 모습이었지만 좀처럼 미소를 잃지 않고 있었다. 그녀는 남자들의 농에는 이골이 난 듯 대수롭지 않게 받아들이면서도 자기 할 일을 계속하고 있었다.

"남자 없는 여자는 죽은 송장이나 다름없어. 여자는 역시 남자가 안아주어야만 활짝 핀 다구. 얼굴빛이 안 좋고 누르딩딩한 여자는 남자가 잘 안아주지 않은 거라구."

한 사내의 입담에 둘러앉은 사내들이 킬킬거리고 웃었다.

"손 마담은 얼굴빛이 안 좋은데, 그럼 남자가 안아주지 않아서 그런가 보지?"

"그렇지. 남자가 안아주기만 하면 금방 활짝 필 얼굴이라구."

사내들의 웃음소리가 더욱 커졌다.

"이봐, 박씨 뭐하고 있어? 홀아비가 과부 위로해 주지 않으면 누가 위로해 주겠어! 빨리 위로해 주라구!"

홀아비라고 불린 중년사내는 계면쩍게 웃으면서 소주를 들이키기만 했다.

"아이구, 사람 잡네! 애들처럼 서로 내외하는 거 보라구! 정말 사람 웃기네!"

사내들이 와아 하고 웃었다.

그때 왕 형사가 여형사들을 데리고 안으로 들어왔다. 사내들은 일순 조용해졌다. 빈자리가 없었기 때문에 여자들만 자리에 겨우 앉고 왕은 한쪽에 서 있게 되었다. 주인 여자는 빈자리가 없는 것을 몹시 미안해했다. 그것을 보고 왕은 괜찮다고 하면서 밤새도록 서 있을 수 있다고 자랑삼아 말했다.

"밤새 서 있을 수 있다면 꽤 쎈데……"

먼저 와 있던 사내들 쪽에서 첫 반응이 나왔다. 그러자 다른 사내가 그것을 즉시 받았다.

"한번 서 있어 보라지."

"미녀들이 들어오는 바람에 갑자기 안이 환해졌어."

"나는 눈이 부셔서 눈을 뜰 수가 없어."

한 사내가 눈을 감아 보이면서 머리를 좌우로 흔들자 사내들은 기다렸다는 듯이 큰 소리로 웃었다.

그때부터 젊은 여자들 쪽으로 사내들의 농짓거리가 건너오기 시작했다. 그들은 모두 여섯 명이나 되었기 때문에 우선 수적으로 우세해 보였다. 농짓거리가 점점 심해지고 있었지만 여자들은 그들을 거들떠보지도 않았다. 아무리 말을 걸어도 대꾸를 하지 않자 그들 중 가장 몸집이 좋은 자가 마침내 화시의 어깨를 툭 쳤다.

"사람 말이 말 같지 않아?"

"많이 취하셨나 봐요."

화시가 곁눈질로 사내를 쳐다보면서 대수롭지 않게 받아넘기는 것을 보고 사내들의 눈이 휘둥그래졌다.

"그래, 취했어. 사과하는 뜻으로 술 한 잔 여기다 따르라구!"

사내는 빈 잔을 화시 앞에다 탁 소리가 나게 내려놓았다.

"제가 한 잔 대신 따라드리죠."

병호가 부드럽게 웃으면서 술병을 내밀자 사내는 손으로 그것을 밀어냈다.

"이봐, 당신보고 그러지 않았어. 이 아가씨한테 그랬단 말이야. 이 아가씨 보면 볼수록 미인인데. 이런 아가씨가 따라주는 술을 마셔야 맛이 있다구."

사내가 다시 화시의 어깨를 툭 쳤다.

"그 아가씨가 따라준 술 마시면 내가 2차로 또 산다."

사내들이 옆에서 바람을 넣으면서 잔뜩 기대에 찬 시선으로 여자 쪽의 반응을 기다렸다. 그러나 화시는 옆 사내를 완전히 묵살한 채 닭똥집만 오물오물 씹어댔다.

"참기름에 찍어 먹으니까 쫄깃쫄깃한 게 참 맛있어. 먹어봐."

그녀가 정 형사의 입에다 한 조각 대주자 정 형사는 도리질하면서 얼굴을 찌푸렸다.

"아이, 난 그런 거 못 먹어."

"맛있어, 먹어봐."

"아가씨! 내 말 안 들려?"

사내가 버럭 고함을 지르면서 술잔을 들었다가 탁자에다 도로 탁 놓았다.

그 바람에 유리잔이 깨지면서 파편이 사방으로 튀었다.

"아이구, 깜짝이야! 왜 주책없이 소리지르고 야단이에요? 여자라고 만만하게 보이나요?"

정 형사가 화시를 대신해서 나오자 사내의 얼굴이 일그러지기 시작했다.

"뭐, 주책없다구? 말 뼈다귀 같은 게 어디다 그따위 주둥아릴 놀려! 너한테 술 따라달라고 하지 않았어. 이 아가씨한테 따라 달라고 했으니까 말 뼈다귀는 가만 있어."

사내들이 몸을 흔들어대며 웃어 젖혔다.

정 형사의 얼굴이 하얗게 굳어지면서 웃음소리가 가라앉을 때까지 가만히 술잔을 내려다보고 있었다. 그것을 보고 그녀의 불같은 성격을 알고 있는 화시가 밑으로 손을 뻗어 그녀의 손을 꼭 잡아주었다.

"참아, 모른 체해."

"헤이 말 뼈다귀, 어디서 굴러먹다가 왔어?"

사내들은 이제 마음 놓고 놀려대고 있었다. 그들은 여자들과 동행인 남자들의 반응을 기다렸지만, 그들은 그저 무표정하게 앉아 있을 뿐이었다. 그것을 보고 사내들은 더욱 기고만장해서 떠들어댔다.

"저쪽은 말 뼈다귀, 이쪽은 튀기 같은데 그래."

"더 이상 못 참겠어!"

정 형사는 발딱 몸을 일으키더니 사내의 얼굴에다 냅다 오뎅 국물을 끼얹었다.

"어?"

졸지에 얼굴에다 국물을 뒤집어쓴 사내는 머리를 흔들면서 잠시 어리둥절해 했다. 그러더니 손바닥으로 얼굴을 쓱 문지르면서 천천히 몸을 일으켰다. 그의 손에는 어느새 오뎅 국물이 가득 들어있는 그릇이 들려 있었다.

"부어버려! 본때를 보이라구."

사내들이 흥분해서 소리쳤다.

"잠깐 기다려요."

화시가 몸을 일으키면서 손으로 오뎅 그릇을 막았다. 그녀의 손에는 신분증이 들려 있었다.

"우린 경찰이에요."

사내들은 그녀의 손에서 신분증을 낚아채더니 그것을 들여다보았다.

"우린 공무집행중이에요. 당신들하고 장난할 시간이 없어요. 그러니까 얌전히들 있다가 돌아가세요."

"형사 아니야?"

사내들이 저희들끼리 쑤군거리더니 그녀에게 신분증을 돌려주었다. 신분증의 효력은 실로 놀라울 정도여서, 그것을 보고 난 사내들은 흡사 찬 물을 뒤집어쓴 듯 순식간에 잠잠해져버렸다. 그러나 정 형사를 말 뼈다귀라고 불렀던 몸집 좋은 사내는 만만치가 않았다.

"형사면 다야? 내 동생도 형사야. 계집애가 건방지게 어디다가 국물을 끼얹어. 말 뼈다귀, 너도 한번 뒤집어써봐라."

국물울 든 그의 손이 위로 올라가는 것을 화시가 주먹으로 치는 바람에 그릇이 튕기면서 사방으로 오뎅 국물이 튀었다. 그것을 보고 여주인은 어쩔 바를 모르면서 병호와 왕 형사를 번갈아 쳐다보았다.

"이봐, 그만해. 그 정도 했으면 됐잖아?"

마침내 왕이 나섰다.

"뭐야? 당신은 뭐요? 당신도 형사야?"

"보면 몰라?"

왕은 사내를 밖으로 몰아냈다. 다른 사내들도 뒤따라 밖으로 우르르 몰려나갔다.

병호의 등 뒤쪽으로 몇 번 툭탁하는 소리가 나더니

"어이쿠!"

하는 소리가 들려왔다. 그리고 더 이상 밖에서는 아무 소리도 나지 않았고, 잠시 후 왕 형사가 혼자서 옷에 묻은 흙을 털면서 들어왔다. 그때까지 밖을 내다보고 있던 형사들도 자리에 돌아와 앉았다.

"아주머니, 미안합니다. 우리가 손님을 쫓은 것 같은데요."

왕이 미안해하자 주인 여자는

"아니에요. 오히려 잘됐어요."

하고 말했다.

여형사들은 왕이 몸집 좋은 그 사내를 가볍게 해치운 것을 화제로 삼고 있었다.

"그렇게 주먹이 센 줄 몰랐어요. 그리고 그 남자가 그렇게 맥없이 쓰러질 줄 몰랐어요. 남자들, 끽소리 하나 못하고 도망치듯 가버리는 것을 보고 난 웃음이 나와 혼났어요."

"난 정 형사가 오뎅 국물을 끼얹는 것을 보고 통쾌했지. 뒤처리를 어떻게 하려나 두고 볼 참이었는데……"

그때 병호가 주인 여자에게 말을 걸었다.

"실례지만…… 혹시 손태복 씨가 아버님 되십니까?"

여인은 손에 들고 있던 행주를 떨어뜨렸다. 몹시 놀란 모양이었다.

"손태복 씨가 아버님 되십니까?"

"네, 맞아요."

그녀는 시선을 피하면서 땅에 떨어진 행주를 집어 물에다 씻었다. 아버지가 공산주의자였다면 그 가족들은 그 때문에 시달림을 많이 받았을 것이라고 병호는 생각했다. 그녀가 놀란 것도 무리가 아니라고 생각하면서 그는 사진 한 장을 꺼내 잠자코 그녀에게 건네주었다.

사진을 받아서 들여다보던 그녀의 두 손이 사시나무 떨 듯 떨어대기 시작했다. 그녀는 병호를 쳐다보고 나서 다시 사진에다 눈을 박았다.

"이, 이 사진 어디서 나셨어요?"

마침내 그녀가 떨리는 목소리로 물었다.

"옛날 손명기가 살던 집에서 가져왔습니다. 춘천에 있는 집 말입니다."

"이럴 수가 없어."

그녀는 고개를 흔들면서 넋 나간 사람처럼 중얼거렸다. 그녀의 눈에 눈물이 맺히는 것을 지켜보면서 병호는 계속해서 말을 걸었다.

"그 애를 알아보시겠습니까?"

"네, 제 동생이에요. 집 나간 뒤로는 통 보지 못했어요. 지금까지 소식도 몰랐구요. 항상 마음에 걸려 있었는데……"

"그 애는 같은 어머니한테서 낳은 아기가 아니지요?"

"네, 그래요. 아들이 없어서 양자로 데려온 아이였어요. 하지만 저희는 친동생 이상으로 그 애를 사랑했어요. 그랬는데 갑자기 아버님이 세상을 떠나시는 바람에……"

334

그녀는 말을 잇지 못하고 행주치마 끝으로 눈물을 훔쳤다.

그녀의 말은 염소한테서 들은 이야기와 비슷했다. 그녀의 어머니는 남편이 죽자 자기가 낳은 딸들도 먹여 살리기 힘든 처지였기 때문에 생각다 못해 양아들을 고아원에 맡겼다고 한다. 세 딸들 가운데 손명기와 헤어지는 것을 제일 싫어한 사람이 바로 그녀였다.

"그 애하고는 한 살 차이였어요. 제가 한 살 더 많았지요. 그 애가 저를 무척 따랐고 저도 그 애를 좋아했어요. 그 애가 고아원에 들어가던 날 저희 형제는 고아원까지 따라갔더랬어요. 그 애도 울고 저도 울었어요. 어찌나 울었던지 얼굴이 퉁퉁 불 정도였어요. 언니들은 별로 울지 않았지만 저는 너무 슬퍼서 견딜 수가 없었어요."

"감정이 예민했나보군요."

하고 왕이 말했다.

"글쎄, 그랬었나봐요. 며칠 동안 아무것도 먹지 않고 울기만 하니까 어머님이 참다못해 저를 막 때려줬어요."

그녀는 눈시울을 붉히더니 다시 행주치마로 눈물을 훔쳤다.

"전 그 애가 들어간 고아원에 가보고 싶었지만 엄마가 한사코 못 가게 해서 그 애를 거기에 데려다준 후에는 한 번도 가보지를 못했어요. 엄마는 정을 끊으려고 그랬던 것 같았어요."

"그럼 그 애가 고아원에 들어간 이후에는 한 번도 만나보지 못했었나요?"

"네, 한 번도 못 만났어요. 아니, 한 번 우연히 길을 가다가 본 적이 있어요. 그 애는 구두를 닦고 있었어요. 전 그 애를 봤지만 그 애는 구두 닦는데 정신이 팔려 저를 보지 못했어요."

그녀는 시선을 밑으로 떨어뜨린 채 잠긴 목소리로 계속해서 말했다.

"그 애가 구두닦이가 된 것을 보고 전 큰 충격을 받았어요. 제가 큰 죄를 진 것 같았고, 그래서 그 애 앞에 나설 수가 없었어요. 그 애는 한군데 앉아서 구두를 닦는 게 아니고 구두닦이 통을 메고 돌아다니면서 닦는 것 같았어요. 어떤 가게 앞에서 구두를 닦고 나더니 구두닦이 통을 메고 다른 데로 가버렸어요. 그 뒤로는 그 애를 본 적이 없어요."

왕이 안주 하나를 더 시켰다. 병호는 술을 거의 입에 대지 않았다. 그는 술잔을 만지작거리고만 있었다.

"손명기한테 형제가 있다는 걸 알고 계십니까?"
하고 그가 물었다.

"네, 그 애한테 들은 적이 있어요. 그럼 이 옆에 있는 애가 형제인가요?"

그녀가 다시 사진을 들여다보면서 물었다.

"네, 그 둘은 쌍둥이 형제죠. 얼굴이 다르긴 하지만 쌍둥이 형세입니다."

"어머나, 세상에……"

그녀는 한참 동안 뚫어지게 사진을 들여다보았다.

"그들이 만나는 것을 혹시 본 적은 없습니까?"

"아니요, 본 적 없어요."

그녀가 무엇인가 깊이 생각하는 표정을 지었기 때문에 형사들은 잠자코 그녀를 주시했다. 그녀는 머뭇거리더니 갑자기 병

호를 보고

"저 술 한잔 주실래요?"

하고 물었다.

병호는 그녀의 심경에 변화가 일고 있음을 느끼면서 잔에 술을 채워 그녀에게 건네주었다.

"추워서 술을 좀 마시지 않으면 견디기가 어려워요."

그녀는 얼굴 하나 찌푸리지 않고 소주를 쭉 들이켰다.

"몇 년이 지나서였어요. 한 청년이 집에 찾아왔었어요. 와서는 명기를 찾았어요. 자기는 명기와 형제라고 하면서……. 지금 생각하니까 이애 같았어요."

그녀는 한숨을 내쉬면서 남은 술을 마저 들이켰다.

병호는 그녀가 가리키는 어린 서기태의 모습을 건너다보았다.

"그래서 어떻게 됐나요?"

"사실대로 이야기했지요. 그랬더니 명기가 들어간 고아원 이름을 묻기에 가르쳐줬어요. 눈물을 글썽이면서 원망스런 눈으로 우리를 쳐다보던 일을 잊을 수가 없어요. 아마 고아원을 찾아갔을 거예요. 하지만 그때까지 명기가 그 고아원에 있었을 리가 없지요. 아마 못 만났을 거예요."

술이 약간 들어가자 주인 여자는 말이 좀 많아지기 시작했다.

그녀는 마치 넋두리하듯 지난 일들을 한참 늘어놓는 것이었다. 그러나 그녀의 말들 가운데 수사에 도움이 될 만한 것은 별로 없었다.

"그 애가 들어갔던 고아원은 어디에 있습니까?"

"거기에 가 보시려구요?"

"네, 한번 찾아가 볼까 해서요."

"여기서 차로 한 시간쯤 걸릴 거예요. 그런데 지금도 그 고아원이 있는지는 모르겠네요."

그 고아원의 이름은 '삼덕원'이라고 했다. 그녀는 그곳의 위치를 가르쳐주고 나서 뒤늦게 생각난 듯 왜 손명기의 과거를 조사하느냐고 물었다.

"그럴 일이 있어서 그럽니다. 어떤 인물을 조사하게 되면 그 과거까지 철저하게 조사하는 경우가 있지요."

"그 애가 무슨 잘못을 저질렀나요?"

형사들은 입을 다물었다. 그때 포장이 젖혀지면서 한 중년남자가 안으로 들어섰다. 동행도 없이 혼자였다.

"어이 추워."

그는 중얼거리면서 형사들을 힐끗 쳐다보고 나서 두 손을 비벼댔다. 두툼한 오리털 파카를 입고 있으면서도 털로 짠 목도리로 얼굴을 반쯤 가리고 있는 것이 몹시 추위를 타는 체질인 것 같았다. 거기에다 체크무늬의 중절모 같은 것을 눌러쓰고 있었고 색깔이 들어 있는 안경까지 끼고 있어서 얼굴 모습이 완전히 가려져 있었다. 그러나 목소리나 몸의 움직임으로 보아 중년남자임을 알 수 있었다.

"소주 한 잔 주십시오. 그리고…… 오뎅 좀 주시구요."

병호는 그 소리를 들으면서 자리에서 일어났다. 다른 형사들도 자리를 털고 일어섰다.

밖으로 나온 병호는 포장마차를 돌아보았다. 방금 들어간 사내의 모습이 비닐포장에 커다란 그림자를 만들어놓고 있었다. 유화시와 정 형사는 너무 추웠기 때문에 서로 껴안으면서 발을 동동 굴렀다. 병호는 밤하늘을 올려다보았다. 얼어붙은 하늘에서는 별들이 추위에 떨고 있었다.

손수자는 눈물을 훔치고 나서 빈 그릇에 오뎅 두 개와 국물을 담아 새 손님 앞에 내놓았다. 과거는 과거이고, 현재 중요한 것은 한 푼이라도 더 버는 일이다. 형사들은 꽤 많이 팔아주었다. 그런 손님들이 한 번만 더 와주면 오늘밤 장사는 그 정도로 끝내고 집으로 돌아가고 싶다고 그녀는 생각했다.

새로 온 손님은 얼굴을 숙인 채 조용히 술을 마시고 있었다. 오뎅을 조금씩 잘라 먹는 모습이 그다지 맛있게 먹는 것 같지는 않았다. 국물도 입에 조금 대다가 마는 것 같았다.

모자를 쓰고 있는 데다 목도리로 얼굴을 반쯤 가리고 있었기 때문에 얼굴을 알아볼 수가 없었다. 어쩐지 음산한 분위기가 느껴지는 사람이라는 생각이 들었다. 그녀는 갑자기 추위를 느끼고는 벗어놓은 파카를 껴입었다.

새 손님의 옷차림은 포장마차에는 어울리지 않게 고급스러워 보였다. 잔을 들고 있는 한쪽 손은 희고 매끄러워 보였다. 그것은 막노동을 하는 손이 결코 아니었다. 그녀는 건장한 남자에게 쏠리는 자신의 관심을 알아채고는 가만히 한숨을 내쉬었다. 그녀의 남편은 벌써 수년째 병석에 누워 있었다. 어느 날 갑자기 고혈압으로 쓰러지더니 반신불수가 되어 몇 년째 자리에 누워 있었다. 그 뒤로는 배설물을 받아내야 할 정도로 그는 거동을 못하고 있었다.

"어떻게 혼자 오셨어요?"

그녀는 용기를 내어 손님에게 말을 걸었다. 손님은 안경 너머로 그녀를 힐끗 쳐다보고 나서 소주잔을 입으로 가져갔다.

"여기 처음 오셨죠?"

손님은 고개를 끄덕였다.

"이 근방에 사세요?"

남자는 고개를 가로저었다. 그가 아무 말도 하지 않자 그녀는 무안해졌다.

그때 손님이 처음으로 입을 열었다.

"조금 전에 나갔던 손님들…… 뭐하는 사람들이지요?"

"경찰에서 온 사람들이에요."

"무슨 일로 왔나요?"

안경이 불빛에 반사되어 번득이고 있었다.

"글쎄요. 뭘 알아보려고 온 모양인데…… 자세히 이야기를 하지 않아 잘 모르겠어요."

그녀는 그 이야기를 한다는 것이 싫고 귀찮았기 때문에 그렇게 얼버무렸다. 낯선 손님에게 그것을 굳이 이야기해줄 필요는 없다는 생각이 들었다.

"그 사람들…… 아주머니를 찾아온 게 아니었나요?"

"네, 그렇긴 해요. 하지만……"

그녀는 어떻게 말해야 할지를 몰라 얼버무렸다.

제3의 얼굴

　중년사내는 고개를 숙이고 무엇인가 생각해 보는 것 같더니 다시 고개를 쳐들고 그녀를 바라보았다.

　"아주머니 이름이 혹시 손수자 씨 아닌가요?"

　그녀는 깜짝 놀라 그를 쳐다보았다.

　"어머, 어떻게 제 이름을……?"

　의심스런 눈으로 쳐다보는 그녀 앞에 그가 술잔을 내밀었다.

　"자, 한 잔 드세요."

　"고맙습니다. 어떻게 제 이름을 다 아세요?"

　그녀는 두 손으로 술잔을 받으면서 상대방을 찬찬히 바라보았다.

　사내의 얼굴 위로 보일 듯 말 듯 미소가 스쳐갔다. 그러나 얼굴이 많이 가려져 있어서 표정을 읽을 수가 없었다. 목도리를 좀 풀어버리고 모자도 좀 벗어버리면 좋을 텐데, 왜 저렇게 얼굴을 안 보여주려고 하는 걸까? 참, 이상한 사람 다 보겠다 하고 그녀는 생각했다.

"다 아는 수가 있지요. 난 경찰입니다."

"어머, 그래요? 아까 그 사람들도 경찰이라고 하던데, 서로 모르는 사이인가요?"

"모릅니다. 그자들은 경찰이 아닙니다. 가짜 경찰입니다."

그녀는 하마터면 술잔을 떨어뜨릴 뻔했다.

"신분증까지 가지고 있던데요?"

"가짜 신분증을 가지고 다니는 사기꾼들입니다. 나는 그자들 뒤를 쫓고 있는 중입니다. 그자들이 나중에 와서 묻더라도 이건 비밀로 해야 합니다. 여기서 계속 장사를 하고 싶으면 내 말을 믿어야 합니다. 알겠어요?"

"네, 알겠습니다."

더럭 겁이 난 그녀는 서둘러 대답했다. 그녀는 어느 쪽이 진짜 경찰인지 알 수 없게 되어버렸다. 술잔을 재빨리 비우고 나서 손님 앞에 그것을 내려놓은 다음 조심스럽게 술을 따랐다.

"그자들이 여기에 왜 왔어요? 여기서 무슨 말을 했어요? 하나도 빼놓지 말고 말해 봐요."

그녀는 문득 30여 년 전의 일이 왜 지금 와서 문제가 되는지 그 이유를 알 수가 없었다. 그것은 지금 생각하면 하나의 슬픈 추억 거리밖에 되지 않는 것이었다.

"옛날에 우리 집에 양자로 들어왔던 남동생이 하나 있었는데…… 그 애에 대해서 캐물었어요. 손명기라는 애였는데……"

그녀는 굳이 숨길 필요도 없었기 때문에 사실대로 이야기했다. 그녀가 거의 이야기를 마쳤을 때 갑자기 사내가 부들부들 경련을 일으키기 시작했다. 그가 몸을 일으키는 것을 보고 그녀도 따라서 일어섰다. 그리고 그녀의 머리 위로 쳐들린 손을 보았다. 그 손에는 단검이 쥐어져 있었다.

그녀는 두 손을 쳐들어 그것을 막으려고 했다. 뭐라고 소리를 질러야 한다는 것을 알고는 있었지만 입이 굳어버려 아무 소리도 지를 수가 없었다. 두 눈은 부릅떠져 있었고 숨이 막혀 저절로 입이 벌어졌다.

"내, 내가 누군 줄 알아?"

사내가 목도리를 풀어냈다. 그녀는 자리에 주저앉았다. 칼끝이 불빛을 받아 번쩍이는 빛을 발하고 있었다. 사내의 머리에서 모자가 벗겨져 나갔다.

"내가 누군 줄 알아?"

사내는 안경까지 벗었다. 독수리 같은 눈이 그녀를 내려다보고 있었다.

"아, 명기……"

그녀의 입에서 신음 같은 소리가 새어나왔다.

"그래, 명기야. 내가 손명기야. 너희들이 고아원에다 갖다 버렸던 손명기야."

그녀는 엉겁결에 칼을 움켜쥐고 있는 사내의 손목을 재빨리 움켜잡았다.

"왜 이러는 거야? 어쩌자고 이러는 거야?"

"모두 죽여 버릴 거야!"

그는 여자의 손을 홱 뿌리쳤다.

"사람 살려!"

조금 떨어져 있는 포장마차에서 비명을 듣고 사람들이 뛰쳐나왔다. 그들은 옆 포장마차에 어른거리는 그림자를 뚜렷이 볼 수가 있었다. 칼을 높이 쳐든 검은 그림자가 미친 듯 칼을 휘두르는 모습이 마치 스크린에 나타난 영상처럼 너무도 뚜렷이 보이고 있었다. 처절한 비명이 그 안에서 계속해서 터져 나오고 있었다. 그러나 사람들은 겁에 질려 얼른 그쪽으로 접근하지 못하고 있었다. 머뭇거리고 있는 사이에 비명이 그치고 안에서 한 사람이 뛰쳐나왔다. 중년남자였다. 그의 손에는 칼이 들려 있었다. 그가 접근할 듯이 보이자 구경꾼들은 주춤주춤 뒤로 물러섰다. 그는 그들을 노려보면서 어둠 속으로 천천히 걸어가다가 갑자기 뛰기 시작했다.

그제서야 사람들은

"저, 저놈 잡아라!"

하고 소리치면서 그를 쫓기 시작했다.

그러나 그것은 형식적인 추격에 불과했다. 자기와 상관없는 일에 목숨을 걸고 뒤쫓아야할 이유가 없었기 때문에 조금 후 그들은 어둠 속으로 번개같이 사라져버린 사내의 뒷모습을 노려보다가 발길을 돌려 사고 현장으로 돌아왔다.

그들이 포장마차 안으로 들어섰을 때 손 부인은 비틀거리며 몸을 일으키고 있었다. 그녀의 입에서는 계속 신음소리가 흘러나오고 있었다.

"아이구, 나 좀 살려줘…… 나 좀…… 나 죽으면 안 돼…… 그 미친놈이…… 그놈이…… 나 좀 살려줘……"

"어머나, 저 피 좀 봐!"

구경꾼들 가운데서 여자가 먼저 소리쳤다. 바람에 포장마차가 날아갈 듯 흔들렸다. 가스불이 꺼질 듯 가물가물해지다가 다시 제 모습을 찾아 커졌다. 손 부인은 일어서려고 기를 쓰고 있었다. 왼손은 목을 움켜잡고 있었고 오른손은 기둥을 부여잡은 채 온몸을 떨어대고 있었다. 목을 움켜잡고 있는 왼손은 피에 젖어 있었고, 거기서는 핏방울이 계속 흘러내리고 있었다.

"그놈이 나를…… 그놈이…… 손…… 명…… 기가…… 그놈이……"

그녀가 목에서 손을 떼자 왼쪽 어깨와 가슴께로 피가 쏟아져 내렸다.

"구경만 하지 말고 어떻게 좀 해요!"

구경꾼들 가운데서 여자가 또 소리를 질러댔지만 구경꾼들은 겁에 질려 서 있기만 했다. 그들은 자신들의 손에 피를 묻히는 것을 은연중 두려워하고 있었다. 그들은 피 한 방울 묻히지 않고 구경만 하다가 물러날 수 있는 방법들을 벌써 생각해두고 있었다. 피투성이 몸뚱이를 안고 병원으로 달려가 봐야 귀찮은 일만 생기는 것이다.

"경찰에 빨리 전화라도 걸어요!"

그 정도는 할 수 있다는 듯 남자 한 명이 전화를 걸기 위해 밖으로 나갔다.

손 부인에게 그래도 제일 먼저 손을 댄 사람은 옆에서 포장마차를 열고 있는 같은 신세의 여인이었다. 그녀는 가까이 다가서서 어디서부터 손을 대야 할지를 모르겠다는 듯 망설이다가 아직 피에 젖어 있지 않은 오른쪽 팔을 잡았다.

"윤자 엄마, 어떻게 된 거야? 어디를 다쳤어? 일어나! 자, 여기 앉아!"

그녀를 부축해서 의자 위에 앉혀놓자 그녀의 머리가 앞으로 떨어질 듯 숙여지면서 덜렁거렸다. 그녀를 부축하던 여인은 비명을 지르며 뒤로 물러섰다. 잘린 목의 상처가 크게 입을 벌리고 있었고 그 사이로 검붉은 피가 마치 계곡물처럼 흘러나오고 있었다. 앞으로 기댔던 몸뚱이가 옆으로 흔들거리더니 이윽고 힘없이 옆으로 쓰러졌다가 의자에 부딪친 다음 땅바닥에 '쿵' 하고 떨어졌다. 더 이상 살려달라는 말도 흘러나오지 않았고 차가운 땅바닥에서 꿈틀거리고만 있었다.

그때 병호는 여관방에 들어 있었다. 밤이 깊었기 때문에 날이 새면 삼덕고아원을 찾아가보기로 하고 일단 버스 종점 부근의 여관방에 들었던 것이다. 여자들한테는 따로 방을 하나 잡아주고 나서 왕 형사와 함께 잠자리에 들었는데 왠지 포장마차에서 나올 때 보았던 그 중절모를 쓰고 있던 손님의 모습이 자꾸만 눈앞에 어른거려 잠을 이룰 수가 없었다.

육감이랄까 그런 것이 자꾸만 그 사내 쪽을 향해 작용하고 있었다. 그 손님은 여느 손님들과는 다른 분위기를 보여주고 있었다. 옷차림부터가 포장마차에는 어울리지 않게 고급스러워 보였고, 얼굴을 드러내지 않으려고 의도적으로 애를 쓰는 것 같은 느낌을 받았다. 말투도 경상도 쪽이 아닌 세련된 서울 말씨 같았다. 그 시간에 혼자서 포장마차에 들어선 것도 조금은 이상한 생각이 들었다. 울적한 심회를 달래기 위해 혼자 돌아다니고 있는 것일까. 어디서 본 듯한 느낌이 들기도 하는 것 같은 분위기를 풍기는 남자라는 생각이 들었다. 그 분위기에는 다른 사람을 경계하는 것 같은 것도 느껴지고 있었다.

병호는 천천히 일어나 창문을 열어보았다. 그곳은 이층 방이었고, 거기서 포장마차가 있는 곳까지는 2백 미터쯤 떨어져 보였다.

그리고 시야에 가리는 것이 없었기 때문에 포장마차가 그런대로 눈에 들어오고 있었다.

적지 않은 수의 사람들이 움직이고 있는 것이 보였다. 가만보니 손부인의 포장마차 쪽에 사람들이 몰려 있는 것 같았다. 그러나 시력이 약한 그는 똑똑히 볼 수가 없었다. 그래서 그는 눈이 좋은 화시를 불렀다.

"무슨 일이 일어났나봐요. 사람들이 몰려 서 있어요. 바로 그 포장마차예요. 경찰차도 오고 있어요. 보세요!"

그녀가 가리키는 쪽을 보니 번쩍이는 경광등이 포장마차 쪽으로 다가가는 것이 보였다. 병호는 코트를 걸치고 뛰쳐나갔다. 화시가 그 뒤를 따랐다. 정 형사는 이미 코를 골고 있는 왕 형사를 잡아 흔들었다.

병호가 숨을 헐떡이며 포장마차에 이르렀을 때 정복 경찰관들이 구경꾼들을 쫓고 있었다. 병호는 신분을 밝히고 포장마차 안으로 들어섰다.

밀폐된 공간이 아닌데도 포장마차 안은 피비린내로 가득 차 있었다. 병호의 어깨 너머로 시체를 내려다보던 화시는 두 손으로 얼굴을 감싸 쥐면서 밖으로 뛰쳐나갔다.

술판 위에도 그릇에도 기둥에도 온통 피 칠이 되어 있었고 바닥은 피로 질퍽거렸다. 그러나 벌써 살얼음이 얼어 얼음이 밟히는 소리까지 나고 있었다. 병호는 입을 크게 벌리고 있는 목의 상처부위를 넋을 잃은 표정으로 내려다보다가 뒤로 물러섰다.

"이미 숨졌습니다."

정복 경찰관이 말했다. 병호는 고개를 끄덕이면서 죽은 여인의 부릅뜨고 있는 두 눈을 내려다보았다. 이윽고 그는 허리를 굽혀 그쪽으로 오른손을 뻗어 그녀의 눈을 감겨주었다.

뒤늦게 왕 형사가 정 형사와 함께 포장마차 안으로 뛰어 들어왔다. 정 형사는 어깨 너머로 시체를 내려다보더니 도로 밖으로 나가버렸다.

병호와 왕은 너무 기가 막힌 나머지 한동안 할 말을 잊은 채 멍하니 시체만 내려다보고 있었다. 병호의 표정이 창백하게 굳어 있는 반면 왕의 얼굴은 붉게 달아올라 있었다. 그의 얼굴이 더욱 붉어지는 것 같더니 마침내 그가 거칠게 숨을 몰아쉬며 입을 열었다.

"누구의 짓이죠?"

"우리가 여기서 나가기 직전에 들어왔던 남자 같아."

목격자들의 진술이 그것을 뒷받침해 주고 있었다.

"저쪽으로 도망쳤습니다!"

둘러서 있던 목격자들 가운데서 한 사내가 어두운 골목 쪽을 가리켜보였다.

"그자가 우리를 미행했나보지요?"

왕이 흥분한 목소리로 물었다.

"미행한 게 아니라 추적해 왔겠지. 우리의 뒤를 말이야."

"그래서 어쩌겠다는 거죠?"

화시가 물었다. 구경꾼들은 점점 더 많아지고 있었다. 경찰의 수도 더 불어나고 있었다.

"우리보다 앞지르려고 한 게 아닐까? 우리보다 먼저 목적지에 도착해서……"

병호는 자신 없는 투로 말끝을 흐렸다.

"목을 자른 수법이 비슷합니다! 그놈이 틀림없습니다."

왕이 분노에 차서 말했다. 멀리서 사이렌 소리가 들려오고 있었다. 경찰관들이 호각을 불어대고 있었다.

"서두르는 게 좋을 것 같아. 삼덕고아원에 가보자구."

화시가 빈 택시를 하나 잡았지만 고아원 위치를 말하자 운전사는 고개를 흔들었다. 마침 도착한 경찰 패트롤카를 동원해 보려고 했지만 그것 역시 관할구역을 돌아봐야 하기 때문에 곤란하다는 대답이었다.

왕이 다시 빈 택시를 하나 잡아 흥정을 벌인 끝에 운전사가 요구하는 금액을 그대로 주기로 하고 가까스로 차를 전세 낼 수가 있었다.

"빨리 좀 갑시다! 최대한 속력을 내주시오."

차에 오르자마자 병호가 재촉했다. 그러나 나이 많은 운전사는 별로 서두르는 것 같지 않았다. 그는 얼어붙은 노면을 조심스럽게 관찰하면서 차를 몰아나갔다. 그의 말로는 빨리 서둘러야 한 시간 정도 걸리는데, 밤인데다 길이 미끄러워 한 시간 반 정도는 잡아야할 것이라고 했다. 더구나 그는 대강의 위치만 알고 있지 정확한 지점은 모르고 있었다.

차가 달리는 동안 그들은 약속이나 한 듯 한동안 각자의 생각에 잠겨 입을 다물고 있었다.

시내를 벗어난 차는 얼마 가지 않아 비포장도로로 들어섰다. 노면이 울퉁불퉁한데다 얼어붙어 미끄러운 바람에 차는 자주 멈춰 서곤 했다. 병호는 더 이상 운전사를 재촉할 수 없었다. 운전사는 아무래도 안 되겠다고 몇 번씩이나 후회하는 말을 하면서도 차를 앞으로 몰고 나갔다.

"왜…… 왜 그 여자를 죽였지요?"

처음으로 입을 연 사람은 유화시였다. 아무도 거기에 대답하지 않자 그녀가 다시 물었다.

"그리고 그 여자를 그렇게 죽인 사람은 누구지요? 왜 자꾸만 그런 일이 일어나지요? 도대체 살인은 언제쯤 끝이 나지요?"

정 형사가 손을 뻗어 그녀의 입을 막으려고 하자 화시는 그 손을 뿌리쳤다.

"그 불쌍한 여자는 우리 때문에 죽었어요. 우리가 그 여자가 죽은 책임을 져야 해요. 우리는 도대체 언제까지 미로를 헤매 다녀야 하나요?"

병호는 답답한 듯 달리는 택시의 차창을 열어 찬바람을 가슴 깊숙이 들이마신 다음 그것을 도로 닫았다. 그때 왕 형사가 퉁명스럽게 뱉듯이 말했다.

"미로는 오래 걸리지 않아. 미로의 끝은 가까워지고 있어."

"마치 범인이 저기 길 끝에 서 있기나 한 것처럼 말씀하시는군요."

정 형사가 빈정거리는 말투로 끼어들었다.

"그래. 범인은 저쪽 길 끝에 서서 우리를 기다리고 있어. 우리는 다만 그를 보지 못하고 있을 뿐이야. 하지만 우리는 곧 그를 볼 수 있게 될 거야."

"우리는 모두 장님이에요."

하고 화시가 말했다.

"흥, 유 형사야말로 장님이지. 눈 뜨고도 아무것도 못 봤다고 잡아떼니 말이야."

왕이 그녀의 기억상실을 꼬집어 말했다.

그때 차가 멈춰 섰다. 헤드라이트 불빛 속에 가로수가 쓰러져 있는 것이 보였다.

"사고가 난 모양인데요."

운전사가 내리는 것을 보고 다른 사람들도 모두 차에서 내려 앞쪽으로 달려가 보았다.

가로수 오른쪽 1미터쯤 아래쪽 땅바닥에 차가 한 대 쳐 박혀 있는 것이 보였다. 차의 뒤쪽에는 연기가 피어오르고 있었고, 박살난 헤드라이트 한쪽에는 용케도 불이 켜져 있었다.

"아무도 없는데요."

왕 형사가 차 속을 들여다보고 나서 주위를 두리번거렸다. 병호는 깨진 창틈으로 손을 넣어 중절모를 집어 들었다. 그것은 손 부인의 포장마차에 나타났던 자가 쓰고 있던 모자와 비슷한 것이었다.

"그자가 몰고 가다가 사고를 낸 것 같은데."

"사고가 난 지 얼마 안 된 것 같습니다."

형사들이 플래시를 찾자 운전사가 차로 돌아가서 플래시를

찾아 들고 뛰어왔다. 병호는 플래시로 차 안을 비춰보았다. 앞
창 유리는 모두 깨져 있었고, 깨진 유리와 운전석 주위에는 피가
튀어 있었다. 손으로 만져보니 피는 채 굳어 있지 않았다.

"빨리 쫓아가면 잡을 수 있겠는데요."

"이 근방에 숨어 있을지도 몰라."

주위에는 잡목이 우거져 있었다. 여자들은 모두 차에 돌아가
있게 하고 병호와 왕은 플래시를 들고 주위를 살펴보기 시작했
다. 그때 갑자기 여자들의 비명소리가 날카롭게 들려왔다.

헤드라이트를 켠 택시가 미친 듯이 달려오고 있는 것이 보였
다. 운전사가 택시를 따라잡으려는 듯 손을 흔들며 뛰어오는 것
도 보였다.

"저, 저놈 잡아라!"

멀어지는 택시를 향해 운전사는 악을 써대고 있었다. 왕 형사
가 길 가운데로 뛰어나가 두 팔을 벌려 그 차를 막으려고 하다가
그것이 곧장 돌격해오는 것을 보고는 허둥지둥 길 밖으로 몸을
날렸다.

병호는 그를 부딪칠 듯이 하면서 스쳐가는 차 속을 향해 플래
시를 비췄다. 운진식에 앉아 입을 크게 벌리고 미친 듯이 웃어대
고 있는 사내의 모습이 순간적으로 나타났다가 사라지는 것이
보였다. 사내의 얼굴은 피투성이였다. 병호는 악마가 웃고 있는
것을 본 것 같았다.

운전사는 발을 동동 굴렀다. 그는 차에다 엔진 키를 꽂아둔
채 내린 것을 후회했지만 이미 늦은 일이었다. 악마는 어둠 속에
숨어 있다가 택시에서 내린 사람들이 사고 차 쪽으로 몰려간 사

이 몰래 택시 속으로 숨어든 것 같았다.

"교활하고 대담한 놈이야!"

왕의 말에 화시가 덧붙여 말했다.

"미친놈이에요! 우리를 치어 죽이려고 했어요!"

그들은 택시가 사라진 쪽을 멍하니 바라보았다. 이제 보이는 것이라고는 캄캄한 어둠뿐이었다. 운전사는 택시 한 대 가지고 먹고 사는데 그걸 도둑맞았으니 큰일이라고 하면서 빨리 택시를 찾아달라고 발을 굴렀다.

"갑시다!"

병호는 앞장서서 걷기 시작했다. 다른 뾰족한 수가 없었기 때문에 다른 사람들도 그를 따라 움직이기 시작했다.

그 주위에는 마을도 없었고 다니는 차들도 보이지 않았다. 아가씨들이 고통스러워하는 신음소리를 내기 시작했지만 병호는 거들떠보지도 않은 채 걸음을 빨리했다.

남자들이 자연 여자들보다 걸음걸이가 훨씬 빨랐다. 병호와 왕이 맨 앞장서서 걸어갔고, 그 뒤를 운전사가 거친 숨을 몰아쉬면서 따라왔다. 그리고 아가씨들은 훨씬 뒤에 처져서 그들을 불러대며 쫓아오고 있었다.

"놈은 부상을 입은 게 분명합니다."

"그게 걱정이야. 상처를 입은 맹수는 더 사나워진단 말이야. 놈이 지금쯤 무슨 짓을 저지르고 있을지 알 수가 없어. 지금쯤 미쳐 날뛰고 있지 않을까 생각되는데……"

칼날 같은 바람이 얼굴을 할퀴고 지나갔다. 피부가 갈라지는 것 같은 통증이 느껴졌다.

"왜 그놈이 고아원을 찾아간 걸까요?"

그들은 다리를 건넜다. 어둠 속에서 얼어붙은 개울물의 하얀 빙판이 어슴푸레하게 드러나 보였다. 아가씨들이 그들을 부르는 소리가 더욱 작아져 있었다.

"거기에 비밀이 있기 때문이겠지. 그래서 우리도 거기에 찾아가는 거 아닌가."

"그렇긴 합니다만 그 비밀이란 게 뭐죠? 거기에 도대체 무슨 비밀이 있죠?"

"글쎄, 그걸 알면 야…… 아무튼 기막힌 비밀이 있는 것은 분명한 것 같은데……"

병호는 걸음을 멈추고 야광손목시계를 들여다보았다. 자정이 막 지나고 있었다.

"얼마나 남았습니까?"

"그 마을까지는 아직도…… 한 시간 이상은 걸어가야 할 겁니다. 아이고, 죽겠네."

늙은 운전사가 헐떡거리며 말했다. 그들은 잠시 서서 아가씨들이 도착하기를 기다렸다. 한참 후 정 형사가 먼저 도착했다. 그녀는 성이 나서 말했다.

"그렇게 인정사정없이 먼저 가는 법이 어딨어요!"

"유 형사는?"

왕이 물었다.

"모르겠어요. 뒤에 처졌는데. 한참 뒤에 오고 있을 거예요."

10분쯤 지나자 화시의 모습이 나타났다. 그녀는 비틀거리며 걸어오고 있었다. 가까이 다가온 그녀는 울고 있었다. 그녀는 그들을 지나쳐 그대로 걸어갔다.

"할 수 없어. 걷지 않으면 얼어 죽을 수밖에 없어."

병호는 화시의 뒤를 따라가면서 말했다.

그들이 숲 위로 불꽃이 피어오르는 것을 본 것은 한 시간쯤 지나서였다. 처음에는 숲에 불이 난 줄 알았다. 그러나 숲이 아닌 것 같았다. 숲 위의 밤하늘이 벌겋게 타오르고 있는 것이 꽤 큰 불이 난 것 같았다.

모퉁이를 돌자 처음으로 마을이 나타났다. 마을 앞에 사람들이 추위에 떨며 서 있었다.

"아이구, 저걸 어쩌지?"

"어째서 저기서 불이 났지?"

마을 사람들은 웅숭그리고 서서 제각기 한 마디씩 꺼내기만 할 뿐 불이 난 쪽으로 가려고 하지를 않았다.

마을 앞에는 얼어붙은 개울이 있었고, 그 위를 가로지르는 폭이 좁은 다리는 군데군데 부서져 있어 차량통행은 불가능해 보였다.

택시운전사는 자기 차를 찾아 벌써 이리저리 뛰어다니며 여기저기 살펴보고 있었다.

"어디에 불이 났습니까?"

"고아원에 불이 난 것 같은데요."

병호의 물음에 마을 남자가 대답했다.

"저 숲 속에 고아원이 있습니까?"

마을 남자는 낯선 사람들을 살피고 나서 고개를 끄덕였다.

"고아원 이름이 혹시 삼덕고아원 아닙니까?"

사내는 경계심을 보이며 다시 고개를 끄덕였다.

"저렇게 불이 났으면 아이들이 위험할 텐데 마을 분들이 빨리 좀 가서 아이들을 구해야 할 거 아닙니까? 이렇게 구경만 할 게 아니라 빨리 가봅시다."

병호는 마을 사람들을 둘러보면서 재촉했지만 그래도 그들은 움직일 기미를 보이지 않았다. 숲 위로 불길은 더욱 거세게 타오르는 것 같았다. 무수한 불꽃들이 어두운 하늘 위로 높이 날아올랐다가 어둠 속으로 흩어져 사라지고 있었다.

"아이들은 하나도 없어요."

누군가가 불쑥 말했다. 병호는 어두워서 그 사람의 얼굴을 잘 볼 수가 없었다.

"고아원이라고 하지 않았습니까?"

"옛날에 고아원이었지 지금은 비어 있어요. 그냥 고아원이라고 부르고 있지 사실은 아니에요."

"그럼 거기에 아무도 살고 있지 않습니까?"

"노인이 한 사람 살고 있어요."

병호는 더 이상 시간을 빼앗기고 싶지 않아 다리 쪽으로 걸어갔다. 병호 일행이 막 다리 위를 걸어가는데 뒤에서 소년의 외치는 소리가 들려왔다.

"귀신 나오는 집이에요!"

그들은 멈칫했다가 다시 걸어갔다.

"귀신이 나온다구요!"

이번에는 다른 소년의 목소리가 들려왔다.

"이거 봐요! 차를 찾았어요!"

운전수가 소리쳤다.

"가지 말고 기다리고 있어요!"

왕 형사가 소리 질렀다.

다리에는 구멍이 여기저기 나 있었기 때문에 여자들은 엎드려 기다시피하면서 건너갔다.

"왜 마을 사람들이 움직이지 않을까요?"

다리를 다 건넜을 때 왕이 물었다.

"글쎄…… 이상한데……"

다리를 모두 건너자 그들은 불이 난 쪽을 향해 뛰어갔다. 길은 곧은길이 아닌 꼬불꼬불 꼬부라진 오솔길이었다. 오솔길은 잡목 숲 사이로 나 있었다. 나무가 빽빽한 것으로 보아 여름철에는 몹시 숲이 무성할 것 같았다. 마을 사람들과 아이들의 말을 빌리면 그 숲 속에는 '귀신이 나오는 폐쇄된 고아원'이 있다는 말이 된다. 귀신이 나온다고?

그들은 어느새 뜀박질을 멈추고 걷고 있었다. 음산하고 으스스한 느낌을 주는 오솔길을 거침없이 통과하기가 어쩐지 꺼림칙하기 때문이었다. 특히 여자들은 남자들 곁에 바싹 붙어 서서 걷고 있었다.

"정말 귀신이 있나요?"

화시가 겁먹은 목소리로 물었다.

"있으니까 있다고 했겠지. 아이들은 거짓말 안 해요."

왕 형사가 겁을 주려는 듯 말했다.

모퉁이를 돌자 갑자기 앞이 환해졌다. 타오르는 불빛이 시야를 대낮같이 밝혀주고 있었다.

폐쇄된 고아원 건물은 넓은 공지 위에 자리 잡고 있었다. 공터의 주위는 숲이 둘러싸여 있었고, 건물의 뒤쪽에는 야트막한 산이 자리하고 있었다. 건물은 ㄱ자형 2층 목조였다. 그것은 첫눈에도 무척 오래된 거라는 것을 알 수 있을 정도로 낡아보였다. 불은 건물의 왼쪽 부분을 모두 태우고 오른쪽으로 옮겨 붙고 있었다. 열기 때문에 그들은 더 이상 앞으로 나아가기가 힘들었다. 불길이 워낙 거세었기 때문에 맨손으로 그것을 끈다는 것은 엄두도 못 낼 일이었다. 그들은 멍청히 서서 한동안 불구경만 하고 있었다. 정말 빈집인지 사람의 모습은 보이지 않았고, 목소리 같은 것도 들려오지 않았다. 들리는 것이라고는 불길에 말라붙은 나무가 맹렬히 타들어가는 소리뿐이었다.

"어머, 저기 사람 있어요!"

정 형사가 갑자기 소리치면서 손을 쳐들었다.

"어디?"

"저기 2층이에요! 지금은 보이지 않아요! 분명히 사람을 봤어요! 쓰러지는 것 같았어요!"

정 형사는 잔뜩 흥분해서 말했다. 그녀가 가리키는 곳은 막 불길에 싸여들고 있는 2층 창가였다.

"여자들은 여기들 있어요. 가보고 올 테니까."

병호가 코트를 벗자 왕 형사도 파카를 벗어부쳤다.

사람이 보였다는 2층 창가의 바로 아래층은 이미 불에 타고 있었기 때문에 그쪽으로는 접근할 수가 없었다. 그들은 아직 불길이 닿지 않은 쪽으로 달려가 건물 안으로 침투했다.

불빛 때문에 건물 안은 어둡지가 않았다. 그러나 연기가 차고 있어서 숨쉬기가 불편하고 시야가 자꾸만 가려지고 있었다. 또한 열기도 만만치가 않았다. 두 사람은 캑캑거리다가 아무래도 안 되겠다 싶었던지 웃옷을 벗어 코와 입을 막았다.

"이쪽으로 오십시오! 계단이 있습니다!"

왕이 불길로부터 멀리 떨어진 쪽으로 뛰어가며 소리쳤다. 병호는 눈물을 흘리며 그쪽으로 달려갔다. 계단은 금방이라도 무너질 듯 심하게 삐걱거렸다. 2층으로 올라가자 벌써 연기가 자욱하게 퍼져 있어 앞이 잘 보이지가 않았다.

"내려가 계십시오! 제가 가 보겠습니다!"

"안 돼! 혼자서는 위험해! 빨리 서두르라구!"

병호는 왕의 엉덩이를 걷어찼다. 왕은 튕기듯 연기 속으로 달려 들어갔다. 조금 후 그는 무엇엔가 호되게 부딪치면서

"어이쿠!"

하고 소리를 질렀다.

쓰러질 듯 비틀거리는 그를 뒤에서 부축하면서 보니 이마를 짚고 있는 손가락 사이로 피가 흘러내리고 있었다. 튀어나온 낮은 선반에 이마를 호되게 부딪친 모양이었다.

"연기 때문에 보이지가 않습니다. 조심하지 않으면 큰일 나겠습니다."

그들은 벽을 짚어가며 머리를 숙이고 앞으로 나아갔다.

불길이 옮겨 붙고 있는 방에까지 가는데 한참 시간이 걸리는 것 같았다. 연기에 질식할 것 같아 그들은 거의 정신을 차릴 수가 없을 지경이었다.

그들이 목표로 하고 달려온 방은 이미 불길에 싸여 있었다.

바닥의 절반쯤이 불길에 타 들어가고 있었고 불길은 천장 쪽으로 옮겨 붙고 있었다. 맹렬한 불길 때문인지 그 방안에는 연기가 별로 없었다. 그 대신 열기 때문에 안으로 들어갈 수가 없었다. 안으로 들어가면 금방 살이 익어버릴 것만 같았다.

"저기 사람이 있어! 저기 창 밑에!"

넘실대는 불길 사이로 사람이 쓰러져 있는 것이 보였다가 사라지곤 했다.

창 쪽은 아직 불길이 먹히지 않고 있었다. 병호는 옷으로 머리를 덮었다. 그것을 보고 왕이 그를 밀어젖혔다.

"제가 들어가겠습니다."

"아니야! 혼자서는 무거워서 안 돼! 자 들어가라구! 하나, 둘, 셋!"

그들은 머리에 옷을 뒤집어쓴 채 안으로 달려 들어갔다. 열기 같은 것을 느낄 새도 없었다. 창 밑에 쓰러져 있는 사람이 누구인지도 살펴 볼 겨를이 없었다. 양쪽 팔을 하나씩 움켜잡은 다음 문 쪽으로 잡아끌고 달려갔다.

"멈추지 말고 계속해서 달려!"

그들은 머리를 숙인 채 미친 듯 달려갔다. 불길이 바로 앞에서 넘실대고 있었지만 상관하지 않고 그대로 돌진했다. 가까스로 방을 나서는 순간 병호는 심한 매연을 이기지 못해 그만 쓰러지고 말았다. 왕은 놀라서 붙들고 있던 사람을 놓고 병호를 붙잡았다.

"아니야. 난 괜찮아! 빨리 이 사람을 끌고 가! 빨리! 난 혼자 갈 수 있어!"

왕은 머뭇거리다가 쓰러져 있는 병호를 외면하고 다시 그 사람을 붙들었다.

이번에는 아예 그 사람을 들쳐 멨다. 의외로 그 사람은 허수아비처럼 가벼웠다. 한참 달려가다가 뒤돌아보니 연기에 가려 병호의 모습이 보이지 않았다. 그와 허깨비는 안전권에 나와 있었다. 그는 허깨비를 내려놓고 나서 되짚어 달려갔다.

병호는 격렬하게 기침을 토하면서 느릿느릿 기어오고 있었다. 왕이 도착했을 때에는 거의 기는 것마저 멈춰 있었다. 왕은 병호를 들쳐 멨다.

"아, 미안해."

하는 중얼거림이 귓전에 들려왔다. 2층이 무너져 내리는 소리가 뒤이어 들려왔다. 왕은 다리가 후들후들 떨려왔다.

보통 사람 같았으면 쓰러졌을 터이지만 그는 황소처럼 힘이 세고 강인한 체력을 지닌 사내였다. 이를 악물고 허깨비가 눕혀놓은 데까지 와서야 그는 무릎을 꺾으면서 기침을 토하기 시작했다. 그것을 보고 병호가 비틀거리면서 몸을 일으켰다.

"아, 미안해. 자, 가자구. 조금만 더 가자구."

왕은 비틀거리며 일어났다. 그들은 허깨비를 양쪽에서 부축해 일으켰다. 앞쪽에서 팔 하나씩을 잡아 각자의 목에 두른 다음 비틀거리며 걸어갔다. 건물이 꺾이는 부분에 계단이 있었다. 계단을 내려가자 비로소 찬바람이 몰려 들어왔다. 계단 밑에 여자들과 운전사가 와 있었다. 출입구 쪽에는 마을 주민인 듯싶은 사람들의 얼굴도 몇 명 보였다. 옆에서 타오르고 있는 불빛 때문에 아래층은 대낮같이 밝았다.

병호와 왕이 허깨비를 길게 뉘는 순간

"어머나!"

하는 여자들의 날카로운 비명이 터져 나왔다. 그것은 공포에 찬 비명이었다.

"왜 그래?"

남자들이 의아해 하자 여자들이 허깨비를 가리켰다. 그제서 야 그들은 천장을 향해 길게 누워 있는 허깨비를 눈여겨보았다. 두 사람은 동시에 멈칫했다. 왕의 입에서는

"어?"

하는 소리가 나왔고 병호는 입을 꽉 다물었다. 그들은 주저앉고 싶은 것을 참으면서 뚫어지게 허깨비를 내려다보고 있었다.

그것은 차라리 귀신이라고 표현하는 것이 옳을 것 같았다. 머리칼은 장발에다 눈처럼 희었다. 그것만으로는 흡사 산신령 같 아 보였다.

사람들이 놀란 것은 그 산신령 같은 머리칼 때문이 아니었다. 뒤얽혀 있는 그 머리칼 사이로 보이는 얼굴이 소름끼치도록 너 무도 끔찍해 보였기 때문이었다.

머리칼 사이로 보이는 두 눈은 찌그러진 채 벌겋게 짓물러져 있었다. 한쪽 눈은 아예 감겨 있다시피 했다. 눈썹 같은 것은 없 었다. 코도 없었다. 코는 움푹 꺼진 채 두개의 콧구멍만 휑하니 뚫려 있는 것이 보일 뿐이었다. 입술도 짓물러 터지고 삭아 없어 진 것처럼 되어 있었고, 헤벌어진 사이로 두서너 개의 이빨만 드 러나 보일 뿐이었다. 일그러진 얼굴 피부는 흰 머리칼과 함께 마 치 가면을 뒤집어쓰고 있는 것 같았다. 병호도 왕도 그렇게 무시

무시한 모습은 일찍이 본 적이 없었다. 입고 있는 옷은 낡을 대로 낡아 누더기를 걸치고 있는 것 같았다. 병호는 동네 아이들이 귀신이 나온다고 말한 이유를 이제야 알 것 같았다.

귀신은 할딱이고 있었다. 두 손으로 자신의 얼굴을 가리려고 했기 때문에 마디가 잘려나간 손이 고스란히 보였다. 그는 몹시 떨어대고 있었다.

병호와 왕은 약속이나 한 듯 서로를 쳐다보았다. 아까는 불길과 연기 때문에 귀신의 얼굴을 들여다볼 수도 그럴 틈도 없었다. 우선 구해내는 것이 급했기 때문에 정신없이 끌고 나왔던 것이다. 병호와 왕이 서로를 쳐다보았을 때 그들의 얼굴에는 공포의 빛이 순간적으로 나타났다가 사라졌다. 혹시 나병에 감염되지 않았을까? 그들의 눈은 말은 안했지만 그렇게 묻고 있었다. 병호는 고개를 흔들면서 왕으로부터 시선을 돌려 다시 귀신을 내려다보았다.

여자들은 아예 숫제 귀신을 보지 않으려고 돌아서 있었다. 마을 사람들은 무섭다고 넌더리를 치면서도 계속 버티고 서서 귀신을 구경하고 있었다.

"비켜요! 당신들은 돌아가요!"

왕이 갑자기 화를 내면서 거칠게 소리치자 그제서야 마을사내들은 쭈뼛거리며 물러섰다.

불길이 무서운 기세로 번져오고 있었기 때문에 거기에 더 이상 머물러 있을 수가 없었다. 병호는 귀신을 그대로 그곳에 두고 물러날 수가 없었다. 그렇다고 얼어붙은 밖에다가 옮겨놓을 수도 없는 노릇이었다.

"옮길만한 데를 찾아봐. 여긴 안 되겠어."

"저쪽에 창고 같은 데가 있는데요."

왕이 열린 문을 통해 마당 건너 쪽을 가리켜 보였다. 그곳에 조그만 단층 목조건물이 외따로 떨어져 있는 것이 불빛에 드러나 보였다.

병호와 왕의 시선이 다시 부딪쳤다. 병호는 그의 시선을 얼른 피해 귀신을 둘러멨다. 여자들이

"어머나! 안 돼요!"

하고 소리치고, 왕이 자기가 옮기겠다고 나섰지만 그는 잽싸게 밖으로 빠져나갔다. 몸을 감싸고 있는 누더기를 통해서 그는 귀신의 몸뚱이가 뼈만 남았다는 것을 알 수 있었다. 귀신은 허수아비처럼 가벼웠다.

밖에는 더 많은 수의 마을 사람들이 몰려와 있었다. 넘실대는 불빛에 그들의 얼굴이 하나같이 붉어보였다. 그들은 불을 끄려고 하기는커녕 오히려 그것을 즐기고 있는 듯이 보였다. 불길은 더욱 거세게 타오르고 있었다. 다행히 바람이 자고 있었기 때문에, 그리고 숲이 눈에 덮여 있었기 때문에 불길은 숲으로 옮겨 붙지는 않고 있었다.

마을 사람들은 귀신이 나오는 그 목조건물이 타 없어져야 한다고 생각한 것 같았다. 그렇지만 불길이 숲으로 옮겨 붙는 것만은 경계하고 있는 것 같았다.

"귀신이다! 귀신!"

어깨에 귀신을 둘러멘 채 마당을 가로질러 뒤뚱거리며 걸어가는 병호를 보고 아이들이 소리쳤다. 아이들이 우르르 몰려왔

다. 그러나 일정한 거리를 유지한 채 더 이상 가까이 다가오지는 않았다.

"귀신! 귀신! 귀신!"

아이들의 외침이 허공으로 메아리치며 흩어지고 있었다.

병호는 창고 안으로 들어섰다. 문을 활짝 열어두었기 때문에 불빛에 안에 있는 물건들이 보였다. 밭갈이 하는데 필요한 각종 연장과 가마니, 장작 같은 것들이 한편에 아무렇게나 놓여 있었다. 병호는 왕이 펴주는 가마니 위에 귀신을 눕혔다.

"아이구…… 아이구……"

귀신의 입에서 고통스러워하는 신음소리가 흘러나왔다. 모두가 그 모습이 너무 끔찍해서 고개를 돌렸지만 병호와 왕만은 귀신을 내려다보고 있었다.

"이거 보세요, 할아버지! 제 말 들립니까?"

왕이 그에게 더 이상 손을 댈 수가 없었던지 막대기로 그의 가슴을 쿡쿡 찌르며 말했다.

"아이구…… 아이구……"

힘없이 쳐들려 흔들리던 손가락 없는 두 손이 도로 밑으로 떨어졌다.

"할아버지는 누구세요? 이 고아원 주인이세요?"

"불…… 불…… 불…… 아이들이…… 애들이 있어……"

가래가 끓는 듯한 거북살스러운 목소리가 흘러나왔다.

"애들은 무슨 애들이 있다는 거예요? 여긴 아무도 없어요! 할아버지 혼자뿐이에요!"

노인은 계속 신음소리를 내고 있었다. 숨을 쉴 때마다 목에서

는 그르릉 그르릉하는 가래 끓는 소리가 나고 있었고 심한 기침
을 토할 때마다 질식할 것처럼 몸을 뒤틀면서 얼굴이 붉어지곤
했다. 그가 금방이라도 숨이 넘어갈 것만 같았기 때문에 형사들
은 마음이 조마조마했다.

"애들이…… 애들을 구해줘…… 애들이 울고 있어…… 애들
타죽으면 안 돼……"

격한 기침과 함께 입에서 피가 섞인 거품이 흘러나왔다.

"할아버지, 여기에 애들은 없어요! 옛날에 애들이 있었지 지
금은 없어요! 아시겠어요?!"

아무리 말해도 귀신은 아이들의 환영에 쫓기고 있는 듯이 보
였다.

"나, 나 좀…… 일으켜줘……"

손을 허우적거리는 그를 왕이 부축해서 벽에다 기대 앉혔다.

"손명기라는 사람이 여기에 왔었지요? 그 사람이 불을 질렀
나요? 우린 경찰입니다! 정신 차리고 사실대로 말씀해 주십시
오! 손명기가 불을 질렀나요?"

귀신은 제대로 몸을 가누지 못한 채 자꾸만 한쪽으로 몸이 기
울어지곤 했다. 그리고 심한 기침 때문에 말을 꺼내는 것을 몹시
힘들어하는 것 같았다.

"그, 그놈이 나를…… 주, 죽이려고…… 죽이려고 했어……"

"손명기는 어디 있습니까?"

"그놈이…… 그놈이 나를…… 주, 죽이려고 했어."

"왜 죽이려고 했습니까? 도대체 여기에 무슨 비밀이 있었습
니까?"

"그놈이 나를……. 애들이 타죽고 있어…… 애들이……. 나를 부르고 있는데……"

귀신은 손가락 없는 손을 들어 불타는 건물을 가리켰다.

"애들은 하나도 없어요! 저대로 타게 내버려 둘 수밖에 없어요! 불을 끌 수가 없어요! 여기엔 소방서도 없어요! 손명기는 어디 있습니까?"

"그놈은…… 주, 죽었어. 부, 불에 타죽었어……"

"정말입니까? 어떻게 된 겁니까? 우린 경찰이니까 사실대로 말씀해 보십시오! 숨기시면 안 됩니다! 모든 게 다 끝나지 않았습니까? 고아원도 다 타버리고 남은 게 없지 않습니까? 자, 주저하지 말고 솔직히 사실대로 말씀해 보세요! 손명기는 정말 죽었습니까?"

노인은 고개를 끄덕였다.

"그놈이 나, 나를…… 칼로 죽이려고 했어…… 하지만 그놈은…… 심하게 부상을 당해 나를 죽일 수가 없었어…… 심하게 다쳐가지고 나타났었어…… 나를 죽이려다가…… 제풀에 쓰러졌어…… 밑에서는 불이 올라오고 있었는데…… 나는 기어서 다른 곳으로 갔지……"

"불은 누가 질렀습니까? 그놈이 질렀나요?"

"아, 아니야…… 그놈이 오기 전에 불이 났어……"

"누굽니까? 불을 지른 사람이 누굽니까?"

천장이 무너져 내리는 소리가 요란스럽게 들려왔다. 마을 사람들이 소리를 지르고 있었다.

"아저씨, 사람이 죽었어요! 빨리 와 보세요!"

아이들이 밖에서 형사들에게 소리치고 있었다. 여형사들도 똑같이 소리 지르고 있었다. 병호는 귀신을 왕에게 맡기고 밖으로 뛰쳐나갔다.

몰려 서 있던 사람들이 양쪽으로 비켜선 사이로 시커먼 사람의 형제가 꿈틀거리고 있는 것이 보였다. 앞으로 뻗어 있는 두 손이 떨리고 있는 것이 아직 죽지는 않은 것 같았다.

"위에서 떨어졌어요!"

아이들이 불길이 뿜어 나오고 있는 2층 창문을 가리키며 말했다.

"몸에 불이 붙어 있었나?"

"네, 몸이 막 타고 있었어요."

엎어져 있는 사람의 몸에서는 그때까지도 연기가 나고 있었다. 타다 남은 옷가지가 걸레처럼 몸에 걸쳐져 있었고, 그 사이로 시커멓게 그을린 살점이 징그럽게 드러나 있었다. 그는 건물로부터 상당히 떨어진 곳에 엎어져 있었다.

"여기까지 혼자서 기어왔나?"

"기어오는 것을 보고 우리가 끌어다놨지요."

마을 사내 한 명이 말했다. 도대체 누구일까? 손명기일까? 엎어져 있는 사람은 두 손으로 땅바닥을 헤집고 있었다. 가느다랗게 신음소리도 내고 있었다. 병호는 그를 노려다보다가 갑자기 어깨를 움켜잡고 그것을 홱 돌려놓았다. 엎어져 있던 몸뚱이가 똑바로 하늘 쪽을 향해 누우면서 비로소 그 모습을 드러냈다. 머리칼이 거의 타버리고 얼굴마저 일그러져 있어 누구인지 잘 알 수 없었지만 남자인 것만은 분명했다. 가슴 주위가 온통 피에 젖어 있는 것이 가슴을 무엇엔가 깊이 찔린 것 같았다. 목에서도 피가 흐르고 있는 것으로 보아 거기도 상처를 입은 것 같았다. 어디선가 본 듯한 얼굴이라는 생각에 그를 뚫어지게 내려다보고 있는데 뒤에서 왕 형사의 외침이 들려왔다.

"아니, 한 회장님 아니십니까?"

그 소리를 듣고서야 병호는 비로소 그 얼굴을 알아볼 수가 있었다. 그는 너무 놀란 나머지 고개를 끄덕이기만 했다.

"한 회장님이 틀림없습니다!"

"그래, 맞아. 한 회장을 여기서 만날 줄이야."

"회장님! 어떻게 된 일입니까? 회장님이 여기 웬일입니까?"

왕 형사가 한 회장의 어깨를 잡아 흔들며 소리쳤다.

"그런 건 나중에 묻고 빨리 의사를 불러! 마을에 의사가 없으면 서에 전화를 걸어 지원을 요청해!"

왕 형사가 마을 쪽으로 뛰어가는 것을 보고 병호는 마을 사내들과 함께 한 회장을 창고 쪽으로 운반했다. 창고 안으로 들어가 귀신 옆에 누이자 귀신이 온몸을 부들부들 떨면서 한사코 옆으로 피하려고 했다.

"이 나쁜 놈…… 아직도 죽지 않고 살아 있어…… 이 천벌을 받을 놈……"

귀신이 중얼거렸다. 병호는 한 회장이 상대방을 볼 수 있게 그쪽으로 그의 몸을 돌려놓았다. 그리고 그의 표정의 변화를 놓치지 않으려고 그의 얼굴을 응시했다. 한 회장의 입가에 미소가 감돌았다.

"결국 우린 다시 이렇게…… 만나는군…… 어쩔 수 없는가 보지……"

한 회장이 끊어질 듯한 목소리로 중얼거렸다.

"이 살인자…… 네 놈은…… 네 놈은…… 죽기 전에 회개하고 용서를 빌어야 해…… 네 놈이 그대로 갈 수는 없어…… 그래서는 안 돼……"

귀신은 온 힘을 쥐어짜서 말하고 있었다. 한 회장은 계속 웃고 있었다.

"이제 와서 숨길 것도 없지…… 차라리 잘 됐어…… 나를 좀 일으켜주시오…… 오 형사, 당신은 대단한 사람이야…… 이런 데서 이렇게 만나다니…… 정말 유감이오…… 이런 꼴을 보이지 않으려고 했는데……"

그가 두 손을 쳐 들였다. 병호는 그를 부축해서 귀신 옆에 기대 앉혀 놓았다.

"가까이 오지 마, 이 살인자……. 이놈은 살인자야…… 살인자…… 여러 명을 죽였다구……"

귀신의 말에 한 회장은 힘없이 고개를 끄덕였다.

"그래…… 오 형사, 이 사람 하는 말이 맞아요…… 난 살인자요……. 여러 사람을 죽인 살인자요…… 날 체포해요……"

한 회장은 가슴의 상처를 두 손으로 누른 채 숨을 헐떡이고 있었다. 두 손은 피에 흠뻑 젖어 있었다. 병호는 그가 숨을 거두기 전에 비밀을 알아야겠다고 생각했다.

"당신을 체포할 수는 없습니다! 국민들을 실망시킬 수는 없으니까요. 그리고 당신은…… 너무 상처가 깊어서……"

"알아요…… 난 곧 죽을 거라는 거 알아요……"

그의 입에서 갑자기 웃음 같기도 하고 울음 같기도 한 소리가 터져 나왔다.

"빨리 이야기해 주십시오! 시간이 없습니다!"

병호는 무릎을 굽히고 한 회장을 내려다보았다.

한 회장은 여전히 웃고 있었다.

"두 분은 어떻게 아는 사이입니까?"

병호가 안타깝게 물었다.

"옛날에 우리는…… 여기서 함께 일했었지…… 고아들을 데리고……"

"이놈이 총무였고…… 난 서무였어. 원장이 있었는데…… 어느 날 시체로 발견 됐어……. 난 다 알아…… 원장도 네놈이 죽인 거 다 알아."

"그래, 모두 내가 죽였지……"

"이놈이 아이들을 생매장 했어…… 지금도 파보면 뼈가 있을 거야."

"당신은 아무런 관계가 없는 것처럼 이야기를 하는군…… 우리는 같은 공범이었지 않아, 서무?…… 죽는 마당에 숨길 게 뭐가 있어…… 신부 앞에서 고해성사한다고 생각하고 모두 솔직하게 이야기해야지……"

"난 아니야! 네놈이 모든 걸 주도했고 난 따라가기만 했어! 난 아니야!"

너무 격한 감정에 사로잡힌 귀신은 한동안 걷잡을 수 없이 기침을 토했다. 한 회장은 미소를 지었다. 그의 얼굴빛은 더욱 창백해져 있었고 두 눈에서는 눈물이 흘러내리고 있었다.

"악몽의 세월이었지…… 오 경감, 미안해요…… 과거에 여긴 악의 소굴이었소…… 여긴 전쟁고아들의 소굴이었지요…… 명색이 고아원이었지 먹을 것도 입을 것도 없었소…… 우린 고아들을 시내로 풀어 동냥을 하게하고 껌도 팔게 했어요…… 원장은 아주 나쁜 사람이었지요…… 나도 원장을 닮아 고아들을 학대 했어요…… 고아들은 영양실조와 병에 걸려 자꾸 죽어갔지만 계속 보충이 되었지요…… 그런데 어느 땐가 고아원에 나병이 돌았어요…… 처음엔 몰랐었는데 1년쯤 지나서 보니까 비슷한 환자가 열 명이 넘었고…… 증상이 나병 같았어요…… 누가 아프다고 해도 의사한테 보이거나 약을 쓴다는 것은 생각지도 못했지요…… 우리는 어느 날 밤 저 숲속에다 구덩이를 깊이 파고 나병에 걸린 고아들을 산 채로 그 속에다 집어넣고는……"

한 회장의 입가에서 미소가 사라졌다. 그는 괴로운지 미간을 찌푸린 채 몸을 뒤틀었다.

"당신은 악마였군요!"

언제 들어왔는지 유화시가 남자들 사이에 서서 낮은 소리로 부르짖었다.

"그래…… 나는 악마였소…… 울부짖는 아이들 머리 위로 흙을 덮었으니까. 나병을 퍼뜨린 사람은 서무였는데 아이들만 생매장시켰지……"

"난 시키는 대로 했을 뿐이야. 이놈아!"

귀신이 헐떡이며 소리쳤다. 한 회장은 그를 묵살한 채 이야기를 계속했다.

"구덩이 속에 들어가지 않으려고 울부짖는 아이들을 우리는 강제로…… 처넣었어요…… 손명기도 그 일에 동원되었어요…… 손명기는 아이들을 몽둥이로 때리고 발로 처넣었지…… 그 애는 내가 시키는 대로 했으니까…… 제일 잔인하게 아이들을 처넣었지…… 살려달라고 울부짖는 아이들 머리 위로…… 흙을 덮고 발로 꼭꼭 눌렀지…… 모두가 내 책임이었소…… 나는 그때 정말 악마였소…… 왜 그때 내가 그랬었는지 지금 생각해도 알 수가 없었소…… 아이들이 매장된 구덩이 속에서는 매일 밤…… 아이들의 울음소리가 들려왔소…… 어디를 가도 아이들의 울음소리가 들려왔소…… 평생 동안 그 울음소리는 내 귀를 떠나지 않았소…… 내가 나중에 많은 기업을 거느린 사업가가 되었을 때에도…… 오 경감을 알게 되었을 때에도 나는 밤마다…… 아이들의 울음소리에 시달리고 있었소……"

"악마 같으니!"

유화시가 분노에 차서 소리쳤다.

"이놈은 악마야! 원장도 죽였어!"

귀신이 소리쳤다.

"그래…… 난 악마야…… 인간의 탈을 쓴 악마야…… 나는 견딜 수가 없었지…… 그래서 원장을 죽이고 도망쳤지…… 그것이 아이들의 원혼을 달랠 수 있는 길이라고 생각하고……. 하지만 아이들의 원혼을 달랠 수는 없었소…… 나 역시 고아 출신이었소…… 고아원을 떠난 나는 이름을 바꾸고…… 악몽을 잊기 위해 미친 듯 일에만 전념했소…… 미친 듯 일만 했소…… 그렇게 일만 하니까 사업은 커지고…… 나중에 결국 나는 큰 사업가가 된 거요…… 그래서 나는 나의 여생을 화려하게 장식할 줄 알

았소…… 여론을 움직여 대통령이 될 야심까지 품었던 거
요…… 그랬는데 과거의 악몽이 다시 나를 괴롭히기 시작한 거
요…… 손명기가 나를 알아보고 협박을 가해오기 시작했소……
서기태까지 가세해서 나를 괴롭히기 시작했소…… 그들은 나에
게 기업체 하나씩을 요구했소…… 그들이 회사에 저지른 비행
은 바로…… 나에 대한 협박이었소…… 직원들은 그것도 모르
고 그들의 비리를 들춰냈기 때문에 그들은 처벌을 받을 수밖에
없었소…… 그들은 나의 과거를 수차에 걸쳐 폭로하려고 했지
만…… 그때마다 내가 손을 썼기 때문에 그들은 좌절될 수밖에
없었소…… 그러나 그들은 포기하지 않고 계속 나를 협박했
소…… 그것은 대통령이 되려고 한 나의 야심을 가로막는……
가장 큰 방해물이었소…… 그래서 나는 다시 악마로 변신하지
않을 수 없었소…… 과거의 마성이 다시 고개를 쳐든거요……
그들을 살려둬서는 안 된다는 결론에 이르자 나는 마침내 그들
을 제거하기로 하고 계획을 세웠소……"

"더러운 놈!"

귀신이 소리쳤다. 그러나 기침에 막혀 그 소리는 크게 들리지
가 않았다.

"더럽기는 너나 나나 마찬가지지…… 너나 나나 지옥에 가는
건 마찬가지야……"

한 회장은 입가에 냉소를 흘렸다. 귀신은 몸을 떨며 일어서려
고 했지만 그럴 수가 없었다.

"뭐라고 이놈아! 이 나쁜 놈…… 내가 이렇게 된 것도 다 너
때문이야…… 이놈……"

한 회장은 더 이상 그에게 대꾸하지 않았다. 그를 묵살한 채 병호를 깊은 눈길로 바라보더니 다른 형사들도 한번 둘러보고 나서 이야기를 계속했다.

"……이제 와서 숨길 수도 없거니와 숨길 필요도 없겠지…… 물론 내 이야기는 공개되어서는 안 된다는 거 알고 있겠지요? 국민들을 실망시켜서는 안 되니까 말이오……"

"물론입니다."

하고 병호가 대답했다. 한 회장은 안심했다는 표정으로 고개를 끄덕였다.

"난 말이오…… 돈의 힘을 너무 믿었소…… 돈이면 무엇이든 지 살 수가 있다고 믿었던 거요…… 아, 가슴이 왜 이리 답답할 까……"

그의 목소리는 점점 작아지고 있었다. 그는 졸린 듯이 눈을 감았다가 다시 뜨고 입을 열었다.

"그동안 나는 재일한국인 조직을 사서 손명기 형제를 감시 했지요…… 하길라를 이용해서 손명기를 그 조직에 끌어들여 여차하면 처치하려고 했지요…… 그런데 공금횡령 건이 들통 나자 놈이 선수를 친 것이죠…… 자기와 관계된 사람, 서기태와 하길라 그리고 자기 가족들 마저 모두 처치하고 사라졌어요…… 나는 당신이 제주도로 나를 찾아와 풍뎅이 시체 얘기를 했을 때 모든 걸 눈치챘어요…… 따라서 놈이 잡히면 오 형사도 내 과거 를 알게 될 것이고…… 그래서 나는 놈을 제거하기로 마음먹고 조직 쪽에 연락했지요. 그런데 놈이 사라졌다는 거예요…… 그 러니 어쩝니까. 조직 쪽한테 고아원에 가서 지키라고 할 수는 없었어요. 내 과거가 들통 나면 이번엔 조직이 나를 못살게 굴 거니까…… 그래서 내가 직접 이리로 와서 기다린 거죠…… 틀림없이 놈이 이리로 오리라고 믿었지요…… 그렇게 된 거예요."

"그렇다면 제3의 사나이는 누굽니까?"

왕 형사가 이렇게 묻자 오병호는 뻔하지 않느냐는 듯 왕 형사를 흘겨보았다.

"그야 물론…… 손명기 그 놈이겠죠…… 모든 건 그놈의 짓일 거예요…… 그놈은 오 형사의 뒤를 따라다니면서 나를 노렸을 거요…… 놈은 진짜 악마라구요……"

멀리서 사이렌 소리가 들려오고 있었다. 사람들은 일제히 그 소리가 들려오는 쪽을 쳐다보았다.

"나를 실어갈 차가 오는 모양이군…… 결국 악으로 시작한 자는 모두 악으로 끝나 멸망하는가 보오…… 우리 셋은 모두 악마였으니까…… 나 같은 놈이 대통령이 되겠다는 꿈까지 꾸다니…… 나는 이제 가겠소…… 고맙소, 오 형사…… 당신은 진짜 경찰이오…… 아, 눈이 내리는군……"

그가 열려 있는 문 사이로 밖을 바라보며 중얼거렸다.

사이렌 소리가 더욱 가까워지고 있었다.

"아, 저놈의 소리…… 실려 가기 전에 죽어야 할 텐데……"

귀신은 왠지 조용했다. 그가 갑자기 조용했기 때문에 왕이 그를 흔들어보았다. 그는 힘없이 옆으로 쓰러졌다.

"죽었는데요."

하고 왕이 말했다.

한 회장이 그쪽으로 고개를 돌려 가만히 쳐다보더니 고개를 끄덕였다.

"잘 죽었지. 이제 좀 조용하군."

"왜 여기까지 왔나요?"

"결국 당신들이 여기까지 올 줄 알았지…… 당신들이 아니더라도 손명기라는 놈이 나타날 줄 알았지…… 여기에 유일한 증인이 살아 있고…… 여기야말로 바로 그 현장이니까……"

"그래서 불을 질렀나요?"

"그렇소…… 내가 불을 질렀소…… 모든 걸 없애버리려고…… 하지만 뜻대로 되지가 않았소…… 손명기 그놈이 나를 찔렀어요……그놈은 죽었지만……"

경찰 패트롤카 한 대가 먼저 마당으로 들어섰다. 뒤이어 앰뷸런스가 들어왔다. 왕이 나가서 패트롤카에서 내린 경찰관들과 이야기를 나누는 사이 소방차가 달려 들어왔다.

앰뷸런스에서 내린 남자 간호원들은 귀신의 몰골을 보더니 얼굴을 흔들면서 물러섰다. 도저히 실을 수가 없다고 그들은 완강하게 거부했다. 그런 끔찍한 시체는 본 적도 없을 뿐 아니라 차에 싣고 가느니 숲 속에다 파묻어버리는 것이 상책이라는 것이었다.

하는 수 없이 병호는 한 회장만 실어가달라고 부탁했다.

남자 간호원들이 들것에 실을 때까지도 한 회장은 살아 있었다. 그는 계속 뭐라고 중얼거리고 있었지만 무슨 말인지 알아들을 수가 없었다.

앰뷸런스가 출발 준비를 끝냈을 때까지도 병호 일행은 차에 타지 않고 불구경을 하고 있었다. 불길은 너무 기세가 셌기 때문에 소방호스에서 뿜어져 나오는 물 정도로는 도저히 잡힐 것 같지가 않아 보였다. 운전사가 차에 빨리 타라고 클랙슨을 눌러댔다. 병호는 걸어가겠다고 말했다. 그의 부하들도 망설이다가 그를 따라 걸어가겠다고 했다.

그들은 두 시간 가까이 그곳에 더 서 있었다. 불에 타버린 건물의 잔해 위로 함박눈이 소리 없이 내리고 있었다.

병호는 발길을 돌려 조용히 고아원 마당을 빠져나갔다. 나머지 형사들도 소리 없이 병호의 뒤를 따르기 시작했다. 멀리서 뿌옇게 먼동이 터오고 있었다.

〈서울의 만가 끝〉

〈지은이 김성종에 대하여〉

전남 구례가 고향이며 중국 산동성 제남시에서 출생, 연세 대학교 정외과를 졸업하였다.

1969년 조선일보사에서 모집하는 신춘문예 소설 공모에 단편소설 〈경찰관〉이 당선. 현대문학의 추천을 받았다.

한국일보 창간 20주년 기념 200만원 현상 장편소설 공모에 〈최후의 증인〉(2권) 이 당선 작가로 성공한다.

일간스포츠 신문에 장편 대하소설 〈여명의 눈동자〉(전10권)를 연재하여 대하소설의 새로운 지평을 열었다. 특히 〈여명의 눈동자〉는 대하 MBC TV드라마로 방영되어 전 세계를 경악케 하였다.

일간스포츠 신문에 추리소설 〈제5열〉을 연재하여 한국 최초로 추리 문학의 장르을 열었다.

어느 날 그는 갑자기 부산으로 이주하여 달맞이 언덕에 전문 도서관인 〈추리 문학관〉을 개관하고 계속 장편 추리소설을 집필하고 있다.

김성종은 자신만의 독특한 문체를 갖고 있는 작가이다. 여타의 수많은 작가들이 평범한 문체 때문에 골머리를 앓고 있다는 것은 놀랄 일이 아니다.

김성종 식 문체의 특징은 시각적 내지는 영상적인 언어 구사에 있다. 그의 추리소설을 읽으면 스크린이 눈앞에 촤르르 펼쳐지는 듯 한 착각에 사로잡히게 된다. 이것은 그의 문체가 일체의 군더더기가 없이 늘 오감에 호소하기를 지향하기 때문이다. 물론 이 점은 교과서적인 지침에 충실하다고 볼 수 있지만 결국 그렇게 표현해 낼 수 있는 현실의 능력은 그의 특징일 수밖에 없다. 김성종의 문체는 시간적 -공간적 축약을 가급적 사용하지 않음으로써 끊임없이 이어지는 장면 속에서 스릴과 서스펜스를 추구한다.

한국일보 장편소설 공모에 당선된 "최후의 증인"이 동지에 연재된 것을 시작으로 김성종은 대하소설 "여명의 눈동자"와 "제5열"을 일간스포츠 신문에 동시에 연재했는데 이것은 한국뿐만 아니라 전 세계 어느 신문에서도 찾아볼 수 없는 엄청난 사건이었다.

수 많은 작가들이 평생 한 번도 주요 일간지에 연재를 하지 못하는 상황에서 한 신문에 동시에 두 소설을 연재했다는 것은 소설을 쓰는 그의 능력이 그만큼 탁월하다는 것을 입증한다.

더욱 놀라운 것은 김성종은 주요 일간신문에 그 후로부터 현재에 이르기까지 간단없이 줄곧 연재소설을 발표하고 있다는 점이다.

김성종 스스로가 가장 영향을 받는 작가는 프레드릭 포사이드라고 말하고 있다. 포사이드는 영국 작가이며 〈재칼의 날〉로 유명하다. 김성종은 이 작품에 대해 "놀라울 정도로 정교하고 논리적인 작품"이라는 평가와 함께 다음과 같이 말하고 있다.

"오래 전 이 작가의 작품을 보고 이거야말로 멋진 작품이다라는 생각을 했어요. 저의 작품 세계에도 많은 영향을 받았지요."

그러나 또한 우리가 간과해서는 안 될 점은 그의 인생과 작품 여러 곳에서 발견되는 프랑스 문학의 영향이다.

김성종은 여러 차례 〈인간의 조건〉을 쓴 앙드레말로를 언급했으며, 대학시절 도서관에 온종일 틀어박혀 프랑스문학을 파고 들었다고 고백했다.

주요 작품으로는:

장편 대하소설 〈여명의 눈동자〉 전10권이 있고, 장편 추리소설 〈봄은 오지 않을 것이다〉 1,2,3권, 〈최후의 증인〉 上,中,下권, 〈제5열〉 上,中,下권, 〈부랑의 강〉 〈일곱 개의 장미 송이〉 〈백색인간〉 上,下권, 〈제5의 사나이〉 上,中,下권, 〈반역의 벽〉 上,下권, 〈아름다운 밀회〉 1,2권, 〈라인 X〉 上,中,下권, 〈한국 국민에게 고함〉 1,2,3권, 〈피아노 살인〉 〈최후의 밀서〉 〈국제 열차 살인 사건〉 1,2,3권, 〈형사 오병호〉 〈슬픈 살인〉1,2,3,4권, 〈불타는 여인〉上,下권, 〈홍콩에서 온 여인〉 上,下권, 〈버림받은 여자〉 上,下권, 〈제3의 사나이〉 上,下권, 〈코리언 X파일〉 上,下권, 〈얼어붙은 시간〉 〈나는 살고 싶다〉 〈죽음을 부르는 소녀〉 〈서울의 황혼〉 〈Z의 비밀〉 〈미로의 저쪽〉 上,下권, 〈안개 속에 지다〉 上,下권, 〈제3의 정사〉 〈비련의 화인〉 〈붉은대지〉 1,2,3,4권, 〈서울의 만가〉 1,2권, 〈가을의 유서〉 1,2,3,4권, 〈세 얼굴을 가진 사나이〉 上,下권 〈비밀의 연인〉 上,下권 〈DJ에게 보내는 편지〉 등이 있고 , 작품집으로 〈어느 창녀의 죽음〉 〈죽음의 도시〉 〈고독과 굴욕〉 〈회색의 벼랑〉등 총 50여 종의 작품에 무려 100여 권의 책을 발표했다.

김성종

중국 제남 시에서 태어났고 전남 구례에서 성장기를 보냈다.

구례 농고와 연세대학교 정외과를 졸업한 후 주로

언론 매체에서 종사하다가 전업 작가로 전업.

1969년 조선일보 신춘문예 단편소설 「경찰관」이 당선.

1971년 현대문학 소설 추천 완료.

1974년 한국일보 장편소설 공모에 「최후의 증인」 당선.

장편 대하소설 「여명의 눈동자」(전10권)는 TV드라마로 방영

장편 추리소설로는 「제 5열」, 「부랑의 강」 등 50여 편의 작품을 발표하였다.

제 3의 사나이 2권

김성종 장편추리소설

초판발행	2008년 10월 25일
초판1쇄	2008년 10월 25일
저자	金聖鐘
발행인	金仁鐘
발행처	도서출판 남도
등록일자	1978년 6월 26일(제1-73호)
주소	134-023 서울 강동구 천호동 451 산경빌딩 비동 5층 3-1호
전화	02-488-2923
팩스	02-473-0481
E-mail	namdoco@hanafos.com

© 2008 Kim Sung Jong. Printed in Korea

저자와 합의로 인지를 붙이지 않습니다.

정가_ 11,000원

ISBN 978-89-7265-565-7

ISBN 978-89-7265-563-3(세트)

- 파본이나 잘못된 책은 교환하여 드립니다.
- 이 책은 1990년 수목출판사에서 발행했습니다.